Né à Halifax dans le West Yorkshire, ancien journaliste et critique de cinéma, **Andy McDermott** s'est lancé dans le thriller archéologique, le jour où il a compris qu'Hollywood ne lui donnerait pas 200 millions de dollars pour réaliser le film d'action de ses rêves. Aujourd'hui, sa série est traduite en plus de vingt langues et chacun des volumes, dont celui que vous tenez entre vos mains, s'est hissé parmi les best-sellers du *New York Times*.

Du même auteur,
aux éditions Bragelonne,
en grand format :

À la poursuite de l'Atlantide
Le Tombeau d'Hercule
Le Secret d'Excalibur

Andy McDermott

À la poursuite de l'Atlantide

Une aventure de Wilde et Chase

Traduit de l'anglais (Grande-Bretagne) par François Fargue

Bragelonne

Ouvrage paru sous la direction de Lilas Seewald

Titre original : *Atlantis*
Première édition parue chez Headline

ISBN : 979-10-281-0260-9

Bragelonne
60-62, rue d'Hauteville – 75010 Paris

E-mail : info@bragelonne.fr
Site Internet : www.bragelonne.fr

À ma famille et à mes amis

Prologue

Tibet

Le soleil ne s'était pas encore levé sur les hauteurs de l'Himalaya, mais Henry Wilde ne dormait plus. Cela faisait plus de deux heures que, les yeux grands ouverts, il guettait l'instant où les premières lueurs de l'aube feraient surgir les montagnes.

Plus de deux heures… Des années, plutôt ; presque toute sa vie, en fait. Ce qui n'avait été au départ qu'une simple curiosité d'enfant avait, au fil du temps, tourné à… Il hésitait à utiliser le mot « obsession ». Pourtant, c'était bien de cela qu'il s'agissait. Une véritable obsession qui avait fait de lui la risée du monde universitaire ; une obsession qui avait englouti l'argent de toute une vie.

Cette obsession avait cependant placé sur son chemin l'une des deux femmes les plus remarquables qu'il eût jamais rencontrées.

— Combien de temps encore avant le lever du soleil ? demanda Laura, emmitouflée dans son épaisse parka, en se pressant contre lui.

Laura était la femme de Henry depuis presque vingt ans. Ils s'étaient rencontrés alors qu'ils étaient tous deux étudiants à l'université Columbia de New York. Chacun avait rapidement remarqué la présence de l'autre : Henry mesurait plus d'un mètre quatre-vingt-dix et avait des cheveux d'un blond inimaginable ; ceux de Laura étaient d'un roux intense, quasi surnaturel. Ce ne fut pourtant qu'à la sortie d'un cours où leur professeur avait, devant toute la classe, tourné en dérision une dissertation de Henry sur son sujet favori, que les deux jeunes gens s'adressèrent la parole. Laura n'eut pas besoin de prononcer plus de trois mots pour que Henry tombât amoureux sur-le-champ. « Je te crois. »

— D'une minute à l'autre, répondit Henry en regardant sa montre, avant d'enlacer amoureusement sa femme. Je regrette seulement que Nina ne soit pas là pour profiter du spectacle.

Leur fille Nina était la seconde femme la plus remarquable qu'il eût jamais rencontrée.

— Voilà ce que c'est, quand on prévoit une expédition en plein milieu de ses examens, répliqua Laura sur le ton du reproche.

— Ce n'est pas moi qu'il faut accuser, c'est le gouvernement chinois ! J'avais prévu de venir le mois prochain, mais ils n'ont rien voulu savoir. C'était à prendre ou à laisser.

— Mon cœur ?

— Oui ?

— Je plaisante. Je ne t'accuse de rien. Je n'aurais raté cette occasion pour rien au monde, moi non plus, et je regrette comme toi que Nina ne soit pas là.

— Recevoir une carte postale de Xulaodang est une piètre compensation, tu ne trouves pas ? Dire qu'on l'a traînée dans le monde entier sur de fausses pistes et que, le jour où on tient enfin le bon bout, elle ne peut pas venir !

— Où on *croit* tenir le bon bout, plutôt ! rectifia Laura.

— On va le savoir dans une minute.

Henry indiqua d'une main le panorama qui s'étendait devant eux. Trois pics de taille sensiblement égale et couronnés de neige se dressaient devant le plateau escarpé sur lequel ils avaient établi leur campement. Pour l'heure, la grande chaîne de montagnes à l'est condamnait ces sommets à l'obscurité. Dès que le soleil aurait franchi cet obstacle, tout changerait. Si les histoires qu'ils avaient recueillies étaient exactes, le changement promettait d'être spectaculaire…

Debout à présent, Henry aida Laura à se relever. Le plateau se trouvait à plus de trois mille mètres au-dessus du niveau de la mer. L'air, à la fois rare et froid, leur procurait une sensation inédite. Il avait aussi quelque chose de pur et de clair.

Au fond, il avait toujours su qu'ils trouveraient ce qu'ils recherchaient depuis si longtemps.

Le jour naissait sur les trois grands pics. Sur l'un d'entre eux, en tout cas, celui du centre. À son sommet parfaitement blanc resplendissaient les premiers ors du jour. Une lumière onctueuse se répandit lentement sur ses flancs. Ses deux voisins restaient dans l'ombre ; l'autre chaîne, à l'est, freinait la percée de l'aube.

— C'est vrai…, fit-il d'une voix calme et solennelle.

Laura se montra un tantinet moins recueillie :

— Pour moi, ça ressemble à un pic doré comme les autres.

Il lui sourit et se tourna vers le spectacle qui s'offrait à leurs yeux. Dans la lumière du petit jour, la montagne paraissait en feu.

— Ils avaient raison. Nom d'un chien, ils avaient raison !

— En un sens, dit Laura, c'est assez déprimant de penser qu'une bande de nazis était au courant il y a plus de cinquante ans et qu'ils étaient à deux doigts de tout découvrir !

— Mais ils n'ont rien découvert ! siffla Henry en relevant crânement le menton. Nous, si !

Jusqu'alors relégué à la catégorie « folklore et vieilles légendes », le pic Doré était la dernière pièce manquante du puzzle que Henry avait passé sa vie à assembler. Pour tout dire, il n'était pas sûr de ce qu'il allait trouver, mais certain d'obtenir ce dont il avait besoin pour atteindre son but final : la légende des légendes… *L'Atlantide*.

L'éblouissant jeu de lumière sur le pic Doré n'avait duré qu'une minute à peine, le temps que le soleil, en prenant de la hauteur, éclairât à leur tour les deux montagnes voisines. Le groupe avait à peine entamé son ascension de la face est du sommet que le soleil était déjà haut dans le ciel. Maintenant sortis de l'ombre, en plein jour, le pic et ses compagnes s'étaient indistinctement fondus parmi les autres sommets.

Sept personnes – trois Américains et quatre Tibétains – participaient à l'expédition. Les Tibétains servaient à la fois de guides et de porteurs ; quoique familiers de la région, la réalisation, devant leurs yeux, de l'ancienne légende les avait émerveillés autant que leurs visiteurs. Le coin était isolé et aride, même pour des Tibétains. En tout cas, se dit Henry, ils devaient être les seuls Occidentaux à avoir jamais été témoins de ce qu'ils venaient de voir.

Hormis, peut-être, ceux qui les avaient conduits jusque-là.

Henry fit signe au groupe de s'arrêter. Tandis que les autres en profitaient pour secouer la neige de leurs vêtements et pour s'asseoir, Henry posa son sac à dos et en sortit un petit classeur. Laura le rejoignit au moment où il se mettait à en feuilleter le contenu protégé par des enveloppes plastifiées.

— Encore en train de vérifier ? se moqua-t-elle. Je croyais que tu les connaissais par cœur, depuis le temps.

— L'allemand n'est pas spécialement mon point fort…, lui rappela-t-il alors qu'il mettait la main sur ce qu'il cherchait.

Le papier, abîmé par le temps, était couvert de taches d'humidité, et l'encre avait passé.

Les documents secrets de l'Ahnenerbe, la Société du patrimoine ancestral allemand, alors partie intégrante de la SS de Hitler et placée sous le commandement direct de Heinrich Himmler, avaient été retrouvés emmurés dans une cave du château de Wewelsburg, dans le nord de l'Allemagne. Le Wewelsburg avait servi de quartier général aux SS et de centre à l'obsession nazie de la mythologie et des sciences occultes. À la fin de la guerre, ordre avait été donné de détruire le château et les informations qui s'y trouvaient. Quelqu'un avait cependant choisi de désobéir et de dissimuler les documents. Que les Wilde détenaient à présent.

L'année précédente, Bernd Rust, ami et collègue de longue date de Henry, l'avait joint pour lui faire part de cette découverte. La plupart des documents retrouvés avaient été remis au gouvernement allemand, mais, connaissant l'intérêt des Wilde pour cette histoire et négligeant le risque énorme qu'il prenait, Rust avait subtilisé les pages où était mentionnée l'Atlantide. Henry les lui avait achetées pour une belle somme, tout en sachant pertinemment qu'il en avait pour son argent.

Bien qu'il ressentît un profond malaise à utiliser des documents nazis dans ses recherches – il ne s'en était d'ailleurs pas ouvert auprès de sa fille, ne partageant ce secret qu'avec Laura et l'autre Américain du groupe –, Henry savait qu'il lui serait impossible, sans eux, de découvrir l'Atlantide. Plus d'un demi-siècle plus tôt, en effet, les nazis avaient mis la main sur un indice qui leur avait permis de frôler le but.

Dans les années 1930, et même 1940, alors que la guerre faisait rage en Europe, l'Ahnenerbe organisait des expéditions au Tibet. À la demande de quelques nazis en vue, parmi lesquels Himmler, tous membres de la sinistre Société Thulé, trois expéditions avaient été envoyées en Asie sur la conviction que des cités construites par les légendaires descendants du peuple de l'Atlantide, lui-même issu de la race maîtresse aryenne, se trouvaient sous l'Himalaya. Les explorateurs avaient fait de nombreuses découvertes sur l'histoire du Tibet, mais n'avaient rien déniché sur le peuple de l'Atlantide et s'en étaient retournés bredouilles.

Les documents que Henry avait en main révélaient cependant l'existence d'une quatrième expédition, dont Hitler lui-même avait ignoré l'existence. Le Führer, qui montrait moins de goût pour les mythes que ses lieutenants, avait décidé de façon pragmatique que, au plus fort de la guerre, les ressources du pays seraient mieux employées à entretenir la machine nazie qu'à financer des expéditions lointaines lancées sur les traces de légendes anciennes. Himmler, en revanche, y croyait dur comme fer, et les découvertes de l'Ahnenerbe l'avaient convaincu que la légende était sur le point de lui révéler son secret.

Henry n'en revenait toujours pas de s'être retrouvé sur la même piste avec Laura, mais avec un demi-siècle de retard. Forts d'indices collectés à des dizaines, voire des centaines de sources différentes – une infinité de fragments de preuve qui finissaient tout de même par former une image à la façon d'un patchwork –, les Wilde s'étaient rendus avec Nina, dix ans auparavant, sur un site en bordure de la côte marocaine. Au grand bonheur de Henry, ils avaient découvert, enfouies sous le sable africain, les traces d'une antique colonie. Le bonheur avait, hélas, fait place au désespoir lorsqu'ils avaient compris que d'autres étaient passés là avant eux… À l'exception d'une poignée de vestiges sans valeur, le site avait été soigneusement ratissé.

Henry savait aujourd'hui qui incriminer : les nazis, qui avaient réuni les mêmes pièces de puzzle et dépêché une expédition au Maroc. Les quelques documents qu'il détenait maintenant ne mentionnaient qu'une infime partie de leurs découvertes – le point de départ, en réalité, d'une expédition en Amérique du Sud. Ses papiers n'entraient pas dans le détail de cette mission, mais son résultat y était clairement révélé : elle avait conduit les nazis tout droit au Tibet et au pic Doré.

Ici même.

— Dommage qu'on n'ait pas plus de pages, déplora-t-il. J'aimerais bien savoir ce qu'ils ont trouvé, au juste, en Amérique du Sud.

Laura se rendit à un passage bien précis.

— On en a assez. On est déjà arrivés jusqu'ici… « Le pic Doré, que l'on dit briller aux premières lueurs du jour entre les deux montagnes noires », lut-elle sur le papier tacheté de moisissures. Je dirais que…

Elle leva les yeux en direction de la montagne.

— …que ça correspond parfaitement.

— Jusqu'à maintenant…, répondit Henry en examinant le texte.

Il avait lu ce passage une centaine, sinon un millier de fois, mais ça ne l'empêchait pas de s'assurer, de nouveau, qu'il n'avait pas commis d'erreur de traduction.

Non. Il s'agissait bien de l'endroit indiqué.

— L'entrée, donc, est censée se trouver au bout du « chemin de la lune », quelle que soit la signification de cette formule.

Il observa le paysage avec ses jumelles, mais n'aperçut rien d'autre que de la neige et des rochers.

— Pourquoi faut-il que les légendes soient toujours truffées de noms abscons ? S'agit-il d'un chemin qui mène à la lune ? Qui suit les mouvements de la lune ? Quoi d'autre encore ?

— Je pense que c'est un chemin qui ressemble à la lune, déclara Laura, très concentrée. Plus précisément, un croissant de lune.

— Pourquoi dis-tu cela ?

Il balayait du regard le versant de la montagne, mais n'avait encore rien repéré qui ressemblât, de près ou de loin, au satellite terrestre.

— Eh bien, répondit Laura en lui retirant doucement les jumelles, parce que je le vois, là, juste devant moi.

Comprenant à peine, Henry cligna des yeux. C'est alors qu'il le vit, lui aussi. Négligeant la vue d'ensemble, il s'était attaché à dénicher un détail.

Devant eux se trouvait en effet un long sentier sinueux qui virait brutalement à gauche en remontant le flanc du pic, avant de repartir sur la droite et de finir un peu plus haut sur une corniche assez large. Au milieu des pierres sombres amassées tout autour, le sentier décrivait un croissant presque parfait ; recouvert de neige immaculée, il semblait indiquer un terrain plus plat et lisse. Incroyable qu'il ne l'eût pas repéré plus tôt…

— Laura ?

— Oui ?

— Une fois encore, j'ai de la chance de t'avoir épousée.

— Ouais, je sais.

Ils se sourirent, avant de s'embrasser.

— Alors, dit-elle, c'est à combien, tu crois ?

— Un peu plus d'un kilomètre peut-être, à mille cinq cents mètres d'altitude. Une jolie escalade.

— Si les antiques habitants de l'Atlantide arrivaient à monter là-haut en sandales, je ne vois pas comment nous, avec nos chaussures de montagne, on échouerait.

— Tu as raison.

Henry rangea le dossier dans son sac et fit signe au reste de l'expédition.

— OK, c'est bon ! On est repartis !

La montée fut plus difficile que prévu. La neige sur le sentier camouflait en réalité une surface jonchée de gravillons accumulés au fil des glissements de terrain ; chaque pas représentait une menace.

Quand ils atteignirent la corniche, le soleil était passé de l'autre côté de la montagne, plongeant la face est dans l'ombre. Henry se retourna et scruta l'horizon tout en aidant Laura à parcourir les derniers mètres. D'épais nuages déboulaient du nord. Il ne s'en était pas rendu compte pendant l'effort de la montée, mais la température avait considérablement baissé.

— Mauvais temps en perspective ? demanda Laura en suivant son regard.

— Oui, j'ai l'impression qu'on est bons pour une tempête de neige.

— Super. Heureusement qu'on est arrivés ici avant que ça commence !

Elle observa la corniche derrière elle. Même à l'endroit le plus étroit, elle mesurait une bonne douzaine de mètres de large, sur tout le versant de la montagne.

— On ne devrait pas avoir trop de mal à installer notre camp.

— Demande aux guides de monter les tentes avant que le temps ne tourne, dit Henry.

Ils étaient parvenus au bout du sentier. Au-delà de la corniche, le versant était trop abrupt pour être escaladé sans un équipement approprié. Aucun problème : ils avaient tout le matériel nécessaire. De toute façon, si les documents Ahnenerbe étaient exacts, ils n'en auraient pas besoin.

Laura transmit les instructions de Henry aux Tibétains avant de retourner auprès de lui.

— Et maintenant ?

— Je vais faire un petit tour d'exploration. S'il y a des ouvertures qui mènent à des grottes, elles devraient être faciles à trouver.

Laura fronça les sourcils, une pointe d'amusement luisant au fond de ses yeux d'un vert intense.

— Toi, tu ferais n'importe quoi plutôt que de monter les tentes…

— Bon, c'est pour ça qu'on les paie, non ?

Il se tourna vers un homme assis à l'écart sur un rocher.

— Et toi, Jack ? Tu viens ?

Le troisième Américain du groupe leva les yeux, la tête enfouie dans la capuche de sa parka.

— Laisse-moi le temps de reprendre mon souffle, Henry ! Je crois que je vais attendre ici et me faire chauffer un peu de café.

— Sacré Jack ! Même en plein Tibet, il ne peut se passer de caféine !

Mari et femme échangèrent un regard moqueur et entamèrent leur ascension.

— Il n'a pas arrêté, pendant toutes ces années, de nous dire qu'on était fous de chercher l'Atlantide ; puis, lorsqu'on finit par trouver une piste tangible, c'est à peine s'il ne nous supplie pas de l'emmener avec nous ; et, maintenant qu'on touche au but, Monsieur veut faire une pause-café ! C'est pour le moins étrange, non, Laura ?

— Tu ne crois pas qu'on est un peu étranges, nous aussi, à parcourir le monde comme on le fait depuis vingt ans, à la recherche de vieilles légendes ?

— Peut-être bien, mais on le sera moins une fois qu'on aura découvert l'Atlantide. On deviendra les archéologues les plus connus depuis…

— Indiana Jones ?

Henry sourit.

— J'allais dire Heinrich Schliemann, mais va pour Indiana Jones. Est-ce que tu penses que le Fedora m'irait bien ?

Laura fit semblant de l'examiner.

— Un rien t'habille. Même si tu es encore mieux sans rien du tout.

— Un peu de tenue, femme ! Attends qu'on trouve un endroit avec le chauffage central ou, au moins, un bon feu de bois !

— Je te prends au mot. Entre nous, le feu de bois me paraît plus romantique.

Ils poursuivirent leur chemin, la neige crissant sous leurs pieds.

Quelques instants plus tard, Henry fit une pause pour examiner la façade rocheuse.

— Tu as vu quelque chose ?

— Ces strates…, dit-il en les pointant du doigt.

Des milliers d'années plus tôt, les forces titanesques qui avaient fait surgir la chaîne de l'Himalaya à l'endroit même de la collision entre les plaques tectoniques indienne et asiatique avaient, du même coup, fait passer les couches rocheuses de l'horizontale à la verticale.

— Et alors, qu'est-ce qu'elles ont de spécial ?

— En déblayant ces pierres, répondit Henry en se dirigeant vers un ample monticule, je crois qu'on pourrait dégager une entrée.

Laura jeta un coup d'œil par-dessus l'épaule de son mari et aperçut, dans l'ombre, une brèche qui pénétrait au cœur de la strate.

— Ça suffirait pour entrer ?

— C'est ce qu'on va voir.

Henry fit rouler plusieurs gros cailloux, provoquant ainsi un léger éboulis de pierres et de neige. Derrière, le trou noir gagnait en profondeur.

— Donne-moi un coup de main.

— Alors, comme ça, tu veux bien payer les autochtones pour monter les tentes, mais quand il s'agit de déplacer des rochers, tu fais appel à ta femme…

— Il a dû y avoir un glissement de terrain. Nous sommes au sommet de l'entrée.

Il continua de retirer d'autres pierres avec l'aide de Laura.

— Sers-toi de ta lampe pour voir jusqu'où ça va.

Laura retira son sac à dos et en sortit une Maglite, qu'elle alluma et dirigea vers la cavité.

— Je ne vois pas le fond. Écho ! cria-t-elle.

Un faible retour lui parvint de l'intérieur de cette chambre noire.

— En tout cas, c'est grand, là-dedans. Presque aussi grand que ta grande bouche ! commenta-t-elle en lui donnant une petite tape sur la nuque.

— Je crois que si on déplace ce rocher, là, on arrivera peut-être à se glisser à l'intérieur, émit Henry.

— Tu veux dire que moi, j'arriverai peut-être à m'y glisser.

— Mais bien entendu, honneur aux dames !

— Je me passerais volontiers de ta galanterie, gémit Laura.

Prenant bien appui sur leurs pieds, ils empoignèrent alors l'encombrant rocher et se mirent à tirer. Il leur fallut plusieurs tentatives avant qu'il ne cède dans un crissement rauque.

L'ouverture mesurait à présent un peu moins d'un mètre de hauteur sur un peu plus de trente centimètres à son point le plus large.

— Tu penses pouvoir passer ? demanda Henry.

Laura tâtonna à l'intérieur.

— Ça va en s'élargissant. Une fois que je serai passée, ça devrait aller.

Elle se pencha en orientant sa lampe vers le bas.

— Tu avais raison, pour le glissement de terrain. C'est très en pente.

— Je vais t'attacher avec une corde, dit Henry. Au moindre problème, je pourrai te sortir en te tirant vers moi.

La corde ayant été attachée à son baudrier, Laura noua ses cheveux et entreprit de se glisser, les pieds en premier, par l'ouverture. Une fois à l'intérieur, elle dut chercher son équilibre sur le sol instable.

— Qu'est-ce que tu vois ? demanda Henry.

— Pour l'instant, rien que des rochers. (Elle s'habitua peu à peu à l'obscurité.) C'est plus plat vers le fond. On dirait…

Elle ralluma sa lampe. On n'apercevait que des murs de pierre, puis on était de nouveau plongé dans le noir.

— Il y a un passage ici, assez large, mais je ne me rends pas compte de sa profondeur. J'ai l'impression qu'il va très loin. Je crois même qu'il a été creusé artificiellement !

On sentait un souffle d'excitation monter dans sa voix.

— Tu peux descendre ?

— Je vais essayer.

Elle tenta un premier pas, les bras en croix pour assurer son équilibre. De petits morceaux de roc se décrochèrent sous ses pieds.

— Ce n'est pas très sûr, je vais peut-être devoir…

Une grosse pierre roula en crissant sous son pied droit. Surprise, elle tomba sur le dos et se mit à dévaler la pente. Sa lampe lui échappa des mains ; elle l'entendit dégringoler devant elle.

— Laura, Laura !

— Tout va bien. J'ai glissé, c'est tout, dit-elle en se relevant.

Grâce à ses vêtements épais, elle n'avait pas une égratignure à déplorer.

— Tu veux que je te remonte ?

— Non, non, je vais bien. Autant jeter un coup d'œil, maintenant que je suis là.

Elle se baissa pour ramasser la lampe…

…et vit qu'elle n'était pas seule.

Son sang ne fit qu'un tour. Un moment abasourdie, Laura n'en fut pas moins reprise par la curiosité et promena sa lampe autour d'elle.

— Chéri, tu te souviens de ces nazis partis en expédition secrète au Tibet, dont personne n'a plus jamais entendu parler ?

— Ça, je vais te dire, je les avais complètement oubliés, lui cria Henry avec une pointe de sarcasme. Pourquoi ?

— Je crois que je viens de les retrouver, annonça Laura sur le ton du triomphe.

Cinq corps gisaient au fond de la grotte. Manifestement, ils n'avaient pas été tués par l'éboulement qui avait bloqué l'entrée ; vu leur état de quasi-momification, il paraissait bien plus vraisemblable qu'ils soient tout simplement morts de froid – un froid si rigoureux qu'il avait permis la conservation des corps par dessiccation. Tandis que les autres membres de l'expédition inspectaient la grotte, les Wilde concentrèrent toute leur attention sur cette macabre découverte.

— Le temps a dû tourner et ils sont venus se réfugier ici, nota Henry, accroupi devant les corps. Et ils n'en sont jamais ressortis.

— Mourir de froid, ce n'est pas comme ça que je voudrais finir, dit Laura avec un rictus.

Soudain, Sonam, l'un des guides tibétains, lança un appel du fond du passage :

— Professeur Wilde ! Il y a quelque chose ici.

Délaissant les corps, Henry et Laura descendirent plus profondément dans la caverne. Comme l'avait supposé Laura, le passage avait été artificiellement creusé dans la roche. Une dizaine de mètres plus loin, les membres de l'expédition éclairaient ce qui se trouvait au fond.

Il s'agissait d'un temple ou d'une tombe.

Jack était déjà en train d'examiner ce qui semblait être un autel élevé au centre d'une chambre rectangulaire.

— Ça, ce n'est pas tibétain, déclara-t-il alors que les Wilde arrivaient. Ces inscriptions… c'est du glozel, ou un dérivé.

— Du glozel ? s'exclama Henry sur un ton où la surprise se mêlait à la joie. J'ai toujours dit qu'il y avait de fortes chances que ce soit la langue de l'Atlantide !

— Ce n'est tout de même pas la porte à côté, fit remarquer Laura.

Elle éclaira les parois avec sa lampe. Des piliers taillés à même la pierre montaient du sol au plafond. Leur style anguleux dénotait un côté froidement fonctionnel. Les nazis n'avaient pas dû se sentir trop dépaysés, pensa-t-elle. Albert Speer lui-même aurait pu concevoir pareille architecture.

Des bas-reliefs représentant des figures humaines avaient été sculptés au pied des piliers. Henry examina le plus imposant. Bien que d'un style déroutant, tout aussi rigoureusement épuré que le reste de la salle, il en reconnut aussitôt le personnage principal.

— Poséidon, murmura-t-il.

— Poséidon…, reprit Laura.

L'image du dieu s'éloignait un peu de la représentation grecque traditionnelle, mais le trident qu'il tenait à la main droite constituait un indice infaillible.

— Eh bien, fit Jack, Frost va pouvoir se réjouir du succès de l'expédition.

— On s'en fout, de Frost, ronchonna Laura. C'est notre découverte. Il n'a fait qu'apporter son fric.

— Voyons, voyons, dit Henry en lui tapotant gentiment l'épaule. Au moins, grâce à lui, on n'a pas été obligés de choisir entre vendre notre voiture ou piquer l'argent réservé aux études de notre fille !

Il regarda autour de lui.

— Sonam, est-ce qu'il y a autre chose ici ? D'autres pièces ou d'autres passages ?

— Non, répondit le Tibétain. C'est un cul-de-sac.

— Ah bon ? lâcha Laura, déçue. Enfin, je veux dire, c'est déjà assez extraordinaire, mais j'étais sûre qu'il y aurait…

— On n'est peut-être pas au bout de nos découvertes, lui assura Henry. Il est possible qu'il y ait d'autres tombes le long de la corniche. Continuons à bien regarder.

Il remonta auprès des corps. Laura et Jack lui emboîtèrent le pas. Recroquevillés dans leurs vêtements conçus pour affronter le grand froid, les cadavres semblaient le contempler du creux de leurs orbites à la peau brunâtre et parcheminée.

— Je me demande si Krauss se trouve parmi eux.

— Il est bien là, dit Laura en pointant du doigt l'un des corps. Le chef de l'expédition en personne.

— Comment peux-tu en être si sûre ?

Elle promena un doigt ganté au-dessus du corps, jusqu'à lui toucher presque la poitrine. En approchant la lanterne, Henry découvrit une petite plaque de métal cousue à son vêtement. Un insigne…

Soudain, un frisson, qui n'avait rien à voir avec le froid, lui parcourut l'échine. C'était bien la tête de mort stylisée de la Schutzstaffel – la SS. L'organisation avait beau être dissoute depuis plus d'un demi-siècle, elle faisait toujours froid dans le dos.

— Jürgen Krauss, dit-il enfin.

Le fait que le leader de cette expédition nazie ressemblât désormais au crâne inscrit sur son insigne n'était pas dépourvu d'une certaine ironie.

— Je n'aurais jamais cru te rencontrer. Qu'est-ce qui a bien pu t'amener jusqu'ici ?

— On n'a qu'à faire notre petite enquête, proposa Laura. Son sac est juste là. Il doit y avoir tous ses carnets de notes à l'intérieur. Vas-y, regarde.

— Attends, tu veux que ce soit moi qui fasse ça ?

— Ben, forcément, pas question que je touche à un vieux nazi. Berk !

— Jack ?

Jack fit non de la tête.

— Ces corps-là sont beaucoup trop récents à mon goût.

— Espèce de dégonflé de paléontologue ! lui lança Henry avec un sourire accusateur.

Il fit le tour du cadavre et ouvrit le sac en tâchant de ne pas trop secouer le corps.

Son contenu ne présenta d'abord rien de bien original : une lampe torche rongée par la rouille et l'oxydation des piles, et plusieurs morceaux de papier sulfurisé froissés, renfermant des restes de nourriture. Les choses devinrent ensuite plus intéressantes : un ensemble de cartes pliées, des carnets reliés en cuir, des feuilles de papier portant l'empreinte de caractères glozels incisés dans la pierre, une plaque de cuivre poli gravée d'une carte terrestre ou maritime. Enfin, un paquet enveloppé dans plusieurs épaisseurs de velours sombre.

Laura prit la plaque de cuivre dans ses mains.

— On dirait qu'elle a été polie par le sable. Tu crois qu'ils auraient pu la trouver au Maroc ?

— C'est possible.

En toute logique, Henry aurait dû s'intéresser en premier aux carnets, mais il était trop intrigué par le paquet, que sa longueur – une trentaine de centimètres – et son poids étonnant rendaient mystérieux. Il le posa avec précaution sur le sol et déplia soigneusement le tissu.

— Qu'est-ce que c'est ? demanda Laura.

— Aucune idée. On dirait du métal.

Raidi par l'effet combiné du temps et du froid, le velours gardait jalousement son secret. Finalement, Henry vint à bout de la dernière couche.

— Wouah ! fit Laura, bouche bée.

Jack écarquillait des yeux émerveillés.

Ils venaient de découvrir, après l'avoir libérée de sa gangue, une barre de métal d'environ cinq centimètres de large, dont l'une des extrémités, arrondie, était gravée d'une pointe de flèche. Même à la lueur bleue et froide de la lanterne, l'objet, dans les tons d'or cuivré, dégageait un éclat qui ne ressemblait à rien de connu.

Abasourdi, Henry se pencha pour le regarder de plus près. Contrairement à la plaque de cuivre que tenait Laura, cette barre de métal ne présentait aucun signe de vieillissement ou d'érosion. On l'aurait crue astiquée de frais. Ce n'était ni de l'or, ni du bronze…

Laura se pencha à son tour, son souffle frôlant un instant la surface froide de l'objet.

— Est-ce que c'est ce à quoi je pense?

— Ça m'en a tout l'air. Nom de nom, je n'y crois pas. Les nazis avaient mis la main sur un objet en orichalque! Ce métal que décrit Platon! Il y a plus de cinquante ans, les nazis avaient trouvé un objet tout droit sorti de l'Atlantide!

— Tu vas devoir présenter tes excuses à Nina en rentrant à la maison..., ironisa Laura. Elle a toujours été convaincue que la pièce qu'elle a trouvée au Maroc était en orichalque.

— Tu as raison, dit Henry en soulevant l'objet avec précaution. Ce n'est en aucun cas du bronze, qui aurait changé de couleur.

L'autre face n'était pas plate: à son extrémité carrée ressortait une forme circulaire dont le haut était marqué par une petite fente à quarantecinq degrés.

— Ça devait faire partie d'un objet plus grand, fit observer Henry. On dirait que c'était fait pour être suspendu...

— Ou pour se balancer, suggéra Laura. Comme l'aiguille d'un pendule.

Henry passa le bout du doigt sur la pointe de la flèche.

— Une sorte d'indicateur?

— Et ces marques, qu'est-ce que c'est? demanda Jack.

Sur toute la longueur de l'objet courait une fine ligne de symboles discrètement gravés, une série de petits points disposés par groupes de huit maximum. Là encore...

— Des caractères glozels, mais sensiblement différents de ceux que nous avons trouvés dans la tombe, répondit Henry. Regardez, ceux-ci ressemblent davantage à des hiéroglyphes.

Il les compara alors avec les empreintes retrouvées dans le sac de Krauss. Ils étaient presque identiques.

— De plus en plus curieux...

Jack les examina de plus près.

— On dirait de l'olmèque, ou quelque chose de ce genre. Drôle de mélange.

— Que disent-ils ? s'enquit Laura.

— Aucune idée. Je ne maîtrise pas très bien cette langue. Enfin, pas encore, ajouta-t-il avec un toussotement de modestie.

— On dirait qu'ils ont été ajoutés dans un second temps, déclara Henry. Les inscriptions sont gravées de façon plus grossière que la pointe de la flèche.

Il replaça l'objet dans le velours.

— Rien que pour ça, on a eu raison de venir jusqu'ici.

Il se releva d'un bond et lâcha un cri de triomphe avant de prendre Laura dans ses bras.

— On a réussi ! On a réussi à trouver des preuves que l'Atlantide n'est pas qu'un mythe !

Elle l'embrassa.

— Maintenant, il ne nous reste plus qu'à trouver l'Atlantide tout court !

— Chaque chose en son temps, ma chérie.

Un cri venu des profondeurs de la grotte attira leur attention.

— Il y a quelque chose ici, professeur !

C'était Sonam. Abandonnant l'objet par terre, Henry et Laura se précipitèrent vers l'endroit d'où appelait le Tibétain.

— Regardez, leur dit-il en orientant sa lampe vers le mur de la tombe. Je croyais qu'il ne s'agissait que d'une fente, et puis, d'un coup, j'ai pensé à quelque chose.

Il enleva l'un de ses gants, inséra la dernière phalange de son petit doigt dans la fente verticale et remonta jusqu'en haut.

— On a exactement la même largeur sur toute la hauteur du mur. Et il y en a une autre pareille, à trois mètres environ.

— Une porte ? demanda Laura.

En suivant le tracé jusqu'en haut, Henry parvint, grâce à la lampe, à repérer une ligne horizontale à peine perceptible, à près de deux mètres cinquante de hauteur.

— Une sacrée porte ! Il faut que Jack voie ça.

Il l'appela.

— Jack ! Jaaack !

Ne lui revint que son propre écho.

— Où est-il passé ?

Laura secoua la tête.

— Il a bien choisi son moment pour aller pisser. On est en train de faire la découverte archéologique la plus importante du siècle et il...

— Professeur Wilde ! cria soudain l'un des Tibétains. Il y a quelque chose dehors, écoutez.

Le groupe retint son souffle. Un bruit sourd de moteur, accompagné de battements rapides et d'un vrombissement strident, leur parvint.

— Un hélicoptère ? s'exclama Laura, interloquée. Ici ?

— Viens ! coupa Henry en se mettant à courir vers la sortie.

Dehors, le ciel s'était considérablement obscurci. Il remonta le tas de pierres à l'aide de la corde.

— C'est l'armée chinoise ? demanda Laura, quelques mètres derrière lui.

— Comment ont-ils fait pour nous trouver ? Nous ne savions même pas nous-mêmes précisément où nous allions avant d'arriver à Xulaodang.

Henry se dirigea vers le promontoire. Le vent s'était levé, l'orage grondait. Mais c'était le cadet de ses soucis. Il cherchait à repérer l'hélicoptère. Malgré le bruit qui se rapprochait, il restait invisible.

Tout comme Jack, d'ailleurs.

Laura fit irruption derrière lui.

— Où est-il ?

Aussitôt, l'hélicoptère apparut dans le ciel.

Henry comprit au premier coup d'œil qu'il ne s'agissait pas d'un appareil chinois : uniformément peint d'un gris sombre assez lugubre, il ne portait ni étoiles rouges, ni aucun signe distinctif, pas même un numéro sur la queue. Il devait appartenir à des forces spéciales armées. Mais lesquelles ?

Il ne s'y connaissait pas suffisamment en aéronautique pour identifier l'engin, assez grand pour transporter plusieurs personnes derrière les pilotes. Ces derniers, dans le cockpit, balayaient le sol du regard, comme s'ils cherchaient quelque chose.

Ou quelqu'un.

Eux, par exemple.

— Retourne à l'intérieur ! cria soudain Henry.

Laura disparut précipitamment dans le noir.

L'hélicoptère se rapprocha en soulevant un blizzard de neige. Henry recula vers l'entrée de la grotte.

L'un des pilotes pointait un doigt vers le sol. Il l'avait repéré.

L'hélicoptère virevolta comme un gigantesque insecte venu d'ailleurs, les vitres du cockpit faisant penser à des yeux énormes, puis revint à sa position initiale. Deux cordes semblables à des serpents furent jetées de l'appareil, et deux silhouettes sombres, ballottant dans les airs, entamèrent la descente.

Henry remarqua qu'elles portaient des armes automatiques en bandoulière. L'expédition ne disposait que d'une seule arme, une simple carabine de chasse, destinée davantage à faire fuir d'éventuels animaux sauvages qu'à se défendre efficacement. Du reste, ils ne l'avaient même pas avec eux : elle était restée au camp.

Les deux premiers hommes avaient à peine touché le sol que deux autres avaient pris le relais sur les cordes. Armés, eux aussi.

Henry bondit en arrière dans le trou et dégringola le long du monticule de pierres avant d'atterrir brutalement sur le sol.

— Henry ! s'écria Laura. Qu'est-ce qui se passe ?

— Nos visiteurs ne m'ont pas l'air franchement amicaux, répondit-il, le visage grave. Il y a au moins quatre hommes et ils sont armés.

— Oh, mon Dieu ! Et Jack ?

— Je ne sais pas. Je ne l'ai pas vu. Il faut trouver un moyen d'ouvrir cette porte. Allons-y.

Alors que Laura se mettait à courir vers la tombe, Henry se saisit de l'objet en orichalque d'un geste quasi instinctif et descendit derrière elle en l'empaquetant du mieux qu'il pouvait.

Les quatre Tibétains cherchaient désespérément à percer le secret des murs de la tombe.

— Il n'y a rien ici !

— Il y a forcément quelque chose ! hurla Henry. Une serrure, une touche secrète, n'importe quoi !

Il se retourna et vit une silhouette se dessiner à l'entrée. L'instant suivant, elle basculait, comme happée par le sol, et était remplacée par une autre.

— Merde ! Ils sont dans la grotte !

Laura s'agrippa à son bras.

— Henry !

Suivirent un troisième homme, puis un quatrième…

Cinq au total. Tous armés.

Ils étaient foutus. Des faisceaux de lumière rouge percèrent l'obscurité, des rayons laser, aussitôt suivis du rayonnement intense de torches halogènes. Ces lumières éblouissantes balayèrent la grotte avant de s'immobiliser sur le petit groupe serré contre la tombe.

Presque aveuglé par les lampes, Henry était pétrifié. Que faire ? Où aller ? Ils ne pouvaient se réfugier nulle part. Et impossible d'échapper à ces projecteurs.

— Professeur Wilde !

Stupéfaction de Henry. Ils connaissaient son nom ?

— Professeur Wilde ! reprit la voix.

Une belle voix grave, avec un accent. Grec, peut-être ?

— Restez où vous êtes. Vous aussi, madame Wilde.

Les intrus s'avancèrent.

— Qui êtes-vous ? demanda Henry. Que voulez-vous ?

Les hommes qui tenaient les torches s'immobilisèrent ; un seul, de grande stature, poursuivit son chemin vers les membres de l'expédition.

— Mon nom est Giovanni Qobras, répondit l'homme.

Grâce à la réverbération contre les murs de la tombe, Henry parvint à distinguer ses traits. Il avait un visage anguleux et sévère, un nez proéminent et des cheveux bruns si bien lissés vers l'arrière qu'il avait l'air de porter une kippa.

— Ce que je veux, je suis au regret de vous l'apprendre, c'est vous.

Laura le regarda, effarée.

— Que voulez-vous dire ?

— Comprenez-moi bien. Je ne peux vous laisser poursuivre vos recherches. J'en suis navré, mais ce serait un trop grand risque pour l'humanité.

Il baissa un instant la tête et recula d'un pas.

— Je n'ai rien contre vous en particulier.

Dans l'espace confiné du tombeau, la détonation des armes automatiques fit un bruit assourdissant.

En attendant que cessent les derniers échos de la fusillade, Qobras fixa son regard sur les six corps criblés de balles, puis donna prestement ses ordres.

— Ramassez tout ce qui est en rapport avec leur expédition : cartes, notes, tout ce que vous trouverez. Et faites de même pour ces corps, là-bas. (Il pointa du doigt les dépouilles nazies.) Je présume que c'est tout ce qui reste de l'expédition de Krauss. Voilà donc un des mystères de l'Histoire enfin résolu…, ajouta-t-il, se parlant à lui-même, tandis que ses hommes examinaient les corps.

— Giovanni ! lui cria bientôt l'un des hommes, accroupi au-dessus du corps de Henry.

— Qu'y a-t-il, Yuri ?

— Il faut que vous voyiez ça.

Qobras s'avança.

— Seigneur !

— C'est bien de l'orichalque, n'est-ce pas ? demanda Yuri Volgan en éclairant l'emballage de velours.

Une intense lueur orangée se reflétait sur le visage des deux hommes.

— Absolument… Mais c'est la première fois que je vois un objet d'une telle importance. Je n'en connaissais que de petits morceaux.

— C'est magnifique… Et ça doit valoir des fortunes. Des millions de dollars, des dizaines de millions.

— Au bas mot.

Qobras examina l'objet un long moment, puis se redressa d'un coup.

— Seulement, il doit rester caché.

Il sortit sa lampe et inspecta les murs du tombeau sans rien découvrir d'autre que les bas-reliefs au pied des piliers. Se tournant alors vers l'autel, il en parcourut rapidement les inscriptions.

— De l'écriture glozel… mais rien sur l'Atlantide.

— On devrait peut-être fouiller la tombe, suggéra Volgan en contemplant une dernière fois l'objet, avant de le replacer dans son enveloppe de velours.

Qobras réfléchit.

— Non, dit-il enfin. Il n'y a rien ici, tout a dû être pillé. J'étais persuadé que les Wilde nous mèneraient sur la piste même de l'Atlantide, mais je me suis trompé. Encore un coup pour rien. Sortons d'ici avant que l'orage n'éclate.

Il fit demi-tour et regagna l'entrée de la grotte d'un pas décidé.

Après avoir jeté un coup d'œil alentour pour vérifier que personne ne le regardait, Volgan fit disparaître l'objet à l'intérieur de son épais blouson et remonta à son tour.

Perché sur le bord du promontoire, Qobras agitait un signal lumineux à l'intention de l'hélicoptère, qui décrivait des cercles dans le ciel. Il dirigea ensuite son regard vers l'homme qui se tenait debout près du camp établi par la malheureuse expédition.

— Vous avez fait ce qu'il fallait faire.

Jack dissimulait son visage au fond de sa capuche.

— Je n'en suis pas fier. Les Wilde étaient mes amis. Que va devenir leur fille ?

— Il fallait le faire. La Confrérie ne doit laisser personne découvrir l'Atlantide. Encore moins Kristian Frost, ajouta Qobras en fronçant les sourcils. Nous devons l'empêcher de financer des intermédiaires comme les Wilde. Il sait pourtant qu'on le surveille…

— Et… et si Frost se doutait que je travaille pour vous ? demanda Jack avec angoisse.

— Vous n'aurez qu'à le convaincre que c'était un accident. Nous pouvons vous ramener en hélico à dix kilomètres de Xulaodang. Personne ne vous verra avec nous, et vous pourrez regagner le village à pied. Vous contactez Frost et vous lui apprenez la mauvaise nouvelle. Dites que vous êtes le seul survivant d'une avalanche, d'un éboulis, ce que vous voulez. (Qobras tendit la main.) La radio ?

Jack fouilla dans son sac et rendit à son propriétaire l'émetteur assez volumineux dont il s'était servi pour renseigner son équipe sur l'emplacement du pic Doré.

— Je vais aussi devoir parler à beaucoup d'autres personnes. Les autorités chinoises, l'ambassade américaine…

— Tenez-vous-en toujours à la même histoire, et vous aurez votre argent en arrivant en Amérique. Bien sûr, si vous veniez à apprendre que quelqu'un d'autre s'est mis en tête de reprendre le flambeau des Wilde, vous m'en informeriez aussitôt, n'est-ce pas ?

— C'est pour ça que vous me payez, dit Jack, l'air abattu.

Qobras lui décrocha un sourire glacial et leva les yeux vers l'hélicoptère qui approchait, pleins phares, sur fond de ciel de plus en plus sombre.

L'appareil disparut dix minutes plus tard, abandonnant les cadavres aux glaces de l'éternité…

Dix ans plus tard…

1

NEW YORK

Le docteur Nina Wilde s'arrêta devant la porte et prit une profonde inspiration en contemplant, pensive, son reflet dans la vitre fumée. Elle avait troqué ses habituels sweat-shirts décontractés et ses pantalons amples pour un tailleur bleu marine plus classique. Et, une fois n'est pas coutume, ses cheveux auburn mi-longs étaient soigneusement coiffés vers l'arrière plutôt que retenus à la va-vite par un élastique. L'entretien qu'elle s'apprêtait à avoir était de la plus haute importance et, bien qu'aucun des membres du jury ne lui fût inconnu, elle tenait à donner l'image la plus professionnelle possible. Une fois rassurée sur le fait qu'elle avait bien le look de l'emploi et qu'elle ne s'était pas tartiné les joues de rouge à lèvres, elle s'arma de courage et poussa la porte après avoir, d'un geste machinal, touché le pendentif qu'elle portait toujours autour du cou. Son porte-bonheur.

Elle avait trouvé ce fragment de métal incurvé d'environ cinq centimètres de long vingt ans plus tôt, au Maroc, lors d'une expédition avec ses parents. À l'époque, sa tête d'enfant pleine de tout ce qu'on lui racontait sur l'Atlantide, elle s'était imaginé que cette pièce aux bords acérés et à la surface polie par le sable était en orichalque, ce métal décrit par Platon comme l'un des signes distinctifs de la civilisation perdue.

Aujourd'hui, son regard s'étant affiné avec l'âge, elle s'était résolue à admettre que son père avait raison : il ne s'agissait que d'un simple éclat de bronze décoloré, sans la moindre valeur, que ceux qui les avaient devancés sur le site avaient tout bonnement abandonné sans s'en soucier. Il n'en restait pas moins un objet travaillé par la main de l'homme. Pour preuve, ces marques gravées sur la face externe, incurvée. Comme c'était là sa première trouvaille, ses parents avaient fini par céder à ses suppliques et lui avaient accordé le droit de le garder.

À leur retour aux États-Unis, son père le lui avait fait monter en pendentif. D'emblée, Nina avait décrété que ce serait son porte-bonheur. Ce pouvoir restait naturellement à prouver ; elle ne devait ses diplômes qu'à son travail acharné et à son intelligence, et n'avait, jusqu'à présent, jamais rien gagné au moindre jeu de hasard. Une chose était sûre, en tout cas : elle n'avait oublié de le porter qu'une seule fois, un matin, en sortant précipitamment de chez une amie chez qui elle avait passé la nuit, pendant ses examens à l'université. Ce jour-là, ses parents étaient morts. Depuis, bien des choses avaient changé. À une seule près : elle n'avait plus jamais oublié son pendentif.

Elle le serra encore dans sa main, d'un geste délibéré cette fois. Aujourd'hui, elle devait mettre toutes les chances de son côté. Elle ouvrit la porte avec une détermination de fer.

Les trois universitaires installés derrière le vieil et imposant bureau en chêne levèrent les yeux ensemble. Le professeur Hogarth était un vieil homme corpulent et affable. Son assurance de conserver son poste et son mépris envers toute bureaucratie en faisaient un homme prompt à accorder une bourse, pourvu que le projet lui fût présenté de façon un tant soit peu intéressante. Nina espérait faire mieux que ça.

En revanche, aucune thèse d'histoire, fût-elle la plus passionnante, dût-elle même déboucher sur la découverte d'un dinosaure vivant ou du remède miracle contre le cancer, ne suffirait à obtenir le soutien du professeur Rothschild. Cette vieille misanthrope pincée ne supportait aucune jeune femme de moins de trente ans. Nina savait que, d'entrée de jeu, elle ne pourrait compter sur elle.

Cela faisait déjà un « non » et un « peut-être ». Au moins, elle était sûre du soutien du dernier professeur : Jonathan Philby, un ami de la famille. C'était lui qui lui avait annoncé la mort de ses parents.

Tout dépendait donc de cet homme. Car, en plus de détenir le vote décisif, il était le directeur du département. Si elle réussissait à le convaincre, elle obtiendrait son financement. Si elle échouait, en revanche…

Mais elle ne pouvait même pas envisager cette hypothèse.

— Bonjour, docteur Wilde, dit-il.

— Bonjour, répondit-elle avec un grand sourire.

Hogarth la salua de façon amène. Rothschild, de son côté, put à peine contenir un rictus d'agacement.

— Je vous en prie, asseyez-vous.

Nina prit place sur la chaise installée devant le comité.

— Eh bien, continua Philby, nous avons tous eu le temps d'étudier les grandes lignes de votre proposition. Proposition, dirais-je, assez insolite. Peu commune, en tout cas, dans notre département.

— Pour ma part, je l'ai trouvée fort intéressante, déclara Hogarth. Une proposition réfléchie et qui ne manque pas d'une certaine audace. Cela nous change agréablement de l'orthodoxie à laquelle nous sommes habitués…

— J'ai bien peur de ne pas partager votre opinion, Roger, coupa Rothschild de sa voix cassante. Mademoiselle Wilde…

Nina nota l'omission volontaire de son titre. Quelle vieille garce !

— ... il me semblait que vous aviez un doctorat en archéologie, pas en mythologie. Or, l'Atlantide n'est rien d'autre qu'un mythe.

— Tout comme le furent, jusqu'à leur découverte, Troie, Ubar et les Sept Pagodes de Mahabalipuram, répliqua Nina aussi sec.

Rothschild avait sans doute déjà pris sa décision, mais pas question de se laisser faire !

Philby fit un signe de la tête.

— Eh bien, exposez-nous donc votre théorie.

— Volontiers.

Nina brancha son portable, compagnon fidèle de ses nombreux voyages, au projecteur de la salle. Surgit sur l'écran une carte dévoilant la Méditerranée et une partie de l'Atlantique.

— L'Atlantide, commença-t-elle, est une des légendes les plus tenaces de l'Histoire. Ces légendes proviennent d'un nombre réduit de sources, parmi lesquelles, pour les plus illustres, figurent les dialogues de Platon, bien sûr, mais aussi d'autres traditions anciennes. Celle du peuple de la Mer, qui envahit les régions côtières du Maroc, de l'Algérie, de la Libye et de l'Espagne modernes, fait notamment référence à un grand pouvoir localisé dans la région méditerranéenne. Il n'en reste pas moins que la plupart de nos connaissances sur l'Atlantide nous viennent du *Timée* et du *Critias*.

— Lesquels sont sans nul doute des œuvres de pure fiction, l'interrompit Rothschild.

— Ce qui m'amène justement à ma première théorie, continua Nina, qui avait anticipé cette objection. Sans nul doute, en effet, les dialogues de Platon sont romancés, et pas seulement le *Timée* et le *Critias*. Pourquoi ? Pour rendre son propos plus accessible, tout comme les films historiques ont aujourd'hui tendance à condenser le temps et à amalgamer plusieurs personnages importants. On ne peut pourtant pas affirmer que Platon écrivait de la fiction. Ses autres œuvres étant reconnues comme des documents historiques, pourquoi en serait-il autrement des deux qui font mention de l'Atlantide ?

— Vous êtes donc en train de nous dire que tout ce que Platon a écrit sur l'Atlantide est vrai ? demanda Philby.

— Pas tout à fait. Je dis qu'il pensait, lui, que ça l'était. Le récit concernant l'Atlantide lui est fait par Critias, qui le tenait lui-même des écrits de son grand-père, Critias l'Ancien, qui l'avait entendu, enfant, de la bouche de Solon, à qui des prêtres égyptiens l'avaient raconté. Au bout du compte, il s'agit d'une sorte de téléphone arabe – enfin, hellénique…

La plaisanterie amusa Hogarth.

— Le message d'origine a été déformé, naturellement, reprit-elle. Avec le temps, ce sont les mesures qui ont le plus souffert. Dans le *Critias*, qui réunit justement la plupart des descriptions de l'Atlantide par Platon, se trouve une anomalie tellement énorme que personne ne semble la remarquer.

— Laquelle ? demanda Hogarth.

— Le fait que toutes les mesures de l'Atlantide soient carrées et données en unités grecques, bien sûr ! Par exemple, la plaine sur laquelle s'étendait la capitale de l'Atlantide mesurait, d'après Platon, trois mille stades grecs sur deux mille. Soit une plaine fort joliment proportionnée… Et le hasard fait décidément bien les choses, puisqu'on obtient des chiffres grecs parfaitement ronds, alors que les données étaient, à la base, de source égyptienne !

Se rendant soudain compte qu'elle s'enflammait, Nina tenta de contenir son enthousiasme en revenant à un ton plus professoral.

— Même si l'on admet que la civilisation de l'Atlantide utilisait une mesure appelée « stade », il paraît assez invraisemblable qu'elle ait été le strict équivalent du stade égyptien, *a fortiori* du stade grec, qui était plus grand que ce dernier.

Rothschild eut une petite moue acerbe.

— Tout cela est fort intéressant, dit-elle sur un ton suggérant qu'elle pensait précisément le contraire, mais en quoi cela vous permettra-t-il de découvrir l'Atlantide ? Comme tout le monde, vous en ignorez les mesures. Je ne vois donc pas où tout cela nous mène.

Nina prit une profonde inspiration avant de formuler sa réponse. Ce qu'elle allait dire était le point faible de sa théorie. Si les trois universitaires qui avaient actuellement les yeux rivés sur elle n'acceptaient pas son raisonnement, tout était fichu...

— À ce qui, en fait, constitue la clé de voûte de ma proposition, reprit-elle avec autant d'assurance qu'elle le put. En un mot, si l'on accepte les mesures de Platon, un stade grec mesurant cent quatre-vingt-cinq mètres, l'Atlantide était une très grande île d'un peu moins de six cents kilomètres de long sur un peu plus de quatre cents kilomètres de large ! C'est plus grand que la Grande-Bretagne ! Il existe peu d'endroits où localiser, même sous l'eau, pareille surface, dit-elle en pointant la carte sur le mur.

— Que pensez-vous de Madère ? suggéra Hogarth.

L'île portugaise se trouvait à près de six cent cinquante kilomètres des côtes africaines.

— Cette île pourrait-elle être les restes émergés de l'Atlantide après que cette dernière a coulé ?

— C'est ce à quoi j'ai songé d'abord, mais la topographie de Madère infirme cette hypothèse. En réalité, on ne peut nulle part localiser l'île décrite par Platon dans la partie est de l'Atlantique.

Rothschild poussa un petit grognement de triomphe.

Nina lui adressa un regard aussi acerbe que son audace pouvait le lui permettre, et retourna à sa carte.

— Cette dernière constatation fonde ma théorie. Platon soutient que l'Atlantide se situait dans l'océan Atlantique, au-delà des Colonnes d'Hercule, que nous connaissons aujourd'hui sous le nom de détroit de Gibraltar. Puisqu'il n'existe aucune preuve permettant de vérifier les dimensions et la localisation de l'île, soit l'Atlantide n'est pas où il le disait, soit ses mesures sont inexactes.

Philby hocha la tête en silence. Toujours incertaine de son état d'esprit, Nina eut pourtant l'impression très nette qu'il avait pris sa décision, dans un sens comme dans l'autre.

— Donc, où se trouve l'Atlantide ? demanda-t-il.

Nina, qui avait prévu de ménager un coup de théâtre avant de révéler cette localisation en fin de présentation, sursauta. Elle ne s'attendait pas à ce qu'on lui pose la question aussi rapidement.

— Eh bien, dans le golfe de Cadix, répondit-elle, un peu déconcertée. (Elle indiqua un endroit dans l'océan situé à un peu plus de cent cinquante kilomètres à l'ouest du détroit de Gibraltar.) C'est du moins ce que je crois.

— Vous croyez ? railla Rothschild. J'espère que vous disposez d'autre chose que d'hypothèses pour appuyer vos dires…

Décidément, quelle salope !

— Si vous voulez bien me laisser m'expliquer, professeur Rothschild, dit Nina en s'efforçant de rester polie, vous comprendrez comment j'en suis arrivée à cette conclusion.

J'ai posé comme hypothèse de travail que Platon avait raison sur la localisation de l'Atlantide, mais qu'il s'est trompé dans ses mesures.

— Et pourquoi pas l'inverse ? intervint Hogarth. Vous ne tenez donc pas compte des théories modernes affirmant que l'île grecque de Santorin, au nord de la Crète, serait l'Atlantide, et que la civilisation dite de l'Atlantide serait en fait minoenne ?

— Exact, et pour plusieurs raisons. D'une part, les Grecs anciens connaissaient l'existence des Minoens et, d'autre part, les échelles de temps ne concordent pas. Si l'éruption volcanique qui a détruit Santorin s'est produite plus de neuf cents ans avant l'époque de Solon, la chute de l'Atlantide semble être survenue, elle, neuf mille ans plus tôt.

— La thèse de l'erreur de Solon, dite de « puissance dix », est communément acceptée et permet de relier les Minoens au *mythe* de l'Atlantide, fit remarquer Rothschild.

— Les symboles égyptiens pour cent et mille sont totalement différents, répliqua Nina. Il faudrait être aveugle ou complètement idiot pour les confondre.

Rothschild grimaça, mais se tut.

— De plus, Platon explique très clairement dans le *Timée* que l'Atlantide se trouvait dans l'océan Atlantique, pas en Méditerranée. J'imagine qu'il savait faire la différence entre l'est et l'ouest. Je crois plutôt que c'est au fur et à mesure de la transmission de l'histoire que les mesures ont été brouillées. Imaginez : du peuple de l'Atlantide aux Égyptiens ; puis, environ neuf mille ans plus tard, des prêtres égyptiens à Solon ; puis, par le biais de plusieurs générations de la famille Critias, de Solon à Platon.

— Comment ça, « brouillées » ? l'interrompit Philby.

— Vous avez raison, j'aurais pu employer des termes plus scientifiques, mais vous m'avez comprise. Même si les noms de ses mesures étaient les mêmes – je parle notamment du stade –, ce qu'elles recouvraient en réalité était bien différent. Au fur et à mesure de leur transmission, les chiffres se sont trouvés arrondis, voire exagérés pour renforcer le côté spectaculaire de la civilisation perdue. Du coup, l'erreur est allée croissant. Je pense donc pouvoir affirmer que, quelle que soit la taille réelle du stade de l'Atlantide, il était plus petit que son cousin grec.

— En voilà, une hypothèse ! siffla Rothschild.

— J'ai des arguments logiques. Critias donne diverses mesures de l'Atlantide, dont les plus importantes se rapportent à la citadelle construite sur l'île située au centre du système de canaux de la capitale.

— Les temples de Poséidon et de Clitô, dit Philby en se lissant pensivement les moustaches.

— Exactement. Selon Platon, cette île mesurait cinq stades de diamètre. D'après le système grec, on aboutit à une largeur d'à peine plus de neuf cents mètres. Si le stade atlantide est plus petit, il ne peut l'être que de façon relative : Critias affirme en effet qu'on pouvait mettre beaucoup de choses sur cette île centrale. Le temple de Poséidon, le plus grand, avait un stade de longueur, mais il y avait d'autres temples, des palaces, des bains… C'était presque aussi construit que Manhattan !

— Quelle taille attribuez-vous donc finalement au stade atlantide ? demanda Hogarth.

— Les deux tiers du stade grec, au minimum. Ce qui nous donnerait une citadelle d'un peu plus de six cents mètres de largeur, ce qui laisse amplement la place de tout y loger.

Hogarth fit ses calculs sur une feuille de brouillon.

— Si l'on s'en tient à cette mesure, l'île ferait, voyons ça…

— Trois cent quatre-vingt-quatre kilomètres de long sur deux cent soixante-dix de large, répondit Nina.

Hogarth acheva de gribouiller à la hâte ses calculs pour arriver au même résultat.

— Hum, dans ce cas, elle ne serait pas juste dans le golfe de Cadix… Elle serait le golfe de Cadix à elle toute seule !

— Vous devez néanmoins prendre en compte que les chiffres de Platon sont arrondis. À mon sens, il faut envisager une marge d'erreur d'au moins quinze pour cent, jusqu'à vingt peut-être.

— Encore une hypothèse, mademoiselle Wilde, lâcha Rothschild en lui jetant un regard perfide.

— Même avec une marge de vingt pour cent, l'île ferait encore trois cents kilomètres de long, ajouta Hogarth. Sans compter que vous avez pu vous-même vous tromper sur l'unité de mesure initiale…

Nina sentait la situation lui échapper.

— Je n'affirme pas que tous mes chiffres sont corrects. Au contraire. Ma théorie concorde avec certaines données disponibles et je veux… je voudrais, se corrigea-t-elle, avoir les moyens de la vérifier.

— Inspecter au sonar tout le golfe de Cadix serait une manière bien dispendieuse d'y parvenir, lança Rothschild avec morgue.

— Mais si j'ai raison, ce serait la découverte archéologique la plus importante depuis Troie ! la contrecarra Nina.

— Et si vous vous trompez, le département aura dilapidé des millions dans la quête d'un simple mythe, d'un conte de fées.

— Je ne cherche pas plus que vous à jeter l'argent de l'institut par les fenêtres ! Je dispose d'une documentation solide, de références historiques. Je viens de passer deux ans de ma vie à faire des recherches. Croyez que je ne serais pas venue vous présenter mes travaux si je n'avais pas été sûre de ce que j'avance.

— Pourquoi faites-vous cela, Nina ? demanda Philby avec, sur le visage, une triste sollicitude.

Le ton personnel de la question la prit au dépourvu.

— Que voulez-vous dire ?

— C'est très simple. Poursuivez-vous ce but pour vous-même ou pour vos parents ?

La voix de Nina s'étrangla dans sa gorge.

— Je connaissais très bien Henry et Laura, continua Philby. Ils auraient pu faire une carrière exceptionnelle s'ils n'avaient pas été obsédés par cette légende. J'ai suivi votre parcours, depuis que vous êtes arrivée chez nous ; certains de vos travaux étaient tout à fait remarquables. Je pense personnellement que vous disposez d'un potentiel supérieur à celui de votre père. Mais vous risquez de finir exactement de la même façon qu'eux…

— Jonathan ! s'écria Nina presque malgré elle.

C'était un cri à la fois de surprise, de protestation et de douleur.

— Je suis désolé, Nina, mais je ne peux pas vous laisser ficher en l'air vos études pour ce qui n'est qu'une quête illusoire. Un échec, avec le gaspillage des sommes nécessaires à la menée de vos travaux, pourrait être fatal à votre carrière.

— Rien à faire, de ma carrière ! lui opposa Nina.

— Peut-être, ma chère, mais nous tenons, pour notre part, à la réputation de cette université, rétorqua Rothschild, un sourire à peine esquissé sur ses lèvres minces.

— Maureen…, tempéra Philby. Docteur Wilde… Nina. Vos parents sont morts à cause de tout cela. En vous obstinant dans cette voie, cela pourrait aussi vous arriver. Et pour quoi, en somme ? Posez-vous la question en toute honnêteté. Une légende vaut-elle qu'on meure pour elle ?

Les paroles de Philby frappèrent Nina aussi durement qu'un coup de pied dans le ventre. Les dents serrées, elle lui demanda :

— Cela implique-t-il que mon projet est refusé ?

Les trois professeurs échangèrent des regards gênés avant de lui répondre.

— J'en ai bien peur, oui.

— Je vois.

Elle se tourna, débrancha son ordinateur et rassembla ses affaires. Puis elle les toisa avec fureur avant de lancer, les lèvres pincées :

— Eh bien, dans ce cas, merci pour le temps que vous m'avez consacré.

— Nina, dit Philby, je vous en prie, n'y voyez rien de personnel. Vous avez tout pour réussir une carrière formidable…

— Si ?

— Si vous ne tombez pas dans le même piège que vos parents. Le professeur Rothschild a raison : l'histoire et la mythologie sont deux choses très différentes. Ne perdez pas votre temps et votre talent dans la plus hasardeuse.

— Merci pour vos conseils, professeur Philby, conclut-elle après un long silence.

Puis elle leur tourna le dos et sortit en claquant la porte.

Nina s'enferma dans les toilettes pour femmes, le temps de se préparer à affronter le monde extérieur. Le premier choc passé, elle oscillait maintenant entre stupéfaction et colère. Comment Philby avait-il eu le culot de mêler ses parents à tout ça ? Il était censé juger sa proposition au regard de ses qualités intrinsèques, non de ses sentiments personnels !

Depuis la mort de ses parents, Philby avait été, non un père de substitution – personne ne l'aurait pu –, mais un fort soutien personnel, doublé d'un mentor à l'université. Or, il venait de la rejeter. Nina se sentait trahie.

— Espèce de fils de p… ! jura-t-elle en cognant du poing contre la paroi.

— Docteur Wilde ?

Cette voix ne lui était pas inconnue : le professeur Rothschild ! *Oh, merde !*

— Euh, moi pas parler votre langue ! bafouilla-t-elle en ouvrant précipitamment la porte de la cabine et en se faufilant, le portable sous le bras, jusqu'à la sortie.

L'embarras avait pris le pas sur la colère lorsque Nina se retrouva à l'entrée du bâtiment, face à l'horizon familier de Manhattan. Que faire, à présent ? Elle n'avait même pas envisagé la possibilité d'un échec, encore moins celle d'une défaite aussi cuisante. Par où commencer ?

Rentrer chez elle était encore ce qu'il y avait de mieux à faire, puis s'empiffrer de cochonneries bien grasses et bien sucrées, se soûler un bon coup et ne plus penser à rien avant le lendemain.

Elle descendit les marches jusqu'au trottoir et se mit en quête d'un taxi. Il y en avait quelques-uns en stationnement, un bloc plus loin. Avec un peu de chance, l'un d'eux serait libre.

Au moment où elle ouvrait son sac pour vérifier qu'elle avait assez d'argent, elle se sentit observée.

Elle se retourna. Adossé à un mur de l'université, un homme à la silhouette un peu massive, les cheveux courts clairsemés, vêtu d'un jean et d'un vieux blouson de cuir, la fixait. Son nez écrasé avait dû être brisé à plusieurs reprises. Il n'était pas tellement plus grand que Nina, pas plus d'un mètre soixante-dix, mais sa musculature puissante et l'impression indéfinissable de danger qui se dégageait de son visage carré laissaient clairement entendre qu'il n'hésiterait pas, le cas échéant, à se servir de la force.

En bonne New-Yorkaise, Nina s'était habituée à l'allure menaçante de certains individus, mais quelque chose chez lui la rendait nerveuse. Elle le surveilla du coin de l'œil tout en scrutant la circulation à la recherche d'une voiture. L'air de rien, il avait repris son observation. Malgré le flot des voitures, Nina ne put s'empêcher de ressentir une pointe d'inquiétude.

Dieu merci, un taxi passait à proximité. Elle le héla d'un geste vigoureux. À son grand soulagement, il s'arrêta. Elle monta et indiqua sa destination tout en jetant un coup d'œil en arrière. L'homme, qui devait avoir dépassé la trentaine, quoique cela fût difficile à dire vu la dureté de ses traits, soutint son regard jusqu'au moment où le taxi échappa à sa vue en se glissant derrière un bus. Nina poussa alors un soupir de soulagement.

Voilà qu'elle était poursuivie par un dingue ! Comme si l'humiliation de son épouvantable fiasco ne suffisait pas ! Elle s'affala sur la banquette.

— Quelle journée de bouse !

Une fois chez elle, un appartement petit mais douillet de l'East Village, Nina décida de ne suivre qu'en partie son instinct. Elle n'attaquerait que la nourriture. Pour le vin, dont elle avait plusieurs bouteilles au frais, on verrait plus tard.

Armée d'un énorme paquet de chips et d'un litre entier de glace Ben & Jerry's, elle gagna le salon. Au passage, elle consulta le répondeur : pas de surprise, aucun message.

Elle défit ses cheveux et s'installa en boule sur le canapé sous une grande couverture en laine. Il ne manquait plus que deux ou trois chansons bien niaises et déprimantes pour parfaire le tableau de la pauvre fille seule chez elle. Voire deux ou trois chats.

Amusée un instant par cette pensée, elle replia ses jambes sur sa poitrine et ouvrit le paquet de chips. Sa main effleura alors son pendentif.

— Tu parles d'un porte-bonheur ! grommela-t-elle en le tenant entre ses doigts.

Le métal avait beau être usé, il n'en brillait pas moins, en pleine lumière, d'un étrange éclat rougeâtre qui faisait nettement ressortir, sur l'une des deux faces, de minuscules apostrophes allant de une à huit, en dessous des petites lignes gravées sur la longueur. Elle s'était souvent demandé à quoi ces marques pouvaient correspondre, mais leur mystère restait entier.

Nina faillit l'enlever – côté chance, ça ne pouvait pas être pire –, mais se ravisa et le laissa retomber sur sa poitrine. Inutile de tenter le diable pour autant.

Elle croquait sa première chips lorsque le téléphone sonna. Elle n'attendait aucun appel et décrocha. Qui cela pouvait-il bien être ?

— Awo, bredouilla-t-elle, la bouche pleine.

— Vous êtes Mademoiselle Wilde ? s'enquit une voix d'homme.

Super. Un type qui voulait lui vendre quelque chose.

— Oui, c'est à quel sujet ?

Elle fourra quelques chips dans sa bouche, prête à raccrocher.

— Je m'appelle Jason Starkman et je travaille pour la fondation Frost.

Nina cessa aussitôt de mastiquer. La fondation Frost ? La fondation philanthropique internationale qui mettait au point médicaments et vaccins, qui finançait toute sorte de travaux scientifiques, dont des expéditions archéologiques…

Elle avala tout rond et reprit contenance.

— Euh, oui, allô !

— Je suis désolé d'apprendre que l'université a rejeté votre proposition, dit Starkman. Quel manque d'ambition, quelle courte vue…

Nina fronça les sourcils.

— Comment êtes-vous au courant ?

— La fondation a des amis à l'université. Mademoiselle Wilde, je vais aller droit au but. Vos collègues ne sont peut-être pas intéressés par votre théorie sur l'emplacement de l'Atlantide, mais nous le sommes au plus haut point. Kristian Frost, notre directeur, m'a demandé de vous contacter pour vous proposer d'en parler avec lui ce soir.

Le cœur de Nina fit un bond. Kristian Frost ? Elle n'aurait su dire avec exactitude quelle place il occupait dans le classement des personnalités les plus riches de la planète, mais il figurait à coup sûr parmi les vingt premières. Elle se força à rester calme.

— Je… oui, naturellement. Mais… dans quel but ?

— Dans le but de financer une expédition d'enquête océanographique destinée à vérifier votre théorie.

— Dans ce cas… oui, absolument, je suis tout à fait d'accord pour en parler avec lui.

— Excellent. Une voiture vous conduira aux bureaux de la fondation. Vous y retrouverez Monsieur Frost pour dîner. Sept heures vous convient-il ?

Elle regarda l'heure sur l'horloge de son lecteur DVD. Il était un peu plus de cinq heures et demie. Ça allait être un peu la course, mais bon…

— Oui, oui, c'est parfait !

— Bien, à plus tard, donc. Oh, j'oubliais. Il pourrait vous être utile d'apporter vos notes. Je suis sûr que Monsieur Frost aura beaucoup de questions à vous poser…

— Pas de problème, répondit Nina alors que Starkman raccrochait.

Elle reposa le combiné et s'assit quelques instants avant d'envoyer valdinguer la couverture d'un coup de pied en poussant des cris de joie.

Kristian Frost ! Non seulement l'un des hommes les plus riches de la terre, mais aussi… Elle n'était pas vraiment attirée par les types plus vieux qu'elle, mais si elle en croyait les photos qu'elle connaissait de lui, Kristian Frost pourrait bien la faire changer d'avis.

Elle porta son pendentif à ses lèvres et l'embrassa.

— Finalement, tu es un vrai porte-bonheur !

2

Nina faisait nerveusement les cent pas dans son appartement. Le jour déclinait rapidement. Elle était sortie juste après l'appel de Starkman pour s'offrir une robe bleue très décolletée, parfaite pour un dîner avec un milliardaire. Elle l'espérait, en tout cas.

Elle n'en revenait toujours pas. Kristian Frost voulait la rencontrer, elle ! Pour discuter de ses théories sur l'emplacement de l'Atlantide ! Elle s'immobilisa pour récapituler tous les points qu'elle devait absolument lui présenter. Si elle réussissait à convaincre Frost, le souvenir de sa lutte contre l'université, dans l'espoir d'obtenir un maigre financement, serait effacé. Avec Frost, pas la peine de dépenser des fortunes à affréter des bateaux de relevé hydrographique : il avait les siens propres.

Elle regarda de nouveau par la fenêtre. Aucune voiture ne stationnait en bas de chez elle. À moins que… Qui cela pouvait-il bien être ?

Dans l'angle opposé de sa rue, quelqu'un venait de se baisser pour disparaître dans l'ombre d'un immeuble. Quelqu'un qui portait un blouson noir.

Nina passa alors plusieurs minutes à observer le flot des passants. L'homme ne réapparut pas. Il ne s'agissait peut-être que d'une coïncidence. New York est une grande ville, et beaucoup d'hommes portent des blousons noirs.

Autre chose, cependant, attira son regard : une berline gris argent s'arrêta au pied de son immeuble. Elle vérifia l'heure : il était à peine sept heures. Un homme en sortit, qui se dirigea vers la porte. Presque au même moment, l'interphone bourdonna.

— Allô ?

— Mademoiselle Wilde ? dit l'homme sur le trottoir. C'est Jason Starkman.

— Je descends ! cria-t-elle en attrapant la chemise qui contenait une copie de ses documents les plus importants.

Elle marqua un arrêt devant le miroir de l'entrée pour s'assurer que tout allait bien ; sa coiffure était impeccable, son maquillage élégant mais discret, et pas le moindre morceau de chips en vue. Elle sortit sans plus tarder.

Starkman l'attendait en bas. Sa voix trahissait peu de chose, hormis un léger accent texan, et n'avait donné aucun indice à Nina sur le physique de son propriétaire. Nina fut impressionnée, en le découvrant, par la carrure et la taille de Starkman. Il portait un costume bleu sur mesure et une chemise d'un blanc éclatant. Pas plus de la quarantaine, probablement, et grand voyageur, à en juger par le contour de ses yeux. Nina avait à plusieurs reprises déjà, chez son père notamment, rencontré ce genre de rides creusées par le soleil.

Starkman lui tendit une paume large et puissante.

— Heureux de vous rencontrer, mademoiselle Wilde.

— Moi de même.

Ils se serrèrent la main ; il avait la peau rêche.

Ses yeux effleurèrent son décolleté et le pendentif, puis il désigna son porte-documents.

— Vos notes, je présume ?

— Absolument. J'ai tout ce qu'il faut pour convaincre Monsieur Frost du bien-fondé de ma théorie. Enfin, je l'espère, répondit Nina avec un petit rire nerveux.

— D'après ce que nous savons déjà, Monsieur Frost ne devrait pas être difficile à convaincre. Vous êtes prête ?

Ils descendirent jusqu'à la voiture, que Nina prit d'abord pour une Rolls-Royce. Il s'agissait en réalité d'une Bentley, une marque aussi luxueuse quoique plus sportive. Sans être souvent montée à bord de ce type de véhicule, Nina savait ce genre de chose.

— Jolie voiture, commenta-t-elle.

— Une Bentley Continental Flying Spur. Monsieur Frost n'achète que le meilleur.

Il lui ouvrit la portière arrière.

L'intérieur de cuir beige était aussi cossu qu'elle l'avait imaginé. Un autre homme, vêtu lui aussi d'un costume, se tenait au volant. Starkman referma la portière derrière elle, s'installa à l'avant et fit signe au chauffeur de démarrer. Alors qu'ils ralentissaient à l'intersection, Nina aperçut, sur le trottoir, l'homme qui l'avait observée à la sortie de l'université. Il parlait au téléphone sans la quitter des yeux.

Elle refoula un petit cri de stupeur.

— Quelque chose ne va pas ? demanda Starkman en se retournant vers elle.

— C'est juste que je…

La voiture redémarra et tourna à l'angle de la rue. L'homme disparut du champ de vision de la jeune femme. Elle hésita quelques instants à parler de la présence de cet homme à Starkman, mais résolut de garder le silence. Si cet individu en blouson de cuir représentait une menace, autant en parler directement à la police, pas à un homme qu'elle connaissait à peine.

— Ce n'est rien. J'ai cru reconnaître quelqu'un.

La Bentley tourna encore une fois et prit la direction de l'ouest.

Quel étrange itinéraire! se dit Nina. Elle avait regardé sur Internet où se situait le quartier général de la fondation Frost à New York : dans l'East Midtown, non loin des Nations Unies. Le chemin le plus simple à partir de chez elle aurait été d'obliquer tout de suite à l'est pour remonter la Première Avenue…

Elle décida de ne pas intervenir tout de suite. La Bentley était équipée d'un GPS ; il n'était pas impossible que des bouchons rendent le centre inaccessible et obligent à ce détour.

Seulement, ils continuaient à rouler vers l'ouest.

Voilà qui était vraiment étrange…

— Où va-t-on, déjà ? demanda-t-elle comme si de rien n'était.

— À la fondation Frost, répliqua Starkman.

— N'est-ce pas plutôt dans l'East Side ?

Elle croisa les yeux du conducteur dans le rétroviseur et y vit passer, une fraction de seconde, un semblant d'inquiétude.

— Nous faisons un petit détour.

— Par où ?

— Ce ne sera pas long.

— Ce n'était pas vraiment ma question.

Les deux hommes se concertèrent du regard.

— Et puis, merde, jura Starkman, accentuant soudain ses intonations texanes. Je comptais d'abord arriver à destination, mais puisqu'il en est ainsi…

Il sortit une arme et se tourna vers elle.

Nina avait les yeux rivés sur le revolver pointé sur elle.

— Qu'est-ce que c'est que ça ?

— À votre avis ? Moi qui pensais que les universitaires étaient malins !

— Mais que se passe-t-il ? Que voulez-vous ?

Starkman tendit l'autre main.

— Vos notes, pour commencer.

Nina lui tendit fébrilement la chemise.

— Dommage que vous n'ayez pas apporté votre ordinateur. Nous irons le récupérer plus tard.

— Plus tard ?

À son silence et à son expression figée, elle comprit :

— Ce n'est pas vrai ! Vous allez me tuer, c'est ça ?

— Rien de personnel.

— Parce que c'est censé me réconforter ?

Dans un accès de désespoir, elle chercha frénétiquement autour d'elle un moyen de s'enfuir. Elle appuya de toutes ses forces sur la poignée de la portière, qui se baissa à peine. La sécurité enfants avait été enclenchée. Inutile d'insister. Elle tenta pourtant de faire jouer l'autre portière. Même résultat.

Elle était faite comme un rat !

Nina, le souffle de plus en plus court, sentit la panique l'envahir. Elle fixa sur Starkman ses yeux verts écarquillés par la peur. Alors qu'elle y lisait soudain de la surprise et qu'il détournait le regard, un choc se fit entendre.

Quelque chose venait de heurter la Bentley par l'arrière. Nina fut projetée vers l'avant, et Starkman écrasé contre le tableau de bord. Furieux, celui-ci se redressa en ajustant son arme vers le pare-brise arrière. Nina plongea pour échapper aux tirs.

— C'est Chase ! cria Starkman. Le sale fils de pute !

— Comment ce connard a-t-il fait pour nous retrouver ? hurla le chauffeur.

— Ce n'est pas le problème ! Pour l'instant, dégage-moi cette saloperie d'Anglais et barrons-nous vite fait !

La Bentley fit une embardée. En glissant sur la banquette, Nina se cogna la tête contre la portière. Penché au-dessus d'elle, Starkman, son arme en joue, suivait visiblement quelque chose du regard.

La voiture subit un autre choc. Sur le côté, cette fois. L'engin de deux tonnes inversa sa course dans un crissement infernal de tôle froissée. Nina aperçut alors un grand quatre-quatre noir qui leur fonçait dessus.

Starkman ouvrit le feu. Les mains sur les oreilles, Nina cria quand la vitre explosa en pluie scintillante. Le quatre-quatre recula aussitôt ; ses pneus mugirent en brûlant sur le bitume. Un vent cinglant s'engouffra par la vitre pulvérisée.

Starkman tira encore à deux reprises. Le pare-brise arrière vola en éclats, recouvrant Nina de morceaux de verre. Autour d'eux, les klaxons se déchaînaient. La Bentley redémarra en trombe, laissant ce vacarme loin derrière elle, mais le chauffeur dut une fois de plus déporter la voiture sur le côté en jurant comme un charretier. Nina valdingua alors de l'autre côté de la banquette.

— Prends à droite ! lui beugla Starkman.

Nina s'était à peine redressée que la Bentley prenait un virage à un train d'enfer.

— Merde ! s'exclama le chauffeur au moment même où la voiture heurtait quelque chose, dans un bruit sourd.

Quelque chose… ou plutôt quelqu'un, comprit Nina, horrifiée. Des gens s'étaient mis à hurler en voyant le corps rebondir sur le capot. Mais le chauffeur ne s'arrêta pas. Au contraire, il accéléra de plus belle. Il était à deux doigts de perdre le contrôle.

Starkman tira encore deux coups de feu. Nina pouvait entendre rugir le moteur qui les poursuivait.

Starkman s'apprêtait à rouvrir le feu lorsque Nina lui attrapa le poignet des deux mains et le mordit pour tenter de lui faire baisser le bras.

Il poussa un cri de douleur et tira. Éblouie et rendue presque sourde par l'explosion qui s'était produite à quelques centimètres de son crâne, Nina prit conscience que la balle s'était logée dans le dossier de son siège.

Starkman libéra son bras. Encore sonnée, Nina voyait danser d'énormes bulles de couleur devant ses yeux. Elle avait à peine récupéré l'usage de ses oreilles qu'elle entendit de nouveaux coups de feu. Mais ce n'était pas Starkman qui avait tiré.

L'appui-tête du conducteur explosa, projetant des morceaux de cuir déchiqueté et de la bourre dans tout le véhicule. Et de la tête du chauffeur jaillit une gerbe de sang et de matière grise qui macula l'intérieur de l'habitacle jusqu'aux vitres.

Le conducteur effondré contre la portière, la Bentley pencha dangereusement. Starkman saisit le volant en hurlant et réussit à redresser la voiture. Encore sous le choc, Nina fut projetée de l'autre côté de la banquette. C'est alors qu'un nouvel impact se fit sentir. Le quatre-quatre leur fonçait dedans !

Starkman s'affala sur le cadavre du chauffeur en gueulant et appuya de toutes ses forces sur la poignée de la portière, qui s'ouvrit. Il détacha d'un coup sec la ceinture de sécurité enroulée autour du corps inerte, le poussa sur la chaussée et se glissa à la place du conducteur au moment même où le quatre-quatre réattaquait de plus belle. La Bentley zigzagua. Les mains vissées au volant, Starkman la força à virer à gauche et écrasa le champignon. Les pneus mugirent dans leur course contrariée et la voiture tangua.

La tête de Nina heurta violemment la portière droite. La jeune femme parvint à se redresser. Maintenant que Starkman était occupé à conduire, il ne pourrait plus se servir de son arme…

Le Range Rover noir était arrivé à leur hauteur. C'est alors qu'elle reconnut le conducteur : l'homme au blouson en cuir ! Il braquait sur la Bentley une arme énorme, couleur argent.

— Couchez-vous ! lui cria-t-il.

Elle s'aplatit de nouveau sur la banquette et entendit deux détonations, aussi fortes que celles d'un canon. Starkman se baissa, une main sur le visage pour se protéger des éclats du pare-brise. Tenant le volant d'une main, il réussit, en se contorsionnant, à tirer par-dessus son épaule à trois reprises. Les pneus du Range Rover crissèrent alors qu'il se plaçait juste derrière eux.

Les automobilistes klaxonnaient Starkman, qui cherchait à se frayer un passage dans la rue bondée à cette heure du soir. Il se colla contre une voiture, faisant hurler la tôle. Nina leva les yeux. Ils étaient quelque part entre la 17e et la 18e Rue, et approchaient rapidement de l'ouest de Manhattan. Plus loin, c'étaient les grandes voies de la West Side Highway. Et, plus loin encore, les eaux glacées de l'Hudson.

Starkman trafiquait quelque chose avec son arme et avait presque lâché le volant. Nina comprit ce qu'il était en train de faire : la glissière de l'automatique était refermée, il était en train de recharger…

Son arme était donc, pour le moment, hors d'usage !

Elle se redressa vivement et lui agrippa le visage. Il tenta de la frapper à coups de crosse, mais elle esquiva sans lâcher son emprise. Elle sentit soudain quelque chose de mou sous son majeur droit. Son œil ! Elle exerça alors une forte pression de son ongle contre le globe oculaire. Starkman hurla en brandissant son arme.

—Arrêtez la voiture ! ordonna-t-elle.

La Bentley était lancée à plus de cent à l'heure et prenait de la vitesse en dévalant la rue ; en bas, un groupe compact de voitures attendait au feu.

Nina cria, de panique cette fois, et retira ses mains du visage de Starkman. Elles étaient couvertes de sang. S'apercevant alors du danger, Starkman vira brusquement à droite, évitant de justesse le carambolage, et monta sur le trottoir. Une poubelle vola sur leur passage. Ils étaient à présent engagés sur la voie qui menait à la West Side Highway.

Et, comble de l'horreur, ils continuaient à prendre de la vitesse.

La Bentley décolla du trottoir et atterrit violemment sur la chaussée, la partie basse du véhicule raclant l'asphalte. Nina voyait défiler les voitures pleins phares, les entendait freiner en catastrophe et multiplier les tête-à-queue pour éviter une collision, avant de se retrouver embouties par celles qui venaient derrière.

Ils traversèrent en trombe les voies du nord et atterrirent, sains et saufs, sur le terre-plein central. Mais Starkman faisait déjà demi-tour, décidé à affronter, à contresens, le flot des voitures qui descendaient vers le sud !

—Oh, mon Dieu ! hurla Nina.

Ils rasaient voitures et camions, les frôlant parfois à quelques centimètres ; d'autres devaient faire des embardées désespérées pour esquiver ce fou furieux qui leur fonçait dessus. Les automobilistes klaxonnaient de toute part, provoquant une cacophonie de rage et d'effroi.

—Arrêtez cette voiture avant de nous tuer tous les deux ! cria Nina en se jetant sur Starkman.

Mais ce dernier était prêt à riposter, et la jeune femme reçut un énorme coup de crosse sur le front. Elle ressentit une douleur sourde et violente à la fois. Elle retomba sur son siège. La tête lui tournait, elle avait la nausée. Enfin tranquille, Starkman vira brutalement sur sa gauche et défonça une grille métallique qui protégeait l'accès à l'une des jetées construites sur l'Hudson.

Le vent s'engouffrait à travers les vitres ; l'automobile s'était engagée à toute allure sur le quai. Nina s'efforça de se redresser. À gauche, les entrepôts défilaient à toute vitesse, à droite se succédaient les flancs balafrés des navires et, droit devant, l'eau à perte de vue, avec, au loin, les lumières du New Jersey.

Elle comprit alors, le souffle coupé, ce que Starkman s'apprêtait à faire.

Il lui lança un regard, son œil droit fermé, lacéré en profondeur, du sang lui dégoulinant sur la joue, et ouvrit d'un grand coup la portière avant de se précipiter dans le vide, les bras ramassés pour amortir sa chute.

Il avait disparu en un éclair, abandonnant la Bentley qui fonçait droit vers le bout de la jetée.

Nina eut à peine le temps de crier que la voiture transperçait une fine barrière grillagée au bout du quai et plongeait dans l'eau, quelques mètres plus bas.

Écrasée par la décélération contre le dossier du siège conducteur, elle se sentit engloutie par les flots glacés. L'eau bouillonnait sous ses yeux. La Bentley piquait du nez, entraînant sa passagère au fond du fleuve.

Nina tenta de sortir par le pare-brise arrière, mais les appuis-tête lui bloquaient le passage. Les yeux brûlants, elle tira désespérément sur la poignée de la portière la plus proche, en vain. Elle s'avisa alors qu'elle pourrait passer par la vitre brisée. Il y avait juste assez de place pour qu'elle se glisse à travers. Empoignant l'encadrement de la vitre, elle commença de s'extirper du véhicule. Elle passa les épaules, puis la poitrine… et se retrouva coincée.

Sa robe s'était accrochée à l'une des tiges métalliques de l'appui-tête déglingué du conducteur. Nina essaya de se libérer en donnant des coups de pied – peine perdue. Sa robe à la noix était complètement emberlificotée. Elle rua plus fort encore en prenant appui de chaque côté de l'armature de la portière, mais le tissu refusa de se déchirer.

Sa poitrine était près d'exploser. Elle avait désespérément envie d'une grande goulée d'air, mais elle risquait de se noyer !

Nina Wilde allait se noyer ! Le professeur Philby avait raison : en poursuivant cette quête de l'Atlantide, elle avait signé son arrêt de mort.

Non, elle ne le laisserait pas avoir raison.

Il n'y avait pourtant plus rien à faire. Elle était coincée dans une voiture qui s'enfonçait inexorablement vers le fond de l'Hudson, et son cœur affolé allait finir par lui enjoindre d'ouvrir la bouche pour prendre son dernier souffle…

C'est alors qu'elle sentit quelqu'un l'attraper.

Frappée de stupeur, elle s'appliqua de toutes ses forces à ne pas exploser. Un bras lui enserra la taille et tira. Sa robe céda. Son sauveur la remonta à la surface à la force de ses jambes, tandis que la Bentley était happée par les profondeurs.

Parvenue à la surface, Nina prit une énorme et douloureuse bouffée d'air, avalant au passage, sans s'en soucier, une tasse d'eau sale. Son sauveteur la ramena vers la rive.

Quelques minutes plus tard, ayant un peu recouvré ses esprits et sa panique dissipée, Nina ouvrit les yeux pour voir qui il était.

Elle découvrit l'homme au blouson de cuir, tout sourire. Il avait les dents du bonheur.

—Salut, Doc.

—Qui êtes-vous ?

—Eh ben, vous parlez d'un accueil !

Ils atteignirent bientôt une échelle rouillée que Nina, épuisée, gravit péniblement avant de se hisser sur le dock de béton. Ruisselant, l'homme lui emboîtait le pas.

—Jolie robe.

—Pardon ? bredouilla Nina, confuse. Oh, mon Dieu ! cria-t-elle en se rendant compte qu'elle était presque nue.

—Bon, déclara l'homme en se passant la main dans les cheveux, si c'est tout ce qui vous inquiète, vous ne devez pas aller si mal que ça.

Nina n'aurait su dire, à son accent, de quelle région précise d'Angleterre il venait.

—Ce qui n'est pas plus mal, poursuivit-il, parce qu'il va falloir sortir d'ici rapidos.

Il lui tendit la main. Éberluée, Nina mit un instant à s'en saisir. Il la releva alors avec une force inouïe. Ce n'est qu'à ce moment-là qu'elle s'aperçut qu'elle avait perdu ses chaussures.

—Qui êtes-vous ? lui demanda-t-elle d'un ton sec, tandis qu'ils gagnaient à la hâte un escalier qui menait au quai. Allez-vous me dire ce qui se passe ?

—Mon nom est Chase, Eddie Chase. Ne vous inquiétez pas, je ne me suis pas échappé de l'asile. (Son sourire ne la rassura qu'à moitié.) Enfin, je suis quand même assez fou pour plonger dans l'eau à la rescousse d'une femme. Surtout si je suis payé pour veiller sur elle…

—Comment ça, payé ?

—Eh oui, je suis votre garde du corps !

Quelques curieux s'étaient massés, médusés, en haut des marches. Certains, en les voyant arriver, applaudirent.

— Avant, je travaillais pour le SAS, vous savez, le Special Air Service. Maintenant je suis, comme on dit, en free-lance.

Le Range Rover, sérieusement amoché, était garé sur le quai et patientait, une portière ouverte et le moteur allumé.

Un type corpulent vêtu d'un uniforme de gardien surgit en courant, le souffle court.

— Hé, qu'est-ce que c'est que ce bordel, ici ?

— Tout va bien, mon vieux, répondit Chase. Je gère.

— Tu parles ! Une bagnole vient de passer à travers les grilles et a fini à l'eau. Je veux savoir ce qui s'est passé !

Chase poussa un soupir, mit sa main dans sa poche et en sortit un énorme pistolet, terriblement menaçant, avec son long canon renforcé d'une barre d'acier crantée.

— Monsieur Magnum, ici présent, est prêt à répondre à toutes vos questions, dit Chase en l'agitant vaguement sous le nez du gardien.

Tout le monde recula sans broncher.

— Alors, des questions ?

— Je crois qu'on verra ça plus tard, répliqua le gardien en tentant de faire bonne figure.

— Très bien. En revanche, je crois que vous auriez intérêt à retrouver le type qui a sauté de la voiture avant qu'elle ne tombe à l'eau. C'est lui, le vrai méchant dans l'histoire. Pour ma part, je dois conduire cette jeune femme en lieu sûr. Sommes-nous d'accord ?

— Absolument, acquiesça le gardien tout en reculant de quelques pas.

Gardant son arme à portée de vue, Chase ouvrit la portière côté passager pour Nina, fit le tour en courant et sauta dans la voiture.

Il redescendit le quai à toute vitesse, vira à gauche et continua sur le trottoir vide pendant encore plusieurs centaines de mètres, avant de dépasser, à toute allure, un groupe de voitures piégées dans le carambolage et de tourner en direction de la West Side Highway.

— Je crois qu'on va mettre un peu de chauffage, suggéra-t-il en voyant Nina grelotter.

On entendait, au loin, le hurlement des sirènes de police.

— Mais qu'est-ce qui se passe, à la fin ? demanda-t-elle, les dents serrées.

— Je vous fais la version courte. Des méchants veulent vous tuer. Des gentils veulent les arrêter. Moi, je suis du côté des gentils.

— Pourquoi veulent-ils me tuer ? Qu'est-ce que j'ai fait ?

— Ce n'est pas tant ce que vous avez fait, mais ce que vous êtes susceptible de faire, qui les ennuie. Le type de la Bentley, Starkman, c'était un pote à moi, avant. On travaillait ensemble, on avait des missions communes dans le monde entier. Jusqu'à ce qu'il décide de faire bande à part.

— Il disait qu'il travaillait pour la fondation Frost, pour Kristian Frost, dit Nina.

Chase rit.

— Eh bien, je peux vous affirmer que c'est complètement faux.

— Pourquoi ça ?

— Parce que c'est moi qui travaille pour Kristian Frost. Vous voulez le rencontrer ?

3

Norvège

— Regardez-moi ça. Pas mal, non ?

— Pas mal, en effet, acquiesça Nina en admirant la beauté sauvage du paysage qui s'étalait sous leurs yeux.

La maison et les quartiers professionnels de Kristian Frost étaient situés dans les terres, à Ravnsfjord, à environ cinq kilomètres de la côte sud de Bergen. Le fjord qui donnait son nom à la région coupait en deux son immense propriété. Au sud, un ensemble de constructions ultramodernes réservées aux bureaux se fondaient dans le paysage. De là, on accédait par la route à un élégant pont jeté au-dessus du fjord, qui conduisait à une résidence aux lignes et aux couleurs pures dont les courbes accompagnaient idéalement le promontoire où elle était installée.

— Voici la maison de Frost, dit Chase.

— Une maison, ça ? répondit Nina, interloquée. Mais c'est gigantesque !

— Un peu plus grand que votre appart, non ?

— Oh, si peu !

L'avion, un jet d'affaires Gulfstream V aux couleurs des entreprises Frost, vira au-dessus du fjord. Nina aperçut, un peu plus loin à l'est, au pied d'une falaise, un nouvel ensemble de constructions. Puis, au nord, l'aéroport privé vers lequel ils se dirigeaient.

— Tout cela appartient à Kristian Frost ?

— En gros, oui. Il dirige toutes ses affaires d'ici. J'imagine qu'il n'aime pas voyager.

Nina jeta un dernier coup d'œil par le hublot avant de se rasseoir. Le Gulfstream effectuait sa descente finale.

— C'est sûr, l'endroit donne envie d'y vivre. Un peu isolé, quand même.

— Bof, j'imagine que, quand vous êtes milliardaire, le monde vient à vous. Comme nous sommes en train de le faire.

L'avion atterrit et gagna un petit terminal. Nina serra son manteau autour d'elle en descendant sur la piste bétonnée.

— Un peu frisquet, n'est-ce pas ? dit Chase.

— Vous plaisantez ? Ce n'est rien par rapport aux hivers new-yorkais !

La température frôlait le zéro, sans parler du vent glacial qui soufflait de la côte. Mais, maintenant qu'elle avait fait sa maligne, Nina allait devoir subir en silence.

— De toute façon, nous aurons bientôt beaucoup plus chaud.

Elle interrogea Chase du regard, mais ce dernier se contenta de sourire.

— Voici notre voiture.

Une Jeep blanche s'arrêta près de l'avion. Un homme blond en sortit, les cheveux coupés en brosse ; sa musculature herculéenne menaçait à chaque mouvement de faire sauter les coutures du costume sombre qui lui moulait le corps.

— Bienvenue, mademoiselle Wilde, lança-t-il avec un fort accent allemand. Je suis Josef Schenk, chef de la sécurité de Monsieur Frost à Ravnsfjord. Enchanté de vous rencontrer.

Ils échangèrent une poignée de main légère qui ne trompa pas Nina : s'il l'avait voulu, cet homme aurait pu lui briser les phalanges.

Elle s'aperçut alors que Chase et lui se jaugeaient à la façon de deux boxeurs prêts au combat. Ils avaient la même stature. Peut-être avaient-ils reçu la même formation militaire…

— Enchanté de vous revoir, Joe, dit Chase.

— Monsieur Chase, fit Schenk en ouvrant la portière arrière. Je vous en prie, mademoiselle Wilde. Je vais vous conduire à Monsieur Frost.

Nina prit place, bientôt rejointe par un Chase laconique qui referma la porte derrière lui. Schenk le tança du regard avant de faire le tour du véhicule pour s'installer au volant.

— C'est quoi, ce petit jeu ? s'enquit Nina.

— Schenk est le genre de type dévoué qui n'aime pas trop les free-lances comme moi. Il croit que je suis là pour arnaquer son patron.

— Et c'est le cas ? ne put-elle s'empêcher de demander.

— Je suis un professionnel, répondit Chase sur un ton, pour une fois, totalement sérieux. Quand je commence un boulot, je le termine.

Schenk démarra. À l'ouest de la piste, un énorme avion était stationné dans un hangar. On était en train de peindre sur la carlingue le logo de Frost : un trident stylisé inséré dans le O de son nom. Des ouvriers, minuscules sur leurs grues à nacelle, y apportaient la dernière touche.

— Quel superbe avion ! s'écria-t-elle.

— Airbus A380 Freighter, l'informa Schenk. La dernière acquisition de la flotte de Monsieur Frost.

Nina se retourna pour contempler la perspective que formait la longue piste d'atterrissage. Des collines escarpées se dressaient tout au bout, à l'est.

— J'espère qu'il est équipé de freins puissants ! Ces montagnes m'ont l'air un peu près…

— Il ne peut décoller qu'en direction de l'ouest. C'est un inconvénient, mais, une fois qu'il sera en service, il passera plus de temps à voler dans le monde entier qu'ici.

La Jeep sortit de l'aéroport et emprunta le pont. Plutôt que de tourner à l'ouest pour rejoindre le quartier des affaires, Schenk s'engagea sur une route en lacet menant à la résidence de Frost, sur le promontoire. Vue de près, sa pureté et son élégance étaient encore plus frappantes que du ciel.

Schenk se gara et escorta Nina et Chase à l'intérieur.

Médusée, Nina ne put se retenir de contempler la pièce dans laquelle ils venaient de pénétrer. Le mur du fond, en courbe, n'était qu'une immense baie offrant une vue panoramique sur les montagnes, du fjord au quartier des affaires, en contrebas, et même, au loin, jusqu'à la mer du Nord. Le caractère exceptionnel de cette pièce ne s'arrêtait pas là. Ce salon, luxueusement meublé, faisait également office de galerie d'art. Nina reconnut, parmi tant d'autres qu'elle n'aurait su attribuer, une sculpture de Henry Moore, un Picasso qu'une alcôve protégeait de la lumière, un Paul Klee…

— Quelle maison incroyable ! souffla-t-elle, ébahie.

— Merci, dit une voix féminine.

Une grande et superbe blonde venait de faire son entrée, son éclatante chevelure retombant en cascade sur ses épaules. Du même âge que Nina, à peu de chose près, elle avait le port d'une princesse et la tenue ultra-tendance d'un mannequin. Son petit haut moulant, coupé au-dessus du nombril, laissait tout loisir au spectateur d'admirer son ventre extraplat et ses reins, serrés dans un pantalon de cuir noir. Tout, chez elle, était sublime, jusqu'à ses bottes à talons hauts.

Elle s'approcha en dévisageant Nina d'un air à la fois grave et curieux.

— Mademoiselle Wilde, dit Schenk, je vous présente Kari Frost, la fille de Monsieur Frost.

— Enchantée, fit Nina en lui tendant la main.

Ce nom lui disait quelque chose...

— Moi de même, mademoiselle Wilde, répondit Kari en accompagnant ses mots d'une poignée de main ferme. Monsieur Chase, j'ai appris qu'on avait eu besoin de vos services à New York ?

Nina constata avec amusement que Chase posait sur leur hôtesse un regard très intéressé.

— Ouais, on peut dire ça comme ça. Vous avez bien fait de m'engager.

Il toisa Schenk d'un air satisfait. Celui-ci fronça les sourcils.

— Je suis heureuse que vous aimiez la maison, déclara Kari en se tournant vers Nina. C'est moi qui l'ai dessinée. L'architecture est l'un de mes... j'allais dire « hobbies », mais ce serait un peu prétentieux. J'ai un diplôme en architecture.

Elle parlait un anglais parfait, avec une légère pointe d'accent.

— C'est magnifique.

— Merci.

— Alors, votre père est-il dans le coin ? demanda Chase, les mains dans les poches de son blouson.

Kari sembla quelque peu refroidie par tant de familiarité.

— Non, il est dans le laboratoire de biologie. Je dois vous y conduire.

Nina se rappela soudain pourquoi le nom de Kari lui semblait familier.

— Excusez-moi, n'aurait-on pas parlé de vous dans la presse l'an passé ? L'Afrique ? L'aide humanitaire en Éthiopie ?

— En effet, confirma Kari. J'ai aidé à tout organiser.

— Mademoiselle Frost ne se contente pas d'aider, intervint Schenk, elle est responsable des programmes médicaux de la fondation Frost dans le monde entier. Je ne crois pas qu'elle ait omis de visiter un seul pays, ces cinq dernières années.

— C'est un bon moyen d'accumuler des miles, plaisanta-t-elle.

— Vous travaillez sur des programmes destinés à éradiquer les grandes épidémies, n'est-ce pas ? s'enquit Nina.

— Oui. La fondation Frost fait tout ce qui est en son pouvoir pour rendre ce monde plus vivable. C'est un projet bien ambitieux, j'en conviens, mais je suis certaine que nous pouvons le mener à bien. Si vous voulez bien me suivre, dit-elle avec un sourire, je vais vous présenter à mon père.

Kari les fit descendre dans un gigantesque garage situé au sous-sol. Nina découvrit, incrédule, un nombre impressionnant de motos et de voitures de sport de luxe.

— Ma collection personnelle, précisa Kari. Mon père n'approuve pas à cent pour cent, mais j'adore la sensation de liberté que procure la vitesse.

— Jolies roues, fit remarquer Chase en admirant une Ferrari décapotable 488 Spider rouge, puis un engin bleu et argent aux lignes épurées.

— Suzuki Hayabusa, l'informa Kari, non sans fierté.

C'était la première fois qu'elle manifestait un tant soit peu d'émotion depuis le début de leur rencontre.

— La moto la plus rapide du monde. Une de mes préférées. Je compte la faire concourir en Europe prochainement. Enfin, si mon emploi du temps me le permet. Cela dépendra de Mademoiselle Wilde.

— Qu'entendez-vous par là ? demanda Nina.

Kari se contenta de lui lancer un regard énigmatique et les pria de la suivre jusqu'à une limousine. Schenk les conduisit à l'est de la maison, vers les constructions que Nina avait repérées de l'avion.

Le complexe était composé de deux parties indépendantes : près du fjord, une multistructure de deux étages disparaissait sous le sol, surmontée d'autres cellules prenant appui directement sur la falaise.

— Voici notre biolab, expliqua Kari. La partie souterraine abrite la zone à air pressurisé. À l'intérieur sont gardés des échantillons potentiellement dangereux. En cas d'accident, tout le laboratoire peut être isolé. Et là se trouve le bureau de mon père, dit-elle en désignant une structure incurvée qui saillait sur le flanc de la falaise.

— Le bureau de votre père se trouve au-dessus de la zone pressurisée ? articula Nina nerveusement.

Se rendre dans un bâtiment où l'on conservait les souches de maladies contagieuses lui donnait la chair de poule.

— C'est son idée, pour montrer combien il a confiance dans la conception des lieux. De toute façon, il aime suivre de près l'évolution de nos recherches.

Ils empruntèrent un ascenseur pour regagner le rez-de-chaussée. Dans le hall trônait un grand bureau d'acier noir en fer à cheval, gardé par trois agents de sécurité en uniforme ; ils saluèrent Kari du même signe respectueux de la tête. Derrière eux s'ouvrait un couloir au très haut plafond de verre, à travers lequel Nina pouvait apercevoir les bureaux de Frost. Ça grouillait de monde.

— Combien de personnes travaillent ici ?

— Cela varie. En temps normal, je dirais de cinquante à soixante chercheurs, en plus du service de sécurité.

— Vous êtes très protégés, dit Nina en remarquant des hommes en uniforme au bout du couloir.

— C'est une nécessité, répondit Kari avec détachement. Certains des échantillons sur lesquels nous travaillons pourraient servir au bioterrorisme s'ils tombaient entre de mauvaises mains. La fondation Frost a malheureusement ses ennemis. Vous en avez rencontré certains, je crois…

— Ne vous inquiétez pas, Doc, je veille, glissa Chase.

À la vue du trèfle signalant sur la porte le haut risque biologique des lieux, Nina ralentit le pas.

— Vous… vous êtes sûre que ce n'est pas dangereux ?

— Absolument certaine. Ces portes forment un sas. Elles sont en céramique à base d'oxynitrure d'aluminium, de l'aluminium transparent. Aussi résistantes qu'un blindage de soixante centimètres d'épaisseur, elles sont pour ainsi dire indestructibles. Ni personne ni le moindre microbe ne peut entrer ou sortir sans notre autorisation.

— Je suis heureuse de l'apprendre.

Kari se pencha vers les gardiens, qui actionnèrent l'ouverture des lourdes portes du sas. La zone sur laquelle elles donnaient était aménagée de façon purement fonctionnelle, voire refroidissante. Les murs étaient recouverts de carreaux blancs et le sol avait été enduit d'une couche de caoutchouc antidérapant. Une lumière fluorescente assez violente éclairait jusqu'au moindre recoin. À cela s'ajoutait l'inquiétante lueur mauve des ultraviolets, qui renforçait l'impression de confinement stérile.

Ils empruntèrent un dernier ascenseur et parvinrent enfin au bureau de Frost. Nina eut tout à coup le sentiment d'être de retour à la résidence, tant l'ambiance en était semblable. On l'apercevait d'ailleurs, perchée sur son roc, à travers les fenêtres.

La prestance de l'homme qui les attendait effaça en un instant le luxe et la démesure de ce qu'ils venaient de traverser.

Kristian Frost était encore plus beau et impressionnant que sur les photos que Nina avait pu voir de lui. Il mesurait plus d'un mètre quatre-vingts et était incroyablement musclé pour ses soixante ans. Dans son pull bleu marine à col roulé, il ressemblait davantage à un loup de mer qu'à un homme d'affaires milliardaire. Malgré sa barbe et ses cheveux poivre et sel, ses yeux brillaient de l'éclat de la jeunesse et d'une profonde intelligence.

— Docteur Wilde, dit-il en prenant la main de Nina.

Elle fut prise au dépourvu lorsque, plutôt que de la lui serrer, il baissa la tête pour lui faire un baisemain. Ce geste lui aurait semblé parfaitement crétin de la part de n'importe qui d'autre ; de sa part à lui, il lui parut tout à fait approprié.

— Bienvenue à Ravnsfjord.

— Monsieur Frost…

— Je vous en prie, appelez-moi Kristian. Je suis très heureux de vous rencontrer. Pour tout dire, je suis heureux de pouvoir le faire. Monsieur Chase nous a rendu un fier service.

Son anglais n'était pas aussi précis que celui de Kari, et un fort accent trahissait ses origines scandinaves.

— Je crois en effet que je devrais vous remercier de m'avoir sauvé la vie.

Frost eut un large sourire :

— Heureux d'être à votre service.

— Pour quelles raisons voudrait-on me tuer ? Qu'est-ce que tout cela signifie ?

— Je vous en prie, asseyez-vous, je vais tout vous expliquer, répondit Frost en désignant un long canapé où elle prit place.

Kari s'installa à l'autre extrémité de la banquette.

— Je crains que vos théories sur l'Atlantide n'aient fait de vous la cible d'un homme nommé Giovanni Qobras.

— Qui est-il ? demanda Nina.

— Un fou, dit Kari.

— Je vois. Un tueur doublé d'un fou. Super !

— Qobras et ses adeptes, qui se font appeler « la Confrérie », croient en la même chose que vous et moi, reprit Frost. S'il y a bien une chose qui nous rassemble, c'est notre conviction que l'Atlantide n'est pas qu'une légende. J'y ai cru toute ma vie et j'ai consacré une partie importante de ma fortune à essayer de le prouver.

Il fit quelques pas en direction de l'immense baie vitrée. La mer étincelait au loin, comme parsemée de minuscules diamants.

— Hélas, sans grand succès. Comme vous le savez, on ne peut se fonder que sur très peu de chose… et le peu qu'on ait reste sujet à maintes interprétations.

— Racontez-moi qui est ce Qobras, dit Nina.

Il se tourna vers elle.

— Vous et moi voulons découvrir l'Atlantide pour rendre au monde une de ses anciennes merveilles. Qobras, en revanche… (Son visage s'obscurcit.) Qobras veut garder le secret afin de préserver ses propres intérêts. Il est prêt à tuer pour cela. Votre nouvelle théorie n'a peut-être pas convaincu le comité de votre université, mais elle a bel et bien séduit Qobras. Lui, comme moi d'ailleurs, est persuadé que vous êtes sur la bonne piste. Il veut vous empêcher de le prouver.

— Permettez, comment êtes-vous au courant de ma théorie ?

— La fondation Frost a des amis dans les universités du monde entier. Toute idée concernant l'emplacement de l'Atlantide étant susceptible de m'intéresser, ils m'en informent en conséquence. Quant aux vôtres, sourit-il, j'irai droit au but : je suis prêt à financer entièrement une expédition d'investigation.

Nina eut du mal à contenir son enthousiasme.

— Vraiment ?

— Tout à fait. À une condition seulement.

Devant l'air soudain dépité de Nina, Frost eut un petit rire.

— Rien de bien terrible, je vous assure. Seulement, le golfe de Cadix est assez grand, et j'ai beau ne pas manquer de ressources financières, elles ne sont pas non plus infinies. J'aimerais donc que vous resserriez votre recherche en localisant un emplacement précis.

— C'est bien là le problème… Les données de départ sont si ténues que j'ignore comment faire.

— Il pourrait bien y avoir plus de données que vous ne le croyez.

Nina lui jeta un regard intrigué.

— Je vous expliquerai cela plus tard. Pour le moment, ma proposition vous intéresse-t-elle ?

— Si je suis intéressée ? Et comment !

Frost se dirigea vers elle et lui tendit la main. Elle hésita, puis la lui serra.

— Magnifique, conclut-il. Docteur Wilde, à nous deux, nous allons trouver l'Atlantide !

L'objet luisant flottait dans la pénombre. Nina contemplait, émerveillée, l'hologramme en apesanteur. Elle n'avait jamais imaginé qu'une telle chose pût exister en dehors des récits de science-fiction ou des films.

— Qu'est-ce que c'est ? finit-elle par demander à ses compagnons.

— L'élément qui pourrait vous permettre de resserrer vos recherches, répondit Frost. Du moins, c'est ce que prétend l'homme qui veut me le vendre.

— Vous le vendre ?

Nina se retourna vers l'hologramme. L'objet était suspendu au-dessus d'un socle cylindrique traversé de lumières multicolores clignotant à un tel rythme que l'œil ne pouvait les suivre. Représenté en taille réelle, il mesurait une trentaine de centimètres de long sur cinq de large environ. Il s'agissait d'une barre de métal arrondie à la base et augmentée, à son extrémité supérieure, d'une petite excroissance circulaire. Elle avait presque la couleur de l'or avec, toutefois, une insolite teinte rougeâtre.

La même que son pendentif.

Nina porta machinalement la main autour de son cou en se penchant pour examiner l'hologramme, puis contourna le socle pour inspecter l'autre face. À sa grande déception, il n'y avait rien à voir de spécial : ce n'était qu'une vision inversée de la première face.

— Le vendeur ne voulait nous donner qu'un avant-goût, expliqua Kari. Il prétend que la face externe de l'objet porte des marques qui pourraient nous être utiles. Mais il refuse de nous les montrer avant que nous l'ayons payé.

— Combien veut-il ? s'enquit Chase.

— Dix millions de dollars.

— Mazette ! C'est cher payé, même pour une règle un peu originale.

— Elle pourrait bien valoir plus que ça, dit Nina.

Consciente qu'il ne s'agissait que d'une illusion, la jeune femme ne put néanmoins s'empêcher d'approcher le doigt de l'objet. Son ongle traversa l'hologramme, en faisant disparaître une partie là où il bloquait les rayons laser.

— C'est de l'orichalque, n'est-ce pas ?

— Il semblerait, en effet.

Frost lui montra un petit récipient de verre contenant un échantillon de métal de la même couleur que la barre.

— En plus de l'hologramme, notre vendeur nous a envoyé cet éclat. Il prétend qu'il l'a prélevé sur la tranche de l'objet.

Nina remarqua une légère entaille sur un des côtés de l'hologramme.

— J'ai fait faire un test. Il en ressort que c'est un alliage d'or et de cuivre dont les taux de carbone et de sulfure très inhabituels expliqueraient la couleur.

— Origine volcanique ?

— Tout à fait.

— Ce qui confirmerait la théorie de Platon dans le *Critias* !

Les pensées de Nina s'emballèrent.

— Attendez, de quoi vous parlez, là ? interrompit Chase. Désolé, mais j'ai l'impression d'être dans *Star Trek*.

— Selon Platon, exposa Nina, l'orichalque, un métal rare, était extrait des mines de l'Atlantide. Or, aucun élément supplémentaire ne peut s'inscrire dans la classification périodique des éléments. Il ne peut donc s'agir que d'un alliage d'autres métaux. Pourtant, un alliage ne s'extrait pas, il se fabrique. À moins d'avoir été formé par un procédé naturel. Il est possible que l'activité volcanique ait permis à des dépôts d'or et de cuivre de fusionner pour donner naissance à une nouvelle matière. En admettant qu'il y en ait eu des quantités suffisantes, on aurait pu en effet l'extraire de la roche.

— Le peuple de l'Atlantide utilisait l'orichalque pour recouvrir les murs de la citadelle, reprit Kari. Pour lui, ce métal avait autant de valeur que l'or. Mais un objet en orichalque vaut infiniment plus que son poids en métal précieux. Si cette plaque est authentique, elle serait le premier objet de la civilisation de l'Atlantide jamais découvert. Et la preuve tangible de son existence.

Frost fit un signe à Schenk, qui ralluma la lumière.

L'hologramme s'estompa. L'illusion de la matière solide était rompue.

— Où est-il ? Qui le détient ? demanda Nina.

— Le vendeur s'appelle Yuri Volgan, répondit Frost. Proche de Qobras, il veut prendre ses distances avec la Confrérie. S'il vend cette plaque, il aura assez d'argent pour échapper aux tueurs de Qobras. Il nous a fait parvenir le fragment d'orichalque et l'hologramme par un intermédiaire iranien du nom de Failak Hajjar.

Nina fronça les sourcils.

— J'ai déjà entendu ce nom-là quelque part.

— Ça ne m'étonne pas. Hajjar fait commerce illégal d'antiquités perses.

— Un pilleur de tombes…

— Il a sans doute commencé comme ça, mais, selon moi, cela fait bien des années qu'il délègue le sale boulot. Il s'est considérablement enrichi en revendant les trésors de son pays à des collectionneurs privés. Il est suffisamment riche, en tout cas, pour bénéficier de l'immunité du gouvernement iranien.

— Sans compter qu'il balance ses concurrents, ajouta Chase. Je ne l'ai jamais rencontré, mais je connais des gens qui ont eu affaire à lui. On ne peut pas dire qu'il soit très aimé. Pourtant, s'il vend ce truc, c'est qu'il pense qu'il est authentique. Ce type est une ordure, mais une ordure qui soigne sa réputation.

— En effet, il a les moyens de réaliser la vente de cet objet et de protéger Volgan de Qobras, reprit Frost. Voilà pourquoi, à mon avis, il ne s'agit pas d'un faux. Cela dit, je ne vais pas débourser dix millions de dollars sans preuve. Et c'est là où vous intervenez.

— Moi ? dit Nina en clignant des yeux.

— J'aimerais que vous examiniez l'objet et que vous estimiez s'il est aussi authentique que le prétend Volgan.

— Vous voulez que j'aille en Iran ? demanda-t-elle, la gorge serrée. L'Iran de l'Axe du Mal, qui déteste l'Amérique ? C'est bien de cet Iran-là que vous me parlez ?

— Je serai là pour veiller sur vous, lança Chase en riant. Moi, plus deux ou trois copains. Vous n'avez aucun souci à vous faire.

— Vous êtes déjà allé en Iran ?

— Pas officiellement...

— Monsieur Chase et ses associés s'occuperont de vous, dit Frost. Kari vous accompagnera, en tant que ma représentante.

— Mais qu'est-ce qui vous fait penser que j'en serai capable ? rétorqua Nina en indiquant d'un geste l'hologramme fantomatique.

— Vous êtes spécialiste en langues anciennes, n'est-ce pas ? fit Kari.

— Je ne dirais pas spécialiste, même si c'est un domaine que j'ai étudié. Disons que je sais reconnaître le phénicien du numidien, mais je ne suis pas spécialiste.

— D'après ce qu'on m'a dit, vous êtes plus que cela. Vous dépasseriez votre mère dans ce domaine, argua Frost.

Nina le regarda, interloquée.

— Oui, j'ai connu vos parents. C'est moi qui ai financé leur expédition au Tibet... (Il marqua une pause et détourna le regard.) Une terrible tragédie et une grande perte.

— Ils ne m'en ont jamais parlé !

— Je leur en avais fait la proposition moi-même. Maintenant que vous savez de quoi est capable Qobras, vous comprenez pourquoi je suis si sourcilleux en matière de sécurité. Qobras fera tout ce qui sera en son pouvoir pour vous empêcher de découvrir l'Atlantide. Il dispose de moyens considérables et compte des amis aux quatre coins de la planète.

— Qui ?

— Il vaut mieux que vous ne le sachiez pas. En ce qui concerne l'objet, si ce que dit Volgan est vrai, vous devriez être capable de vérifier son authenticité d'après le texte qui y est inscrit. Et alors, imaginez, ajouta Frost sur un ton théâtral, vous aurez dans les mains un objet venu tout droit de l'Atlantide !

— S'il est authentique.

— Vous êtes la personne au monde la mieux placée pour le dire.

Nina considéra ses paroles. Elle n'était guère enthousiaste à l'idée d'aller dans un pays ouvertement hostile aux Occidentaux – aux Américains, en particulier. Elle n'en était cependant pas à sa première expédition, et ce qu'il y avait à gagner dans cette aventure dépassait largement tout ce qu'elle avait jamais découvert.

En outre, Frost avait précisé qu'elle n'irait pas seule.

En admettant qu'elle refuse sa proposition, que ferait-elle ? Elle retournerait à New York, où l'on venait de lui refuser un financement et où il lui faudrait continuellement être sur ses gardes ?

— OK, conclut-elle, je suis partante. Quand ?

— Dès que vous serez prête, répondit Frost avec un sourire.

— J'aime votre manière de voir les choses, dit Nina en souriant à son tour. Ce n'est pas parce que l'Atlantide attend depuis onze mille ans que nous devrions traîner…

— Eh bien, lança Kari, allons-y !

4

Iran

Nina se frottait le bras.

— J'ai toujours mal.

— Il n'aurait plus manqué que vous nous chopiez une maladie moyen-orientale ! commenta Chase avec facétie. Mieux vaut prévenir que guérir.

— Je suis au courant, merci. C'est agaçant, voilà tout.

Le vaccin qui lui avait été administré dans une section aseptisée du biolab n'était pas la partie la plus réjouissante de la mission. Certes, la piqûre n'avait pas été trop douloureuse, mais la petite cloque n'en finissait pas de se résorber.

— Si vous aviez vu les seringues qu'ils utilisaient dans le SAS ! Tenez, grosses comme ça, montra Chase en écartant les mains d'une vingtaine de centimètres. Et encore, je ne vous dis pas où ils nous les enfonçaient !

— Je préfère ne pas savoir !

Le Gulfstream survolait la mer Noire et la Turquie. Il avait effectué un détour par Prague pour permettre à un nouveau passager de monter à bord. Outre Nina, Chase et Kari, qui travaillait sur son ordinateur portable, seule au fond de la cabine, il y avait à présent dans l'avion un homme que Chase leur avait présenté comme étant Hugo Castille.

À la façon dont ces deux-là se chambraient, il était clair qu'ils étaient de vieux amis.

De type européen, le visage allongé, Castille était assez exubérant – français, sans doute, à en juger par son accent.

— Edward et moi, on a travaillé ensemble sur pas mal de missions spéciales pour l'OTAN. Des trucs top-secret, comme vous dites, ajouta-t-il pour Nina avec un geste du doigt contre son nez proéminent.

— Donc, comme ça, vous étiez dans l'armée française ?

Castille se redressa sur son siège, le poing contre sa poitrine, l'air outragé.

— Comment ça, française ? Je vous en prie ! Je suis belge, moi, madame !

— Désolée, je n'avais pas compris, s'excusa promptement Nina.

Chase riait sous cape.

— Attendez, vous vous moquez de moi ? se rebiffa la jeune femme.

— Ne prenez pas la mouche, Doc. Ça fait des années que Hugo nous sert son petit numéro : « Moi, français ? Comment osez-vous ? » Cela dit, il est bien belge ; c'est le seul truc qu'il ait trouvé pour se rendre intéressant.

— Espèce d'Anglais inculte, souffla Castille.

Il sortit une pomme rouge et lustrée de la poche de son blouson et l'examina sous toutes les coutures avant de la croquer.

— Alors, à quoi dois-je m'attendre en Iran, monsieur Chase ? demanda Nina.

— Appelez-moi Eddie, fit-il en adoptant une attitude très professionnelle. Si tout va bien, vous ne devriez pas avoir affaire aux autochtones. Ça devrait être assez carré : on arrive, on voit Hajjar, vous décidez si son truc est vrai, et le patron, dit-il avec un signe de tête en direction de Kari, le patron, donc, transfère le fric et on repart. Si tout se passe bien.

— Et sinon ?

Il tapota son blouson de cuir posé sur l'accoudoir de son siège. On devinait la crosse de son revolver.

— Sinon, il y aura des problèmes. Mais pas de panique, il ne vous arrivera rien. Je veillerai sur vous, Doc.

— *On* veillera sur vous, corrigea Castille, la bouche pleine.

— Merci, dit Nina, pas si rassurée que ça.

L'ordinateur de Kari émit un petit bruit. Elle regarda son écran avec surprise et leva les yeux. Son regard bleu croisa un instant celui de Nina. Elle tapa alors quelque chose très vite, appuya sur la touche « envoi » et referma le portable. Puis vint s'asseoir sur le siège vide en face de Nina.

— Un problème ?

— Non, un e-mail de mon père auquel je ne m'attendais pas. Rien de grave, ne vous inquiétez pas. Au contraire, même, c'est plutôt une bonne nouvelle.

Kari se pencha en avant et sourit pour la première fois depuis leur rencontre. Ses dents étaient d'un blanc éclatant.

— Je vous dois des excuses, docteur Wilde.

— Que dites-vous ?

— Je n'ai pas été la meilleure des hôtesses. Je suis préoccupée en ce moment : mon travail à la fondation, cette expédition... Je suis navrée d'avoir pu vous sembler froide et distante.

— Vous n'avez pas besoin de vous excuser. Vous êtes très occupée, ce n'est pas évident de gérer tant de choses en même temps.

— C'est fini, tout ça. À partir de maintenant, je me consacre uniquement à vous et à cette mission. Je tiens à ce que ce soit une réussite et à ce qu'il ne vous arrive rien.

— Merci, dit Nina avec un sourire.

Kari jeta un coup d'œil mécontent à Chase.

— Monsieur Chase, vous n'oseriez pas fouiller dans mon ordinateur, n'est-ce pas ?

Nina se mordit les lèvres et Castille croqua précipitamment dans sa pomme pour éviter de pouffer. Chase venait d'être pris la main dans le sac. Plutôt que de nier, il se radossa à son fauteuil en fronçant les sourcils.

— Si je peux y arriver, n'importe quel Iranien peut y arriver lui aussi. Et puis, ils ont un drôle de rapport aux femmes sexy. À votre place, je ferais en sorte de ne pas trop attirer l'attention. Vous devriez enfiler quelque chose de plus passe-partout avant l'atterrissage…

Kari portait un haut blanc ajusté et le même pantalon de cuir qu'à Ravnsfjord.

— Vous n'avez pas tort. Heureusement, j'ai tout ce qu'il faut.

— La Doc, elle, elle est bien comme ça. Il lui faut juste un manteau.

— Seriez-vous en train d'insinuer que je fais passe-partout, monsieur Chase ? lança Nina avec un regard noir.

Personnellement, elle aurait préféré les adjectifs « sobre » ou « pratique » pour décrire sa tenue : jean, sweat et bonnes chaussures de marche.

— Vous êtes très bien, dit Kari en se levant. Si vous avez besoin de quoi que ce soit, n'hésitez pas.

Elle se retira dans le compartiment du fond.

— Ah, l'Angleterre ! s'exclama Castille en finissant sa pomme. Terre du romantisme, du charme et du raffinement. Et terre d'Edward Chase.

— Hugo !

Castille lui jeta son trognon de pomme. Aussi rapide qu'un serpent, Chase le rattrapa sans peine.

— Il est toujours comme ça ?

— J'en ai bien peur.

— Les femmes adorent ça, grimaça Chase en laissant tomber le trognon de pomme au fond de son verre vide.

Castille fit claquer sa langue d'un air dubitatif en levant les yeux au ciel. Chase regarda l'heure et s'étira.

— On se met à l'aise ? dit Nina.

— J'en profite. L'atterrissage est prévu dans trente minutes, et je vous garantis que le voyage, une fois sur la terre ferme, sera un peu plus mouvementé.

Chase avait probablement raison : le Land Rover qui devait les conduire à leur rendez-vous avec Failak Hajjar n'était plus tout neuf. Quant à la route, elle ne l'avait probablement jamais été.

Le Gulfstream avait atterri à l'aéroport d'Ispahan, dans la chaîne du Zagros, dans l'ouest du pays. Le groupe n'eut aucun mal à passer la douane, même lorsque Nina présenta son passeport américain. Le gouvernement iranien était redevable à la fondation Frost : celle-ci leur avait offert une aide financière substantielle pour faire face au tremblement de terre de 2003. Ils n'en furent pas moins observés avec méfiance.

Toutes les femmes que Nina aperçut jusqu'à la sortie d'Ispahan avaient les cheveux recouverts d'un foulard ; bon nombre d'entre elles étaient entièrement voilées. L'Iran avait beau imposer un code vestimentaire moins rigoureux que celui de son voisin saoudien, la gent féminine, fût-elle étrangère, n'en demeurait pas moins contrainte de porter de longues tuniques par-dessus ses vêtements. Nina passa un manteau marron clair tombant aux genoux. Quoique viscéralement opposée à tout diktat, elle se consola en se disant qu'elle échappait à l'enfermement total de la burqa.

Elle n'en ressentit pas moins une légère pointe de jalousie en découvrant le manteau que Kari s'était réservé. Bien que strictement en accord avec la loi iranienne, ce long vêtement blanc, fluide et cintré à la taille, lui faisait, s'il était possible, une silhouette encore plus incroyable que d'ordinaire.

Kari avait passé un foulard dès leur arrivée à l'aéroport, qu'elle avait enlevé dès que le Land Rover avait démarré. Nina fit de même, mais une fois qu'ils se furent suffisamment éloignés de la ville.

Chase leur présenta le chauffeur comme son « associé » ou, plutôt, comme « un vieux pote », selon sa formule. Hafez Marradejan était un homme trapu à la peau mate, nanti d'une barbe grisonnante qui descendait de façon impressionnante à plus de dix centimètres sous son menton. Nina s'aperçut, consternée, qu'il fumait cigarette sur cigarette et blêmit carrément en apprenant qu'ils avaient une bonne heure de route devant eux.

Nina parlait un peu l'arabe, mais Hafez choisit l'anglais.

—Alors, on reprend du service, Eddie ?

—Eh oui, répondit Chase, assis à l'avant avec lui, alors que Kari, Castille et Nina se serraient à l'arrière. Le boulot est le même, ce sont les patrons qui ont changé, ajouta-t-il avec un petit signe de tête en direction de Kari.

—Je vous souhaiterais volontiers la bienvenue en Iran, mademoiselle Frost, mais notre gouvernement actuel… Bah ! Il ne mérite pas votre respect.

Nina frémissait chaque fois que Hafez quittait des yeux la route encombrée.

—On arrive enfin à avoir un gouvernement avec des idées un peu progressistes, et qu'est-ce qui se passe ? Ils se font virer à l'élection suivante ! La démocratie ? À quoi ça sert, quand les gens sont des cons ?

Il émit un borborygme entre le rire et la quinte de toux.

— Enfin, c'est quand même sympa de te revoir, Eddie.

— Donc, vous êtes déjà venu en Iran…, nota Nina.

— Non, jamais. Première fois.

Castille regarda par la fenêtre en faisant l'innocent. Hafez repartit de son grand rire gras.

— Ah, les Occidentaux et leurs secrets ! L'histoire, c'est que…

— Rien du tout, l'interrompit Chase. Les forces armées spéciales de l'OTAN n'ont jamais été envoyées en mission en Iran.

— Dans ce cas, j'ai dû avoir affaire à des fantômes, dit Hafez en s'étranglant de rire. Ah, au fait, les boîtes que tu n'as jamais apportées avec toi sont à l'arrière, comme tu me l'as demandé.

Castille se pencha par-dessus le siège arrière et attrapa un conteneur en métal crasseux de la taille d'une boîte à chaussures.

— Un trésor enfoui ! s'exclama-t-il en en extrayant un pistolet automatique, plusieurs chargeurs et, comble de l'horreur pour Nina, une grenade à main. Vous pouvez me tenir ça, Doc ?

Nina poussa un petit cri lorsqu'il la lui laissa tomber le plus naturellement du monde dans la paume. Il s'empressa ensuite d'examiner l'arme d'un œil expert et la dissimula dans son blouson.

Nina contemplait, pétrifiée, la grenade de Castille.

— Pas de panique, lui dit Chase en la lui reprenant. Elle ne peut exploser que si vous tirez sur la goupille. Comme ça.

Ce qu'il s'empressa de faire, arrachant à Nina un cri d'épouvante.

— Celle-ci a cinq secondes de retardement. Ne vous inquiétez pas, il faut aussi actionner le détonateur.

Il fit glisser la goupille à sa position initiale et retira son pouce de la partie métallique incurvée.

— Vous voyez ?

Castille et Hafez pouffaient de rire.

— Ça n'a rien de drôle ! s'insurgea Nina.

— Messieurs, intervint Kari, je préférerais que vous cessiez de terroriser la personne la plus importante de notre expédition.

Les paroles étaient mesurées, mais le ton implacable.

— Désolé, patron, c'était juste histoire de passer le temps, dit Chase en rendant l'arme à Castille.

— La prochaine fois, pensez à apporter votre baladeur ! railla Nina.

Une heure plus tard, Nina regrettait de ne pas avoir pris le sien.

Au départ, on ne pouvait s'empêcher d'admirer les montagnes ; mais, au bout d'un moment, ces sommets marronnasses finissaient par se ressembler tous. Même le trajet sur l'autoroute cahoteuse semblait une douce promenade sur tapis volant à côté de la route de corniche tout en virages, truffée de nids-de-poule et réduite parfois à un simple chemin de terre, où ils se trouvaient à présent. En contrebas, une locomotive diesel poussive vomissait des tonnes de fumée en remorquant toute une enfilade de wagons-citernes. En suivant la ligne de chemin de fer jusqu'au fond de la vallée, Nina aperçut, un bon kilomètre plus loin, une série de voies de garage où stationnait un autre train.

— On est encore loin, Hafez ? demanda Chase.

— Plus vraiment. C'est après la gare de triage, là-bas.

— Dieu soit loué, soupira Nina.

Elle commençait à en avoir plus qu'assez d'être ballottée sur des sièges pour le moins chichement rembourrés.

— Quelle mouche a piqué ce type pour qu'il nous donne rendez-vous dans ce trou paumé ? Le Hilton de Téhéran aurait très bien fait l'affaire…

— Ça ! Il préfère sans doute être prudent. À nous de l'être également, commenta Chase.

— Vous soupçonnez une embrouille ? dit Kari.

— On s'apprête à racheter, pour dix millions de dollars, dans le trou du cul du monde, un objet ancien volé à un fou furieux par un type tout ce qu'il y a de plus craignos, et vous, vous êtes totalement rassurée ?

— Une fois encore, je dois vous donner raison, concéda-t-elle en ronchonnant.

Dix minutes plus tard, Hafez se garait devant une ferme abandonnée. Ils avaient laissé derrière eux la gare de triage ; la voie ferrée avait disparu dans un tunnel, plus bas. La maison était bâtie sur le flanc d'une colline sèche et abrupte, couronnée d'arbres malingres, dont l'autre versant plongeait à pic. Ils semblaient seuls au monde.

— Hugo, tu fais le tour de la maison, ordonna Chase. Hafez, tu restes avec le docteur Wilde et Mademoiselle Frost. Au moindre problème, vous les emmenez loin d'ici.

— Où allez-vous ? demanda Kari.

— Vérifier que la maison est vide.

Il descendit du Land Rover et sortit une lampe d'une de ses poches.

— Si je ne suis pas de retour d'ici deux minutes, c'est qu'il y a un problème.

L'Iranien lui fit un signe de la tête et les deux hommes partirent vers la maison en courant.

Chase réapparut moins de deux minutes plus tard, juste avant que Castille n'eût lui-même terminé son tour d'inspection.

— La voie est libre. Il n'y a que deux chambres et aucune planque possible.

— Personne derrière non plus, ajouta Castille.

— Mieux valait vérifier. Bon, cette route est la seule voie d'accès. Si quelqu'un approche, nous le saurons.

— Je ne crois pas qu'il arrivera par la route, dit Castille avec une bizarre expression de dégoût.

— Pourquoi ça ?

— Tu n'entends pas ?

Chase inclina la tête et sourit.

— Eh oui, acquiesça-t-il en tapotant l'épaule du Belge. Ton pire cauchemar ! Wouh, écoute, il arrive !

— Comme tu le dis toujours si gracieusement : va te faire foutre.

Nina passa la tête par la portière et tendit l'oreille.

— Que se passe-t-il ?

Un bruit infernal provenait maintenant des montagnes.

— Hugo a eu une mauvaise expérience avec un hélicoptère, expliqua Chase. Depuis, il souffre d'hélicophobie ! Chaque fois qu'il en voit un, il croit que quelque chose va lui arriver et qu'il va mourir.

— Attends, ce truc vole au moyen de lames géantes qui tournent à une vitesse de dingue. Comment veux-tu que je reste calme ?

— Bon, reste ici et baisse la tête, j'irai à sa rencontre, OK ? proposa Chase. Garde quand même les yeux bien ouverts.

Castille hocha la tête.

L'hélicoptère survola la colline. Nina connaissait ce type d'appareil pour l'avoir vu dans des centaines de films ou de shows télévisés. Il s'agissait d'un Bell Jet Ranger, un énorme engin civil. Il effectua un survol rapide de la maison avant de s'immobiliser quelques instants et d'atterrir à une trentaine de mètres du Land Rover.

Chase attendit l'arrêt presque complet des rotors avant de s'approcher. Hajjar n'était pas venu seul. Il y avait, en plus du pilote, trois autres personnes à bord. Il avança courbé en avant, le Magnum Wildey dans son étui, sous sa veste, à portée de main. Au cas où.

Les portes arrière de l'hélicoptère s'ouvrirent ; deux malabars barbus, costume sombre et lunettes de soleil, s'éjectèrent d'un bond et repérèrent les lieux d'un coup d'œil circulaire avant de se tourner vers Chase. Chase soutint leur regard ; ils ne lui faisaient pas peur. Il avait senti d'emblée qu'ils n'étaient que de simples soldats défroqués, pas des anciens des forces armées spéciales. Ils n'avaient pas la trempe des SAS, il en ferait facilement son affaire.

L'un des hommes se pencha vers l'hélicoptère et dit quelque chose en persan. Les portes s'ouvrirent et Hajjar apparut, vêtu d'un costume traditionnel, ce qui était peu commun en Iran. De deux choses l'une : soit c'était pour lui une façon de mettre ses origines en avant, soit il tenait à se distinguer de ses gardes du corps. Comme eux, pourtant, il arborait des lunettes de soleil, mais d'une gamme bien supérieure.

Il était suivi d'un autre homme, un Blanc avec de petits cheveux hérissés sur la tête, une barbe de plusieurs jours et l'air visiblement méfiant : Yuri Volgan.

— Êtes-vous Chase ? demanda Hajjar.

— Lui-même !

— Où est Mademoiselle Frost ?

— Où est l'objet ?

Hajjar lui lança un regard noir avant de retourner vers l'hélicoptère et d'en sortir une petite sacoche de cuir. Chase lui fit un signe, puis recula vers la voiture.

—Allons dans la maison, dit Hajjar en indiquant le bâtiment avec sa sacoche. On sera à l'abri du vent.

—Quel vent ? marmonna Chase.

Depuis que les rotors s'étaient arrêtés, on ne sentait qu'une vague brise. Chase regarda une nouvelle fois autour de lui, à la recherche d'indices suggérant la présence d'hommes embusqués. Rien à signaler.

—Alors ? s'enquit Kari.

—Tout a l'air en ordre…

Il jeta un dernier coup d'œil alentour. Toujours pas le moindre signe de qui que ce soit à l'horizon. Mieux valait pourtant rester sur ses gardes.

—Soyez prudents, d'accord ?

—Vous ne lui faites pas confiance ? demanda Nina.

—Certainement pas. Mais je ne saurais vous dire exactement pourquoi. Hafez, tu restes ici. Au moindre problème, tu klaxonnes.

—Entendu.

Hafez sortit une arme de sous le tableau de bord et la posa sur ses genoux. Chase ouvrit la portière pour Nina, Castille fit de même pour Kari.

—Je dois dire que toutes ces armes, ça m'angoisse un peu, confia Nina à Chase.

—Moi qui pensais que les archéologues passaient leur vie à mitrailler tout ce qui bouge, genre Indiana Jones !

—Ça se saurait ! Je ne mitraille qu'avec mon appareil photo ! rétorqua Nina en plissant les paupières.

—Espérons qu'il en sera toujours ainsi, fit Kari en se dirigeant vers la maison, son grand manteau blanc se déployant autour de ses jambes à chacun de ses pas.

Hajjar et ses compères marquèrent un temps d'arrêt, fascinés par son apparition.

— Après vous, leur dit-elle avant d'entrer dans la maison, sa mallette métallisée à la main.

L'intérieur de la maison, éclairé par une seule fenêtre, était sombre. Les anciens propriétaires avaient vidé les lieux, à l'exception d'une grande table en bois massif qui trônait au milieu de la pièce.

Castille sortit un long bâton de son blouson, qu'il plia en deux pour en briser le verre et produire, grâce au mélange des produits chimiques, une vive lumière orange semblable à celle d'un feu de cheminée. Nina savait qu'une telle réaction ne pouvait durer plus d'un quart d'heure : la transaction ne devrait donc pas excéder ce délai. Détail qui était loin de la rassurer. Elle allait devoir déterminer l'authenticité de l'objet en quelques minutes. Si son verdict se révélait incorrect, les Frost en seraient pour dix millions de dollars de leur poche. Typiquement le genre de pression dont elle se serait volontiers passée.

Il ne lui restait plus qu'à ne pas se tromper.

Hajjar et ses gardes du corps se tenaient à une extrémité de la table ; Chase, Kari et Castille, à l'autre. Nina, elle, faisait face à Volgan. Le Russe semblait inquiet et agitait ses doigts nerveusement.

— Êtes-vous prête à effectuer le transfert ? demanda Hajjar.

— Pas avant d'avoir vu la pièce, répliqua sèchement Kari. Ni avant que le docteur Wilde se soit assurée de son authenticité.

— Wilde ? releva Volgan, interloqué.

Nina remarqua soudain qu'il manifestait une certaine réticence à la regarder.

— De la famille de Henry et Laura Wilde ?

— Oui, c'étaient mes parents. Pourquoi ?

Volgan ne répondit pas. Hajjar, impatient, reprit la parole avant que Nina ait le temps de poser une autre question.

— L'objet est authentique. Voyez par vous-mêmes.

Il posa sa mallette sur la table et en déverrouilla le code. Sa main droite avait été remplacée par un crochet d'acier. Nina eut du mal à en détacher les yeux.

— Vous me prenez peut-être pour un voleur, dit-il froidement.

— Non, je…

Hajjar secoua la tête.

— Ah, les Occidentaux et leurs clichés ! J'ai perdu ma main dans un accident. Je ne suis pas un voleur.

— En tout cas, pas un « petit » voleur, à ce que j'ai entendu dire, plaisanta Chase.

Hajjar s'interrompit et lui lança un regard furieux.

— Chercheriez-vous à m'insulter, monsieur Chase ?

— Pas le moins du monde. Si c'était le cas, vous le sauriez.

— Pouvons-nous voir la pièce, à présent ? s'impatienta Kari.

Hajjar adressa à Chase un dernier regard courroucé avant de soulever le couvercle de la mallette.

L'objet se trouvait bien à l'intérieur, à l'abri dans un lit de mousse protectrice. Ce ne pouvait être que de l'orichalque. Nina en était certaine. Rien d'autre ne pouvait briller d'un tel éclat rougeoyant.

Soigneusement et impeccablement astiqué, il ne portait aucune marque, tache ni trace de doigt. Le seul défaut était une petite entaille sur un côté, là où Volgan avait prélevé l'échantillon. Il s'agissait, sans l'ombre d'un doute, du même objet que celui qu'elle avait vu au moyen de l'hologramme.

Maintenant, elle pouvait le voir dans son intégralité. Sur la face extérieure, juste au-dessus de la petite partie saillante, se trouvait une légère fente en biseau.

Au-dessous apparaissaient les fameuses marques.

— Puis-je l'examiner ? demanda-t-elle à Hajjar d'une voix réduite à un faible murmure par l'émotion.

— Bien entendu.

Nina enfila une paire de gants chirurgicaux et souleva délicatement l'objet. Il était plus lourd qu'il n'y paraissait, ce qui semblait confirmer sa forte teneur en or. Une tête de flèche était gravée dans son extrémité incurvée, ainsi qu'une ligne bordée, sur toute sa longueur et de chaque côté, de marques minuscules. L'attention de Nina se concentra néanmoins sur les lettres gravées en parallèle. Elle retourna la barre pour l'orienter vers la lumière de la fenêtre.

— Qu'est-ce que c'est ? interrogea Kari.

— Ce sont des caractères glozels, ou du moins une variante assez proche. Pour la plupart…

Nina pointa du bout de son index ganté certains symboles.

— Ceux-ci, en revanche, sont différents.

— De quel alphabet s'agit-il ?

— Ça me dit quelque chose, mais je n'arrive pas vraiment à l'identifier. Il s'agit en tout cas d'une variante, pas d'un alphabet standard. Il est possible que ce soit un dérivé régional ou d'une autre période. Il faudrait que je compare avec mes données.

— Vous disposerez de tout ce dont vous aurez besoin plus tard, assura Kari. Pour le moment, est-il authentique ?

Nina retourna l'objet. Le dessous, vierge de toute inscription, était parfaitement identique à ce qu'elle avait vu dans le biolab de la fondation Frost. Elle passa le bout du doigt sur la partie incurvée. Ce geste réveilla un souvenir purement sensoriel. Cette forme lui rappelait quelque chose, cet arrondi métallique...

— Docteur Wilde ?

Kari venait de lui toucher légèrement le bras. Nina sursauta.

— Est-il authentique ?

— Eh bien, il m'en a tout l'air. Il faudrait cependant effectuer des analyses pour en être tout à fait sûr.

— Hélas, j'ai bien peur d'avoir oublié mon creuset et mon spectrographe, glissa Kari avec un petit sourire. C'est votre opinion qui compte.

— OK..., dit Nina en respirant profondément, la gorge sèche.

Dix millions de dollars, quelle fichue somme, tout de même ! Bien plus qu'elle n'en verrait de toute sa vie.

— Si c'est un faux, il est extrêmement bien imité. Peu de personnes dans le monde peuvent écrire en glozel.

— Vous êtes capable de le lire ? demanda Chase.

— En partie, répondit-elle en indiquant certains mots du doigt. « À partir du nord », « embouchure », « fleuve ». Je dirais que cette ligne, ici, est une sorte de carte ou de guide, ajouta-t-elle en montrant une trace gravée sur toute la longueur de l'objet.

Kari la regarda avec un grand sourire ravi avant de reprendre la pose de la femme d'affaires.

— Pour moi, c'est bon, monsieur Hajjar. Je prends.

— Parfait, s'exclama Hajjar avec un sourire aussi éclatant, quoique infiniment plus avide. On peut passer au transfert d'argent ?

Kari fit signe à Nina de reposer l'objet dans son lit de mousse et referma la mallette. Nina ressentit une pointe de déception en le voyant disparaître. Chase fit glisser la mallette de son côté de la table, tandis que Kari ouvrait la sienne.

Nina s'attendait à ce qu'elle déborde de billets de banque. Au lieu de quoi, elle contenait un disque dur électronique de la taille d'un smartphone auquel était relié un imposant combiné téléphonique. Kari décrocha et déplia une grosse antenne avant d'appuyer sur un bouton et de placer le combiné contre son oreille.

— Transfert, annonça-t-elle à quelqu'un. Transfert, numéro de compte 7571-1329, vers le compte 6502-6809. Transaction préalablement arrangée, autorisation code 2-0-1-tango-foxtrot. Dix millions de dollars américains.

Elle fit une pause en écoutant avec attention quelqu'un répéter ce qu'elle venait de dire.

— Oui, confirmez.

Elle appuya son pouce droit sur l'écran, puis fit un signe de tête en direction de Hajjar.

— Je vais devoir utiliser mon pouce gauche, plaisanta-t-il en agitant le crochet au bout de son bras droit.

Kari attendit la confirmation de son empreinte digitale, puis invita l'Iranien à s'approcher. Hajjar se tourna vers Volgan avec un air d'autosatisfaction absolue.

— Voilà. Bientôt sept millions de dollars de plus pour votre retraite, Volgan.

— Vous prenez trente pour cent ? s'étonna Chase. Rien que ça ! Je croyais vous avoir entendu dire que vous n'étiez pas un voleur…

Hajjar ne répondit rien et se contenta de lui décocher un regard noir.

— Juste un détail encore, mademoiselle Frost, dit-il en pivotant vers Kari.

— Je sais, répondit-elle avec un soupçon d'impatience en reprenant le téléphone. Prête pour la toute dernière vérification.

Elle lança à Nina un regard entendu avant de commencer :

— Ils plaçaient dans le temple des statues d'or ; le dieu lui-même se tenait debout dans un char tiré par six chevaux ailés dont l'aurige était si grand qu'il touchait de sa tête le plafond du bâtiment.

Nina reconnut aussitôt un passage du *Critias*. Pourquoi Kari s'amusait-elle à débiter un truc pareil en plein désert ? Peut-être était-ce une sorte de mot de passe… comme si son empreinte digitale et tous les autres codes n'avaient pas suffi… En tout cas, ça marchait.

— Merci, dit Kari en repliant l'antenne du téléphone. J'ai dû soumettre ma voix à un système d'analyse, expliqua-t-elle. Au cas où elle trahirait que je suis en état de stress et que j'agis contre mon plein gré, le transfert serait aussitôt annulé.

— Tout s'est passé à merveille, mademoiselle Frost, la remercia Hajjar. (Il leva les yeux au plafond l'espace d'une seconde.) Voilà une affaire rondement menée.

Il s'apprêtait à partir lorsque Chase brandit soudain son Wildey.

— Pas si vite !

Hajjar et ses gardes s'immobilisèrent. Castille avait à son tour sorti son arme.

— Qu'est-ce que cela veut dire ?

— Monsieur Chase ? s'inquiéta Kari.

— Où est planqué le micro ? Votre phrase était codée, vous nous avez mis sur écoute.

— Mais enfin, je ne…

— Vous me dites où est planqué ce micro ou je vous tue.

Chase enclencha le chien de son revolver. Hajjar regarda de nouveau en l'air en expirant bruyamment à travers ses dents serrées.

— Sur cette poutre.

Sur un signe de tête de son coéquipier, Castille grimpa d'un bond sur la table et passa sa main sur toute la longueur de la poutre. Quelques secondes plus tard, il en extirpait une petite boîte noire.

— C'est un transmetteur.

Déboussolée, Nina les considérait l'un après l'autre.

— Que se passe-t-il ?

— C'est un coup monté, dit Chase. Hajjar attendait que l'argent soit transféré. Il veut garder l'objet pour lui. Cela prouve en tout cas qu'il est authentique.

Il se retourna vers Hajjar, le canon de son arme contre son visage.

— Vous avez combien d'hommes planqués dehors ?

— Mon pilote, c'est tout.

Le point rouge d'un laser apparut sur la poitrine de Chase, aussitôt suivi d'un second. Les rayons avaient transpercé la vitre crasseuse. On entendit courir à l'extérieur.

Hajjar esquissa un rictus franchement moqueur.

— Cela dit, mon bon ami le capitaine Mahjad, de l'armée iranienne, est, pour sa part, venu accompagné d'une vingtaine d'hommes.

La porte s'ouvrit avec fracas. Terrifiée, Nina fit un bond en arrière : cinq hommes avaient surgi, leurs carabines braquées sur eux.

— Nom d'un chien, jura Chase, on n'est pas dans la merde !

5

Après avoir confisqué leurs affaires, les soldats firent sortir les prisonniers sous la menace de leurs carabines, des copies locales de la Heckler & Koch G3 allemande. Hajjar suivit avec la mallette contenant le précieux objet, un sourire de triomphe peint sur son visage bouffi.

Chase aperçut Hafez, les mains derrière la tête, agenouillé à côté du Land Rover toutes portes ouvertes. Il était gardé par deux autres soldats. Plusieurs hommes encerclaient le bâtiment. Chase comprit aussitôt ce qui s'était passé. Les soldats étaient restés cachés en haut de la colline à pic qui surplombait la maison et s'étaient servis de cordes pour descendre en quatrième vitesse.

Deux des Iraniens étaient armés de Snipers Dragounov équipés de mires laser à portée télescopique. Cela expliquait pourquoi Hafez n'avait pas envoyé de signal pour les prévenir. Quand on se trouve dans la ligne de mire d'un rayon laser aussi fin qu'une aiguille et qu'on sait qu'une balle peut atteindre en une fraction de seconde le petit point rouge lumineux dessiné sur votre corps, on a plutôt tendance à se taire et à rester tranquille.

— Je suis désolé, Eddie, dit Hafez. Ils étaient trop nombreux.

L'un des gardes lui envoya un coup de pied.

— Décidément, on a vraiment merdé, répondit Chase.

Il ne lui était pas venu à l'idée que Hajjar pût s'assurer un renfort militaire. Ce type était encore bien plus corrompu qu'il ne l'avait imaginé.

Au loin, un camion de couleur grisâtre arriva bruyamment par le chemin de terre. Il avait dû être dissimulé quelque part pour être rappelé, une fois la mission terminée.

Hajjar s'approcha d'un officier et laissa pendre la mallette à son crochet pour lui serrer la main.

— Capitaine Mahjad, permettez-moi de vous présenter… mes associés.

Mahjad, un barbu dégingandé, adressa au groupe de captifs un de ses plus beaux sourires.

— Enchanté. Alors, Failak, qu'est-ce que vous voulez que j'en fasse ?

— J'emmène la blonde et le Russe avec moi.

Mahjad reluqua Kari, qui lui lança un regard glacial.

— Je ne vois pas vraiment l'intérêt de le prendre, lui, mais elle, c'est très clair…

— Ce n'est pas du tout ça. Quoique…

Un instant songeur, Hajjar contempla Kari, avant d'éclater de rire.

— Pour ce qui est des autres, à vrai dire, je m'en fous. Du moment que je ne les ai pas aux basques !

— Aucun danger. Le ministre de la Culture se montre actuellement très intransigeant envers les étrangers qui tentent de nous voler notre patrimoine. Ils devraient écoper d'au moins vingt ans de prison. S'ils restent en vie jusqu'à leur procès…

— Je vous les laisse, conclut Hajjar avec un claquement de doigts en direction de ses gardes du corps. Passez-leur les menottes, ordonna-t-il en indiquant Kari et Volgan.

— Où l'emmenez-vous ? cria Chase.

L'un des soldats le fit tomber d'un coup de crosse de sa carabine dans le dos.

— Chez moi. Ne vous inquiétez pas, il n'arrivera rien à votre amie. Si son père est prêt à coopérer…

— Vous comptez me rançonner ? demanda Kari, atterrée.

L'un des gardes lui ramena les mains derrière le dos et referma une paire de menottes autour de ses poignets.

— Dix millions de dollars de plus me semblent une somme raisonnable, qu'en pensez-vous ? dit Hajjar à Chase sans regarder Kari. Si j'avais une fille aussi jolie qu'elle, ça ne me paraîtrait même pas très cher payé… pour être sûr qu'elle conserve toute sa beauté, ajouta-t-il d'une voix à la fois plus douce et plus menaçante.

— Vous touchez à un seul de ses cheveux et je vous tue ! l'apostropha Chase.

— Vous n'avez rien trouvé de mieux comme menace ? dit Hajjar en le narguant.

— J'en trouverai une meilleure le jour où vous serez à mes pieds en train de me supplier.

Hajjar haussa les épaules.

— Voilà qui est mieux. Je commencerai à m'inquiéter, mettons, dans vingt ans !

— Monsieur Chase, lança Kari alors que les gardes les emmenaient, Volgan et elle. Souvenez-vous que vous avez été engagé pour protéger le docteur Wilde. C'est votre priorité.

— Mais…

— Vous m'avez entendue ?

Chase acquiesça contre son gré.

— Parfaitement.

Elle se tourna alors vers l'hélicoptère, puis vers Hajjar.

— Il n'y a que cinq places. Or, nous sommes six. À moins que vous n'ayez l'intention de vous suspendre aux traîneaux avec votre crochet ?

— Vous n'aurez qu'à vous asseoir sur Yuri, répondit Hajjar avec un sourire pervers. Il mérite bien un dernier petit plaisir… avant que je le revende à Qobras.

Volgan blêmit.

— Quoi ? C'est impossible ! Failak, nous avions un accord !

— Je suis certain que Qobras m'en proposera un meilleur encore. Je ne vois pas pourquoi je devrais me contenter de trois millions quand je peux en garder dix. Sans compter ce que Qobras me paiera pour vous récupérer tous les deux, l'objet et toi.

— Failak, non ! hurla Volgan.

Oubliant qu'il avait les mains liées derrière le dos, il se jeta sur le garde qui le tenait et lui fit perdre l'équilibre. Il envoya alors un coup de pied dans le ventre de l'autre garde, qui vacilla et lâcha le bras de Kari. Volgan sauta par-dessus le corps du garde à terre et courut vers la maison. Les soldats, qui s'étaient ressaisis, le mirent en joue.

— Ne tirez pas ! leur cria Hajjar.

Mahjad, d'abord étonné, répéta l'ordre sur un ton impératif.

Les soldats restèrent un instant figés, ne sachant plus s'ils devaient suivre leur instinct de militaires surentraînés ou obéir aux ordres de leur supérieur.

Chase n'en demandait pas plus pour agir.

Il saisit par la crosse la carabine d'un des soldats, la lui arracha des mains en lui tordant le poignet et retourna l'arme sur le type éberlué. Puis, de sa main libre, il appuya sur la détente.

Le feu de la balle qui sortait du canon lui brûla la paume. Le soldat fut projeté en arrière, son corps aspergeant le Land Rover de sang et de fragments de poumons.

Avant même que les autres aient eu le temps de réagir, Chase avait bloqué la carabine sur le mode automatique et les mitraillait méthodiquement. Ils tombèrent les uns après les autres. Ceux qui restaient allaient réfléchir un moment avant de lui tirer dessus…

— Nina ! cria Chase.

Elle le regardait sans comprendre. Elle n'avait pas anticipé un aussi brusque carnage. Il tenta de la saisir par le bras, mais un des soldats le devança en la plaquant au sol. Chase, qui ne pouvait pas tirer sans risquer de la toucher, changea aussitôt de tactique.

— Hugo ! hurla-t-il en indiquant le Land Rover de la tête.

Suivant son exemple, Castille fonça sur un soldat. Mais un autre lui frappa la nuque avec son arme. Castille s'écroula.

Chase se retourna vivement : il venait d'entendre un gémissement de douleur. Hafez tentait de se relever ; d'un coup de pied, un des gardes le renvoya à terre. L'autre tenait sa G3 braquée sur lui. Chase plongea alors à l'arrière du Land Rover. Il eut juste le temps de claquer la portière avant que la vitre n'explose sous une rafale de balles.

— Eddie ! hurla Nina, qu'un soldat écartait sans ménagement du véhicule.

Ses coups de pied et ses ruades n'y pouvaient rien. Il était bien plus fort qu'elle.

Le soldat continua de tirer jusqu'à ce que son chargeur soit vide.

Pendant quelques instants, on n'entendit plus un bruit. Le soldat saisit alors la poignée de la portière criblée de balles et l'ouvrit d'un geste brusque.

Le Land Rover était vide. Bouche bée, le soldat semblait ne pas comprendre. Puis il perçut un petit bruit et baissa les yeux. Une grenade à main avait roulé sur le plancher de la voiture, où elle venait de s'immobiliser.

Il ouvrit la bouche pour crier. Trop tard. La grenade explosa, le projetant en arrière dans un tonnerre d'éclats de métal. Les soldats qui tenaient Castille furent happés par le souffle de l'explosion, ainsi que celui qui gardait Hafez. Leurs prisonniers, en revanche, couchés au sol, échappèrent au déferlement meurtrier de ces lames affûtées qui sifflaient au-dessus de leurs têtes.

Allongé contre la roue arrière, de l'autre côté du Land Rover, les mains vissées sur ses oreilles, Chase vit la portière au-dessus de sa tête être expulsée de ses gonds. Il la regarda tournoyer en l'air, tel un Frisbee géant, puis s'écraser plus bas sur la pente.

Tapi sous le véhicule, Chase observa la scène. Les hommes les plus proches étaient morts ou blessés ; mais les autres étaient en train de se remettre du choc de l'explosion. Une dizaine d'entre eux, au moins. Tous armés.

Et passablement énervés.

Il remarqua aussitôt le bas du manteau de Kari, près de l'hélicoptère. Tandis qu'un des gardes du corps de Hajjar la retenait, le capitaine iranien la menaçait de son pistolet tout en hurlant ses ordres.

Nina…

Le soldat qui l'avait plaquée au sol la tenait toujours aussi serrée qu'un ours en peluche et la tirait en arrière. Chase ne pouvait en aucun cas prendre le risque de tirer. De toute façon, sa G3 était déchargée.

Les idées se bousculant dans sa tête, il fit un rapide bilan de la situation.

Pour l'heure, même captive, Nina était encore relativement en sécurité. Il ne faudrait pourtant pas longtemps pour qu'un des Iraniens songe à se servir d'elle pour le forcer à se rendre. Hajjar et le capitaine Mahjad connaissaient l'anglais : ils avaient entendu Kari lui ordonner de la protéger avant tout…

Ce qui voulait dire que, pour la protéger, à ce moment précis, il devait l'abandonner.

Il attrapa sa G3 et recula à plat ventre, toujours couvert par la fumée qui se dégageait du Land Rover. Puis, d'un bond, il se leva et tira les dernières balles en rafale vers le ciel. Le but était simple : faire diversion en contraignant les hommes à se baisser, pour pouvoir s'enfuir vers la colline qui donnait à pic sur la vallée.

Il fut poursuivi par un crépitement de balles.

La vallée s'étendait à ses pieds ; au loin, la voie ferrée disparaissait mollement sous le tunnel.

Une balle passa si près de son crâne qu'il en ressentit l'onde de choc. Il sauta dans le vide et, après un vol plané, atterrit sur la portière du Land Rover, qui dévala la colline dans un nuage de gravillons et de poussière. Il ne lui restait plus qu'à s'y accrocher comme un enfant sur un traîneau lancé à toute vitesse.

Cette glissade improvisée ne le conduirait pas bien loin, la pente étant trop accidentée. De toute manière, il n'avait besoin de s'éloigner que de quelques mètres, à l'abri des soldats qui allaient rappliquer et se mettre à tirer.

À présent, il fonçait droit sur un rocher qui trouait la colline comme une vilaine canine. Il se jeta en travers sur le sol rocailleux, laissant la portière se ratatiner comme une vulgaire plaque de carton. Il tenta de freiner avec ses pieds, mais il allait beaucoup trop vite et continua à dévaler la colline, aveuglé par la poussière.

En haut, les soldats avaient ouvert le feu.

Son dos frottait douloureusement contre le relief. Il ne s'agissait pas de cailloux, plutôt d'herbes grasses et de petits buissons. Il approchait du pied de la colline.

Malgré la poussière qui lui collait les paupières, il ouvrit les yeux pour estimer la distance qu'il lui restait à parcourir, quand le sol se déroba sous lui.

Avec un cri si puissant qu'il parvint aux hommes restés en haut de la côte, Chase plongea dans le vide.

— Ouh, ça doit faire mal ! commenta l'un des soldats avec une petite grimace.

Chase s'était retrouvé au-dessus de l'entrée du tunnel et avait plongé vers la ligne de chemin de fer où, désormais hors de vue, il avait terminé son vol.

— Ça lui fera les pieds, à ce connard ! grommela hargneusement un autre soldat.

Il avait beau être issu du SAS, une chute de cette hauteur amortie par du béton et de l'acier, ça ne pardonnait pas. Il s'en sortirait avec quelques bonnes fractures. S'il s'en sortait.

Mahjad les rejoignit à grands pas et jugea de la hauteur de la chute. La poussière flottait encore là où Chase était passé.

— Allez chercher les cordes. Je veux trois hommes pour descendre le chercher. S'il est mort, emmenez le corps à la gare de triage. S'il est vivant… faites la même chose, ordonna-t-il avec un rictus mêlant rage et plaisir sadique.

— À vos ordres, mon capitaine !

Les soldats saluèrent. Trois d'entre eux se préparèrent pour la descente.

Volgan avait été rattrapé et placé sous bonne garde avec les autres prisonniers.

Mahjad se retourna vers Hajjar.

— Tout ça, c'est ta faute ! éructa-t-il en plantant son doigt dans le visage du trafiquant. Tu ne m'avais pas dit qu'il s'agissait d'un assassin !

— Je n'en savais rien moi-même, bafouilla l'autre. Je croyais qu'il n'était qu'un ancien soldat engagé comme garde du corps…

D'un regard glacial, Kari lui exprima tout son mépris.

— Quatre de mes hommes sont morts et trois sont blessés ! reprit Mahjad. Comment est-ce que je vais expliquer ça ? Tu peux me le dire ?

Hajjar se passait nerveusement la langue sur les lèvres. Malgré la brise, il ruisselait de sueur.

— Tu parles d'une compensation aux familles ? et à leur officier en chef ?

— Je vais te dire, moi, quelle sorte de compensation il va falloir, Failak ! répondit Mahjad, fou de rage.

Il s'interrompit un instant ; Hajjar pâlissait à vue d'œil.

— Une très, très grosse compensation.

— Je m'en occuperai dès que je rentrerai chez moi, assura-t-il, soulagé.

Mahjad le toisa froidement.

— Tu as ma parole, mon frère. Mais je dois partir maintenant, dit Hajjar en regardant Kari. Des affaires urgentes m'attendent. Et il vaut mieux qu'on ne nous voie pas ensemble sur le lieu de… ce regrettable incident.

Mahjad opina à contrecœur. Ses soldats emmenèrent Nina, Castille et Hafez pendant que les autres montaient à bord du Jet Ranger. Volgan, trop effrayé à présent pour émettre la moindre protestation, prit place à l'arrière, encadré par deux gardes du corps, tandis que Kari était forcée de s'asseoir sur ses genoux. Menottée, elle pouvait difficilement opposer de résistance, d'autant que la ceinture de sécurité était fermement attachée autour de sa taille. Elle se retrouva ainsi intimement liée à Volgan.

Hajjar s'assit à la place du copilote.

— Inutile de faire cette tête, mademoiselle Frost, dit-il en lui prenant le menton d'une main. Il ne vous sera fait aucun mal. Vous êtes bien trop précieuse pour cela. Enfin, tant que votre père accepte de coopérer…

Kari dégagea son menton d'un geste brusque.

— Vous venez de commettre la pire erreur de votre vie, Hajjar.

— Allons, allons, répondit-il avec un sourire satisfait, ce n'est pas la peine de vous montrer désagréable. Détendez-vous et profitez de la promenade. Si vous avez envie d'aider Yuri à se relaxer, ne vous gênez pas, bougez un peu, ajouta-t-il en jetant un coup d'œil à Volgan, livide derrière elle. Je suis certain qu'il appréciera. Le dernier plaisir du condamné, n'est-ce pas ? Ne bougez pas trop quand même, il serait dommage que mes gardes s'imaginent que vous cherchez à vous échapper et vous tuent, conclut-il froidement.

L'un des hommes lui planta le canon de son arme dans les côtes pour faire passer le message.

— J'essaierai de m'en souvenir, lâcha-t-elle avec mépris.

— Bien ! Nous pouvons donc partir, dit Hajjar en se tournant vers le pilote.

L'hélicoptère décolla. Nina regarda autour d'elle, choquée et incrédule à la fois. En l'espace de deux jours, elle était passée du statut d'universitaire new-yorkaise tranquille à celui de prisonnière en Iran. Comment sa vie avait-elle pu basculer de la sorte ?

Sans compter que Kari était retenue pour rançon. Quant à Chase… Elle ne comprenait pas grand-chose à ce que se disaient les soldats, mais, à en juger par leur décontraction, ils devaient considérer qu'il était mort.

Un grand camion militaire se gara près de la maison. Ils la firent monter à bord avec le reste de ses compagnons. Elle s'efforça de ne pas pleurer.

Chase prit une profonde inspiration et s'arma de courage.

Après avoir plongé dans le vide, il avait réussi, en faisant vriller son corps, à se rattraper d'une main à un petit rocher. Il était resté suspendu ainsi une éternité – du moins le lui sembla-t-il – avant de parvenir à remonter son autre main pour s'assurer une prise plus solide.

Il n'était pas sauvé pour autant.

Il ballottait dans le vide à plus de cinq mètres au-dessus de la voie de chemin de fer. Même pour un type rompu aux entraînements du SAS, sauter de cette hauteur n'était pas une option à envisager à la légère, d'autant que rien n'amortirait sa chute. Hormis une planche de fakir, il ne voyait pas ce qu'il pouvait y avoir de pire comme terrain d'atterrissage.

Il n'avait cependant pas d'autre choix. Des cris se rapprochaient, et un début d'éboulis indiquait qu'il allait bientôt avoir de la compagnie.

Il ne lui restait plus qu'à sauter.

Bien qu'il se fût préparé au choc en repliant ses jambes pour mieux rouler, la douleur fut aussi fulgurante que si on l'avait tabassé à coups de barre de fer. Il était tombé lourdement et avait eu le souffle coupé lorsque sa poitrine s'était écrasée de plein fouet contre l'acier des rails. Serrant les dents pour maîtriser la souffrance, il se dégagea des voies en rampant de toutes ses forces.

Bilan des dégâts : ses deux jambes le faisaient atrocement souffrir. Sa cheville gauche semblait avoir subi le plus gros choc. Mais il n'avait rien de cassé. Ce qu'il ressentait n'avait rien à voir avec une fracture.

Il s'assit, le visage déformé sous l'effet d'un soudain point de côté. Il fallait voir le côté positif : cela aurait pu être pire s'il n'avait pas eu son épais blouson en cuir sur lui. Il se ressaisit, reprit son souffle et se releva.

Et se laissa aller à un terrible cri de rage.

Il ne s'agissait pas tant d'exprimer sa souffrance que de l'expulser pour mieux la contrôler. Les techniques du SAS pour gérer la douleur étaient rudimentaires, mais efficaces.

— Bon, ils commencent à me gonfler sérieusement ! se dit-il d'un ton âpre.

Un bruit attira son attention. L'hélicoptère de Hajjar disparaissait derrière un sommet. Ce salopard de Capitaine Crochet emmenait Kari avec lui dans l'intention d'exiger une rançon de son père.

Il était son employé, et il y avait très peu de chances pour que Kristian Frost se montre compréhensif s'il arrivait malheur à sa fille sans qu'il ait tenté d'intervenir. Un tel échec signerait sur-le-champ l'arrêt de sa carrière. Personne ne voudrait plus jamais faire appel à ses services.

D'un autre côté, elle lui avait donné, en tant qu'employeur, une consigne précise, fidèle à la mission initiale de son contrat : protéger Nina Wilde.

Si les soldats retenaient l'archéologue prisonnière, ils détenaient vraisemblablement aussi Castille et Hafez. Le camion qu'il avait aperçu ne pouvait que redescendre la route et passer devant la gare de triage.

La gare de triage…

En arrivant là-bas à temps, il pourrait trouver un véhicule pour les suivre.

Et les libérer.

Chase serra les dents pour contenir la douleur et se mit à courir le long de la voie ferrée.

6

— Ne vous inquiétez pas, Nina. Tout ira bien.

Le camion emmenait Castille, Hafez et Nina en bringuebalant sur la route de terre.

— Ah oui ? Et comment ? rétorqua-t-elle en présentant ses mains menottées. Nous avons été enlevés, Kari a été kidnappée et Chase est mort !

Castille et Hafez pouffèrent.

— Quoi ? Qu'est-ce que j'ai dit, encore ?

— Eddie en a vu d'autres…

— C'est ça : se faire tirer dessus et tomber d'une colline, une vraie promenade de santé !

— Une fois, par exemple, on était en Guyane…

Castille fut aussitôt interrompu par un des soldats qui, hurlant en persan, lui assena – histoire d'être sûr qu'il avait bien compris – un coup dans le ventre avec le canon de son arme.

— Ouch ! J'ai l'impression que ces crétins préféreraient qu'on la ferme.

— Ces crétins parlent aussi anglais, répliqua un autre soldat.

— Mais je parie qu'ils ne parlent pas français, riposta Castille.

— Je parie que non, dit Nina dans la foulée.

Les soldats se remirent à hurler. Castille, pour sa part, reçut un deuxième coup dans le ventre.

Cet inconfortable voyage se poursuivit en silence.

Nina garda les yeux obstinément fixés sur Castille, pour ne pas voir les cadavres allongés à côté d'eux.

Le camion s'arrêta dans un affreux crissement de pneus. Poussée dehors par les troupes, Nina mit quelques instants à se réhabituer à la soudaine lumière. Ils étaient arrivés à la gare de triage, quatre longues voies parallèles à la voie principale. Sur la voie de garage la plus proche, un petit train de passagers, composé de trois wagons et tiré par une vieille locomotive diesel, attendait. Un train de marchandises était stationné sur une autre voie ; on entendait bêler des moutons ou des chèvres.

Les mains sur les hanches, le capitaine Mahjad faisait face à ses prisonniers.

— Qu'allez-vous faire de nous ? demanda Nina.

— Vous faire juger pour le meurtre de mes hommes, répondit-il. Vous serez déclarés coupables et exécutés.

— Quoi ! ? Mais nous n'avons rien fait !

— Inutile d'argumenter, dit Castille. C'est un tordu, vous n'en tirerez rien…

Au même moment, un des soldats brandit sauvagement sa carabine et la lui abattit froidement dans le dos.

— Estimez-vous heureux que je ne vous règle pas votre compte tout de suite, grogna Mahjad. Je pourrais expliquer que vous cherchiez à fuir.

Il sembla envisager cette possibilité un instant, puis donna des ordres. Les soldats entraînèrent Nina et Hafez dans le wagon de tête, tandis que deux hommes soulevaient Castille par les aisselles et le tiraient derrière eux sans ménagement.

Le wagon était divisé en compartiments poussiéreux de huit places, longés par un couloir de circulation. Castille et Hafez furent installés, avec quatre soldats, dans un compartiment du fond. L'homme qui escortait Nina s'apprêtait à l'y pousser à son tour, lorsque Mahjad intervint. Le garde refoula un sourire vicieux et la conduisit à l'autre bout du couloir. À une certaine époque, il devait s'agir des premières classes ; mais, à en juger par l'usure et la crasse des sièges, ce temps était révolu depuis longtemps.

—Asseyez-vous, dit Mahjad en la suivant à l'intérieur.

Nina songea à refuser, mais, avant même qu'elle ait pu ouvrir la bouche, il la forçait à s'asseoir d'une main et prenait place en face d'elle. Le soldat se posta en faction derrière la porte. Nina apercevait son dos à travers la vitre étroite.

Elle pensait que Mahjad prendrait la parole. Au lieu de cela, il se contenta de promener lentement son regard sur son corps. Mal à l'aise, Nina porta la main à ses cheveux. Ce geste ne fit qu'aiguiser l'attention de Mahjad, qui la dévisagea. Horrifiée, elle prit conscience qu'elle était définitivement seule avec lui et que le soldat, dehors, les ignorerait quoi qu'il arrive.

Pis encore, il pourrait venir pour participer.

Elle en frémit. Sa réaction n'échappa pas à Mahjad. Un sourire pervers était encore peint sur ses lèvres lorsque le train s'ébranla.

Les longues courses forcées n'avaient rien de nouveau pour Chase. Quant à courir avec une blessure qui le faisait atrocement souffrir, c'était une autre histoire.

Tous les cinquante mètres, il se retournait sur ses poursuivants. Le temps qu'ils arrivent au tunnel, il avait pris une avance de quatre à cinq cents mètres. Mais ils gagnaient du terrain. Chase devait bien admettre qu'ils étaient plus jeunes, plus frais, et en parfaite santé.

Il était encore hors de portée de leurs G3. De toute façon, s'il s'en tenait à ce qu'on lui avait dit de l'entraînement du soldat de base en Iran, il ne risquait pas grand-chose. Seulement, ils finiraient par l'avoir suffisamment rattrapé pour ne plus pouvoir le manquer. Sauf s'il parvenait à rejoindre la gare de triage à temps.

Cela dit, il n'avait pas la moindre idée de ce qu'il ferait une fois là-bas. Il aviserait sur place.

Il distinguait, sur les voies de garage, un train de marchandises, un petit train de passagers et un camion militaire garé juste à côté. C'était le camion qu'il avait vu se diriger vers la ferme. Il avait probablement ramené les soldats et les prisonniers. Ce qui voulait dire que tout ce beau monde allait prendre le train.

Chase jeta un rapide coup d'œil derrière lui. Les trois Iraniens étaient à deux cents mètres et grignotaient son avance. Même s'il réussissait à atteindre la gare de triage, il aurait à peine le temps de…

Merde!

Le train de passagers démarrait! Chase entendit distinctement son moteur grincer et vit de grosses bouffées de fumée noire endeuiller le ciel si clair de la montagne.

Il arrivait trop tard! Et, vu l'état de la route, il n'avait aucune chance de suivre le train, même à bord du camion.

Il devait à tout prix trouver un moyen de sauver Nina… et ses amis!

Le train, qui devait respecter les divers aiguillages jusqu'à la voie principale, n'avait pas encore acquis beaucoup de vitesse. Les wagons prenaient, l'un après l'autre, le virage comme les anneaux d'un serpent. Ignorant la douleur,

Chase accéléra sa foulée. Après tout, il y avait peut-être encore une chance…

Ç'aurait été trop beau ! Il avait à peine atteint les aiguillages à l'une des extrémités de la gare que le train s'engageait sur une autre voie ; et la locomotive, rugissante à présent, prenait de la vitesse.

Il ne lui restait plus que deux solutions. Monter dans le camion… ou dans l'*autre train*.

Une sentinelle isolée regardait le train s'en aller. L'homme entendit soudain un crissement de pas sur le ballast derrière lui ; en faisant volte-face, il prit un violent coup de pied en pleine poitrine. Une fois son adversaire à terre, Chase lui assena un coup de poing dans le visage. L'homme n'était pas inconscient, mais il ne serait pas en état de riposter avant un petit moment.

Chase attrapa son arme, se retourna pour voir où en étaient les hommes lancés à sa poursuite, et courut jusqu'à l'avant du train de marchandises.

Il perçut l'impact de la première balle dans le bois des parois avant même que ne lui parvienne la détonation. De l'autre côté, les animaux bêlèrent de frayeur. Chase se jeta en roulant par-dessous le wagon le plus proche et réapparut de l'autre côté. Pour l'instant, il était à l'abri, mais les soldats ne mettraient pas longtemps à encercler le train.

La locomotive était juste devant lui : une misérable plaque de métal rouillé surmontée d'une double cabine…

Il se glissa dans l'espace entre la locomotive et le wagon. Il s'agissait d'un attelage ordinaire. Dans un grincement métallique, il tira sur le levier en le déverrouillant seulement. Une fois le moteur en route, la locomotive abandonnerait les voitures, qui demeureraient sur place.

Il se retourna. Deux des soldats le suivaient sur sa gauche, ce qui signifiait qu'il n'en restait plus qu'un à droite. Il sauta par-dessus l'attelage et se planqua à l'angle du wagon, prêt à tirer. Le soldat se rapprochait rapidement.

D'un seul mouvement souple et précis, Chase posa un genou à terre, mit en joue et tira à trois reprises. Le premier tir atteignit sa cible. Le soldat s'écroula.

Chase courut alors jusqu'à l'avant de la locomotive. Le conducteur était penché par la portière pour voir ce qui était arrivé. Il ne mit pas longtemps à comprendre.

— Bonjour, dit Chase en haletant et en braquant son arme sur lui. J'ai besoin de vous emprunter votre train.

En état de choc, le type leva les bras et regarda désespérément autour de lui, avant de se retourner et de sauter dans l'autre cabine en hurlant de panique.

— Il ne pourra pas dire que je ne lui ai pas demandé d'abord, marmonna Chase en grimpant à sa place.

La minuscule cabine était vide, et le moteur maintenu au ralenti ronronnait derrière une porte étroite, dans son dos. Par le pare-brise, Chase vit le conducteur détaler vers un poste d'aiguillage près des voies d'évitement, tout au fond de la gare.

Le levier le plus grand sur le tableau de bord devait être celui de l'embrayage. Ce qui voulait dire que celui qui venait juste après actionnait les freins.

En tout cas, il l'espérait.

Il effectua un essai en appuyant sur le premier levier. La locomotive fit mine de bondir, et le bruit du moteur avait augmenté. Mais les freins bloquaient son élan.

Il enclencha alors ce qu'il pensait être le levier des freins. La locomotive se mit en branle dans un terrible crissement de métal. Aussitôt, il abaissa à fond le levier d'accélération. L'énorme moteur diesel émettait des bruits stridents, et les aiguilles des jauges sur le tableau de bord avaient viré droit au rouge. N'y prêtant pas attention, Chase passa la tête par la portière ouverte.

La locomotive s'était bien détachée du reste des wagons – ce qui, au moins, lui éviterait de remorquer des centaines de bestiaux. Les soldats, en revanche, toujours à sa poursuite, avaient presque atteint l'avant du dernier wagon.

Il retourna sa G3, la mit en mode automatique et tira en rafale. Un des hommes s'effondra aussitôt, une gerbe de sang jaillissant de sa poitrine. L'autre se jeta sur la voie devant les wagons immobiles. La ligne de mire de Chase était obstruée par les corniches de la locomotive.

Il en ressentit une pointe d'agacement.

Il reprit vite les commandes en main et se concentra sur la voie devant lui. Les premiers aiguillages approchaient à grande vitesse.

Chase savait, pour avoir joué enfant avec le train électrique de son père, que les aiguillages doivent être franchis à faible vitesse. En fait, on lui avait interdit l'accès à ce train le jour où sa curiosité l'avait poussé à se demander ce qui arriverait si on les franchissait sans ralentir. Il avait provoqué le déraillement du Grand Express occidental.

Pour l'heure, il n'avait guère le choix : il devait rattraper dare-dare le train de Nina.

Il se cramponna. La locomotive tout entière trembla violemment en franchissant les aiguillages ; avec le même hurlement de métal, la cabine arrière dépassa ensuite l'échangeur. Puis la locomotive se stabilisa.

Mais de nouveaux aiguillages approchaient.

Le dernier soldat continuait à courir derrière la locomotive. Chase ne pouvait pas le voir. L'engin prenait de plus en plus de vitesse, et le vacarme phénoménal causé par ce passage en force, accompagné d'une pluie d'étincelles, l'avait rendu presque sourd et aveugle.

Mais la rage et l'impérieux désir de venger ses camarades étaient les plus forts. Dans un geste désespéré, l'homme tenta de sauter à l'arrière de la locomotive en s'accrochant à la rampe… et réussit à l'attraper.

Les mâchoires serrées, il parvint à balancer une jambe sur les marches et grimpa dans la cabine arrière.

Malgré un nouveau tintamarre de métal en furie provenant du moteur, Chase appuyait sur l'accélérateur, au risque de se faire éjecter de la cabine au cours d'un virage particulièrement serré.

Les derniers aiguillages à franchir, et il serait enfin sur la voie principale, derrière le train de passagers. En forçant la locomotive à donner toute sa puissance, il aurait tôt fait de le rattraper. S'il s'y prenait bien, il pourrait alors, en calant sa vitesse sur la sienne, rattacher sa locomotive à l'arrière de l'autre train, sauter de sa cabine et monter à bord.

Droit devant, les rails brillaient. Quelque chose avait bougé.

L'orientation des aiguillages avait changé !

En tournant brusquement la tête, Chase aperçut, dans leur cabine, deux aiguilleurs horrifiés. Il fonçait droit sur eux. Le conducteur avait dû leur demander de l'arrêter. Moralité, il allait se retrouver sur la voie parallèle à l'autre train. En un mot, si un convoi arrivait en sens opposé, ils s'encastreraient l'un dans l'autre !

Il en fallait plus pour l'arrêter ! Dans un dernier rugissement de métal surchauffé, Chase et sa locomotive franchirent en trombe les aiguillages et se retrouvèrent sur la voie principale. Chase appuya à fond sur l'accélérateur. Les aiguilles s'affolèrent, mais la seule qui l'intéressait vraiment était celle du compteur : trente, quarante kilomètres à l'heure…

Les voies zigzaguaient à travers les montagnes. Il ne voyait toujours pas l'autre train. Il ne pouvait pourtant pas être bien loin !

Le rattraper n'était d'ailleurs pas vraiment un problème. Le plus difficile serait de monter dedans.

Castille et Hafez échangeaient subrepticement des regards complices. Fins connaisseurs des soldats, ils guettaient le signe révélateur d'ennui ou d'inattention qui finissait toujours par se manifester chez les gardes en faction.

Les soldats chargés de les surveiller commençaient justement à manifester de tels signes. Armés et deux fois plus nombreux que leurs prisonniers aux mains menottées, ils se sentaient en sécurité, ce qui les amenait à relâcher leur vigilance.

Après avoir poussé les prisonniers dans le compartiment comme des malpropres, ils avaient d'abord maintenu leurs armes braquées sur eux. À présent, elles étaient baissées. Il ne leur faudrait qu'un instant pour les remettre en joue. Mais Castille et Hafez n'avaient guère besoin de plus de temps pour agir.

Ils attendaient juste le bon moment.

Plus Nina tentait d'ignorer Mahjad, plus elle sentait ses yeux posés sur elle. Elle ne pouvait rien faire d'autre que de tourner la tête vers la fenêtre et de se forcer à regarder le paysage défiler derrière la vitre crasseuse.

Mahjad changea de position. Nina l'observa dans le reflet de la vitre et resta pétrifiée d'horreur : il s'amusait avec le Wildey de Chase.

— Ma vie serait beaucoup plus simple si vos amis et vous étiez morts en prenant la fuite, dit-il. Cela m'aurait épargné pas mal de paperasse et de questions de la part de mes supérieurs. Je devrais peut-être vous tuer. Ça me ferait du boulot en moins.

Il retourna lentement le pistolet et en pointa l'épais canon sur elle. Elle se raidit.

— Cela dit, vous pourriez m'aider à changer d'avis. Et sauver vos amis.

— Et comment ? demanda Nina, qui connaissait d'avance la réponse.

— Vous le savez très bien, répondit-il avec un rictus jubilatoire en se radossant contre son siège.

— Vous êtes malade.

Il sourit de plus belle.

— Bien au contraire, ma chère, je sais me montrer raisonnable. Je vous donne quelques minutes pour réfléchir, déclara-t-il en regardant sa montre. Si vous choisissez de refuser ma proposition, je tuerai vos amis ; et je vous livrerai à mes hommes, grimaça-t-il avec une joie perverse. J'ai bien peur qu'ils ne soient pas, comment dire, aussi *gentlemen* que moi.

Paralysée par la peur, Nina détourna de nouveau le regard.

Elle se sentait seule et perdue.

À présent, la locomotive roulait à plus de soixante-dix kilomètres à l'heure et prenait encore de la vitesse. Chase scrutait inlassablement l'horizon. C'est alors qu'il s'engagea à toute allure dans un très long virage.

Il était là ! À moins d'un kilomètre. Et la locomotive accélérait encore !

Il les aurait rattrapés en deux minutes. Voire moins.

Il y avait environ trois mètres entre les deux voies, mais l'espace entre les deux trains n'excédait pas un mètre cinquante. Il lui serait facile de sauter.

Pourvu, toutefois, que les deux trains ne soient pas lancés à quatre-vingts kilomètres à l'heure!

Chase se concentra sur l'arrière du train. Cet ancien modèle se terminait par une plate-forme donnant sur une porte. De quoi lui simplifier la tâche. Il n'aurait qu'à bien calculer son élan.

Il n'avait donc qu'une chose à faire: sauter d'un train à l'autre. Aucun problème!

Chase ajusta le levier de vitesse et y suspendit son arme par la sangle pour maintenir la pression sur le cran de sûreté. En la relâchant au moment où il parviendrait à la hauteur de l'autre train, sa locomotive s'alignerait sur sa vitesse. Sauter serait alors un jeu d'enfant. Il se rapprocha de la portière et se pencha à l'extérieur pour estimer la force du vent…

C'est alors qu'il reçut un coup par-derrière et perdit l'équilibre. Le soldat venait de surgir du couloir reliant sa cabine à la cabine arrière.

Tandis que cet homme s'acharnait à le faire tomber de la locomotive, Chase voyait défiler la voie sous ses yeux, comme une image floue. Un bras engourdi par le choc, il ne pouvait que se retenir à la rampe extérieure, ce qui le forçait à basculer davantage dans le vide.

Il aperçut soudain les phares d'une locomotive qui arrivait en sens inverse…

7

Le soldat saisit Chase par le cou et serra à deux mains pour le contraindre à lâcher prise ; les pouces enfoncés dans sa trachée, il voulait lui couper la respiration. Bien que privé d'un bras, Chase s'accrochait de toutes ses forces à la rampe. Il voyait aussi les phares allumés du train d'en face approcher dangereusement.

L'Iranien se pencha vers lui, les lèvres retroussées comme s'il allait le mordre :

— Crève, saloperie d'Américain !

— *Américain* ? s'écria Chase d'une voix étranglée.

Mue par un sursaut d'énergie, sa main libre frappa l'Iranien en pleine tête comme une masse. Le cartilage du nez craqua et le sang gicla. Le soldat bascula en arrière, le souffle coupé par la douleur. Il avait lâché le cou de Chase.

Le sujet de Sa Majesté se redressa d'une traction et lui envoya aussi sec un coup de genou dans le ventre. L'autre se recroquevilla sur lui-même.

— Je suis *anglais*, espèce de sombre crétin !

Un bruit de sirène retentit.

La locomotive arrivait sur eux. Le conducteur, en face, tentait par tous les moyens de freiner sa machine. Des étincelles grésillaient autour des roues. Chase aperçut des wagons-citernes remplis de fuel et de produits chimiques. L'homme sauta de sa cabine. La locomotive arrivait comme un boulet de canon…

Le train de Nina était presque à sa hauteur. Pas tout à fait encore, mais Chase n'avait plus le temps…

Le soldat releva la tête et hurla.

Chase sauta d'un bond vers le train de Nina, et se rattrapa de justesse à la rampe de la plate-forme ouverte. Il n'avait plus qu'à bien s'accrocher au métal rouillé, même du bout des doigts.

C'est alors que l'inévitable se produisit. Les deux motrices s'encastrèrent l'une dans l'autre avec une telle violence que la locomotive de Chase se souleva dans un tonnerre de métal broyé. Son châssis alla s'écraser sur le moteur diesel de l'autre train. Propulser un engin d'une centaine de tonnes contre un train de plusieurs milliers de tonnes lancé à près de quatre-vingts kilomètres à l'heure, cela équivalait à se jeter contre un mur de fer.

La locomotive se retourna et exécuta un bref vol plané, les roues en l'air, avant d'aller s'écraser sur le premier wagon. Les deux monstres de métal furent désintégrés sur le coup. La première citerne, pleine de fuel hautement inflammable, quitta les rails et laissa s'échapper son contenu par torrents.

— Votre temps est écoulé, ma chère.

Mahjad se pencha sur Nina avec un sourire lubrique et entreprit de lui caresser la cuisse. Envahie par la répulsion, la jeune femme tenta de se dégager, en vain. Elle était coincée…

— Alors…

Un train passa au même moment sur la voie parallèle. L'attention de Mahjad fut un instant détournée. Il s'apprêtait à ajouter quelque chose lorsqu'une explosion fit trembler tout le wagon.

Dans sa carrière au sein du SAS, Chase avait eu l'occasion de passer du temps au sol, en proche périmètre d'attaques aériennes de précision des forces de l'OTAN. Pourtant, le souvenir de ces bombes d'une demi-tonne qui faisaient trembler la terre lui semblait un gentil feu d'artifice, comparé à l'explosion diabolique du premier wagon-citerne. Le train auquel il s'accrochait désespérément l'emportait à plus de quatre-vingts kilomètres à l'heure loin de cette fournaise. Mais il était toujours à demi sourd, et la boule de feu qui grandissait derrière lui commençait à lui brûler les poils de la main.

Un nouveau carnage métallique se fit alors entendre : les autres citernes se carambolaient violemment. Elles déraillaient en cadence, l'effet accordéon de la collision les arrachant des rails l'une après l'autre.

Soudain, Chase sentit le souffle de deux nouvelles déflagrations. Les citernes explosaient !

Et merde !

Elles allaient sauter à la chaîne. Plus rapides que le train auquel il se raccrochait, les flammes le rattrapaient... S'il ne trouvait pas, dans les deux secondes, un moyen de s'abriter à l'intérieur, Chase allait se faire carboniser, voire entièrement désintégrer.

Rassemblant toutes ses forces, les tendons étirés comme des câbles d'acier, l'Anglais se hissa. Son cri fut aussitôt noyé dans le tonnerre assourdissant des citernes qui continuaient à sauter, l'une après l'autre.

Quelques poils grillés, passe encore, mais sa peau commençait à le brûler. Il retomba lourdement sur la plate-forme, se releva d'un bond et se mit à triturer la poignée de la porte.

Elle était fermée à clé.

Les explosions en chaîne se rapprochaient à toute vitesse, un vent brûlant se dégageait de chaque boule de feu. Ne sachant que faire, Chase s'aplatit contre la porte.

Brusquement, il tomba à la renverse et se retrouva allongé sur le dos à l'intérieur du wagon, les yeux rivés sur le soldat qui venait d'ouvrir la porte.

Chase roula sur lui-même. Le soldat le regarda, interdit, avant de lever les yeux vers le mur de feu liquide qui fonçait sur eux.

Le brasier s'engouffra par la porte sans même qu'il ait le temps de crier. Le jet de flammes tournoya à l'intérieur du wagon. Dévoré par le feu, le soldat poussa un hurlement de douleur avant de se précipiter, en titubant, vers Chase. L'Anglais opéra un nouveau roulé-boulé sous les flammes, juste à temps pour échapper au fuel brûlant qui continuait à embraser le soldat, puis se releva d'un bond, sans plus se soucier de l'homme qui venait de s'écrouler au sol, secoué des derniers spasmes avant la mort.

Pas le temps de faire une pause. Il était dans le train.

Il avait une mission à accomplir.

La première explosion laissa Mahjad sans voix. Mais c'est la terreur qui l'envahit lorsqu'il entendit les détonations suivantes, chaque fois plus fortes. Oubliant soudain Nina, il se leva d'un bond, ouvrit brutalement la porte du compartiment et hurla des ordres dans le couloir.

Qu'était-il en train de se passer ? Le train était-il bombardé ?

Était-il possible que Chase ait réussi à les rattraper ? Mais comment ?

Nina ne savait absolument pas à quoi s'en tenir. En tout cas, Mahjad n'en menait pas large.

Elle tenait peut-être sa chance de s'enfuir.

Castille et Hafez échangèrent un nouveau regard entendu. Alerté par les cris de Mahjad à l'autre bout du wagon, un de leurs gardes avait ouvert la porte de leur compartiment. Cette fois, c'était la bonne, et ils étaient en phase…

Prêt !

Chase fit coulisser une porte. Elle donnait sur le couloir d'un wagon à l'ancienne, composé de compartiments. Il avait l'impression de se retrouver dans le Hogwarts Express de Harry Potter.

Tous les compartiments étaient vides. Il poussa un soupir de soulagement. S'ils avaient été pleins de soldats, il aurait pu se dire dans de beaux draps.

Attention ! Un bruit sourd de bottes approchait !

La porte coulissante s'ouvrit subitement, et une poignée d'hommes fit irruption dans le couloir. Voilà, c'était maintenant que les vrais ennuis commençaient.

Chase s'introduisit sans bruit dans le compartiment le plus proche et fit glisser presque entièrement la porte sur lui. Cinq hommes passèrent en courant. Il jeta un coup d'œil par la vitre. Un des soldats se tenait, de dos, à une cinquantaine de centimètres de lui.

— Psst !

Le soldat regarda autour de lui, perplexe, avant de recevoir, stupéfait, un coup de poing en pleine tête.

Chase le traîna à bras-le-corps à l'intérieur du compartiment, le frappa de nouveau pour faire bonne mesure et prit son arme. D'un geste vif, il plaça la G3 en mode automatique, sortit en trombe dans le couloir et fit feu sur les autres soldats, qui tombèrent comme des quilles.

Il expulsa le chargeur vide, en récupéra d'autres sur le soldat inconscient, dans le compartiment, et s'engagea, l'arme à la main, dans le couloir. Castille, Hafez et, plus important encore, Nina se trouvaient quelque part dans ce train, et il était bien décidé à les retrouver.

Le garde avait quitté le compartiment. Les autres s'agitaient, intrigués par l'écho lointain de ce qui ne pouvait être que des coups de feu.

Castille capta le regard de son ami. *Maintenant!*

Il bondit de son siège et, d'une brusque torsion du corps, fit tomber l'arme du soldat à sa droite et envoya son talon dans le visage de celui qui était assis en face de lui. Au même moment, Hafez plongea en avant et décocha un violent coup de pied au garde assis à côté de Castille et fit dinguer son arme en l'air.

Castille se redressa. Le type à sa gauche prit son coude dans la gorge, et le Belge sentit sous ses doigts quelque chose craquer dans un horrible barbotement de chair en bouillie.

Faisant volte-face, Hafez faucha les genoux du dernier garde. Ses os craquèrent et il hurla de douleur. Hafez se précipita pour lui arracher son arme et lui fracassa la nuque d'un coup de crosse. L'homme tomba inerte, le visage au sol.

— Beau travail, siffla Hafez.

— Je te renvoie le compliment, répondit Castille.

— Forcément, j'aurais presque pu m'en tirer tout seul!

— Forcément, vieux frère!

— Bon, j'espère qu'un de ces crétins a les clés des menottes…

Chase se rua dans le deuxième wagon. En contournant les toilettes, il déboucha dans le couloir suivant, nez à nez avec quatre soldats, qui fondirent sur lui, carabine au poing.

D'un bond, il se planqua dans l'angle et réussit à tirer deux ou trois coups de feu. En entendant un premier cri, il sut qu'il avait fait mouche. Les autres mitraillèrent dans tous les sens, faisant voler en éclats les boiseries du wagon.

— Nom de Dieu ! jura-t-il en se protégeant les yeux de cette pluie d'échardes.

Sa G3 était trop longue pour qu'il se permette de tirer à l'aveuglette. Ses adversaires, en revanche, bien à l'abri dans les compartiments, avaient tout l'espace nécessaire pour le faire. Sans compter qu'ils avaient assez de munitions pour le retenir le temps qu'arrivent les renforts.

D'un seul coup, il songea avec horreur qu'ils s'apprêtaient à lui lancer une grenade. Et il avait raison.

Un des soldats cria en persan. Les autres cessèrent le tir. Chase entendit distinctement le levier de sécurité de la grenade sauter.

Il lui faudrait plusieurs secondes pour se mettre à l'abri derrière l'épaisse porte de communication.

Inutile : la grenade serait plus rapide que lui.

Sa carabine allait lui servir de batte de base-ball ! Après l'avoir retournée et fermement saisie par le canon, Chase attendit l'arrivée imminente du projectile ovale et vert foncé…

Il la frappa au vol du revers de la crosse et la réexpédia illico à l'envoyeur. Un vrai pro du cricket ! Puis il se jeta en boule dans un coin pour se protéger de l'explosion. Les vitres furent pulvérisées, et des milliers d'éclats de verre, de roulements à billes et de fragments d'acier se fichèrent, meurtriers, dans la coque du wagon.

En s'engouffrant par les vitres béantes, le vent chassa aussitôt la fumée. Chase jeta un œil dans le couloir.

Il aperçut le corps de plusieurs hommes, ou du moins ce qu'il en restait, mais pas le moindre signe de Mahjad. Il était vraisemblablement demeuré dans le wagon de tête avec les prisonniers.

Chase retourna sa carabine à l'endroit et s'y précipita.

— Une grenade ? s'enquit Hafez.

— Sans doute.

— Eddie ?

— Sûrement.

— Prêt ? demanda Castille en se libérant de ses menottes.

— Toujours.

— Alors, allons-y.

La tête baissée, l'arme en joue, ils sortirent l'un derrière l'autre du compartiment. Castille vérifia l'arrière du train, Hafez l'avant.

— Le champ est libre. *Go !*

C'est alors que deux coups de feu retentirent derrière Castille. L'un provenait de l'arme de Hafez ; l'autre, de plus loin. Hafez recula en vacillant, bousculant Castille au passage. Sa cuisse gauche ruisselait de sang. Au fond du couloir, le soldat qui était resté posté devant le compartiment de Mahjad et de Nina se carapata à l'intérieur. La balle tirée par Hafez avait fait sauter un morceau du chambranle.

Castille attrapa son ami de sa main libre et le traîna à l'abri, dans un angle, de l'autre côté du couloir. Le sang continuait à gicler de sa blessure. Hafez tenta de contenir l'hémorragie en appliquant sa paume dessus.

— Saloperie de fils de pute syphilitique ! Il a réussi à m'avoir !

Hafez pouvait s'en tirer. À condition de recevoir les premiers soins au plus vite. Mais il fallait qu'ils se sortent de ce mauvais pas...

— Tu peux te servir de ton arme ?

Hafez brandit sa carabine d'une main :

— Je ne suis pas encore mort, et je ne crèverai pas avant d'avoir fait sauter les couilles de ce petit connard ! Vas-y, va aider Eddie !

Après lui avoir tapé sur l'épaule, Castille tira la lourde porte de communication.

Chase entendit des pas. Quelqu'un venait de l'avant du train.

Il se planqua dans le compartiment le plus proche et attendit, en retenant son souffle, que les pas se rapprochent... Il surgit d'un bond, son arme en joue.

À moins de trois mètres, Castille le visait avec son arme.

— Edward !

— Hugo ! s'exclama Chase avec un soupir de soulagement. Tu n'en manques pas une, décidément ! Je m'enquiquine à vous sauver la vie et tu viens te fourrer dans mes pattes !

— Tu me connais, je commençais à trouver le temps un peu...

— Personne ne bouge ! ordonna une voix derrière Chase.

Les deux amis échangèrent un regard. Le Belge jeta un bref coup d'œil par terre ; en retour, Chase eut un mouvement quasi imperceptible de la tête.

— Laissez tomber votre ar...

Chase s'aplatit au sol, Castille tira une seule balle – qui le frôla à quelques centimètres –, et l'on entendit un cri étouffé, puis un corps s'écrouler. En se relevant, Chase aperçut un soldat avachi contre le mur du fond criblé de balles.

— Et voilà : tu viens me sauver et c'est moi qui te sauve la vie, plaisanta Castille.

— Comme ça, on est quittes ! Je n'en reviens pas : ce mec se planquait dans les chiottes ! Où est Nina ?

— Je l'ignore, répondit Castille d'un air grave. Je ne l'ai vue nulle part. Le capitaine a dû l'emmener dans un autre compartiment. En plus, Hafez est blessé. On lui a tiré dessus.

— Où ça ?

— Dans la jambe.

— Non, je veux dire : ça s'est passé où ?

— Là-bas, suis-moi !

Ils foncèrent à l'avant du train, jusqu'au premier wagon. Hafez était toujours par terre, à couvert.

— Eddie, s'exclama-t-il avec une expression de douleur. Ça fait du bien de te voir ! Comment est-ce que tu…

— Tu as entendu les explosions ?

— Oui.

— Alors, tu sais tout. Où est Nina ?

Hafez indiqua une direction avec sa carabine.

— Je crois qu'elle est dans un compartiment du fond, mais le petit branleur qui m'a fait ça fait le guet à l'intérieur. Mahjad est probablement avec eux.

Chase sortit un petit miroir d'acier d'une de ses poches et l'orienta de telle sorte qu'il pût apercevoir le bout du couloir. Son geste déclencha plusieurs coups de feu, comme il s'y attendait. Il retira promptement sa main : il avait eu le temps de voir ce qui l'intéressait.

— Dernier compartiment, un type, accroupi.

— Je prends le couloir, dit Castille.

— Pas question. Tu as un point d'avance. À mon tour.

Chase se prépara à jaillir comme un éclair. De l'autre côté, contre la paroi extérieure, il aurait un meilleur angle de tir, mais il serait aussi beaucoup plus exposé.

— Il suffit que je propose quelque chose pour que tu fasses le contraire. Ça marche à tous les coups, railla Castille en levant sa carabine. Prêt ?

— Vaincre ou périr ! fit Chase en l'imitant.

— Vaincre ou périr ! reprit Castille.

Chase se leva d'un bond et tira le signal d'alarme. Le conducteur pila aussitôt, et tout le train se tassa violemment, avec un crissement de roues strident. Très concentré, Chase attendit qu'il se soit complètement arrêté.

— Maintenant !

Penché à l'angle de la porte, Castille mit en joue. Le soldat de guet, à peine remis de la brutale décélération, l'aperçut et sortit de sa planque pour tirer. Chase jaillit alors du compartiment et se jeta contre la paroi extérieure du couloir. Les deux anciens compagnons de commando tirèrent en même temps.

L'autre était mort avant d'avoir eu le temps de tirer. Les balles l'avaient projeté à l'intérieur du compartiment aussi facilement qu'une poupée de chiffon.

Chase entendit Nina hurler de peur.

— On y va !

Le cadavre empêchait la fermeture de la porte du compartiment. Se déplaçant le plus rapidement possible, Chase bondit en avant en arrivant à sa hauteur et roula sur lui-même. Au moment où il se réceptionnait de l'autre côté, la vitre explosa quelques centimètres derrière lui.

Son plongeon lui avait permis d'apercevoir deux personnes à l'intérieur : l'otage et le méchant. Il adressa un signe de la main à Castille en se relevant. À trois ! Un, deux, *trois*...

Les deux hommes firent irruption en même temps, leurs carabines pointées sur leur cible.

Mahjad se tenait derrière Nina, le bras gauche serré autour de sa taille, son arme maladroitement braquée sur eux. De la main droite, il appuyait le canon du Wildey sur la tempe de la jeune femme.

— Eddie, dit Nina en tremblant.

— Baissez vos armes ! hurla Mahjad. Je vais compter jusqu'à trois. Si, d'ici là, vous n'avez pas…

Chase et Castille échangèrent un regard rapide comme l'éclair.

— Trois ! lança Chase.

Deux balles se fichèrent dans le front de Mahjad à moins d'un centimètre d'écart. L'arrière de son crâne explosa ; le compartiment prit aussitôt une teinte rougeâtre. Mahjad tomba d'abord sur les genoux, puis à la renverse contre le mur, dans un bruit sourd et visqueux.

— C'est ça, les amateurs, ça ne sait pas se taire, commenta Chase.

Castille opina, puis se tourna vers Nina. Figée, elle contemplait le vide devant elle.

— Docteur Wilde ? dit-il en plongeant ses yeux dans les siens. Nina !

— Quoi ?

— Nina… Ne lâchez pas mes yeux, d'accord ? Continuez à bien me regarder et faites un pas en avant.

— D'accord, répondit-elle en se levant comme un spectre.

Les couleurs lui revenaient peu à peu. Elle ne semblait pourtant ni effrayée ni en état de choc. Elle avait l'air perplexe, plutôt.

— Pourquoi est-ce que je dois vous regarder ?

— Pourquoi ? Ça vous embête de me regarder ?

— C'est que…, bafouilla-t-elle en avançant encore d'un pas.

— Eh ben, merci quand même ! lâcha Chase avec une petite moue.

— Oh, Eddie ! Ce n'est pas ce que je voulais dire. Ça ne m'embête pas du tout, vous êtes très bien, bredouilla Nina, confuse, en agitant les mains. Je voulais juste savoir pourquoi vous tenez tant à ce que je vous regarde !

La prenant par la main, il la fit sortir rapidement du compartiment. Ils enjambèrent le corps du soldat.

— Je voulais seulement vous épargner la vue de ce dingue à moitié décapité.

Elle désigna le soldat à terre, dont une jambe dépassait dans le couloir.

— Vous voulez dire leur chef plutôt que celui-ci, qui vient de se faire massacrer devant moi et dont la poitrine n'est plus qu'une plaie béante ?

Chase secoua la tête.

— J'essayais juste d'être un peu délicat…

— Mon Dieu ! s'écria-t-elle tout d'un coup.

Elle prenait conscience de ce qui venait de se passer.

— Vous lui avez tiré dessus alors qu'il tenait son revolver sur ma tempe ! Son doigt aurait pu bouger ! Il aurait pu me tuer !

— En fait, ça arrive très rarement, intervint Castille, qui sortit à son tour du compartiment, tendit son Wildey à Chase et entreprit de libérer Nina de ses menottes.

— En tout cas, pas quand on vise la tête, ajouta Chase. C'est différent si on tire ailleurs. Il y a le choc hydrostatique, les spasmes musculaires… Mais, avec une bonne balle en pleine tête, les risques sont infimes. Il n'aurait pas…

Soudain, un coup de feu.

Nina cria.

— Désolé, fit Castille d'un air confus.

Un filet de fumée s'élevait du pistolet de Mahjad.

— Vous aviez raison. Son doigt a bien bougé, finalement. J'aurais dû lui prendre aussi l'autre arme, *n'est-ce pas*[1] ?

---

1. L'italique, dans la bouche de Castille, indique qu'il s'exprime en français.

Nina décocha un regard noir à Chase.

— J'ai dit « risques infimes », précisa-t-il en vérifiant son pistolet, qu'il remit dans son étui sous sa veste. De toute façon, la détente, sur un Wildey, c'est autre chose que sur son petit machin chinois... Mais qu'est-ce que c'est que cette conversation ? On ferait mieux de filer !

— Ah oui ? Et comment ? demanda Nina en frottant ses poignets endoloris. On est toujours paumés au fin fond de l'Iran ! Et Kari ?

— Je m'en occupe, dit Chase en jetant un œil sur le soldat mort. C'est ce type-là qui avait nos affaires, non ?

Castille acquiesça et décrocha la besace du mort.

— Tiens.

Chase fouilla dedans et en sortit un portable.

— Voilà ! Espérons seulement que j'aie pensé à recharger la batterie.

— Qu'est-ce que vous faites ? s'enquit Nina.

— J'appelle un ami, répondit-il, tout sourire.

8

Retenue dans une pièce minuscule, toujours menottée, Kari faisait nerveusement les cent pas. La résidence de Hajjar, depuis l'hélicoptère, ne lui avait pourtant pas fait l'effet d'une petite maison de campagne. Perchée en haut d'un rocher perdu dans la chaîne du Zagros, elle tenait à la fois du palais et de la forteresse : on n'y accédait que par les airs ou par une seule et interminable route en lacet.

Comme toute bonne forteresse, elle comportait de véritables cachots, mais qui n'avaient rien de moyenâgeux. L'architecture tarabiscotée du bâtiment ne devait pas dater de plus de trente ans. La personne qui en avait ordonné la construction possédait, de toute évidence, un ego et une fortune hors du commun, sans compter un goût proprement affligeant. Le Chah, bien sûr. Qui s'était fait construire une sorte de villégiature, de Camp David agrémenté de fortifications d'une ostentation grotesque.

Quelle que fût sa vocation initiale, le domaine appartenait maintenant à Hajjar. Yuri Volgan et elle ne devaient pas être les premiers à qui il faisait les honneurs de ses oubliettes.

Volgan occupait la cellule à côté de la sienne. Inutile de compter sur lui. Depuis la trahison de l'antiquaire, le pauvre homme était en état de choc, et la seule évocation du nom de Qobras suffisait à le faire paniquer.

Kari réfléchissait. Hajjar ignorait sans doute à quoi il s'exposait en faisant chanter son père. Il remuerait ciel et terre pour la ramener à la maison saine et sauve… et ne laisserait pas les choses en rester là.

Elle non plus, d'ailleurs.

Combien de temps Hajjar allait-il attendre avant de les convoquer ? En ce moment même, il prenait probablement contact avec son père et Qobras pour leur faire part de ses exigences.

Elle devait profiter de ce répit pour tenter la belle.

— Excusez-moi, dit-elle au garde en faction derrière la grille de sa cellule. J'ai besoin d'aide.

— Qu'est-ce qu'il y a ? demanda-t-il en fronçant les sourcils.

— J'ai besoin de… vous voyez, fit-elle en se tortillant sur place, aller aux…

— Et alors ?

— Et alors, j'espérais que vous m'y emmèneriez.

Le garde, un costaud barbu, s'avança et la dévisagea d'un air narquois. Kari lui lança un regard ingénu et suppliant.

— S'il vous plaît…

— Laissez-moi deviner. Vous allez me demander d'ouvrir votre manteau à votre place, puis de vous aider à enlever votre pantalon en cuir bien moulant, et alors là, je vais commencer à m'exciter comme un fou devant la belle blonde, vu que je ne suis qu'un pauvre frustré d'Iranien et que, forcément, je ne pense qu'avec ma bite. Donc, je fais ce que vous me dites, et là, vous me faites votre petit numéro de karaté, vous m'assommez et vous vous tirez. J'ai oublié quelque chose ?

— Vous auriez pu vous contenter de dire non, dit Kari avec un regard mauvais.

— Si j'étais aussi con, je ne serais pas payé autant. Bien joué quand même.

Vexée, Kari lui tourna le dos. Bien joué, en effet. Comment ferait-elle, le moment venu, quand elle aurait vraiment envie d'aller aux toilettes ? Cette pensée se mit à l'obséder.

Les quatre amis s'éloignaient le plus vite possible du train. Chase et Castille portaient Hafez, à qui l'on avait fait un bandage de fortune à la jambe. Nina ignorait où ils allaient, encore plus ce que Chase avait l'intention de faire une fois qu'ils y seraient. Sa conversation téléphonique s'était déroulée en arabe, et il s'était empressé de les faire tous sortir du train avant que la police iranienne n'arrive. Évidemment, il ne s'était pas préoccupé de lui fournir la moindre information.

Le terrain était un peu moins difficile que celui où Hajjar leur avait donné rendez-vous, mais la promenade n'était pas de tout repos, surtout avec un blessé. Heureusement, ils n'étaient pas en plein désert. La voie ferrée était déjà à près d'un kilomètre derrière eux, et aucun hélicoptère ne s'était encore fait entendre.

— Alors, où on va ? demanda-t-elle. Qui est cet ami à qui vous avez téléphoné ? Et comment va-t-il pouvoir nous trouver ? On est paumés au milieu de nulle part !

— Eddie a beaucoup d'amis. Dans le monde entier, dit Hafez en souriant malgré la douleur.

— Même en Iran où, soi-disant, il n'est jamais venu ? grimaça-t-elle.

— Il y a plein de gens qui m'aiment, vous savez, rétorqua Chase avec un haussement d'épaules.

— Sa réputation le précède, ajouta Castille.

— Je n'en doute pas. Mais vous me pardonnerez d'interrompre les salamalecs : quand allez-vous me mettre au courant de vos projets ?

— Eh bien, pour commencer, on se casse d'ici. Il y a une route à un peu plus d'un kilomètre, quelqu'un va venir nous chercher.

Nina regarda autour d'elle.

— Comment votre ami va-t-il faire pour nous trouver ? Vous ne savez même pas où on est !

— Je lui ai donné quelques repères. Il ne devrait pas être difficile de nous localiser sur une carte.

— Vraiment ?

— Rien de plus facile. C'est le *b.a. ba* du métier. Ensuite, on va chercher Mademoiselle Frost.

— Tu sais où elle est ? demanda Castille.

— Hajjar a une maison de campagne à une cinquantaine de kilomètres d'ici. On n'a qu'à passer leur dire bonjour.

— J'en ai entendu parler, dit Hafez. Pas le genre d'endroit facile d'accès.

— On a vu pire, commenta allégrement Castille. Tu te rappelles, la fois au Congo…

— Hugo…, le coupa Chase avec un signe du doigt.

Castille acquiesça en râlant un peu.

— Laissez-moi deviner : encore un pays où vous n'êtes officiellement jamais allé ?

— Quelque chose comme ça, répondit Chase avec un sourire entendu.

Ils poursuivirent leur chemin à travers bois et débouchèrent sur une clairière d'où l'on apercevait une route, un peu plus loin.

— C'est là ? s'enquit Nina.

Chase étudia les lieux.

— Ça devrait. On doit chercher un cours d'eau qui vienne de… qui vienne de là ! dit-il en indiquant une colline toute proche. C'est là qu'elle nous attend.

— Elle ? s'étonna Nina.

— Où est le problème ? Vous êtes jalouse ?

— À mort…

Castille et Hafez pouffèrent ; Chase se contenta d'un reniflement sec et passa en tête de leur groupe.

Cinq minutes plus tard, ils aperçurent une vieille camionnette toute défoncée. Chase invita sa petite troupe à se rabattre à couvert, derrière les arbres.

— Attendez-moi ici.

Nina observa cette espèce d'ours se faufiler dans le sous-bois avec une souplesse et une légèreté presque comiques. Comme il se tassait de plus en plus sur lui-même à mesure qu'il approchait du véhicule, elle faillit le perdre de vue. Il s'arrêta à dix mètres environ et disparut d'un coup.

Castille avait sorti son fusil, Hafez s'était muni d'une carabine.

— Au cas où, lui assura le Belge.

Tout était tranquille. Ils attendirent, anxieux, le retour de Chase. Celui-ci réapparut bientôt et leur fit un signe de loin.

— C'est bon, dit Castille en rangeant son arme.

— Il pourrait avoir une arme braquée dans le dos, suggéra Nina.

— Dans ce cas, il aurait mis son pouce à l'intérieur de sa paume.

— Je parie que ça vous plaît bien, tous ces petits trucs que vous avez mis au point entre vous, hein ?

— Sans ça, on ne serait peut-être plus en vie, vous savez !

Castille et Nina relevèrent Hafez, et ils gagnèrent tous ensemble la camionnette.

Chase était en grande conversation.

— J'aimerais vous présenter une très bonne amie à moi, qui va nous aider à nous tirer d'ici : Shala Yazid.

Une jeune femme âgée de vingt-cinq ou trente ans sortit de la camionnette. Elle était extrêmement belle… et enceinte jusqu'aux dents.

— Wouah ! s'exclama Castille, incapable de refréner un sourire narquois. Si je m'attendais à ça ! Tu n'aurais pas oublié de nous dire quelque chose sur ta dernière visite ici, Edward ?

— Tu te souviens sûrement de Hugo Castille, dit Chase, agacé. Tu sais : con, goujat et belge, en plus.

— Bien sûr ! Mais vous aviez une moustache, la dernière fois ! fit-elle en se tapotant la lèvre supérieure.

— *Bonjour*, dit Castille avec une petite révérence. Mes félicitations ! Vous voilà désormais une femme mariée !

— À un homme merveilleux, répondit-elle avec un sourire radieux.

Nina eut la fugitive impression que Chase était contrarié. Mais il poursuivait les présentations :

— Voici Hafez. Pas au mieux de sa forme.

— Oh, ce n'est qu'une égratignure…

— Et la femme la plus importante de ma vie en ce moment, docteur Nina Wilde.

Shala regarda Chase d'un air réjoui.

— Vous êtes mariés ?

— Non ! protesta Nina, effarée.

— Vous auriez dû crier encore plus fort ! dit Chase en jouant l'offensé. Je ne suis que son garde du corps. Et Dieu sait que son corps a besoin d'être gardé !

— Et tu veux l'emmener chez Failak Hajjar ? Au moins, elle aura encore plus besoin de toi !

— Ce n'est pas que j'y tienne particulièrement, mais nous venons d'échapper à ses hommes et cet enfoiré a kidnappé mon patron.

— D'ici, il y a une bonne heure de route. Peut-être plus. J'ai un détecteur de fréquences radio dans la camionnette. Il y a pas mal de militaires et de policiers dans le coin. Ça aurait un rapport avec toi ?

— Comment dire..., fit Chase en se frottant le cou. J'ai, en quelque sorte, fait dérailler un train ou deux.

— Eddie ! dit-elle en le frappant du poing dans le bras. Tu es un homme merveilleux et je te suis très reconnaissante de ce que tu as fait pour ma famille, mais es-tu obligé, chaque fois que tu mets les pieds dans mon pays, de tout saccager ?

— En même temps, je n'ai pas touché aux civils. Je suis presque sûr que l'autre conducteur s'en est sorti...

Shala secoua la tête d'exaspération avant de se tourner vers Nina.

— Il détruit tout ce qu'il touche ! Il a dix ans de plus que moi et on croirait mon petit frère avec ses jouets !

— Mouais, opina Nina. Alors, racontez-moi : comment avez-vous connu Eddie ? Il prétend que c'est la première fois qu'il vient en Iran. Officiellement du moins...

— Disons que ma famille n'est pas très proche du régime actuel. Nous faisons ce que nous pouvons pour couvrir des opérations dirigées par... certains messieurs, conclut-elle avec un sourire adressé à Chase et à Castille.

— Comme saboter l'usine d'eau lourde à Arak, fit Castille en souriant à son tour.

Chase feignit quelques toussotements :

— C'est une affaire classée, gronda-t-il. Classée avec classe, certes, mais officiellement classée.

Castille eut soudain l'air penaud.

— Peu importe, trancha Chase avec impatience, il ne faut pas traîner. Hugo, docteur Wilde, mettez Hafez à l'arrière. Tu as pris la trousse de soins ?

Shala fit oui de la tête.

— Parfait. On le soignera en route. J'imagine que vous n'êtes pas trop branchée médecine, Doc ?

— Non, et si ça ne vous dérange pas, arrêtez de m'appeler comme ça.

— Comme vous voudrez, docteur Wilde.

— C'est mieux.

— Si vous n'êtes pas mariés, vous devriez y songer, dit Shala, tout sourire.

La réflexion laissa Chase et Nina sans voix. Castille et Hafez pouffèrent en chœur.

Kari leva les yeux : un autre garde, armé d'un pistolet mitrailleur MP-5, venait d'arriver.

— Hajjar veut les voir.

Le barbu fit un grand sourire à Kari à travers les barreaux.

— Avec un peu de chance, Hajjar vous laissera aller aux toilettes. Je suis sûr qu'il se fera un plaisir de vous aider à enlever votre pantalon !

Elle ne daigna pas lui répondre et attendit, impassible, qu'ils ouvrent la porte.

Shala arrêta la camionnette sur le bas-côté de la route. Ils étaient en pleine montagne.

— Voilà, c'est là-haut, dit-elle en pointant un sommet du doigt.

Chase passa le cou par la vitre.

— Wouah ! Ce n'est pas tout à fait ce à quoi je m'attendais.

Nina suivit son regard. Tout en haut d'un pic rocheux trônait un bâtiment totalement incongru.

— Incroyable ! Qui a dessiné un truc pareil ? Walt Disney ?

— Le Chah, répondit Shala. C'était un de ses palais d'été. Cela dit, il n'a pas eu l'occasion d'y venir souvent. Après la révolution, les mollahs en ont fait leur propre maison de campagne, jusqu'à ce que Hajjar la rachète au gouvernement.

— On se croirait dans un dessin animé ! Ce bâtiment frise la caricature du palais persan, avec ses dômes et ses minarets. Le Chah manquait de goût.

— Personnellement, j'allais dire que je trouvais l'ensemble assez cool, dit Chase. Mais je préfère m'abstenir de tout commentaire. Comment on y accède ? ajouta-t-il en inspectant la forteresse avec ses jumelles.

— De l'extérieur, il n'y a que deux moyens : par la route ou en hélicoptère.

Castille s'étrangla.

— Dommage qu'il n'y ait pas le téléphérique, s'amusa Chase. J'ai toujours rêvé de rejouer la scène de *Quand les aigles attaquent*[1].

— La route est gardée, j'imagine ? demanda Castille.

— Oui, répondit Shala d'un hochement de tête. Il y a une grille en bas et des caméras installées tout du long, plus une deuxième grille en haut. Ça fait pas mal de temps qu'on observe Hajjar. Il met généralement quatre gardes en faction. Il y a aussi une barrière électrique.

Chase examina les collines environnantes.

— Tu ne crois pas qu'on pourrait faire sauter un câble électrique ?

— Et voilà, tu recommences ! Non, c'est impossible. La forteresse fonctionne avec ses propres générateurs.

— C'est bien ce que je pensais… Bon, ça, c'est pour l'extérieur. Et de l'intérieur ?

---

1. Film de Brian G. Hutton, avec Richard Burton et Clint Eastwood.

— En effet. Docteur Wilde, vous pourriez me passer le sac à dos bleu ?

Nina extirpa le sac d'un amas d'autres bagages et le tendit à Shala, qui en sortit des plans d'architecte.

— Mon père avait réussi à les obtenir avant la révolution. Il espérait pouvoir s'en servir pour pénétrer dans la forteresse et assassiner le Chah. Malheureusement, la révolution l'a pris de court.

— La révolution n'était pas, justement, censée débarrasser le pays du Chah ? demanda Nina, perplexe.

— On ne parle pas de la même, répliqua Chase, énigmatique.

— Il avait décidé de les garder, au cas où Khomeyni viendrait séjourner ici. Ce qui n'est jamais arrivé.

Shala indiqua un point en bas du plan.

— Il y a un puits dans le sous-sol, d'où l'on peut ensuite accéder à l'étage de service. Ce puits donne sur les égouts qui se déversent dans le fleuve.

— Ils évacuent tout dans le fleuve ? s'insurgea Nina en plissant le nez de dégoût.

— C'est ce qu'on appelle « chier sur le peuple », dit Chase. Ce puits, on doit pouvoir y accéder par les conduits d'égout ?

— Oui, à un détail près…

— Forcément ! fit Castille en se frappant le front.

— Le conduit en question est très étroit. Tu ne pourras pas y entrer, Eddie ; toi non plus, Hugo, j'en ai peur.

— Pas la peine de t'excuser. Même si crapahuter dans un tuyau plein de *merde*, ça me connaît. J'ai bousillé plus d'un tee-shirt comme ça.

— Donc, pour résumer, dit Chase, trop petit pour moi ou pour Hugo. Hafez n'est de toute façon pas en état, et on ne va quand même pas t'envoyer, toi, avec le p'tit…

Son visage s'illumina d'un sourire de pure perfidie :

— Docteur Wilde…

— Oui ?

Ils avaient tous les yeux rivés sur elle et guettaient sa réaction.

— Non ! s'écria-t-elle en comprenant avec un léger décalage la raison de ce sourire.

Volgan et Kari avaient été extraits de leurs cellules. L'intérieur de la résidence, dans ses étages supérieurs, était aussi clinquant et surchargé que la façade. Le commerce illicite du patrimoine national avait manifestement enrichi son homme, et une bonne partie des profits de cette manne passait allégrement dans la déco et les dorures. Tout le monde n'était pas comme les Frost : en la matière, richesse ne rimait pas avec bon goût…

Le bureau de Hajjar, une pièce ronde, était situé dans la plus haute tour. Les talons de Kari résonnaient sur le sol de marbre. Hajjar était assis à un bureau en demi-cercle recouvert de travertin et rehaussé de bronzes dorés. Sur le mur, derrière lui, il avait fait installer un immense écran plasma équipé d'une caméra vidéo.

— Mademoiselle Frost ! Yuri ! s'exclama-t-il avec un enthousiasme en toc. Si vous saviez comme je me réjouis de vous revoir !

— Épargnez votre salive, dit Kari sèchement. Et venez-en au fait.

Il prit un air à demi offensé.

— Très bien. Je m'apprête à avoir un petit entretien en visioconférence avec votre père et je souhaitais que vous soyez présente afin de l'assurer de mes intentions. Il n'est pas homme facile à joindre, je dois dire. Je commençais à m'impatienter.

— Il est très occupé.

— Je n'en doute pas. Presque autant que votre rival, Monsieur Qobras.

— Vous avez parlé à Qobras ? s'étrangla Volgan.

— Pas encore, mais ça ne saurait tarder. Après tout, pour une affaire de cette importance…

Hajjar sortit l'objet venu de l'Atlantide de son écrin de velours. L'éclat en illumina son visage comme une flamme.

— …je sais qu'il désirera me parler.

— Peu importe ce que Qobras est prêt à vous en offrir, mon père vous en offrira davantage, lança Kari.

— Je n'en doute pas non plus, mais j'ai bien peur que l'objet n'aille de pair avec Yuri. Et il me semble que Qobras est très pressé de les revoir.

— Je vous en prie, mademoiselle Frost, vous devez m'aider ! Qobras va me tuer ! hurla Volgan, ses yeux de fou rivés sur les mains de Hajjar. Je peux vous en dire plus sur cet objet. Et sur Qobras ! Ça fait douze ans que je travaille pour lui, je connais ses secrets…

Hajjar claqua des doigts : un garde frappa Volgan avec son arme. Toujours menotté, le Russe s'effondra sur le marbre lisse.

— Ça suffit.

Un petit bruit retentit alors et détourna l'attention.

— C'est votre père qui appelle, mademoiselle Frost, dit Hajjar avec un sourire. Si vous voulez bien vous mettre dans l'axe de la caméra…

Un gardien la poussa en avant.

— Merci. Et écartez-moi l'autre !

Le second garde traîna Volgan un peu plus loin, comme un sac de farine.

Hajjar tapota sur son ordinateur et orienta son fauteuil de cuir rouge face à l'écran géant. L'image de Kristian Frost dans son bureau de Ravnsfjord apparut. Le regard de Frost plongea aussitôt de côté.

— Kari !

— Monsieur Frost, intervint Hajjar avant qu'elle ait pu ouvrir la bouche, je suis très heureux que vous vous décidiez enfin à me contacter. Je pensais que la vie de votre fille vous importait davantage que vos affaires, continua-t-il avec un petit rire de jubilation.

— Kari, tout va bien ? s'enquit son père en dédaignant les paroles de l'antiquaire. Est-ce que cet individu t'a fait du mal ?

— Pour l'instant, je vais bien.

— Et l'objet ? Et le docteur Wilde ?

— Le docteur Wilde a été arrêtée par l'armée iranienne et sera jugée pour tentative de commerce illégal d'antiquités, reprit Hajjar. Ainsi que, très probablement, pour complicité dans le meurtre de plusieurs soldats. Pour ce qui est de l'objet, cela ne vous concerne plus.

— Votre prix, Hajjar.

— Je vois que vous n'y allez pas par quatre chemins, dit l'Iranien en se radossant dans son fauteuil. Très bien. Dix millions de dollars américains, et votre fille rentre saine et sauve à la maison.

— En plus des dix millions que je vous ai déjà versés ? lança Frost d'un ton grinçant.

— Par mesure d'efficacité, vous pouvez même les transférer sur le même compte, répondit crânement Hajjar.

— Et l'objet ?

— Comme je l'ai dit, il n'est plus à vendre.

— Pas même pour dix millions supplémentaires ?

Il y eut un long silence. Hajjar semblait sur le point de bouleverser ses projets par cupidité.

— Non, pas même pour cette somme, finit-il par déclarer presque malgré lui.

— Quinze millions.

Hajjar eut un léger tressaillement. Il se retourna à moitié et décocha un regard à Kari.

— Vous êtes prêt à payer davantage pour ce bout de métal que pour votre propre fille ?

— J'en aurais offert vingt millions, rétorqua cette dernière.

Une lueur de fierté éclaira le visage de Frost sur l'immense écran.

— Soit. Vingt millions, lâcha-t-il, glacial.

À court de mots, Hajjar considéra tour à tour le père et la fille avant de se réinstaller face à l'écran.

— Certainement pas ! Pour vous, l'objet n'est pas à vendre. Peu importe le prix. Dix millions de dollars pour votre fille, et pas d'autre marché possible. Vous me rappelez dans une heure pour confirmer le transfert. Une heure !

Il raccrocha, se retourna vers le bureau et tapa comme un fou sur son ordinateur.

— Hajjar, vous m'impressionnez ! dit Kari. Je connais peu d'hommes capables de s'opposer à mon père comme vous venez de le faire. Surtout pour refuser vingt millions de dollars…

Hajjar se leva brusquement.

— Vingt millions de dollars ! siffla-t-il d'une voix suraiguë. Vingt millions de dollars pour ça ? reprit-il après s'être éclairci la voix. Pour cette chose ? (Il pointait l'objet du bout de son crochet.) Mais qu'est-ce que c'est ? Qu'est-ce qu'il a de si important, ce truc ?

Une lueur quasi solennelle traversa les yeux de Kari.

— C'est la clé du passé et celle de l'avenir. Vous pourriez faire partie de cette aventure, Failak, susurra-t-elle en inclinant légèrement la tête et en lui lançant un regard charmeur. Vendez-nous l'objet, et je vous promets que mon père ne tentera rien contre vous. Quant à moi…

— Vous, quoi ? demanda Hajjar, partagé entre la méfiance et le désir d'en savoir plus.

— Je vous pardonnerai. Pour tout. Peut-être même plus que ça encore. Je vous l'ai dit, peu d'hommes ont le courage de tenir tête à mon père. J'ai été très impressionnée…, continua-t-elle en changeant de position avec un roulement de hanches très suggestif.

— Vraiment ? dit-il en se léchant les lèvres, attentif au moindre de ses mouvements.

— On pourrait alors peut-être…

— Monsieur…, l'interrompit le gardien de Kari, le même qui, un peu plus tôt, avait repoussé ses fausses avances. Qobras va bientôt appeler. Vous devez vous préparer.

— Tu as raison, répondit Hajjar avec une pointe d'agacement.

Il respira profondément et se détourna de Kari.

— Attends là-bas avec elle jusqu'à ce que son père appelle. Toi, ordonnat-il avec un claquement de doigts à l'intention de l'autre gardien, amène-moi Yuri.

— Bien joué, espèce de salope, murmura le garde à l'oreille de Kari.

Elle poussa un soupir. Bon, elle aurait quand même essayé.

Que Hajjar refusât vingt millions de dollars la rendait toutefois perplexe. Combien Qobras pouvait-il lui en proposer ?

— J'ai l'air ridicule, protesta Nina.

À la fois soulagé de ne pas avoir à bouger et frustré de ne pouvoir rien faire, Hafez était resté dans la camionnette.

Shala avait pris la direction des opérations et conduit le reste du groupe jusqu'à une petite rivière sauvage.

Une dizaine de mètres au-dessus de l'endroit où ils se trouvaient, longeant la rive, ils apercevaient la clôture électrique de la forteresse. Le cours d'eau était assez rapide, mais pas assez profond pour les empêcher de traverser à gué. Shala retira ses chaussures et remonta le bas de son manteau avant d'entrer dans l'eau froide, aidée par Chase et Castille, qui n'avaient pas pris la peine d'enlever leurs bottes.

— Personnellement, je trouve que ça ne vous va pas mal du tout, dit Chase à Nina en aidant Shala à s'asseoir. Il est vrai que j'ai toujours eu un faible pour les femmes en latex…

— Oh, taisez-vous !

La combinaison de plongée que lui avait fournie Shala était plus adaptée pour frimer sur une planche de surf que pour passer incognito dans les égouts. Noire avec une bande rose disco partant du cou et descendant jusqu'à l'entrejambe pour remonter dans le dos, elle était parsemée de taches de couleurs criardes. Au moins, elle était neuve, ce qui n'était pas le cas des chaussures de sport crasseuses et trop petites que Nina avait dû enfiler !

— Vous êtes sûre et certaine qu'ils ne pourraient passer ni l'un ni l'autre ?

— Jugez par vous-même, répondit Shala en désignant une canalisation en métal rouillé qui ressortait de la berge à une trentaine de centimètres au-dessus de la rivière.

Les derniers espoirs de Nina s'évanouirent : le diamètre du tuyau ne dépassait pas une cinquantaine de centimètres. Bien trop étroit pour Castille ; quant à Chase, il ne pourrait même pas y passer la tête et l'épaule. Au point qu'elle doutait de pouvoir y passer elle-même.

— Ça ira, dit Chase comme s'il lisait dans ses pensées. Ça risque juste de coincer un peu au niveau des fesses, mais bon…

— Hé !

— Je plaisante, fit-il avec un grand sourire avant d'ouvrir son sac à dos. Voici votre matériel. Une lampe torche et un émetteur-récepteur avec son casque. Bon, c'est sûr, c'est pas Bluetooth, mais vous pourrez nous prévenir quand vous aurez désactivé les grilles. Un revolver…

— Je ne me suis jamais servie d'une arme, objecta Nina alors que Chase sortait un petit automatique rangé dans un étui et le lui passait à la ceinture.

— Ah oui ? Moi qui croyais qu'en Amérique on apprenait à tirer avant même de savoir marcher !

— Je ne suis pas sûre de me sentir très à l'aise avec ça…

— Ce n'est qu'une précaution. Avec un peu de chance, vous ne croiserez personne.

Il fixa le talkie-walkie, puis positionna le casque en lui faisant un clin d'œil.

— Mais si ça devait arriver, vous n'auriez qu'à penser à Lara Croft. Bang-bang.

Son regard se posa sur le pendentif qu'elle avait autour du cou.

— Vous voulez que je garde ça pour vous ?

— Non, merci, dit-elle après quelques instants de réflexion. C'est une sorte de porte-bonheur.

— Vu la journée que vous venez de passer, vous avez une drôle de conception de la chance, lâcha Chase en fronçant un sourcil.

— Je suis toujours en vie, non ?

— C'est vrai.

Nina glissa le pendentif à l'intérieur de la combinaison et en remonta la fermeture Éclair. Chase lui sourit de toutes ses dents.

— Allez, on va vous aider à vous enfourner là-dedans.

Nina passa de l'angoisse au dégoût absolu en s'agenouillant pour examiner le conduit.

— Ah, quelle horreur ! Mais ça pue !

— C'est un égout, qu'est-ce que vous croyiez ?!

Elle eut un haut-le-cœur.

— Je ne me sens pas bien. Non, impossible, je ne crois pas que j'y arriverai…

— Écoutez, dit Chase en posant sa main sur son épaule, je sais que vous pouvez le faire. Vous êtes archéologue, non ? Vous avez déjà dû crapahuter dans la boue et Dieu sait quoi d'autre, j'imagine.

— Oui, mais…

— Le conduit n'est pas très long. À peine cinquante mètres. Il débouche ensuite dans le sous-sol. À partir de là, vous pourrez grimper aux étages. Vous pouvez y arriver.

— Mais s'il y a quelqu'un en haut, justement ? Si…

— Nina, dit-il en lui serrant le bras, je suis ici pour veiller sur vous. Si je pensais vous faire courir le moindre risque, je ne vous laisserais pas y aller.

— Il n'empêche que vous m'avez donné une arme.

— On n'est jamais trop prudent, n'est-ce pas ?

Elle n'était guère plus rassurée.

— Voici le plan : une fois que vous aurez désactivé la clôture, il nous faudra cinq minutes, à Hugo et à moi, pour vous retrouver à l'intérieur. C'est très simple : on entre, on casse la gueule à Hajjar et on repart avec Kari.

— Casser la gueule des gens, c'est un peu votre solution à tous les problèmes…

— Bah, en tout cas, c'est efficace. Je resterai tout le temps en contact radio avec vous. Nous avons le plan des lieux, je vous indiquerai précisément où aller. Une fois que vous aurez fini, planquez-vous, et il ne vous arrivera rien. Faites-moi confiance.

Nina s'attacha les cheveux et, ne dissimulant ni sa réticence ni son profond dégoût, s'engagea la tête la première dans l'immonde orifice.

— En gros, je n'ai pas vraiment le choix.

— C'est déjà mieux que pas du tout, dit Chase. Attendez, je vais vous aider et on va faire un test radio.

Il la souleva par les pieds et la poussa à l'intérieur.

Sa radio grésilla :

— Et ne vous avisez pas de me toucher le postérieur !

— L'idée ne m'avait même pas effleuré, dit-il en jetant un œil expert à ses fesses moulées dans le latex qui gigotaient pour entrer dans le tuyau.

Il la poussa encore par les pieds et Nina disparut dans le noir.

Sa lampe à la main, elle se mit à ramper dans l'étroit conduit qui remontait en pente raide. Elle s'arrêta un instant pour regarder droit devant avec sa lampe, mais n'aperçut que du noir.

— Je suis sûre qu'on n'a jamais obligé Lara Croft à remonter les chiottes de qui que ce soit, maugréa-t-elle avant d'entamer pour de bon sa laborieuse ascension.

Kari voyait la frustration de Hajjar croître de seconde en seconde : Qobras n'appelait pas. Il pianotait nerveusement sur le travertin du bureau. De toute évidence, il n'était pas habitué à ce qu'on le fasse patienter.

— Failak, s'il vous plaît, je dois aller aux toilettes.

— Encore ! grogna son garde entre ses dents.

Hajjar lui indiqua la porte d'un geste condescendant. Kari se leva, savourant son triomphe d'un petit claquement de langue destiné à son cerbère.

— Mais je vous laisse vos menottes, lui marmonna ce dernier en l'accompagnant.

— Comment ça va ? s'enquit Chase, sa voix grésillant dans l'appareil.

— On ne peut mieux ! répondit Nina en râlant. J'ai hâte d'écrire un article là-dessus pour la *Revue internationale d'archéologie*...

Elle entendit quelque chose dans les écouteurs, comme un rire étouffé.

— Vous vous débrouillez comme un chef. Est-ce que vous voyez le bout du tunnel ?

Elle dirigea sa lampe droit devant.

— Je crois... Oui, je le vois ! Et j'entends quelque chose, aussi.

Elle essaya de discerner de quoi il pouvait s'agir. Un sifflement doublé d'un gargouillement, comme de l'eau s'écoulant dans un tuyau.

Merde ! Elle se raidit en ravalant un cri, submergée par des litres et des litres d'eau froide.

— C'est pas possible ! C'est dégueulasse !

— Au moins, ils tirent la chasse !

La repartie de Chase ne fit rien pour lui remonter le moral.

— Alors, on se sent mieux ? demanda Hajjar, moqueur.

— Les manières de mon assistant laissent à désirer, répondit Kari, hautaine. J'espère que je n'ai pas raté Qobras.

— Non, il ne va plus tarder, maintenant. Vous êtes pile à l'heure.

Il fit un signe, et le cerbère de Kari la poussa sans ménagement sur un canapé. Volgan lui jetait des regards suppliants.

— Rappelez-vous l'offre de mon père, dit-elle. Il est prêt à surenchérir sur l'offre de Qobras, quelle qu'elle soit.

L'ordinateur émit un signal. Hajjar claqua des doigts. Le garde de Kari lui serra l'épaule pour lui intimer le silence. Elle cessa de parler et se tourna vers l'écran.

C'était la première fois qu'elle avait l'occasion de voir Qobras « en direct ». Elle ne connaissait de lui que d'anciennes photographies. Ses cheveux noirs peignés vers l'arrière grisonnaient à présent, et il avait pris des rides. Mais le regard n'avait rien perdu de son acuité.

Ni de sa férocité.

— Monsieur Hajjar.

Tout, dans son ton, signalait son déplaisir à traiter avec l'Iranien.

— Monsieur Qobras, répliqua Hajjar avec une jovialité forcée, je suis enchanté de pouvoir enfin vous parler.

— Vous avez quelque chose pour moi ? demanda Qobras avec impatience.

— Deux choses, à vrai dire ! La première est une simple babiole, fit l'antiquaire en présentant l'objet à la caméra. Il me semble que ceci vous a été dérobé…

— Détruisez-le. Faites le fondre. Je vous paierai quinze millions de dollars américains à la réception de la cassette prouvant sa destruction.

— Le détruire ? s'étonna Hajjar. Oui, naturellement, je peux le faire, j'ai tout ici pour traiter les métaux précieux, mais… vous êtes sûr ? ajouta-t-il, incrédule.

— Faites le fondre. Complètement. Vous pourrez garder l'or ou tout autre métal que vous réussirez à en extraire, mais je veux qu'il disparaisse. Il a causé assez de problèmes comme ça.

Quelque peu secoué, Hajjar replaça l'objet sur son bureau.

— Soit. Je m'en occupe. Pour… quinze millions, disiez-vous ?

Hochement de tête de Qobras en gros plan sur l'écran.

Kari suivait la scène, effarée. L'objet détruit, le seul indice de l'existence de l'Atlantide serait perdu à jamais…

Nina émergea du conduit avec une infinie satisfaction.

Elle se trouvait dans un espace rectangulaire d'un mètre quatre-vingts sur deux mètres quarante, sur lequel débouchait, plus haut, une multitude de tuyaux, et elle baignait dans l'eau croupie.

— J'y suis, chuchota-t-elle dans l'écouteur.

Elle avisa l'échelle crasseuse en éclairant les parois avec sa lampe.

— Très bien, dit Chase, la voix déformée par les interférences. Maintenant, grimpez en haut de l'échelle. Et, quoi que vous fassiez…

— Oui ?

— …ne glissez pas.

— Merci du conseil.

Nina commença la montée, sa combinaison ruisselant d'eaux usées et autres matières vidangées. Arrivée tout en haut, elle poussa avec précaution sur le couvercle métallique. À son vif soulagement, il bougea. Elle le fit glisser de côté et sortit la tête.

— Ça y est, je suis tout en haut.

— OK, vous devriez vous trouver dans une pièce avec une seule porte.

— Oui, répondit-elle après un tour d'inspection.

— Vérifiez qu'il n'y a personne à l'extérieur et prenez à gauche. Il y a une autre porte au fond du couloir.

Le cœur battant, elle entrouvrit la porte pour y glisser un œil. Le couloir de pierre était faiblement éclairé et l'on n'y entendait qu'un vague ronflement. Elle regarda dans l'autre direction. Un escalier étroit montait quelque part.

— La voie est libre, murmura-t-elle.

— OK, allez-y.

De deux coups de talons, elle se débarrassa de ses chaussures détrempées pour éviter de laisser des traces humides et emprunta le couloir à pas de loup.

— Ah ! Problème.

En dépit des grésillements, elle perçut clairement la pointe d'inquiétude dans la voix de Chase :

— Quoi ?

— Il y a deux portes. Laquelle je prends ?

— Il n'y en a qu'une sur le plan, ils ont dû rajouter l'autre depuis. Mais l'une d'elle*s* doit ouvrir sur le générateur. Essayez les deux.

Un signe « haute tension » était inscrit sur les deux portes, ce qui ne l'aidait pas beaucoup. S'armant de courage, Nina ouvrit la plus proche.

Par chance, il ne s'agissait pas d'un poste de contrôle. Elle se serait crue à l'université plutôt, dans la salle des ordinateurs. Elle reconnut tout le matériel nécessaire au fonctionnement d'un serveur Internet. Hajjar devait posséder le sien. Une série de boîtes noires ainsi qu'un PC en veille y étaient reliés.

La pièce était toute petite, et l'ordinateur à portée de main. Par curiosité, elle déplaça la souris. L'écran s'alluma sur un ensemble de fenêtres, pour la plupart incompréhensibles. Son regard se porta sur l'une d'elles en particulier, divisée en deux, chaque moitié montrant l'interlocuteur d'un appel en visioconférence.

Elle ignorait qui était l'homme au regard dur sur la première, mais elle reconnut sur l'autre le visage de Hajjar.

— Nina, dit Chase dans un sifflement. Que se passe-t-il ?

— C'est une salle d'ordinateurs.

— Laissez tomber ! Passez à l'autre, vite.

C'était ce qu'elle avait prévu de faire, de toute façon.

Derrière l'autre porte, deux imposants générateurs au ronronnement continu occupaient presque tout l'espace. Sur le mur, juste à côté, un ensemble de boîtes à fusibles et de disjoncteurs.

— Encore un problème ! Toutes les instructions sont en persan !

— Je vois que vous avez aussi Yuri avec vous, dit Qobras.

— Giovanni ! s'écria Volgan en se levant, tremblant et désespéré.

Son garde fit mine de le frapper de nouveau. Hajjar l'arrêta d'un geste.

— Je suis désolé. J'ai commis une erreur, je le sais. Je suis profondément désolé.

— Je te faisais confiance, Yuri, dit Qobras en secouant la tête. Je te faisais confiance et tu m'as trahi. Plus que moi, toute la Confrérie. Et pour quoi ? Pour de l'argent ? La Confrérie est là pour subvenir aux besoins des siens, tu le sais. Mais tu en voulais encore plus. C'est précisément la mentalité de ceux que nous nous acharnons à combattre.

— Je t'en prie, Giovanni ! supplia Volgan. Plus jamais…

— Yuri.

Entendre Qobras prononcer son nom suffit à le faire taire aussitôt.

— Hajjar, je n'ai plus besoin de cet homme et je pense que vous non plus. Je vous paierai cinq millions de dollars pour le tuer. Maintenant.

— Cinq millions de dollars…, répéta Hajjar sans y croire.

Qobras hocha la tête.

— Giovanni ! hurla Volgan. Je t'en prie, tu ne peux pas !

Hajjar resta quelques instants assis sans bouger, comme perdu dans ses pensées. Puis il ouvrit un mince tiroir de son bureau, en sortit un revolver et tira.

— OK, dit Chase. J'ai ici le plan du système électrique. Il devrait y avoir trois panneaux assez hauts avec de grosses manettes.

— Oui, fit Nina en les apercevant.

— Sur celui du milieu, désactivez le troisième, le quatrième et le sixième.

Nina baissa, l'un après l'autre, les interrupteurs.

— Et maintenant ? demanda-t-elle.

— C'est tout. Vous avez fini. Cachez-vous quelque part et on se voit dans cinq minutes.

La radio émit un dernier grésillement et se tut.

— Attendez ! Eddie !

Hébétée, Kari fixait le corps de Volgan allongé par terre. Les gardes eux-mêmes semblaient choqués par la rapidité avec laquelle Hajjar était passé à l'acte.

— Mon Dieu ! s'écria-t-elle.

Sur l'écran, Qobras, méfiant, s'étonna de cette nouvelle voix.

— Hajjar ! Qui d'autre est avec vous ?

Hajjar détourna son regard du corps ensanglanté et fixa l'écran.

— J'ai ici, comment dire, une de vos rivales : Mademoiselle Kari Frost.

— Kari Frost ? répéta Qobras, stupéfait. Montrez-moi ça !

Chase et Castille escaladèrent le coteau jusqu'à la clôture. Chase vérifia que l'alimentation électrique ne représentait plus de danger en projetant un sécateur contre le grillage. Le choc ne produisit ni court-circuit, ni étincelle. Nina avait bel et bien coupé le courant.

— Vas-y, Hugo.

Castille découpa une chatière dans le grillage, que Chase tira vers lui pour leur permettre de passer. Une fois de l'autre côté, ils étudièrent le terrain. La côte rocailleuse conduisait à la fameuse route en lacet. Ils n'apercevaient personne pour le moment, mais Shala leur avait dit que plusieurs hommes étaient régulièrement en faction à l'entrée de la résidence.

Castille disposait de son arme personnelle, en plus d'une carabine G3 prise sur un des soldats de Mahjad ; Chase avait son Wildey et une vieille Uzi rouillée prêtée par Shala. Ils les vérifièrent. Ils étaient prêts à l'action.

— OK, il est temps de jouer aux héros, dit Chase.

Ils se lancèrent à toutes jambes dans l'aventure.

La salle où se trouvait le serveur Internet ferait une bonne cachette ; en outre, elle pourrait jeter un œil aux ordinateurs. Il ne lui fallut qu'un instant pour rouvrir la fenêtre de la visioconférence sur l'écran du PC et pour augmenter le son. Hajjar et l'autre homme étaient en train de parler…

Kari !

Elle venait d'apparaître derrière Hajjar, poussée dans le champ de la caméra par un des hommes du trafiquant d'antiquités.

— Que fait-elle ici ? demanda Qobras.

— Je traite une affaire avec son père, répondit Hajjar. Cela ne vous regarde pas.

— Ça me regarde, bien au contraire ! Tuez-la !

— Quoi ? lâcha Hajjar, ahuri, devant l'écran.

Une peur froide saisit Kari au ventre. Hajjar avait toujours son arme à la main. S'il prenait Qobras au mot, elle n'avait plus que quelques instants à vivre.

— Vous êtes fou ?! Je peux en tirer dix millions de dollars. Son père a déjà accepté de payer la rançon !

— Écoutez-moi, continua Qobras en se penchant en avant jusqu'à remplir tout l'écran de son visage. Vous ne vous rendez pas compte du danger que cette femme représente. Son père et elle s'obstinent à vouloir découvrir ce que la Confrérie s'acharne à tenir secret depuis des siècles ! S'ils y parviennent…

— Je m'en fiche ! coupa Hajjar. Tout ce qui m'intéresse, moi, ce sont les dix millions de dollars de son père.

— Hajjar, fit Qobras sur un ton proche du désespoir. Je vous paierai douze millions de dollars si vous la tuez.

— Vous avez perdu la…

— Quinze millions, Hajjar. Le prix que vous voudrez ! Il vous suffit de tuer Kari Frost. Là, maintenant.

9

Nina resta figée devant le moniteur, en état de choc. Elle ignorait l'identité de cet homme, mais n'avait aucun doute sur ses intentions à l'égard de Kari. Et elle connaissait suffisamment Hajjar pour savoir que sa cupidité le pousserait bientôt à céder.

Et elle ne pouvait rien faire !

À moins de…

— Deux gardes à la grille en bas, dit Castille en allongeant sa foulée dans la côte.

— Je les vois, répondit Chase. Il leur faudra deux, trois minutes pour arriver jusqu'ici. Pour l'instant, on s'en fout. Et en haut ?

— Personne. Ils doivent être à l'intérieur. On se la joue comment ? Tout en finesse ?

— Tout en finesse, fit Chase en brandissant son Uzi.

Rongé par le doute, Hajjar scrutait, l'une après l'autre, toutes les personnes présentes dans la pièce, jusqu'à Kari, comme s'il espérait que quelqu'un l'aiderait à prendre sa décision.

— Quinze millions ? Mais pourquoi ? Pourquoi tenez-vous tellement à la voir morte ?

— Vingt millions ! hurla Qobras. Vingt millions pour la tuer. Maintenant ! Ne posez pas de questions ! Contentez-vous de…

L'écran s'éteignit. En même temps que toute la pièce. Les lampes, l'ordinateur de Hajjar, l'écran, la caméra – tout. Un filet de lumière filtrait encore de l'extérieur, à travers les étroits vitraux de la tour.

Pris au dépourvu, Hajjar et ses gardes se figèrent.

Kari, elle, sut en profiter. L'occasion était trop belle.

Nina avait repéré les grands interrupteurs rouges en bas du panneau de commande. Elle n'avait eu besoin ni de parler le persan ni de détenir un diplôme d'électricien pour comprendre à quoi ils servaient.

Alors elle les avait tous abaissés, d'un coup. Et ç'avait été le noir complet.

Puis elle avait allumé sa lampe torche et s'était enfuie, au pas de course, à travers le couloir. On viendrait forcément voir ce qui s'était passé. Elle fit tourner sa ceinture pour garder l'arme à portée de main.

Le porche d'entrée était situé dans l'enceinte sud du bâtiment. Restant à couvert, Chase se servit de son miroir en acier pour espionner ce qui se passait.

— Il y a deux types dans une petite guérite, au bout à gauche, à cinq mètres environ. Ils ne m'ont pas l'air très vigilants.

— Tout en finesse, sourit Castille en levant son arme.

Chase acquiesça en silence sans quitter le miroir des yeux. Soudain, les lumières et les moniteurs du système de surveillance s'éteignirent.

— Merde ! lâcha Chase. Elle a coupé toute l'électricité.

Les deux compères pouvaient entendre les gardiens parler dans leurs talkies-walkies.

— J'imagine que la finesse n'est plus de mise, ironisa Castille.

— Vaincre ou périr ?

— Vaincre ou périr !

Les deux hommes échangèrent un signe de tête et foncèrent à l'attaque, tirant à tout va sur la guérite et ses occupants, qu'ils anéantirent en un rien de temps.

Kari tourna sur elle-même avec l'agilité d'une ballerine et se retrouva accroupie. Au même moment, elle lança une jambe sur le côté et faucha son garde en pleines chevilles. L'homme tomba à la renverse ; Kari entendit le bruit sourd de son crâne percutant le sol de marbre.

Sautant en l'air, les genoux ramenés sur sa poitrine, elle fit passer ses bras vers l'avant, comme à la corde à sauter, et se rétablit sur les talons avec un claquement sec. Enfin elle retrouvait un peu de liberté de mouvement. C'est alors que retentit le crépitement de fusils automatiques au-dehors.

Chase.

Hajjar était resté assis derrière son bureau, face à l'écran géant. Le garde de Volgan triturait son MP-5. Le sien, à terre, avait une arme dans son étui. Et la porte était bien trop loin…

Il ne lui restait qu'une chose à faire.

D'un bond, elle atterrit sur l'étincelant bureau de Hajjar. Au moment où le trafiquant se retournait, elle lui projeta ses deux pieds en plein visage. Il se retrouva plaqué en arrière, sonné, avec Kari assise sur les genoux. Le fauteuil fit un dernier tour sur lui-même, son haut dossier dissimulant un instant au garde son chef et la jeune femme.

Cette dernière profita de ce bref répit pour arracher son revolver à Hajjar, tira sur le garde et lui logea, du premier coup, une balle au beau milieu du front. L'homme s'écroula aussitôt, sans vie.

L'autre, qui recouvrait ses esprits, saisit son arme et se contorsionna pour se mettre dans l'axe de Kari.

Se servant de Hajjar comme d'un tremplin, celle-ci bondit de nouveau. Le fauteuil et son occupant allèrent s'écraser dans un coin. Kari exécuta un saut périlleux pour éviter une balle qui se ficha dans le mur, juste derrière elle.

Elle était encore en l'air quand elle appuya sur la détente. Sa balle toucha le garde en pleine poitrine ; son sang gicla au moment où elle retombait sur ses pieds, à côté du bureau.

Son manteau virevoltant comme une cape, elle lança à son ancien geôlier, avec un dernier regard :

— Pour les arts martiaux, vous aviez raison !

Un bruit derrière elle la fit se retourner précipitamment. Hajjar s'était dégagé de son fauteuil et traîné jusqu'au mur. Soulevant son crochet vers la boiserie sculptée, il actionna un mécanisme invisible et laissa échapper un grognement de triomphe. Le sol s'ouvrit sous lui, et il tomba dans les ténèbres. Kari eut à peine le temps de réagir que la trappe s'était refermée. Seule une mince fente dans le marbre témoignait encore de son existence.

Kari se mit alors à la recherche du mécanisme qui l'avait actionnée. La boiserie bougea bien un peu, mais il ne se passa rien. La trappe devait être programmée pour ne s'ouvrir qu'une seule fois.

Vite, il fallait mettre la main sur l'objet de l'Atlantide. Elle fouilla le bureau frénétiquement.

Rien. Elle ne trouvait rien !

Elle avait dû l'entraîner avec elle en glissant sur le bureau, et cette pièce inestimable était tombée tout droit dans le giron de Hajjar, qui venait de s'échapper par le passage secret du Chah !

Kari laissa échapper un juron en norvégien, mit le revolver dans sa poche, ramassa le MP-5 sur le corps sans vie du garde et sortit sans plus tarder.

Sa chute avait expédié Hajjar deux étages plus bas, dans une toute petite pièce plongée, comme le reste de la forteresse, dans l'obscurité. Il retrouva facilement ses repères ; il avait en effet soigneusement pourvu l'endroit de tout le nécessaire en cas de départ précipité.

Pourtant, se dit-il en cherchant à tâtons la lampe électrique, il n'aurait jamais pensé avoir à s'en servir un jour. Qui plus est, pour fuir quelqu'un qu'il avait encore à sa merci quelques instants plus tôt. Qobras avait raison : cette Kari Frost était vraiment plus dangereuse qu'elle n'en avait l'air.

Il finit par trouver la lampe. La pièce était telle qu'il l'avait laissée. Jetant à la hâte une sacoche par-dessus son épaule, il y dissimula la barre d'orichalque et se choisit une arme.

Son handicap le contraignait à ne porter que des armes relativement petites et légères, mais pas moins puissantes pour autant. Il sélectionna en l'occurrence un Ingram M-11, à peine plus grand qu'un pistolet ordinaire, mais capable de cracher des balles au rythme affolant de seize cents tours par minute. Cette arme avait été spécialement modifiée sur ses ordres : le magasin, dans la partie inférieure de la crosse, se terminait par un tambour, ce qui faisait plus que doubler sa capacité. Ne pouvant se servir que d'une seule main, Hajjar préférait recharger le moins souvent possible.

Puis, après avoir dévissé son crochet, il y substitua une redoutable lame dentelée de vingt centimètres de long.

Son pilote connaissait la procédure d'urgence : se rendre au plus vite à l'hélistation et faire décoller l'hélicoptère. Aucune forteresse n'étant imprenable, Hajjar préférait fuir le danger et laisser ses hommes se débrouiller sans lui. Mais mieux valait être prudent. On ne savait jamais qui on pouvait croiser en route.

Nina grimpa une volée de marches et se retrouva dans un autre couloir, somptueusement tapissé de velours rouge. À chaque extrémité, de grandes fenêtres laissaient entrer assez de lumière pour qu'elle puisse y voir, et elle éteignit sa lampe. De la fenêtre la plus proche, elle apercevait les montagnes ; l'autre donnait sur la cour centrale.

Elle entendit des coups de feu. Chase et Castille faisaient une entrée fracassante !

Mais des pas résonnèrent. Sans doute quelqu'un parti rétablir le courant à la salle des générateurs. Elle se fit toute petite et ouvrit la porte la plus proche. Le temps de s'y glisser, elle avait eu le temps de voir qu'il s'agissait d'une bibliothèque.

Elle ralluma sa lampe. Les murs étaient couverts d'ouvrages de référence et de volumes d'histoire. Hajjar aimait à l'évidence se tenir informé sur les objets dont il faisait commerce.

Les mains tremblantes, elle sortit l'arme de son étui et la pointa sur la porte. Les pas se rapprochaient.

Si quelqu'un entrait, aurait-elle le cran d'appuyer sur la détente ?

Les pas s'estompèrent et se perdirent dans l'escalier qui descendait au sous-sol. Ouf! elle n'aurait pas l'occasion de le savoir.

Nina s'adossa contre un meuble avec soulagement. Une bibliothèque était l'endroit parfait où se cacher. Il était peu probable que l'un des hommes de Hajjar éprouvât, en pleine situation de crise, le besoin d'effectuer une petite recherche historique. Il ne lui restait plus qu'à attendre que Chase la joignît de nouveau…

Mais elle se figea soudain, intriguée. La pièce semblait d'un coup plus claire, comme si sa lampe avait miraculeusement augmenté de puissance.

Elle se retourna, prise de panique.

Hajjar se tenait à moins d'un mètre d'elle. Il venait d'entrer par une porte dissimulée dans un pan de la bibliothèque, une lanterne retenue par une sangle jetée sur son épaule. Il parut tout aussi surpris qu'elle, mais pas au point d'oublier de braquer son arme sinistre.

— Docteur Wilde… Quel plaisir de vous revoir ! siffla-t-il en glissant la lame vissée à son poignet droit sous le menton de Nina.

La cour, qui formait un rectangle allongé, donnait sur le sud. Elle était ornée d'énormes piédestaux sur lesquels reposaient des vasques de marbre pleines de plantes ornementales. Chase et Castille se mirent à couvert derrière l'une d'elles, le temps de se repérer.

— On devrait pouvoir descendre aux cellules par cette porte, là-bas, dit Chase en pointant son doigt droit devant lui.

— Mais elle n'y est peut-être pas, répondit Castille. On ferait mieux de se séparer pour que l'un de nous inspecte les étages.

— Et qu'est-ce que tu fais des hommes ?

— Hajjar est un criminel, pas un chef de guerre, Eddie. Il n'a pas sa propre armée !

La porte s'ouvrit brusquement et cinq hommes surgirent, armés de MP-5.

— Cela dit…

Chase ouvrit le feu avec son Uzi et Castille les mitrailla par-dessus les plantes avec sa G3. Deux des hommes de Hajjar tombèrent, éclaboussant de leur sang les murs derrière eux. Les trois autres se séparèrent. Deux d'entre eux coururent se mettre à l'abri derrière les vasques devant eux. Le dernier plongea derrière un piédestal.

Chase réfléchit à un moyen de leur échapper. Ils pouvaient rebrousser chemin vers le sud ou filer par une des trois portes-fenêtres à l'est. Encore fallait-il y arriver. Pour ça, ils devraient courir sur plus de cent mètres à découvert.

— Merde… Si on reste coincés ici, ceux d'en bas vont se pointer par-derrière !

— Et si…, commença Castille avant que les fleurs au-dessus de sa tête n'explosent en une volée de pétales. Ah ! *Excusez-moi !* hurla-t-il aux tireurs en signe de protestation. Qu'est-ce que tu penses de ces fenêtres ?

Chase suivit son regard. À trente mètres, dans le mur sud, se trouvaient deux ouvertures à hauteur de poitrine. Mais il y avait un *hic* : elles n'avaient pas l'air de mesurer plus de soixante centimètres de large.

— Un peu juste, non ?

En comptant les tirs des hommes de Hajjar, Chase comprit leur plan : se relever, décharger deux ou trois bonnes rafales, puis replonger en laissant les copains derrière canarder à leur tour.

Il marqua une brève pause avant de sortir légèrement la tête. Comme prévu, l'un des hommes postés de l'autre côté de la cour se leva d'un bond, arme au poing. Mais il s'écroula aussitôt, atteint par une balle en pleine tête.

— Un de moins ! Si on réussit à en descendre un autre, on pourra se couvrir le temps d'arriver jusqu'aux portes-fenêtres.

Une brassée de fleurs innocentes finit encore en confettis. Castille balaya les pétales en charpie qui lui pleuvaient sur le visage. Leur parfum et l'odeur âcre de la poudre produisaient un curieux mélange.

— Encore heureux qu'ils n'aient pas de grenade !

— Ouais. Dommage surtout que nous, on n'en ait pas ! On pourrait...

Chase s'interrompit : il venait d'entendre un soldat crier.

— Eh ben, t'as bien fait d'en parler, tiens ! *Grenade !*

Les deux compagnons se précipitèrent vers les portes-fenêtres en faisant feu sur leurs attaquants. La grenade atterrit dans la terre molle de la vasque derrière laquelle Castille se tenait un instant plus tôt.

Chase mitrailla les vitres avant de se jeter la tête la première dans l'étroite ouverture qu'il venait de dégager. Castille fit de même. Ils lâchèrent leurs armes pour se protéger du verre. C'est alors que la grenade explosa, faisant sauter un énorme morceau de marbre sur le côté du pot et propulsant de la terre et des plantes à plus de dix mètres de hauteur. Les hommes de Hajjar leur tirèrent dessus, mais Chase et Castille avaient déjà disparu.

Ils avaient touché le sol dans une mare d'éclats de verre. Chase se secoua pour faire tomber les derniers morceaux, coupants comme des rasoirs. Ses oreilles sifflaient ; il avait bien un peu mal aux coudes et aux genoux, mais, à part une petite coupure dans le cou, il ne ressentait aucune douleur.

La pièce où ils avaient atterri était bordée de statues.

— Ça va, Hugo ?

— J'ai connu mieux, répondit Castille avec une grimace.

Il leva son bras gauche. Sa manche était déchirée et son avant-bras présentait une longue et profonde entaille d'où ressortaient des éclats de verre couverts de sang.

— Tu peux te battre ?

— Toujours ! dit-il en ramassant sa G3.

Chase se mit en quête de son Uzi, mais il avait dû heurter l'encadrement de la fenêtre et retomber à l'extérieur. Il dégaina son Wildey et s'appuya contre le mur, sur le côté de la fenêtre. Castille l'imita, de l'autre côté. Les deux gardes se dirigeaient à présent vers eux, avec l'intention de les coincer à l'intérieur.

D'une seule balle, Chase fit sauter la mâchoire du premier, qui tomba à terre, secoué de spasmes nerveux. Castille tira deux fois et toucha l'autre en pleine poitrine. Le type s'écroula dans la vitre de la dernière porte-fenêtre intacte.

— Allons-y, lança Chase d'un ton sec.

Ils devaient retrouver Kari et Nina. Il n'y avait pas une minute à perdre.

Le temps qu'ils quittent la galerie, la lumière était revenue.

Kari n'avait pas le moindre doute : Hajjar allait prendre la fuite. En cas d'attaque de l'entrée principale, il se replierait sur l'hélistation, au nord du bâtiment. Elle reparcourut mentalement le chemin qui l'avait menée de l'hélicoptère aux cellules, puis des cellules au bureau de Hajjar. Descendre encore un étage, puis tourner à droite…

Après avoir rétabli le courant, l'homme remonta l'escalier quatre à quatre. Son patron l'attendait, en compagnie d'une invitée surprise. Décidément, c'était journée portes ouvertes pour les belles Occidentales ! Celle-ci, une rousse à queue-de-cheval, était pourtant d'un tout autre genre que la blonde glaciale de tout à l'heure, et elle avait besoin d'une sérieuse douche.

— Emmène-la, ordonna Hajjar.

Le garde la prit par l'épaule et lui enfonça son MP-5 dans le dos pour l'obliger à avancer.

— Où est Kari ? Qu'est-ce que vous lui avez fait ?

Le visage couvert de sang, Hajjar lui décocha un regard furieux.

— Qu'est-ce que je lui ai fait, moi ? Vous devriez plutôt vous demander ce qu'elle, elle m'a fait ! Si j'avais su à qui je me frottais, je lui aurais ligoté les jambes !

Quoique intriguée, Nina n'eut pas le loisir de poser davantage de questions. Ils étaient arrivés au bout du couloir. Elle aperçut, par la fenêtre, l'hélicoptère qui attendait en bas, son rotor déjà lancé.

Hajjar donna quelques ordres en persan. L'homme se dissimula dans l'angle mort du couloir.

— Vous, vous restez là, dit-il à Nina, et vous attendez vos amis.

— C'est ça, pour que vous leur tiriez dessus ! Vous pouvez toujours courir !

Il appliqua si fort sa lame sur sa gorge qu'il la coupa légèrement ; Nina reçut une décharge d'adrénaline.

— Quand ils arriveront, vous leur ferez signe que tout va bien. Au moindre mot, je vous tue, compris ?

— Compris, répondit-elle en jetant un coup d'œil sur la mitraillette du garde.

Hajjar fit un signe de la tête et tourna les talons.

— Où est l'objet ? cria Nina.

Il tapota sa sacoche.

— Quel dommage de détruire pareil témoignage historique ! Mais les quinze millions de dollars que m'offre Qobras ne se refusent pas !

— Sans compter les dix millions de Frost !

— Que voulez-vous ? Les affaires sont les affaires, ma chère !

Des coups de feu retentirent dans les couloirs dallés de marbre. Hajjar fronça les sourcils.

— En revanche, c'est un jour moins faste pour ma maison. J'ai l'impression que je vais avoir des frais... Enfin, je préfère dépenser mon argent à la restaurer qu'à préparer mon enterrement ! Adieu, docteur Wilde !

Il prit la fuite.

De son arme, le garde fit signe à Nina de se positionner de façon bien visible au milieu du couloir.

Lui, il restait à l'abri dans l'angle mort.

— Tu entends ?

Les deux compagnons d'armes traversaient la forteresse en courant.

— Un hélico, confirma Chase.

Bien que faible encore, le vrombissement plaintif du Jet Ranger était reconnaissable entre tous.

— *Merde !* Je savais que ça arriverait ! J'en étais sûr !

— Là ! En bas !

Alors qu'elle parvenait à l'embranchement menant à l'hélistation, Kari entendit des pas. Elle mit son MP-5 en joue.

Chase et Castille débouchèrent au même instant, leurs armes braquées sur elle.

—Kari ! fit Chase, tout sourire, en baissant son arme. Mais qui sont ces gens qui n'ont même pas la patience que je vienne les sauver ?

—Vous avez raison, Eddie. Je vais songer à me faire rembourser ! dit Kari en souriant à son tour.

—Ce serait aller un peu trop loin…

—Où est Nina ?

—Cachée quelque part, si elle a suivi mes instructions. Et vous, comment allez-vous ? Où est Hajjar ?

—Je vais bien. Mais Hajjar s'est enfui avec l'objet !

—Laissez-moi deviner, grimaça Castille. Il est dans l'hélicoptère ?

—Tout juste ! Allons-y.

Chase en tête, ils remontèrent le couloir au pas de course.

—Tournez à gauche au prochain embranchement ! lança Kari.

—Il a combien d'hommes avec lui ?

—Je ne sais pas. J'en ai descendu deux.

—Vous les avez tués ?

—Oui. Il y a un problème ?

—Non, non ! Seulement, je n'ai pas l'habitude que mes clients fassent le boulot à ma place !

Ils suivirent le couloir jusqu'à tomber nez à nez avec Nina.

—Nina ! s'écria Kari.

—Je lui avais dit de rester planquée, grommela Chase. Doc, tout va bien ?

Plaqué contre le mur, le garde la menaça de son arme. *Faites-leur un geste de la main*. Nina s'exécuta.

Kari s'élança vers elle, mais Chase l'arrêta en la saisissant par le bras.

—Attendez ! dit-il fermement.

Nina continuait d'agiter la main, le pouce rentré dans sa paume : le signe secret de Chase et de Castille en cas de danger.

Chase rejoignit en courant l'endroit où le couloir faisait un coude et plongea à terre, l'arme en l'air. Le garde du corps surgit aussitôt de sa cachette, son MP-5 au poing, et découvrit pour son malheur que sa cible se trouvait au sol et braquait sur lui une arme d'un calibre effrayant.

Chase tira trois coups.

La puissance de tir du Magnum fit basculer l'homme à la renverse. Lâchant son arme, il s'écroula par la fenêtre et atterrit tel un pantin désarticulé sur l'hélistation, cinq mètres plus bas.

Le vacarme de l'hélicoptère envahissait à présent la forteresse.

— Tout va bien ? demanda Chase.

— Ça va, ça va ! fit Nina.

Kari se précipita sur elle et, de façon assez inattendue, la prit dans ses bras.

— Dieu merci, vous êtes saine et sauve ! s'exclama-t-elle avant de faire un pas en arrière, le nez plissé. C'est quoi, cette odeur ?

— Ça, c'est sa faute, répondit Nina en adressant un regard courroucé à Chase, qui détourna aussitôt les yeux. Vite ! Hajjar ! Il a l'objet avec lui !

L'hélicoptère commençait à s'élever.

— Merde ! s'écria Chase en se ruant vers la fenêtre défoncée. Je pourrais tirer dans le moteur pour le forcer à atterrir…

— On n'a plus le temps, dit Kari.

Son MP-5 en main, elle s'avança à grands pas près de la fenêtre et mitrailla copieusement le cockpit de l'hélico. Le pare-brise vola en éclats et le pilote s'écroula sur les commandes de l'appareil, qui se mit à tournoyer. Le rotor vertical situé en queue se rapprochait à toute vitesse, aussi dangereux qu'une scie circulaire.

— Baissez-vous ! hurla Chase en empoignant Kari d'une main et Nina de l'autre, et en reculant précipitamment.

Castille resta comme médusé par le spectacle de l'hélicoptère qui fonçait sur lui. Il ne recouvra ses esprits qu'au moment où le rotor commençait à débiter la pierre. Il détala comme un fou. Le rotor se désintégra et une lame d'une trentaine de centimètres se ficha dans le mur à moins de dix centimètres de sa tête.

L'hélicoptère tangua violemment. Hajjar saisit en beuglant le double des commandes devant lui. Mais que pouvait-il faire d'une seule main ? Les lames du rotor principal éclatèrent en milliers de morceaux en s'écrasant contre le mur de la forteresse. L'hélicoptère bascula sur le côté et se fracassa sur la piste dans un vacarme phénoménal.

Chase s'était couché sur Nina pour la protéger.

— Vous allez bien ?

— J'ai l'impression d'être morte, gémit-elle.

— Rassurez-vous, vous êtes vivante ! Mais qu'est-ce que vous puez !

Elle le gifla.

— Mademoiselle Frost ? Comment allez-vous ?

— L'objet ! Il faut aller chercher l'objet ! dit-elle en se relevant d'un bond et en dévalant l'escalier qui menait à l'hélistation.

— C'est encore trop dangereux ! lui hurla Chase. Nom d'une pipe !

— *Mon Dieu !* vociféra Castille. Ces hélicoptères ! Toujours ces saloperies d'hélicoptères ! J'en étais sûr !

— Tu es encore en vie, Hugo, alors arrête de geindre !

Nina s'apprêtait à le suivre sur les traces de Kari, lorsqu'il l'en empêcha.

— C'est trop dangereux, Doc. Attendez ici.

L'hélicoptère n'avait pas pris feu, mais il s'en dégageait une forte odeur d'essence et le moteur continuait à tourner. Les lames brisées du rotor au-dessus du fuselage en charpie ne s'étaient pas arrêtées non plus.

Kari tentait d'accéder à la porte de l'appareil tombé sur le nez.

— Mademoiselle Frost, attendez ! lui cria Chase en dégringolant l'escalier. Kari, votre dos touche presque les lames !

— Il faut récupérer l'objet, vite ! répondit-elle en essayant d'actionner la poignée.

Hajjar s'était écroulé sur son siège, du sang s'écoulant de son front. Enfin, Kari réussit à ouvrir la porte.

Revenant d'un coup à lui, Hajjar la frappa de son bras droit. Du sang gicla sur le tissu immaculé de son manteau. Elle hurla et plaqua aussitôt sa main libre sur sa blessure.

Hajjar bondit hors du cockpit, la bouscula et lui coinça sa lame contre la gorge.

— Laissez tomber vos armes ou je la tue ! Tout de suite !

En la circonstance, une balle en pleine tête ne servirait à rien : en tombant de tout son poids sur Kari, Hajjar lui enfoncerait inévitablement la lame dans le cou. Chase lâcha donc son arme et l'éloigna d'un coup de pied. Castille fit de même.

— Parfait, dit Hajjar.

En maintenant sa lame appuyée sur le cou de Kari, il s'accroupit et visa Chase de son M-11 trafiqué.

— Elle, il me la faut vivante. Vous, en revanche…

On entendit alors une détonation : une balle percuta et traversa le fuselage. Tous levèrent les yeux : debout devant la fenêtre aux vitres éclatées, Nina tenait le MP-5 du garde mort braqué sur l'hélicoptère.

— Lâchez-la, Hajjar ! hurla-t-elle.

— Nina, ne tirez pas sur lui, hein ? la mit en garde Chase. S'il tombe, il va lui trancher la gorge !

— Lâchez-la !

— Vous ne vous êtes jamais servie d'une arme, n'est-ce pas ? lança Hajjar d'un ton moqueur. Ça se voit à la manière dont vous la tenez. Vous croyez vraiment pouvoir m'avoir avant que je lui règle son compte ?

— Ce n'est pas vous que je vise !

— J'espère que ce n'est pas Mademoiselle Frost, fit Castille.

— Ah oui ? Et qu'est-ce que vous visez, alors ? reprit Hajjar, de plus en plus ironique.

— Le réservoir d'essence. Qui est justement en train de brûler !

Tous les regards convergèrent vers l'épaisse fumée noire qui s'élevait du moteur.

Pris de panique, Hajjar tressaillit et relâcha la pression qu'il exerçait sur la gorge de Kari. Sans se soucier de se blesser davantage, cette dernière en profita pour arracher la lame pointée sur elle. À peine délivrée de cette menace, elle prit son élan pour décocher au trafiquant un coup de karaté en pleine mâchoire.

Sa position inconfortable lui offrait peu d'appui, mais elle parvint à le frapper assez fort pour que ses mâchoires claquent violemment. Crachant du sang, Hajjar émit un gargouillement et vacilla en arrière. Kari se dégagea en roulant ; d'un bond, Chase le terrassa.

— Récupérez l'objet ! hurla-t-il à Kari.

Il tentait de retenir l'Iranien par les poignets. Hajjar était plus fort qu'il n'y paraissait ! Il y en avait, du muscle, sous toute cette graisse ! En plus, il était armé, alors que Chase, lui, ne disposait que de ses poings…

Kari s'apprêtait à entrer dans l'appareil lorsqu'elle entendit Nina lui crier que l'objet se trouvait dans la sacoche de Hajjar.

Ce dernier profita aussitôt de ce bref moment de désordre. Mû par un mélange de douleur et de colère, il réussit par une torsion de son poignet gauche à appuyer sur la détente de l'Ingram. Des flammes s'échappèrent du sale petit pistolet mitraillette et une rafale frôla la joue de Chase.

Accouru pour secourir son partenaire, Castille changea brusquement de direction pour écarter Kari. Hajjar mit en joue, prêt à tuer.

Chase lui assena alors un coup de boule phénoménal, réduisant son nez à une pulpe sanglante.

— Voilà, tu n'as plus qu'à recoudre, maintenant !

La fumée, de plus en plus épaisse, continuait de s'élever. Le bruit des flammes couvrait jusqu'au rugissement du moteur.

Tenant Hajjar à moitié assommé, Chase le releva et lui cria :

— Hajjar ! Mains en l'air !

Chase lui leva les bras. Hajjar comprit, mais trop tard, ce qui allait lui arriver. L'arme, sa main et la lame se désintégrèrent instantanément en un tourbillon de sang, de chair et d'acier pulvérisés : il venait de se jeter au milieu du rotor.

Il contemplait, horrifié, son sang s'échappant à jet continu de ses bras sectionnés. Chase l'assomma alors d'un coup de poing. Il retomba dans le cockpit.

Chase eut juste le temps de lui arracher la sacoche et de prendre la fuite : l'hélico s'était mis à trembler de façon inquiétante. Castille et Kari avaient déjà pris leurs jambes à leur cou.

Des flammes surgirent du fuselage défoncé et s'enroulèrent autour du moteur. L'hélico bascula sur le côté. Ce qui restait du rotor laboura le sol bétonné de la piste, et l'essence coula des réservoirs troués…

Hajjar poussa un cri, aussitôt étouffé par l'énorme explosion.

Castille et Kari plongèrent sous le porche. Quelques mètres à peine derrière eux, Chase n'eut que le temps de se jeter à terre.

Des morceaux de métal ardent fusèrent en tous sens. Un éclat de carlingue l'atteignit à la jambe. Il hurla de douleur.

— Edward ! cria Castille en se précipitant vers lui.

— Merde ! lâcha Chase en se relevant péniblement, les mains serrées autour de la cuisse. J'ai l'impression d'avoir été piétiné par un cheval…

— Ça va ? s'enquit Nina en rejoignant Kari en bas de l'escalier.

— Oui, je vais bien, dit-elle, les yeux pleins de gratitude.

Les deux femmes coururent vers Eddie.

— Vous avez récupéré l'objet ? demanda Kari.

— Vous allez bien ? demanda en même temps Nina.

Elles échangèrent un sourire.

— Qu'est-ce que je vous disais ? Bon Dieu, ces foutus hélicoptères ! ragea Castille en levant le poing contre l'appareil en feu. Cette saloperie a failli me tuer deux fois en moins de cinq minutes ! Un engin du diable, je vous le dis !

— La ferme, Hugo ! fit Chase avec lassitude.

— Et l'objet ?

— Voilà. J'espère que ça en vaut la peine, dit-il en tendant la sacoche à Kari.

— Absolument, répondit-elle en déballant avec soin la barre de métal.

Les flammes, en s'y reflétant, la faisaient briller de façon plus intense encore que d'habitude.

— Voilà, dit-elle en la tendant solennellement à Nina. Voilà qui va nous conduire à l'Atlantide…

Nina la prit dans ses mains et en examina les inscriptions. Elles lui semblèrent à la fois familières et mystérieuses. Elle leva les yeux vers Kari.

— Je ne voudrais pas faire la rabat-joie, mais pour le moment on est toujours coincés en Iran.

— Si je puis me permettre, Doc, je ne dirais pas « coincés ». Je viens de voir quelque chose qui pourrait se révéler bien utile…

Plusieurs hommes de Hajjar avaient perdu la vie et les autres, estimant que celle-ci était plus précieuse que leur loyauté à feu leur employeur, s'étaient enfuis. Le groupe conduit par Chase ne rencontra donc plus la moindre résistance en retournant dans la cour.

Derrière deux grandes portes, ils découvrirent une véritable collection de voitures.

— Le service de taxis de ce bon vieux Hajjar ! fit Chase. Rien à voir avec vos bijoux, patronne, mais ça devrait le faire quand même. Laquelle voulez-vous ?

— Hélas, je ne pense pas que nous irons bien loin en Ferrari, commenta Castille en passant la paume sur la Ferrari 458 jaune garée près de la porte. En tout cas, pas sur les routes du coin. Sans compter qu'elle est un rien voyante.

— Une Hummer n'est pas non plus le comble de la discrétion, ajouta Kari en examinant avec condescendance une H3 d'un vert pétant.

— Vous avez une préférence, Doc ?

— Arrêtez de m'appeler comme ça, Eddie. Je m'en fiche, si vous voulez tout savoir, du moment qu'on sort d'ici le plus vite possible !

— Dans ce cas, dit-il avec des paillettes plein les yeux, autant la jouer classe. Hajjar n'était pas un si mauvais bougre...

Quelques minutes plus tard, un Range Rover argenté descendait à toute allure la route tortueuse de la forteresse et disparaissait dans les montagnes.

10

FRANCE

Dieu merci, l'Iran était loin, à présent. Du balcon de l'hôtel, Nina profitait d'une magnifique vue sur Paris. Sa suite au dernier étage offrait un panorama imprenable sur la capitale. Notre-Dame et la tour Eiffel illuminée se découpaient délicatement dans la nuit. Ces monuments somptueux auraient pu n'avoir été posés là que pour son seul plaisir…

Mais elle n'était pas en France pour faire du tourisme. Elle avait un travail à finir, qui n'avançait pas bien vite.

Quelqu'un frappa à la porte.

— Entrez, dit-elle en se retournant.

Kari entra.

— Prête, Nina ?

— Je ne sais pas…

Elle jeta un coup d'œil accablé sur la table. L'objet en orichalque était perdu sous ses notes, à côté d'une loupe.

— J'ai fait de mon mieux, mais ça ne suffit pas. Certains symboles me restent parfaitement obscurs… Votre père m'attend ?

Kari acquiesça en souriant.

— Ne vous inquiétez pas. Vous comptez parmi les rares personnes à l'égard de qui il manifeste de la patience.

— Je suis très honorée, mais ça ne me rend pas moins nerveuse !

— Vous n'avez aucune raison de l'être. Vous êtes plus proche de l'Atlantide que quiconque depuis les Grecs.

— Mais regardez par quoi j'ai dû passer, enfin, nous avons dû passer, pour en arriver là. J'ai encore l'impression d'avoir cette odeur atroce dans les cheveux !

Sa séance de crapahutage dans les égouts n'était pas, et de loin, son pire souvenir, mais elle voulait oublier les autres.

— Vous sentez très bon, la rassura Kari en approchant la tête de ses cheveux. Venez, allons annoncer à mon père ce que nous avons découvert.

Nina emballa soigneusement l'objet et suivit Kari dans la pièce attenante à sa chambre, un salon situé au centre de la suite. Chase se tenait à l'affût près de la porte, sans veste, mais l'étui de son Wildey bien en vue. Pas de Castille ; il devait garder la porte dans le couloir.

— Salut, Doc ! fit gaiement Chase en relevant les yeux du portable dernier cri posé sur la table. J'espère que vous vous êtes maquillée, vous allez être filmée.

— Ça se passe par visioconférence ?

— Mon père aime s'adresser aux gens en tête-à-tête, même virtuellement, dit Kari. Tenez, asseyez-vous. Vous voulez boire quelque chose ?

— Non, merci.

Un verre lui aurait pourtant calmé les nerfs.

Nina et Kari s'installèrent devant le portable, et Kari appuya sur une touche. L'écran s'alluma et Kristian Frost apparut, assis à son bureau.

— Docteur Wilde, je suis ravi de vous revoir !

— Et moi, je ne suis pas mécontente d'être encore visible ! répondit Nina. Cela a été un peu plus… mouvementé que prévu.

— C'est ce qu'on m'a dit, en effet. Comment s'est passée la sortie du pays, Kari ?

— Rien de bien grave, rassure-toi. Les contacts de Monsieur Chase sur place nous ont permis de rejoindre Ispahan. Et, grâce aux liens de la fondation avec le gouvernement, nous avons pu sortir sans même être fouillés.

— Et Hajjar ?

— Il est mort.

— Bien, dit Frost avec un hochement de tête. *Dommage* pour les dix millions de dollars, mais c'était le prix à payer. *(Son visage s'anima.)* Alors, docteur Wilde, qu'avez-vous découvert ?

Nina s'éclaircit la voix.

— Malheureusement, j'ai bien peur que cet objet ne nous indique pas la route directe pour l'Atlantide. Il s'agit pourtant d'une sorte de carte. La ligne que vous voyez là, sur toute la longueur, dit-elle en plaçant l'objet devant la caméra, représente un fleuve. Le mot glozel l'atteste sans aucun doute. Il y a d'autres inscriptions, mais je n'ai pu les traduire que partiellement. (Elle consulta ses notes avant de reprendre.) « Partez de l'embouchure nord du fleuve » quelque chose. « Sept, sud, ouest. Suivez le cours jusqu'à la ville de… » hum, quelque chose. « Vous y trouverez… » Je n'ai, hélas, rien d'autre pour le moment. En revanche, je pense que les inscriptions sur les côtés indiquent le nombre d'affluents qu'il faut passer pour arriver à destination. Quatre à gauche, sept à droite, etc.

— Si je comprends bien, les mots que vous n'arrivez pas à traduire ne sont pas en glozel.

— Non. En fait, il s'agit de hiéroglyphes plus que de lettres, appartenant à un système linguistique très différent du glozel. Le plus frustrant, c'est qu'ils m'ont l'air familiers, et pourtant je ne parviens pas à mettre le doigt sur leur origine. Peut-être s'agit-il d'une variante régionale.

— Intéressant. Kari, est-ce que tu *pourrais prendre des photos des inscriptions et me les envoyer, s'il te plaît ?* J'aimerais les voir de plus près.

— Bien sûr.

— Alors, dites-moi, qui sont donc ces Glozéliens ? demanda Chase en se rapprochant de Nina. J'ai fait de l'histoire au lycée, mais je n'en ai jamais entendu parler.

— Évidemment, puisqu'ils n'existent pas ! répondit-elle en riant.

— Quoi ?

— Le glozel est, jusqu'à preuve du contraire, la plus vieille langue écrite que l'on connaisse. Une espèce d'ancêtre, si vous voulez, d'où découlent par exemple le vinca-tordos et le byblos. J'imagine que vous n'en avez jamais entendu parler non plus.

— J'ai dit que j'avais fait de l'histoire, pas que j'étais bon.

— Le nom « glozel » est celui de la ville où l'on a découvert cette écriture. Ici, en France.

Après avoir pris les photos, Kari reposa l'objet et poursuivit, à l'intention de Chase :

— Les premières tablettes glozels ont été découvertes en 1924 par Émile Fradin, dans une grotte située sous un corps de ferme. On a d'abord cru qu'elles étaient fausses, dans la mesure où elles dataient d'une période antérieure à toute langue connue. Cinquante ans plus tard, de nouvelles technologies ont permis d'attester la datation : dix mille ans avant Jésus-Christ.

— Mazette ! siffla Chase.

— Plusieurs millénaires avant l'émergence du monde grec, une civilisation européenne possédait un système d'écriture complexe, continua Nina. Cette civilisation s'est suffisamment propagée pour influencer la langue des Phéniciens, des Grecs, des Hébreux, et même des Romains et des Perses.

— Et cette civilisation, reprit Chase alors que les reflets de l'objet baignaient son visage, vous croyez que c'était celle de l'Atlantide ?

— C'est en effet ce que croit Nina. Moi aussi, répondit Kari.

— Dans ce cas, moi aussi, dit-il en souriant à Nina. Et comment on fait pour trouver le bon fleuve ?

— C'est là tout le problème, gémit Nina. Je n'en sais rien. Ce chiffre sur l'inscription principale, expliqua-t-elle en pointant du doigt un ensemble de sept petits points, semble représenter une distance. Les mots qui suivent signifient « sud » et « ouest ».

— Cela pourrait vouloir dire, fit remarquer Chase en examinant l'objet de plus près, soit sept miles au sud-ouest de quelque part, soit sept au sud puis à l'ouest…

— Exactement. Le problème, c'est qu'on ignore de quelle unité il s'agit, et même à quoi ces distances se rattachent. On ne connaît pas leur « point de départ ».

— Je dirais l'Atlantide.

Nina le regarda, impressionnée.

— Hé ! il m'arrive de réfléchir, de temps en temps !

— Docteur Wilde, dit Frost sur l'écran, ramenant soudain l'attention à lui. Je viens d'examiner les inscriptions. Je ne m'attendais pas à ce que mes connaissances dépassent les vôtres, et je ne me suis pas trompé. Je ne les reconnais pas plus que vous. Toutefois, j'ai décidé de faire étudier l'objet par un expert en langues anciennes.

— Vous n'avez donc plus besoin de moi, lâcha Nina, déconfite.

— Ne soyez pas ridicule ! s'exclama Kari en riant. Vous êtes la personne la plus importante de toute cette mission ! D'ailleurs, sans vous, elle n'existerait même pas.

— Kari a tout à fait raison, docteur Wilde, dit Frost d'une voix rassurante. Vous êtes irremplaçable.

— Vraiment ? fit Nina, brusquement revigorée. Wouah ! on ne m'avait jamais dit ça !

— Je parie que je peux trouver plein d'autres choses qu'on ne vous a jamais dites, articula crânement Chase.

Les deux jeunes femmes lui lancèrent le même regard noir.

— Notre expert pourra déchiffrer le reste des caractères *dès son arrivée à Paris*, déclara Frost. Dès que nous connaîtrons l'identité de ce fleuve, nous mettrons une expédition sur pied.

— Ne serait-il pas aussi simple de lui envoyer les photos par e-mail ? demanda Nina.

— Après ce qui vous est arrivé, je ne veux pas prendre le risque que d'autres personnes voient l'objet sans que nous en ayons le contrôle. Moins il y aura de gens au courant, mieux ce sera.

— Je comprends.

Frost lui adressa un grand sourire.

— Vous n'avez aucune raison de vous sentir découragée, docteur Wilde. Vous avez fait un excellent travail. Nous sommes plus près de notre but que nous ne l'avons jamais été et je tiens à vous en féliciter.

Le compliment lui réchauffa le cœur.

— Merci !

— Comme, pour l'instant, vous ne pouvez rien faire, je vous propose de profiter un peu de Paris. Kari pourra vous faire visiter. Je vous recontacterai prochainement. Au revoir.

L'écran s'éteignit.

— Il est malheureusement un peu tard pour sortir, dit Kari en consultant sa montre. Nous ferions mieux d'aller nous coucher.

— Plaît-il ? fit Chase en plissant le front d'un air entendu.

Kari lui décocha un nouveau regard noir.

— Désolé, patronne !

— C'est votre premier séjour à Paris, Nina ? demanda Kari.

— Non, pas exactement. J'y suis venue avec mes parents, mais quelques jours seulement. Ils participaient à une conférence sur l'archéologie. Et je n'avais que neuf ans. Je n'ai donc pas vraiment pu en profiter.

— Dans ce cas, demain, nous rattraperons le temps perdu !

Le lendemain fut consacré à la culture, à la gastronomie et… au shopping.

Escortées par Chase, Nina et Kari passèrent la matinée au Louvre. Puis se dirigèrent vers le quartier des grands couturiers, rue du Faubourg-Saint-Honoré.

— Je ne crois pas, non…, dit Nina, qui s'était arrêtée devant la boutique Christian Lacroix. Ma carte de crédit chauffe rien que d'y penser ! Je suis plus du genre à m'habiller chez Marks & Spencer.

— Dieu merci ! s'écria Chase avec un sourire moqueur. Je ne connais rien de plus ennuyeux que de regarder une femme essayer des fringues. Sauf si ce sont des bikinis, évidemment…

Nina lui envoya un regard qui le fit sourire de plus belle.

—Aucun problème, dit Kari. À partir de maintenant, votre crédit à la fondation Frost est illimité, Nina. Vous pouvez laisser libre cours à toutes vos envies!

—Vous êtes sérieuse?

—Absolument. Dans les limites du raisonnable, bien sûr. Si vous voulez une Lamborghini, il faudra peut-être demander d'abord. Sinon, achetez ce que vous voulez. Faites-vous plaisir.

Nina n'était pas habituée à de telles largesses. Elle se fit aussitôt la promesse de savoir limiter ses dépenses, quelles que fussent celles de Kari.

Une heure plus tard, elle s'aperçut avec stupéfaction qu'elle avait déjà dépensé un bon millier de dollars. On était loin, en effet, des prix des grandes enseignes! Et encore, cette somme ne représentait qu'un quart des dépenses de Kari. Chase la mit en garde.

—Faites gaffe quand même, Doc. On s'habitue vite à jeter le fric par les fenêtres. Vous rigolerez moins, à New York, quand vous aurez claqué le loyer dans une paire de pompes…

Il plaisantait, naturellement, mais il n'avait pas tout à fait tort.

—Ne l'écoutez pas, dit Kari. Quand nous aurons trouvé l'Atlantide, l'argent sera le dernier de vos soucis. Nous saurons nous occuper de vous.

—Quelle chance! s'exclama Nina.

—Nous prenons toujours soin des nôtres.

Nina n'eut pas le temps de lui demander ce qu'elle entendait par « les nôtres »: Kari s'était précipitée pour héler un taxi.

Ils se rendirent ensuite au fameux restaurant *L'Opéra*. L'endroit bruissait d'une foule de Parisiens aisés qui, comme le veut la tradition française, profitaient d'une longue pause-déjeuner.

Nina craignit qu'il n'y eût pas de table libre, mais elle put vite mesurer combien la vie est facile pour une fille de milliardaire philanthrope.

— Je déteste la foule, soupira Kari. Ça me rappelle toujours qu'il y a bien trop de monde sur cette planète. Nous n'avons pas les ressources suffisantes pour nourrir une population de plus de sept milliards d'individus.

— Vous ne pouvez, hélas, pas y faire grand-chose, dit Nina en acquiesçant.

— À voir. La fondation Frost y travaille.

Chase examina le menu en grimaçant.

— Très honnêtement, je suis plus « steak frites », comme garçon. Je crois que je vais m'abstenir et que j'irai me chercher un McDo tout à l'heure.

— Alors, pour commencer, vous trouvez que la *Joconde* est « un peu petite et sale », et maintenant c'est le restaurant qui ne vous convient pas. Vous êtes un vrai béotien, Eddie, fit Nina d'un air amusé. Vous n'allez quand même pas rester assis là à vous soûler ?

— Jamais pendant le service. Mais je surveillerai bien mieux l'entrée depuis le bar. Comme ça, personne ne viendra gâcher votre repas.

— Vous... vous pensez qu'on pourrait encore avoir des problèmes ?

Chase lui adressa un sourire aussi rassurant qu'inquiétant.

— Profitez de votre repas. Je veille au grain.

Il inspecta une dernière fois les alentours et s'installa au bar.

Après avoir dressé leur table, un serveur alla chercher Nina et Kari. Une fois assise, Nina jeta un coup d'œil en direction de Chase.

— Vous croyez vraiment que nous sommes en danger ?

— Ce n'est pas exclu, répondit Kari. Qobras et ses gens savent sans aucun doute que nous avons quitté l'Iran. Voilà pourquoi il faut travailler le plus vite possible. Plus nous gagnerons de temps, moins ils auront de chances de nous trouver.

— Et d'essayer de me tuer ?

— Nous ne les laisserons pas faire ! Mais je ne vous ai jamais remerciée, Nina...

— De quoi ?

— De m'avoir sauvé la vie ! C'était très astucieux de votre part de tirer dans l'hélicoptère, et incroyablement courageux.

— J'avais tellement peur qu'il n'explose ! confia Nina en rougissant.

— Mais ça n'arrive que dans les films ! dit Kari en riant. Vraiment, vous avez été très courageuse et je vous en suis infiniment reconnaissante. Si vous avez besoin de quoi que ce soit, ajouta-t-elle en lui serrant doucement la main, il suffit de me demander.

Prise de court, Nina ne sut que répondre et murmura un faible merci. Kari garda quelque temps sa main dans la sienne. Nina était un peu gênée que l'on fasse si grand cas de sa personne.

— Pour vous, c'est tout ce que vous voudrez.

— Est-ce qu'il en va de même pour Eddie et Hugo ?

— On ne peut pas véritablement dire ça... Après tout, ils sont payés pour s'occuper de nous.

— D'après Eddie, vous n'auriez besoin de personne ! Vous avez vraiment réussi à échapper à Hajjar toute seule ?

— Vous n'y êtes pas pour rien, encore une fois ! Il se trouve que j'ai quelques notions d'autodéfense. Mais le fait que vous coupiez le courant a détourné leur attention une seconde. Sans compter que cela s'est produit au moment même où Hajjar, je crois, allait accepter la proposition de Qobras et me tuer. Voyez !

— C'était Qobras ? s'écria Nina.

— Vous l'avez vu ?

— Oui, sur un moniteur dans la cave. Il y avait une salle informatique.

Kari se rembrunit.

— Vous voyez donc à quel genre d'individu nous sommes confrontés. Quel barbare ! Il a offert cinq millions de dollars à Hajjar pour tuer Volgan, séance tenante. C'est un psychopathe extrêmement dangereux, prêt à tout pour nous empêcher de trouver l'Atlantide. À l'avenir, j'éviterai de le sous-estimer. Bon, pour l'instant, nous sommes tirés d'affaire et nous avons récupéré l'objet. Plus important encore, nous vous avons, vous. Nous allons réussir, j'en suis persuadée. Vous avez fait votre choix ?

Nina regagna l'hôtel sur les rotules. Était-ce cette virée dans Paris ou le contrecoup de ses mésaventures iraniennes ? Une chose était sûre : avant l'arrivée de l'expert en langues anciennes envoyé par Frost, une sieste lui ferait le plus grand bien.

Malgré tout le confort de son immense lit, elle eut du mal à trouver le sommeil. Elle ne pouvait pas s'empêcher de revivre en pensée la succession d'événements terrifiants et violents dont elle avait été témoin, voire actrice, depuis l'appel de Starkman. Comme sa petite vie d'universitaire new-yorkaise lui semblait loin !

Bien que plongée dans un demi-sommeil, elle ne parvenait pas à se détacher du mystérieux objet et tentait, en rêve, d'en résoudre l'énigme. Il lui faisait un effet étrange. Elle avait éprouvé, en le tenant dans ses mains à la ferme, comme un sentiment de déjà-vu, une sensation familière, presque fraternelle.

Elle se réveilla d'un coup avec la certitude de savoir pourquoi. Elle était couchée en chien de fusil, les genoux remontés sur la poitrine, une main sur la nuque.

Et cette main tenait son pendentif.

Son pendentif.

Elle se leva d'un bond et se précipita à son bureau. D'un geste vif, elle saisit la barre d'orichalque et retira la chaîne de son cou. Puis elle plaça les deux objets l'un à côté de l'autre.

Le lien était là ! Et ce n'était que maintenant qu'elle s'en rendait compte !

Le téléphone sonna. Elle sursauta et décrocha. C'était Kari.

— Nina ? Tout va bien ?

— Oui, oui, je viens de me réveiller.

Elle allait parler de sa découverte quand la jeune femme reprit :

— Je voulais juste vous prévenir que l'expert est ici. Si vous êtes prête, pourriez-vous nous apporter l'objet ?

Nina se regarda furtivement dans le miroir. Elle avait une mèche qui rebiquait du côté où elle s'était endormie.

— Vous me donnez cinq minutes ?

— Ça fait *sept* minutes, marmonna Chase lorsque Nina entra dans le salon.

— Oh, vous, fermez-la ! marmonna-t-elle en retour, en jetant un regard circulaire.

Kari attendait dans un fauteuil ; Castille, accoudé à la porte du couloir, dégustait une orange, et, assis sur le canapé, une tasse de café à la main...

— Bonjour, Nina, dit Philby en se levant.

— Que faites-vous ici, Jonathan ? lâcha-t-elle en pensant, en espérant même, qu'il s'agissait d'une plaisanterie.

De tous les experts auxquels Kristian Frost aurait pu faire appel, il avait fallu que l'élu fût le professeur Jonathan Philby…

— Je pense que tu as dans la main la raison de ma venue, dit-il en désignant l'objet que Nina avait apporté, emmailloté dans son tissu d'origine. J'ai reçu hier matin un appel de Kristian Frost, qui m'a raconté que tu l'avais aidé à retrouver une pièce tout à fait exceptionnelle, mais que tu avais du mal à en traduire les inscriptions. Il m'a alors demandé si j'accepterais de te donner un coup de main. J'étais un peu surpris, mais bon… Votre père a l'art de faire des propositions que l'on ne peut guère refuser ! plaisanta-t-il à l'intention de Kari.

— Quoi, vous avez retrouvé une tête de cheval dans votre lit[1] ? lança Chase.

Philby le regarda sans comprendre.

— Non, il a fait une donation très généreuse à l'université. Et puis, il m'a offert le plaisir d'un baptême en jet privé.

— Mais dites-moi, Jonathan, depuis combien de temps êtes-vous un expert mondial en langues anciennes ?

— Loin de moi l'envie de chanter mes propres louanges, Nina, mais j'avais espéré que tu lirais mes derniers articles parus dans la *Revue internationale d'archéologie*. Je crois pouvoir affirmer sans trop d'orgueil que je compte parmi les cinq autorités mondiales en la matière. Je suis, en tout cas, le premier en Occident. Quoique je ne doute pas un

1. Allusion à la scène célèbre du *Parrain*, de Francis Ford Coppola, au cours de laquelle le producteur Jack Woltz, qui a refusé un rôle à un protégé de la famille Corleone, trouve une tête de cheval sanguinolente dans son lit. Un peu plus tôt, le Parrain s'était en effet engagé à faire à ce dernier une proposition qu'il ne pourrait refuser…

instant que Ribbsley, de Cambridge, ne serait pas du même avis que moi !

Sa petite plaisanterie le fit glousser, mais son rire se brisa net lorsqu'il se rendit compte que ce genre de remarque ne pouvait amuser, au mieux, que ses étudiants.

— Très bien, se reprit-il, examinons cette chose.

Nina posa avec soin l'objet sur la table. Kari fit de la lumière. Les yeux de Philby s'écarquillèrent.

— Oh ! mais c'est tout à fait remarquable, mademoiselle Frost ! Puis-je le prendre ?

— Je vous en prie.

— C'est assez lourd, fit-il en le soupesant, quoique ce ne soit pas de l'or. D'après la couleur, on dirait du bronze doré… un alliage de bronze et d'or, plutôt.

— Le mot que vous cherchez est « orichalque ».

— N'allons pas trop vite. Avez-vous déjà procédé à une analyse métallurgique ?

— Pas de toute la pièce, répondit Kari, mais un petit échantillon a été testé, en effet.

— Et alors ?

— Eh bien, je suis d'avis que le docteur Wilde a raison.

Nina adressa à Philby un petit signe d'autosatisfaction. Ce dernier mourait visiblement d'envie de rajouter quelque chose, mais il se contenta d'un « Je vois » avant de retourner l'objet.

— Légère protrusion circulaire sur le dessous et sur le dessus… Ah ! s'écria-t-il avec un rictus suffisant. Je suis déçu, Nina. Ne me dis pas que tu n'arrives pas à traduire ça !

— J'ai à peu près tout traduit, rétorqua-t-elle. Il s'agit d'une carte, de directions conduisant à un cours d'eau qui mène à une ville. Mais il reste certains caractères, dont je suis convaincue qu'il ne s'agit pas de glozel et que je n'ai pas réussi à déchiffrer.

— Bien entendu... Je suis surpris que tu n'aies pas reconnu l'olmèque.

— Quoi ? Voyons, professeur, ce n'est pas de l'olmèque.

— Pas de l'olmèque classique, soit, mais les ressemblances sont indéniables. Regarde, certains des symboles ont été inversés ou réécrits, mais le doute n'est pas possible...

— Mais bien sûr ! s'exclama-t-elle. Comment ai-je pu ne pas m'en apercevoir ?

— Il s'agit donc d'olmèque ? demanda Kari en examinant l'objet.

— Absolument ! Enfin, comme l'a dit le professeur, pas dans sa forme classique, plutôt dans une variante régionale. Plus ancienne ? s'interrogea Nina en cherchant une confirmation dans le regard de Philby.

— Il y a de fortes chances, acquiesça-t-il. Ces caractères sont beaucoup moins raffinés. Certains semblent même influencés par le glozel. Voilà qui est étrange..., fit-il en se radossant. Des influences de l'alphabet glozel sur les hiéroglyphes proto-olmèque... Ça devrait faire dresser les cheveux sur la tête de certaines personnes que je connais !

— Olmèque ? Qu'est-ce que c'est ? s'enquit Chase.

— Une ancienne civilisation d'Amérique du Sud, répondit Nina. Elle a connu son apogée aux environs de 1150 avant Jésus-Christ, principalement sur la côte sud du golfe du Mexique. Mais son influence se faisait également sentir à l'intérieur des terres.

— Ah, ces Olmèques-là ! dit Chase en haussant les épaules.

— Professeur, intervint Kari, que dit le reste de l'inscription ? Je présume que vous pouvez traduire ces symboles ?

— Je peux essayer, mais je ne puis être sûr à cent pour cent. Comme je vous le disais, ces caractères ont été légèrement modifiés. Bon, voyons cela…

Il chaussa ses lunettes. Confuse de n'avoir pas su mener à bien ce travail toute seule, Nina fit de même de son côté de la table.

— Ce premier symbole, il pourrait s'agir d'un alligator, non ?

— Ou d'un crocodile…, murmura Philby, songeur.

— Le fleuve des crocodiles ? fit Castille en s'animant soudain. Ça pourrait désigner un bon nombre d'endroits qu'on a visités, Edward et moi. Je me rappelle une fois, en Sierra Leone…

— Le mot suivant est composé de plusieurs symboles, continua Philby en l'ignorant. « Dieu »… et « eau » ?

— Ou bien « océan », suggéra Nina. Mais oui ! Le « dieu de l'océan », Poséidon ! s'écria-t-elle en même temps que Kari.

— « Partez de l'embouchure nord de la rivière aux crocodiles »

— « Sept, sud, ouest », poursuivit Nina. Le fleuve à sept quelque chose, sud, ouest… « Suivez le cours jusqu'à la cité de Poséidon. Pour y trouver » Y trouver quoi ? Mouais… J'aurais dû prendre l'olmèque en première langue !

— Voyons voir…, dit Philby en passant un doigt sur la surface de l'objet. Le premier symbole ressemble à celui de « domaine ». Mais ces inscriptions supplémentaires posent problème. Ça ressemble à « descendant » ou… non, plutôt à « successeur ». Mais ça ne colle pas pour autant.

— Mais si ! s'exclama Nina. « Domaine du successeur » égale « nouveau domaine » ! Pour y trouver la nouvelle maison de… ce symbole.

— Hum, fit Philby, les yeux quasi collés à l'objet. Je ne vois pas du tout. Ce pourrait être la représentation d'un nom propre ou d'une tribu, qui sait…

— Le peuple de l'Atlantide ! « Le nouveau domaine du peuple de l'Atlantide », voilà ce que ça dit ! lança Kari.

Tous les regards se tournèrent vers elle.

— Soit, mademoiselle Frost, concéda Philby, les lèvres pincées, mais il ne faut pas s'emballer. Il existe à mon sens bien d'autres possibilités, qu'une étude plus poussée des écritures anciennes de cette région nous permettrait de déterminer avec plus de sûreté.

— Non, dit Nina en soulevant l'objet. Kari a raison. Il ne peut s'agir que de cela et de rien d'autre. Le peuple de l'Atlantide avait établi un nouveau domaine en Amérique du Sud après le naufrage de son île. Cet objet est la carte qui peut nous y conduire. Si l'on parvient à comprendre ce que ces nombres représentent…

— On dirait un rébus du *Journal de Mickey* ! s'amusa Chase. Franchement, Doc ! L'Amérique du Sud ! Un fleuve infesté de crocodiles ! Qu'est-ce qui vous vient en premier à l'esprit ?

— Euh, l'Amazone ? répondit-elle en se demandant s'il n'était pas une fois de plus en train de se payer sa tête.

— Exact ! Maintenant, faites le compte des encoches qui vous dirigent à droite ou à gauche sur votre carte ; chacune d'elles est accompagnée d'un chiffre. S'il s'agit du nombre d'affluents, on a affaire à un sacré grand fleuve. Et s'il existe une ville abandonnée, elle ne peut se trouver qu'au beau milieu de la jungle amazonienne, sinon quelqu'un l'aurait déjà trouvée. Vous avez bien un atlas, non ? Je reviens.

Il disparut quelques instants dans la pièce d'à côté.

— Voilà, dit-il en ouvrant le livre. Ici, on a l'embouchure nord, à Bailique. Si on remonte le courant, on passe devant quatre affluents à gauche et sept à droite.

Il retraça tant bien que mal le chemin qui menait vers l'ouest, indiqué par les marques de la barre d'orichalque.

— Huit à gauche, ce qui vous amène à la première grande jonction, à Santarem.

La marque sur laquelle il avait posé le doigt était plus profonde que les autres.

— Où il est dit d'aller à droite, rappela Nina.

— Donc, jusque-là, ça marche.

Ils suivirent l'Amazone jusqu'à emprunter un petit affluent, à plus de mille cinq cents kilomètres dans les terres. La fine ligne bleue poursuivait sa course vers l'ouest pendant près de deux cents kilomètres avant de disparaître. Il restait pourtant plusieurs encoches sur l'objet.

— Il nous faut une meilleure carte, dit Kari. Et des images satellite.

— Il n'empêche que nous avons à peu près délimité la région, fit Nina en battant des mains, tout excitée. Quelque part le long de la rivière Tefé, en pleine forêt tropicale !

— Une civilisation proto-olmèque à ce point reculée dans les terres ? releva Philby, perplexe. Ça ne colle pas vraiment avec les théories actuelles sur leurs origines et leur répartition démographique...

— Ni plus ni moins, d'ailleurs, que les théories actuelles ne collent avec l'Atlantide, nota Nina avec une pointe de causticité.

— Et comment expliques-tu que le peuple de l'Atlantide ait réussi à traverser l'Atlantique à partir du golfe de Cadix ? En admettant que le peuple des mers dont nous parlent les légendes anciennes était bien celui de l'Atlantide, un voyage de quelques centaines de kilomètres en trirème n'a rien à voir avec la traversée d'un océan ! D'autant qu'ils ne disposaient d'aucun instrument de navigation…

— Mais bien sûr que si !

— Que voulez-vous dire, Nina ? demanda Kari.

— Ma découverte est assez récente… Depuis le début, sans que je sache pourquoi, cet objet me semblait familier. Maintenant, je sais.

Elle prit l'objet par son extrémité arrondie et le fit se balancer comme un pendule.

— C'est censé pendre de cette façon.

Elle mit alors son pendentif sous l'extrémité incurvée de l'objet.

— Voyez, ils sont complètement raccords. Si l'on ajuste mon pendentif suivant la même courbe et si l'on poursuit la séquence des chiffres qui sont gravés sur l'un et sur l'autre… eh bien, avec un outil qui ferait office de miroir et irait se loger pile dans cette petite fente… on peut mesurer l'angle d'inclinaison d'un objet par rapport à l'horizon !

— Comme… une étoile ? haleta Kari, emportée par l'enthousiasme. Ou le soleil ?

— Exactement ! Il s'agit d'un sextant ! Nous tenons la preuve que, dix mille ans avant Jésus-Christ, le peuple de l'Atlantide possédait un instrument de navigation dont nous avons toujours pensé qu'il n'avait été inventé qu'au XVIe siècle !

— Imaginez quel avantage ce simple outil leur donnait sur les autres…, fit pensivement remarquer Kari.

— Enfin, ce n'est pas non plus comme s'ils avaient eu le GPS, lâcha Chase d'un ton sceptique.

— Forcément, parce qu'il faut un chronomètre très précis pour calculer la longitude. On a du mal à penser qu'ils étaient à ce point en avance ! se moqua Nina. En revanche, avec un sextant, on peut calculer la latitude, c'est-à-dire déterminer où l'on se trouve par rapport au sud ou au nord, et avec une assez grande précision. Il suffit de se servir du soleil ou d'une étoile comme guide et d'adapter ses calculs à la période de l'année. N'importe quelle civilisation connaissant l'astronomie en était capable.

Elle brandit les deux pièces d'orichalque et fit mine de viser Chase.

— Sans cet objet, il n'y a pas trente-six solutions : soit vous suivez la côte, soit vous vous fiez à votre instinct ! Mais, à partir du moment où vous savez calculer la latitude, vous pouvez entreprendre de longs voyages. Le nombre, ici, « sept, sud, ouest », pourrait en être une…

L'idée qui bouillonnait dans sa tête prit soudain forme.

— Et si ces chiffres indiquaient le chemin à suivre pour gagner le fleuve aux crocodiles *depuis* l'Atlantide ? Aller vers le sud jusqu'à ce qu'ils appellent la « latitude sept », puis virer à l'ouest. À partir du moment où nous aurons déterminé quelle est la bonne latitude…

— Il nous faut donc déterminer avec précision la valeur d'une unité de latitude atlantide !

— Moralité, pour résumer, dit Chase, il suffit de monter une expédition en pleine forêt amazonienne, de trouver une cité perdue et de voir s'il n'y a pas de vieilles cartes qui traînent, c'est bien ça ?

— Plus ou moins…, répondit Nina avec un sourire.

— Ça me va, dit-il avec une décontraction feinte.

— Dans la mesure où vos recherches localiseraient une cité perdue sur les bords du Tefé, me permettriez-vous de vous accompagner, mademoiselle Frost ?

— Attendez, Jonathan, intervint Nina qui sentait sa victoire proche, laisseriez-vous entendre que j'ai raison depuis le début et que l'Atlantide a bel et bien existé ?

— À vrai dire, répliqua Philby d'un air détaché, je pensais surtout à l'immense intérêt qu'il y aurait à découvrir et à étudier, sur place, des témoignages d'une civilisation proto-olmèque. Ce serait une découverte capitale. Je ne dis pas que la mise en évidence d'un lien avec l'Atlantide ne pourrait représenter… un plus, bien sûr…

— Je verrai avec mon père, professeur, répondit Kari, un peu surprise par sa demande. Mais nous allons nous retrouver en pleine jungle, c'est-à-dire sans grand confort. Et puis, n'avez-vous pas des engagements auprès de l'université ?

— Je crois pouvoir me libérer. Je suis tout de même directeur du département ! argua-t-il en riant. Si le docteur Wilde peut partir au pied levé, ajouta-t-il avec un regard appuyé vers Nina, je ne vois pas pourquoi cela me serait impossible ! Cela fait des années que je ne suis pas allé sur le terrain, mais, croyez-moi, j'ai vécu pire que la jungle !

— Bien, comme je le disais, j'en parlerai à mon père. En tout cas, bienvenue à bord, professeur.

Ils se serrèrent la main.

Après avoir remis son pendentif, Nina reprit la carte du Brésil et contempla les vastes étendues vertes autour de la rivière Tefé.

— C'est donc là que tu es allé…, murmura-t-elle.

11

Brésil

— Bienvenue dans la jungle ! s'écria Chase en descendant de l'avion.

Elle avait beau avoir voyagé dans le monde entier, Nina ressentait toujours un choc sous les Tropiques. En soi, la chaleur ne l'incommodait pas, mais il lui avait toujours semblé plus facile de s'acclimater à l'air sec du désert qu'à la touffeur de la jungle. Et ce n'était rien : bientôt, ils devraient s'enfoncer au cœur de l'Amazonie. Là où coulait le Tefé, la chaleur dépassait vingt-sept degrés et le taux d'humidité était si élevé que les vêtements collaient à la peau.

Après avoir étudié pendant des heures cartes et photos satellite, qui ne montraient qu'une profusion verte et un entrelacs de cours d'eau, Nina et ses compagnons étaient parvenus à émettre une hypothèse sérieuse sur l'emplacement de la cité perdue. Ils avaient délimité une zone d'une cinquantaine de kilomètres carrés, en amont du fleuve.

La canopée était si serrée que l'expédition avait dû renoncer à rejoindre le terrain en hélicoptère. Kristian Frost s'était assuré qu'un appareil se tiendrait prêt à décoller en cas d'urgence, mais débarquer personnes, bagages et matériel au moyen d'un treuil avait semblé trop compliqué à Chase, qui supervisait les opérations. Castille en avait été le premier soulagé. Ils avaient donc décidé de remonter le fleuve en bateau.

Nina était littéralement soufflée par l'ampleur des moyens déployés. En trois jours, le *Néréide*, un élégant yacht à moteur à la coque anthracite et argent fièrement marquée du logo de Frost, avait été transporté depuis l'Europe jusqu'au Brésil par avion, avant de remonter le fleuve sur près de cinq cents kilomètres pour rejoindre ses passagers.

Malgré ses trente mètres, le *Néréide* les mènerait rapidement, sur le cours changeant du Tefé, à moins de quinze kilomètres du point de départ de leur mission. Grâce à un tirant d'eau peu profond et à ses nombreux propulseurs avant et arrière, il pouvait virer sur toute sa longueur et emprunter facilement les plus grandes voies navigables. Pour les plus étroites, on avait prévu un dinghy gonflable, suspendu à la proue. Ils n'auraient normalement à s'en servir qu'à la fin du périple.

En plus de Philby, Nina, Kari, Chase et Castille avaient accueilli quatre nouvelles personnes : les deux membres d'équipage et deux spécialistes de la région. Le capitaine, un barbu bien en chair répondant au nom d'Agustín Pérez, et son second, un certain Julio Tanega, dont le sourire permanent révélait au moins deux de ses dents en or.

Venait ensuite Agnaldo Di Salvo, un Brésilien robuste et bon enfant d'une cinquantaine d'années, que Kari leur avait présenté comme leur futur guide. Lui, il avait préféré se qualifier de « traqueur indien ». D'abord perplexe, Nina avait été rassurée de constater que Chase et Castille semblaient bien le connaître.

Di Salvo était accompagné, comme malgré lui, de Hamilton Pendry, un grand dadais américain frais émoulu de l'université de San Francisco. Spécialiste de l'environnement, notamment des effets de l'exploitation commerciale de la forêt tropicale sur les populations indigènes, ce neveu d'un député démocrate avait su jouer de ses relations pour persuader le gouvernement brésilien de la nécessité de sa présence à bord. Ils devaient donc tous se coltiner un expert au courant de tout, sauf de l'essentiel. Et c'était aussi bien : ils n'en pouvaient déjà plus de l'entendre jacasser.

Chase avait espéré qu'une cinquième personne les rejoindrait. Maria Chascarillo, en venant les saluer sur le quai, n'eut pas besoin de fournir d'amples explications à sa défection : tout aussi belle que Shala, elle était, elle aussi, parfaitement enceinte ! Le moral de Chase remonta pourtant illico lorsqu'il prit connaissance du contenu d'une des caisses qu'elle avait apportées.

— Il y a des armes là-dedans ? demanda Nina, à qui son changement d'humeur n'avait pas échappé.

— Et quelques petits joujoux supplémentaires, répondit-il gaiement. Hors de question de se retrouver dans la même situation qu'en Iran ! D'autant que, d'après ce que m'a dit Agnaldo, nous pourrions avoir besoin de quelques moyens de dissuasion. Des histoires circulent sur les autochtones. Disons que ceux qui les ont rencontrés n'ont pas eu le loisir de rentrer pour raconter ce qu'il leur était arrivé...

— Quoi ? Ne me dites pas, Eddie, que vous croyez à ces fadaises ! Les prétendues tribus perdues de la jungle, c'est fini ! On est au XXIe siècle !

— Vous peut-être, intervint Di Salvo.

Nina sursauta. Cet homme à l'imposante corpulence avait acquis la capacité de se déplacer sans se faire remarquer.

— Eux, non. Tous les ans, des dizaines de personnes, des bûcherons, des prospecteurs et même des touristes, se font assassiner par des tribus vivant dans la jungle. Ma tâche n'est pas facile.

Une petite foule suivait la scène avec méfiance.

— Les gens d'ici détestent les tribus indiennes. Peu importe que les Indiens assassinent à tour de bras : comme elles sont protégées par la loi, chaque fois qu'on en découvre une nouvelle, l'équilibre régional est peu ou prou remis en cause. C'est aussi pour ça que les gens me détestent, parce que mon boulot, justement, c'est de dénicher ces tribus.

— C'est un scandale ! s'indigna Hamilton. Quelle absurdité de rechercher des Indiens plutôt que de protéger une région dans son ensemble ! Les bûcherons, les mineurs, les fermiers, ce sont eux qui détruisent la forêt vierge. Ils brûlent des milliers d'hectares tous les jours, rien que pour installer leurs fichus ranchs à bestiaux. Imaginez que je vous arrache un poumon et que je le revende trois sous pour m'acheter un hamburger !

Chase croisa furtivement le regard de Nina et déclara, le plus sérieusement du monde :

— C'est vrai, c'est terrible de tout saccager comme ça.

— Je sais ! reprit Hamilton en faisant tinter ses nombreux bracelets. Tout ça est insensé !

— Quand on pense, continua Chase, qu'un seul acajou suffit à fabriquer des dizaines de sièges de toilettes ! J'en ai un comme ça, à la maison. Je ne connais rien de plus confortable pour lire le journal. C'est doux et chaud comme tout.

Hamilton le dévisagea, interdit.

— Mais c'est ignoble ! finit-il par bafouiller. C'est l'exemple même de la désinvolture aveugle dont font preuve toutes ces cultures dominantes qui, qui, qui…

Il se tut et tourna les talons. Pourtant proche des protecteurs de l'environnement, Nina ne put réprimer un sourire. Di Salvo, pour sa part, s'esclaffait allégrement.

— Tu viens de réussir en deux minutes ce que je m'efforce de faire depuis déjà cinq jours, Eddie ! Tu lui as cloué le bec ! Tu as vraiment tous les talents…

— Ce n'est pas faux, fit Chase en tirant sur les revers de son col de veste.

— C'était surtout méchant, dit Nina.

— Allons, ce pauvre gars pourrait se promener avec une pancarte « Moquez-vous de moi », ce ne serait pas pire.

— Est-ce que tout est prêt ? demanda Kari en sortant de la cabine principale. Le capitaine Pérez aimerait savoir quand il peut lever l'ancre.

— Tout notre matériel est à bord, répondit Chase. Il ne me reste plus qu'à charger l'énorme malle pleine de fringues de Nina !

— Eddie ! Ce n'est qu'une valise et elle est déjà dans ma cabine.

Kari s'assura qu'il ne demeurait plus rien sur le quai.

— Parfait. Plus vite nous serons partis, plus vite nous serons arrivés. Je vais prévenir Julio, dit-elle en prenant le chemin de la cabine.

— Ah ! Ça faisait longtemps que je ne m'étais pas fait une petite remontée de l'Amazone, s'exclama Chase en se rendant à la proue pour admirer l'immensité du fleuve.

— Techniquement, il s'agit d'une remontée du Tefé, corrigea Nina. Il rejoint l'Amazone à l'extrémité est d'un lac d'une cinquantaine de kilomètres de long.

— Entendu, mademoiselle Je-sais-tout. L'un ou l'autre, je m'en fous. Du moment que je n'ai pas à me battre avec des crocodiles…, dit-il en prenant une des caisses et en suivant Kari à l'intérieur du bateau.

— C'est ça ! Des crocodiles ! Et puis quoi encore ?!

— Vous avez raison, fit Castille en soulevant une deuxième caisse. Ce n'étaient pas des crocodiles, c'étaient des caïmans.

— Des caïmans !

Castille réprima un sourire.

— Quoi ? Mais qu'est-ce que j'ai dit, encore ? lança Nina en trottant derrière lui.

Le *Néréide* atteignit l'extrémité sud-ouest du lac une heure plus tard. À partir de là, le tracé du Tefé devenait sinueux ; sa largeur fluctuait aussi, de soixante à quinze mètres. Les arbres, sur les rives, formaient alors, en retombant, comme un tunnel de verdure.

Nina gagna la proue pour contempler le crépuscule. À l'équateur, la nuit tombe avec une rapidité effarante. Kari était là aussi, accoudée à la rambarde.

— Bonsoir, Nina. Où étiez-vous passée ? Je vous ai à peine vue depuis que nous sommes partis.

— Je me suis replongée dans les photos satellite.

— Et vous avez trouvé quelque chose ?

Nina secoua négativement la tête en s'asseyant sur un banc.

— S'il y a quelque chose, c'est complètement masqué par la canopée. Il nous faudrait un sondage radio. Vous croyez que votre père pourrait nous fournir ça ?

— Il y a déjà pensé, mais mettre un satellite en orbite est un peu plus long que d'aller voir soi-même…, répondit Kari en prenant place à côté d'elle. Vous avez vu toute cette nature qui défile devant nous ? C'est extraordinaire, non ? Il y a ici une telle biodiversité, tellement de formes de vie différentes. Dire que les gens ne trouvent rien de mieux à faire que tout ratiboiser pour satisfaire leurs pauvres intérêts…

— Je sais. Hamilton est un peu agaçant, mais il n'a pas tout à fait tort, répondit Nina en admirant le ciel baigné des lueurs du couchant. J'ai repensé à ce que vous m'avez dit à Paris, au restaurant. C'est vrai, tout le monde se bat pour les mêmes ressources naturelles, mais chacun croit qu'il a plus le droit d'exister que son voisin. Quel dommage qu'il n'y ait rien à faire…

— Qui sait ? murmura Kari avec un petit sourire. On pourra peut-être un jour améliorer tout ça…

— La nature humaine étant ce qu'elle est, je vois mal comment.

— C'est pourtant ce que vous allez faire, reprit Kari en posant une main sur son épaule. Une fois que vous aurez découvert l'Atlantide, quelque chose va changer. Il n'est pas donné à tout le monde de réécrire d'un coup l'histoire de l'humanité !

— Mais je ne suis pas toute seule ! Vous y prenez la même part que moi, sinon plus… C'est grâce à votre père et vous que tout cela est possible.

— Non, non, fit Kari en secouant la tête. Sans un but précis, l'argent ne sert à rien. Mon père et moi croyons aux projets que l'argent nous permet de réaliser. (Elle s'interrompit un instant comme pour bien peser ses mots.) Je pense que nous avons beaucoup de choses en commun…

— À quelques milliards de dollars près !

— Pour l'instant ! La découverte de l'Atlantide va vous rapporter des fortunes…

Soudain, le vrombissement régulier du moteur baissa et le bateau ralentit. Le mouvement de l'eau contre la coque se réduisit à un simple clapotis.

— Pourquoi s'arrête-t-on ? Il y a un problème ?

— Remonter un cours d'eau tel que celui-ci, surtout dans le noir, peut être dangereux. Le capitaine Pérez préfère ne pas prendre de risques, la rassura Kari.

Un grand bruit de chaînes se fit entendre sous le pont et l'ancre fut jetée à l'eau.

— Il est temps d'aller dîner. Vous allez vous régaler, Nina. Julio est un véritable cordon-bleu !

Kari ne plaisantait pas. Nina s'était faite à l'idée de se contenter de sandwiches et de boîtes de conserve, mais Julio s'était débrouillé pour préparer un menu de fête : soupe de légumes frais, rôti de porc accompagné d'un gratin au porto et mousse au chocolat. Le meilleur depuis des lustres !

Rassasiée et un peu éméchée, Nina sortit se promener sur le pont arrière pour échapper aux conversations de plus en plus politiques de Hamilton, Di Salvo et Philby. Les lumières sur le pont éclairaient les rives arborées du Tefé. Elle but une gorgée de vin et leva les yeux au ciel pour admirer les étoiles et la canopée. Quel bonheur, de contempler la beauté et la majesté de…

— Nom d'un chien, je suis plein comme un œuf ! fit Chase en surgissant derrière elle.

— Qu'est-ce que vous faites là, Doc ? demanda Castille en déboulant lui aussi, la bouche pleine de goyave. Vous aimez péter en paix ?

— Hugo ! Je voulais juste regarder les étoiles !

— C'est vrai, c'est assez joli, dit Chase.

— Vous êtes en plein cœur de la forêt amazonienne, avec un ciel incroyable au-dessus de la tête, et tout ce que vous trouvez à dire, c'est : « C'est assez joli » ?

— Que voulez-vous, Doc, Eddie n'est pas anglais pour rien ! Il voit un acajou, il pense à ses chiottes !

Nina rit.

— Si j'ai dit « assez joli », c'est parce que j'ai vu mieux, dit Chase, légèrement vexé pour une fois. En Algérie, dans le Grand Erg. Il n'y avait pas une seule lumière à quatre-vingts kilomètres à la ronde, et l'air était si limpide qu'on distinguait toutes les étoiles. Je suis même sorti du camp pour m'allonger sur un rocher et en prendre plein la vue. C'était sublime.

— Vraiment ? fit Nina, qui avait du mal à se l'imaginer.

— Quand est-ce que tu es allé en Algérie ? demanda Castille.

— Il y a quatre ans. Tu sais bien que j'ai eu quelques différends avec un trafiquant d'armes, un certain Fekkesh.

— C'était donc toi ! Est-ce qu'on a retrouvé son…

— Vous voyez, Doc, je suis capable d'apprécier un joli ciel. J'ai fait le tour de la Terre et je sais reconnaître la beauté des choses.

Il fixait Nina droit dans les yeux. Elle détourna le regard ; pourvu qu'il n'ait pas remarqué qu'elle avait rougi…

— Désolée, Eddie. Je ne voulais pas dire…

— …que je suis un rustre, un voyou fruste et grossier tout droit sorti de son Yorkshire natal ?

— Je ne vous ai jamais traité de voyou.

— Tenez, vous allez voir.

Il se serra contre elle pour atteindre une lampe torche dans une caisse, sur le côté du pont.

— Hugo, donne-moi ça.

— Hé ! s'écria Castille, qui venait de se faire délester de sa goyave.

Chase jeta ce qui restait du fruit par-dessus bord. Aussitôt, on entendit un léger remue-ménage à l'endroit où il avait coulé.

— Regardez, souffla Chase en se penchant pour éclairer les eaux sombres du Tefé.

Comme surgies de nulle part, des dizaines de lumières jaunes brillèrent à la surface.

— Qu'est-ce que c'est ?

L'une d'elles clignota. Nina poussa un petit cri et se réfugia contre Chase.

— Des crocos. Ou des caïmans. Je n'ai jamais su faire la différence.

Il les pointa du doigt. Elle en avait le souffle coupé.

— Voyez comme ils rasent la surface, ils ont l'air immobiles. Je les ai vus de près, ces salopiauds. Ils sont d'une patience à toute épreuve...

Tous ces yeux braqués sur elle rendaient Nina un peu nerveuse.

— On ne craint rien ?

— Tant qu'ils n'auront pas compris comment escalader l'échelle qui mène au pont, ça devrait aller. Il y en a sûrement plein de l'autre côté. Je voulais vous les montrer, au cas où vous auriez prévu un petit bain de minuit.

— Pas de danger, fit-elle en reculant.

Chase promena sa lampe à l'arrière du bateau sur une foule de paires d'yeux sinistres.

— De toute façon, je ne vous le recommande pas. Il doit y avoir des piranhas, et ce truc qui vous rentre dans l'urètre quand vous pissez dans l'eau. Une vraie saloperie.

— Je ne comptais pas le faire, rassurez-vous.

— Non, vous êtes bien trop classe pour ça, dit Chase en éteignant sa torche et en lâchant un énorme pet. Ah, ça va mieux. J'en avais envie depuis le plat de résistance...

— C'est pas vrai ! s'esclaffa la jeune femme, à la fois dégoûtée et, il lui fallait bien le reconnaître, un peu amusée.

Il tendit la lampe à Nina et repartit vers la cabine principale.

— C'est quoi, son problème ?

— C'est sa façon d'être, répondit Castille en s'appuyant contre la rambarde.

— C'est bien dommage. Pourquoi ne peut-il s'empêcher d'être aussi vulgaire ?

Castille soupira.

— Il fait ça pour se protéger. Pour ne pas trop s'attacher à ses clientes. Surtout quand elles sont... comment dire...

aussi jolies que vous. Mais il n'a pas toujours été comme ça. Quand je l'ai rencontré et qu'il était encore dans le SAS, il était… je cherche le mot…

—Bien élevé ?

—Plus encore. Il était galant. Voilà, c'est ça : il était galant.

—Que s'est-il passé ?

—Ce n'est pas vraiment à moi…

—Ah non ! Vous avez commencé, alors finissez !

—J'aurais dû tourner ma langue sept fois dans ma bouche ! Promettez-moi de ne rien lui dire.

Nina hocha la tête.

—Il est tombé amoureux d'une femme qu'il était censé protéger.

—Et alors ? Elle est morte ?

—Non ! Eddie n'est tout de même pas incompétent à ce point ! En fait, il l'a épousée.

—Il a été marié ?!

—Oui, mais ça n'a pas duré longtemps. Ils étaient très différents, tous les deux. Elle s'est mise à le traiter comme un chien. Et puis…, continua-t-il en jetant un coup d'œil à la porte de la cabine et en baissant la voix, …elle a eu une liaison avec Jason Starkman.

—Quoi ! Vous voulez dire le type qui a essayé de…

Castille acquiesça d'un signe de tête.

—On travaillait souvent ensemble pour l'OTAN. Jason était un ami, peut-être bien le meilleur ami d'Edward. Et puis, un coup de folie et le voilà qui part travailler pour Qobras. Edward a fini par l'apprendre. Sale époque. Il était trahi par tous ceux à qui il faisait confiance.

—Sauf vous.

—Il ne manquerait plus que ça ! Qui l'empêcherait de faire des conneries ?

Nina comprit que Castille ne parlerait plus. Elle regarda vers la rivière, consciente d'être épiée. L'idée lui fit froid dans le dos. Elle finit son verre et retourna en lieu sûr, dans sa cabine.

12

Le *Néréide* leva l'ancre peu avant l'aube. Il glissait si doucement sur l'eau que Nina ne se réveilla qu'au moment où les premiers effluves du petit déjeuner atteignirent sa luxueuse cabine.

Après avoir fait sa toilette, elle monta sur le pont. Kari, Chase et Pérez étudiaient une image sur l'ordinateur portable de la jeune femme. Julio négociait en souplesse les courbes de la rivière.

— Bien dormi ? demanda Chase.

— Divinement ! Alors, quoi de neuf ?

— On vient de nous envoyer les dernières prises de vues aériennes de la zone d'investigation, répondit Kari en tournant son portable vers elle.

Les boucles du Tefé étaient si prononcées qu'on avait l'impression d'un dessin d'enfant. Par endroits, il tournait si bien sur lui-même qu'il créait de petites îles.

— Il y a quatre zones qui pourraient correspondre à l'emplacement de la cité.

Nina examina l'image. Sa définition était si bonne qu'elle apercevait, sous la canopée vert tendre, de petites touches d'un monde fascinant. Elle zooma sur l'une des quatre sections indiquées : une tache sombre apparut entre les arbres.

— Là, il pourrait s'agir d'une ruine, non ?

— En effet, dit Chase. Mais ça pourrait n'être qu'un simple rocher. Vous pourriez cacher un porte-avions dans cette jungle et, du ciel, avoir des doutes sur ce que c'est. La seule façon d'être sûr, c'est d'enfiler une paire de bottes et d'aller vérifier.

Kari fit apparaître une carte sur l'écran.

— Le capitaine Pérez pense pouvoir approcher à moins de cinq kilomètres de notre zone de recherche. Ensuite, la rivière deviendra trop étroite.

— C'est beaucoup plus près qu'on ne le pensait ! dit Nina en se penchant la carte. Dans combien de temps y serons-nous ?

— Pour le moment, nous naviguons à une vitesse de douze nœuds. Mais je doute qu'on puisse maintenir cette vitesse bien longtemps. Dans une quinzaine de kilomètres, nous devrions atteindre un affluent assez tortueux. Si tout va bien, nous devrions y être dans un peu moins de quatre heures.

— Avant la tombée de la nuit, en somme. Qu'est-ce qui est prévu, à l'arrivée ?

— Ça, c'est à vous de décider, rétorqua Kari.

— À moi ?

— C'est votre expédition.

— Non, Kari, c'est la vôtre ! Moi, je suis comme, je ne sais pas, comme une conseillère.

— Eh bien, conseillez-moi, alors, dit-elle avec un grand sourire. Que faire en arrivant ? Rester sur le bateau jusqu'à demain pour avoir une vraie journée d'exploration ?

— Ça me semble parfait comme idée, approuva Chase en tapant des mains. C'est encore Julio qui prépare à manger ce soir, non ?

— Ou prendre le Zodiac et se mettre tout de suite en quête de la cité ?

Tous les regards se tournèrent vers Nina.

— Heu, eh bien… on n'a qu'à prendre le Zodiac !

— N'importe quoi ! fit Chase en faisant mine de s'insurger.

— Parfait. Dans ce cas, préparons-nous. Je ne veux pas perdre de temps.

Elle referma son portable et quitta le pont.

— Quel bourreau de travail vous êtes, Doc ! lança Chase à Nina. Dire qu'on aurait pu passer une belle soirée sur le bateau si vous n'étiez pas si pressée ! Ça fait dix mille ans que ce truc est là, vous savez, et il y sera encore demain…

— Allez, Eddie, avouez que vous êtes aussi pressé que moi !

— Admettons. Mais vous devez me promettre quelque chose.

— Quoi ?

— Si nous trouvons cet endroit, et nous allons le trouver, parce que vous savez ce que vous faites…

— Trop aimable…

— Donc, quand nous aurons trouvé l'endroit, j'aimerais que vous me promettiez de garder votre calme. D'accord ?

— Qu'est-ce que vous voulez dire ?

— Eh bien, je ne voudrais pas que vous vous mettiez à courir partout de joie et d'excitation. Vous seriez capable de tomber dans un trou ou de déclencher un éboulis et de vous faire écraser par un rocher…

— Vous, vous regardez trop de films ! Et puis, quand bien même les lieux seraient bourrés de pièges, ce dont je doute, les mécanismes ne seraient sans doute plus opérationnels ! Depuis le temps, tout doit être soudé par la rouille ou avoir carrément disparu.

— Allons, vous voyez très bien ce que je veux dire. Je n'ai aucune envie qu'il vous arrive quoi que ce soit, vous comprenez ?

— Promis, Eddie. Si on croise une fosse hérissée de pieux, je promets de me tenir à carreau, affirma-t-elle, la main sur le cœur.

— Promis ?

— Promis.

— Parfait, dit-il avec un grand sourire. Au fait, pas terrible, votre imitation de Harrison Ford.

— J'aimerais vous entendre, vous, avec votre accent cockney[1] !

— Moi, cockney ? s'écria-t-il en prenant un air outragé. Vous plaisantez ! Je ne suis pas cockney du tout, je suis né dans le Yorkshire ! Vous mériteriez que je vous balance à la flotte, histoire de vous rafraîchir les idées…

Il la regarda comme s'il avait une idée derrière la tête.

— Ah, non ! Pas ça ! dit-elle en reculant.

— Allez, une petite baignade…

Elle s'enfuit en hurlant tandis que Chase la poursuivait avec un rire de maniaque.

Les moteurs du *Néréide* stoppèrent progressivement.

— On ne peut pas aller plus loin, annonça Pérez.

Selon le GPS, ils se trouvaient à moins de cinq kilomètres de leur zone de recherche. Le Tefé n'était plus navigable. En se rétrécissant, l'affluent décrivait des courbes de plus en plus serrées, impossibles à négocier avec un si long bateau.

1. Accent populaire des faubourgs de Londres.

Pour ne rien arranger, ses eaux très lentes étaient de plus en plus chargées de détritus divers. Pérez commençait à avoir du mal à esquiver certains troncs flottant à la surface, dont certains avaient percuté la coque de façon assez inquiétante.

Nina, qui souffrait de la touffeur du climat, avait passé la journée dans sa cabine climatisée. Elle regardait la jungle à travers le hublot. Elle n'avait pas vraiment changé depuis leur départ, mais les rives étaient plus proches, maintenant, ce qui la rendait plus présente, presque menaçante.

— Le soleil se couche dans cinq heures, dit Chase. Ça devrait nous laisser assez de temps pour tâter le terrain. Qui sait, avec un peu de chance, on tombera tout de suite sur ce qu'on cherche !

— Ça serait pas mal…

— Le Zodiac est-il prêt, monsieur Chase ? demanda Kari.

— Nous n'avons plus qu'à le mettre à l'eau.

Chacun redescendit chercher ses affaires. Nina n'avait pris que le strict nécessaire – de l'eau, de la nourriture et un spray antimoustiques ; à eux trois, Chase, Castille et Di Salvo auraient sûrement assez de matériel de survie pour toute l'équipe. Elle s'apprêtait à quitter sa cabine quand ses yeux s'arrêtèrent sur le sextant de l'Atlantide. Elle porta sa main à son cou.

— Et puis zut ! se dit-elle en emballant la barre de métal.

— Puis-je entrer ? s'enquit Kari en frappant à sa porte entrouverte.

— Bien sûr.

— Vous l'emportez ? Vous ne préférez pas le laisser dans le coffre ?

— C'est ce que je comptais faire, et puis… Je ne sais pas, je me suis dit qu'il pourrait nous être utile. Si on a la chance de trouver quelque chose, du texte par exemple, je pourrai peut-être m'en servir comme moyen de comparaison, pour m'assurer qu'on est au bon endroit.

— Comme vous voudrez, Nina, c'est vous qui décidez !

— Ohé, Doc, on est prête ? s'époumona Chase. Bougez-vous les fesses !

— J'arrive ! cria-t-elle en échangeant un regard amusé avec Kari.

Les deux jeunes femmes remontèrent sur le pont.

Chase était emmitouflé dans son blouson de cuir.

— Pas trop chaud ? demanda Nina en lui palpant la manche.

— On se prend pour Indiana Jones ou pas, Doc ! De toute façon, je ne transpire que quand on me cherche.

— Et ça vous arrive souvent ?

— Surtout depuis que je vous connais !

Ils chargèrent le Zodiac, que Pérez et Julio mirent à flot. Le petit bateau fit un bruit sourd en rencontrant l'eau épaisse, chargée d'algues et de feuilles mortes. Chase dégagea un peu de la végétation en décomposition à l'aide d'un bâton pour en vérifier la couleur.

— Un conseil : ne touchez pas l'eau et n'en buvez pas.

— Je ne vois pas pourquoi cette eau ne serait pas potable, déclara Hamilton, dont la chemise vermillon jurait avec les teintes marron du reste de l'équipage. C'est de l'eau de pluie toute fraîche !

— Eh bien, je vous donne une paille, si ça vous chante. Mais vous serez gentil de nettoyer les chiottes après vous…

Ils prirent place dans le Zodiac, Chase à l'avant, Castille aux commandes. Nina et Kari s'assirent sur le bord, derrière Chase. Di Salvo, Hamilton et Philby s'installèrent comme ils purent sur les caisses de matériel. Un sas, pourtant, n'inspira personne. À sa forme, il était clair qu'il contenait des armes.

— OK, dit Chase une fois que tout le monde fut installé. Bienvenue à bord du *Skylark* !

Il fit signe à Julio de larguer les amarres. Castille fit démarrer le moteur, contourna le flanc du bateau et mit les gaz. L'aventure commençait.

— Ça y est, marmonna Chase. On est en plein *Apocalypse now*.

Ils avaient atteint la zone et cherchaient à présent un moyen de rejoindre la terre ferme. Mais une brume épaisse les en empêchait : les rives avaient beau n'être éloignées que d'à peine six mètres, le brouillard dissimulait, par endroits, jusqu'à la forêt.

La température avait baissé de façon spectaculaire. Les oiseaux et les bêtes s'étaient tus. Nina, qui avait pourtant impatiemment attendu d'échapper enfin à la chaleur étouffante, en ressentit un étrange malaise.

Di Salvo et Chase scrutaient les berges et semblaient partager son inquiétude.

— Que se passe-t-il, Eddie ? demanda la jeune femme alors que le bateau entamait un nouveau virage.

— Je crois que nous ne sommes pas tout seuls.

Sa légèreté habituelle s'était envolée.

— Eddie…, souffla Di Salvo en désignant un point vers la gauche.

— Oui, je vois, répondit Chase.

Nina ne distinguait rien d'autre, à travers la brume, que des arbres.

— Qu'est-ce que c'est ?

— Des traces de pas dans la boue.

— Excellent, entonna Hamilton de sa grosse voix.

Chase et Di Salvo lui décochèrent un regard excédé.

— C'est plus que je n'espérais ! Nous allons être les premiers à rencontrer cette tribu, n'est-ce pas, Agnaldo ?

— Il y en a eu d'autres avant nous, rappela Di Salvo à voix basse. Qui ne sont jamais revenus pour raconter leur histoire…

— Hugo, dit Chase en faisant le geste de se trancher la gorge.

Castille coupa aussitôt le moteur.

— Que se passe-t-il ? murmura Nina.

Pour toute réponse, Chase se contenta de pointer un doigt devant lui. Quelque chose se dessinait dans la brume à mesure que le Zodiac avançait, porté par le courant. De sinistres embarcations…

…ou plutôt des corps, embrochés sur des bambous.

Nina tressaillit et retint un cri. La nature avait fait son œuvre : des corps, il ne restait plus que des os recouverts de lambeaux de vêtements.

La pointe du bateau frôla une première tige. Di Salvo jeta une rame à Chase, et ils tirèrent le cadavre à eux.

— C'est là depuis combien de temps, à ton avis ?

— Un bon bout de temps, répondit Di Salvo. Des années, même. La dernière fois qu'on a signalé une disparition dans la région, c'était il y a sept ans.

— Eh bien, je crois que nous l'avons retrouvé…

D'autres dépouilles dérivaient à leur rencontre.

— Incroyable ! souffla Hamilton en regardant passer le premier cadavre avec une expression où se mêlaient respect et effroi. Une authentique tribu perdue, totalement coupée du monde civilisé…

Le visage de Nina n'exprimait, en revanche, rien d'autre qu'un profond dégoût.

— J'ai la terrible impression qu'on veut nous mettre en garde, dit-elle. Comme si on nous disait : « Barrez-vous ! »

— À nous de faire la preuve de notre bonne volonté ! susurra Hamilton. Pensez à toutes les données anthropologiques que l'on pourrait obtenir grâce à eux !

— C'est bien pour ça que je préfère l'archéologie…, marmonna Nina. Au moins, les gens que je découvre ne risquent pas de m'embrocher… Oh, mon Dieu !

Elle se leva d'un bond, faisant tanguer le bateau, et tira Chase par la manche de son blouson.

— Arrêtez-vous, Eddie ! Arrêtez le bateau !

Chase dégaina son Wildey, mais se rendit compte que l'agitation de Nina était due, non à la peur, mais à l'excitation.

— C'est ça, Doc ! Faites-moi une attaque cardiaque, tant que vous y êtes ! grommela-t-il en fichant sa rame dans la vase. Que se passe-t-il ?

— Ce corps, là !

Réduit à l'état de squelette et plus abîmé encore que le premier, il avait perdu sa mâchoire inférieure et un bras. Le regard de Nina avait été attiré par un éclat métallique, à travers la couche de moisissures qui le recouvrait.

Un insigne.

Nina frémit. Le temps avait passé, mais il n'avait rien perdu de son pouvoir. Image même du mal, cet insigne faisait froid dans le dos. Une tête de mort de la Schutzstaffel : la SS hitlérienne.

— Quoi ? Des nazis en pleine jungle ? Qu'est-ce que c'est que ça ? s'écria Chase.

— L'Ahnenerbe, la division archéologique des SS, expliqua Nina, envoyait des équipes dans le monde entier à la recherche d'objets liés à la mythologie de l'Atlantide. Pour eux, le peuple de l'Atlantide gouvernait le monde et, comme ils étaient convaincus que la race aryenne était la race supérieure… Mais ces expéditions étaient plutôt centrées sur l'Asie, pas sur l'Amérique du Sud…

— Quelque chose les a conduits ici, dit Kari. Peut-être la même chose que nous…

— Ça n'a aucun sens…, protesta Philby en fronçant les sourcils. À l'époque, les tablettes glozels étaient considérées comme des faux. De toute façon, ils n'auraient pas pu traduire les inscriptions. Il s'agissait sûrement d'autre chose…

— Vu leur état, ils ont dû tous mourir en même temps, déclara Kari, plus curieuse que dégoûtée par ce spectacle. Mais il n'y en a que quatre : c'est un peu mince, comme expédition. L'Ahnenerbe devait envoyer des dizaines d'hommes, non ?

— Peut-être bien que ces quatre-là ne couraient pas assez vite, fit Chase avec une pointe d'humour noir. Alors, on fait quoi ? Peu importe qui sont ces hommes, leurs tortionnaires n'ont manifestement pas très envie de nous voir dans les parages.

— On continue, répondit Kari avec détermination. Nous ne sommes pas venus jusqu'ici pour nous laisser impressionner par une bande de sauvages et d'épouvantails !

— Tiens, tiens…, releva Hamilton en agitant un doigt accusateur. En deux, trois mots, vous venez de trahir tous les préjugés de votre culture prétendument dominante… Ces gens vivent ici en parfaite harmonie avec leur environnement, et depuis des milliers d'années. À y regarder de près, ça pourrait bien être nous, les vrais sauvages, qu'en pensez-vous ?

— Oh, la ferme, espèce de petit crétin ! s'exclama Kari, exaspérée.

Hamilton eut l'air si ahuri que Di Salvo éclata de rire.

— Monsieur Chase, pourrions-nous accoster ? reprit la jeune femme.

— Avec toute cette brume, sur la berge à droite, peut-être…

Di Salvo et lui se remirent à ramer, s'éloignant des signaux macabres laissés par les Indiens.

La jungle s'éclaircissait en effet, un peu plus loin sur la droite. Quelques minutes plus tard, une fois le Zodiac attaché, l'équipe déchargea le matériel et chacun reçut une arme. Nina n'en fut pas très rassurée ; Hamilton, quant à lui, ne cacha pas son indignation.

— C'est ainsi que vous comptez établir le premier contact ? En les menaçant de vos fusils ?

— Vu l'état des cadavres que nous avons croisés tout à l'heure, répliqua Chase, je dirais que leur premier contact à eux s'est fait avec des lances… Donc, pour répondre à votre question, c'est oui.

Après un instant d'hésitation, il tendit une carabine à Kari.

— Vous savez comment…

— Voyons… Nous avons là un modèle Colt Commander M4A1 de 5,56 millimètres doté d'un chargeur à trente balles et d'une portée maximum de trois cent six mètres…

Tout en gardant ses yeux fixés sur ceux de Chase, elle expulsa le magasin, exerça de son pouce une pression sur la balle visible pour s'assurer qu'il était complètement chargé, le remit en place et amorça la première balle.

— OK ! fit Chase, impressionné. Vous venez d'ajouter une ligne à la liste des qualités que je cherche chez une femme ! Bon, il nous reste trois heures et demie avant le coucher du soleil. Donc, quoi qu'il arrive, on est tous de retour ici dans trois heures. Tant qu'on ne saura pas ce qui s'est exactement passé pour nos petits amis qui ont fini en brochettes, on ne prend pas le risque de faire du camping. Agnaldo et moi passons devant ; Hugo vous couvre en fermant la marche et vous restez tous groupés, mais pas trop serrés. Nina, vous restez avec Mademoiselle Frost. Elle a l'étoffe d'un garde du corps !

Kari sourit en prenant la pose militaire.

— En route pour la cité perdue !

— Mais de quelle cité perdue parlez-vous ? s'enquit Hamilton. Hé ! on m'aurait caché quelque chose ?

Il leur fallut près d'une heure pour arriver au premier des quatre sites qu'ils avaient sélectionnés. Après vingt minutes d'exploration, ils durent se rendre à l'évidence : il n'y avait rien. Ce qui, sur les clichés pris du ciel, ressemblait vaguement à des traces d'une ancienne civilisation se réduisait à de simples rochers et à quelques troncs d'arbres couchés.

— On ne pouvait pas s'attendre à tomber dessus du premier coup, dit Chase à Nina en vérifiant leur emplacement sur sa carte, grâce à sa boussole. Nous avons encore trois sites à visiter.

— À combien se trouve le prochain ? demanda Nina

— Environ un kilomètre et demi, de ce côté-là. En nous séparant, nous pourrions même avoir le temps de vérifier un troisième site avant de retourner au bateau. On peut aussi rebrousser chemin maintenant. Julio doit être en train de nous mijoter un bon petit plat…

— C'est tentant, mais non ! dit Nina avec un sourire.

— OK ! Allez, tout le monde ! C'est reparti !

Le groupe se reforma derrière Chase et Di Salvo, qui portait son arme en bandoulière et dégageait le chemin grâce à sa machette. Après une dizaine de minutes de marche, le sous-bois s'éclaircit. Le chemin étant devenu beaucoup plus praticable, le groupe put presser le pas.

— Mouais, je me disais bien, aussi, que c'était trop beau pour être vrai, souffla Chase.

— Que voulez-vous dire ? s'enquit Nina, qui suivait trois mètres derrière.

— On est sur un chemin. C'est pour ça qu'on n'a pas trop de mal à avancer.

Une épaisse végétation se dressait de part à d'autre du sentier.

— Ça signifie qu'on pourrait tomber sur des Indiens ? demanda-t-elle avec inquiétude.

— J'espère bien que non. Je ne tiens pas à rater mon dîner !

Ils continuèrent à s'enfoncer dans la jungle. La brume courait entre les arbres, réduisant la visibilité à moins de quinze mètres. Soudain, Di Salvo s'arrêta net et fit signe aux autres de l'imiter.

— Une empreinte de pied, fit-il en s'accroupissant.

— Elle date de quand ? dit Chase en se baissant à son tour.

— Moins de vingt-quatre heures. C'est celle d'un Indien, pas de doute possible.

— À quoi voyez-vous ça ? demanda Nina, qui peinait à distinguer le contour d'un pied humain dans la terre et les feuilles.

— À force de marcher pieds nus, les doigts de pied s'écartent, répondit Di Salvo en se relevant et en scrutant la brume.

— On ne trouvera peut-être pas la cité perdue, mais une chose est sûre : nous sommes en présence d'une tribu inconnue. Les bûcherons et les fermiers vont avoir une raison supplémentaire de me détester.

— Incroyable ! s'enflamma Hamilton en bousculant Nina et Kari. On va vraiment être les premiers à entrer en contact avec eux ?! Comme j'ai hâte de leur témoigner ma sympathie !

C'est alors qu'une lance se planta violemment dans sa poitrine ; sa chemise rouge vif fut maculée de sang en un instant. Nina poussa un cri. Hamilton tomba à genoux, les yeux écarquillés de stupeur, et bascula vers l'avant. La lance lui ressortit dans le dos.

Chase et Castille braquèrent aussitôt leurs armes dans la direction d'où provenait la lance. Kari plaqua Nina au sol et mit en joue.

Une flèche vint frapper Di Salvo au bras droit, s'ancrant profondément dans son biceps. Il hurla de douleur et s'effondra sur le corps de Hamilton.

Au même moment, on entendit quelque chose tournoyer dans l'air. Chase vit s'abattre sur lui un filet lesté de pierres : des *bolas*. Il vacilla et se débattit pour se défaire de ces cordes qui lui cisaillaient la peau. Castille poussa alors un cri étranglé. D'autres *bolas* venaient de le saisir au cou.

Philby se jeta à plat ventre à côté de Kari et de Nina. Une lance passa à moins de trente centimètres au-dessus de leurs têtes.

Kari chercha en vain une cible au milieu des arbres noyés de brume. Mais elle n'apercevait que des formes fugitives filer entre les troncs immenses. Elle visa, déterminée à abattre au moins l'un de ces fantômes.

Mais on entendit un bruit sourd : Kari venait d'être frappée à la nuque, non par des *bolas* ou une lance, mais par un vulgaire caillou. Sans l'assommer tout à fait, le choc la désorienta complètement. La carabine lui glissa des mains. Terrifiée, Nina fit un geste pour s'en saisir. Mais il était déjà trop tard.

L'espace autour d'elle s'était, d'un coup, peuplé d'individus comme surgis de nulle part. Les cheveux et la peau foncés, ils grimaçaient de façon féroce. Tous pointaient sur elle leurs armes – primitives, certes, mais non moins menaçantes…

13

Nina osait à peine respirer.

Les Indiens resserraient le cercle autour d'elle à pas de loup. Elle entendait Chase et Castille gémir, étouffés par le filet qui les emprisonnait.

L'Indien le plus proche, à moins de trois mètres, tenait fermement une lance à bout noir. Nina jeta un regard furtif en direction de l'arme de Kari et se ravisa, préférant se saisir délicatement de son sac.

— Qu'est-ce que tu fais ? murmura Philby. Prends l'arme, ils vont nous tuer !

Sans prêter attention à ses paroles, elle regarda fixement l'homme à la lance. Il s'était rapproché de quelques pas. Plus qu'un mètre et il pourrait l'empaler sans même lâcher son arme.

Elle sentit sous ses doigts la douce étoffe qui protégeait la barre d'orichalque. Sans quitter l'homme du regard, elle sortit lentement le sextant de son sac et, inclinant la tête en signe de soumission, brandit l'objet vers lui dans un geste d'offrande.

Il y eut un grand silence.

Nina leva les yeux. Les pieds de l'homme n'étaient qu'à quelques centimètres d'elle. Ses doigts étaient largement écartés. Son esprit analytique ne put s'empêcher de noter ce détail dérisoire. Elle n'avait peut-être plus que quelques instants à vivre…

Mais soudain l'homme cria, tout excité, dans une langue inconnue. Un autre lui répondit sur un ton perplexe. Le langage a beau varier, les expressions humaines des sentiments se ressemblent, où que l'on soit sur terre.

Il arracha l'offrande des mains de Nina, qui tressaillit en apercevant la pointe de la lance juste devant ses yeux. D'un geste brusque, l'Indien lui intima l'ordre de se relever. La douzaine d'hommes de son groupe firent également se relever sans ménagement les compagnons de la jeune femme. Kari et Di Salvo gémirent de douleur.

Manifestement, ce n'était pas la première fois que les Indiens rencontraient des Occidentaux ; leurs armes ne leur semblaient pas inconnues. Ils les confisquèrent toutes jusqu'à la dernière, et dégagèrent Chase et Castille des *bolas* qui les étouffaient.

— Nina, Kari ! Tout va bien ? s'écria Chase.

Un des Indiens le menaça de la pointe de son couteau d'obsidienne. Chase lui lança un regard noir, mais se tut.

— Kari est blessée, dit Nina.

— Non, je vais bien, je suis seulement étourdie. Que s'est-il passé ?

— Je leur ai donné la barre d'orichalque.

— Quoi ? s'exclama Kari, incrédule, en recouvrant d'un coup ses esprits.

— Je crois que c'est ce qui nous a sauvé la vie. Regardez.

Kari suivit son regard : un des Indiens examinait l'objet avec le plus grand respect. Les autres s'étaient pressés, émerveillés, autour de lui.

— Agnaldo, murmura Nina, comprenez-vous ce qu'ils disent ?

— Quelques mots, grogna-t-il, livide de douleur. Ils savent ce que c'est… mais je crois qu'aucun d'eux n'en a jamais vu.

— Vous pouvez leur parler ?

— Je peux toujours essayer.

— Dites-leur… Dites-leur que nous sommes venus le leur rapporter. Dites-leur que nous sommes venus le rendre à la cité du dieu de l'Eau.

— Ça risque d'être dur à traduire…, commenta Di Salvo avec un petit sourire.

— Peu importe, faites-le quand même.

Kari et Chase lui lancèrent un regard où se mêlaient la surprise et l'admiration. Di Salvo se plia à son commandement et s'adressa d'une voix hésitante aux Indiens.

Ces derniers prêtèrent une oreille méfiante à ce Blanc qui leur parlait dans leur langue. Di Salvo sembla réussir à leur faire comprendre ce que voulait Nina, car l'homme qui tenait l'objet répondit.

— Qu'est-ce qu'il a dit ? demanda Nina.

— Je crois qu'ils vont nous emmener dans leur village. Ils ont dit quelque chose à propos des anciens de la tribu… mais je n'ai pas tout compris.

— Ils ne vont pas nous tuer ? Dieu merci ! soupira Philby.

— Mouais, lui rétorqua Nina d'un ton sévère. Merci quand même pour Hamilton.

Philby baissa les yeux.

— À votre place, je ne me réjouirais pas trop vite, dit Chase. Si on ne plaît pas aux anciens de la tribu, on risque de finir en épouvantails flottants…

Après leur avoir attaché les mains dans le dos, les Indiens conduisirent leurs prisonniers à travers la jungle.

— Je n'arrive pas à croire qu'on se soit fait piéger aussi bêtement, râlait Chase. Je suis vraiment désolé, mademoiselle Frost. Une chose pareille n'aurait jamais dû se produire. Je suis en train de devenir un beau crétin…

— Ce n'était pas votre faute, dit Nina. Ces gens habitent ici, ils connaissent les lieux par cœur. Forcément, ils n'ont pas très envie d'avoir des visiteurs…

— Peu importe ! Un bon soldat du SAS sait déjouer une embuscade. Même dans la jungle !

— Edward, aucun d'entre nous ne les a vus venir, ajouta Castille, la voix enrouée d'avoir été étranglé.

— Je sais, mais…

— Eddie, nous sommes encore en vie, c'est l'essentiel, intervint Nina. Si vous aviez tiré, il y aurait eu probablement plus de morts parmi nous. On y serait peut-être même tous passés.

— La journée n'est pas encore finie, lui rappela-t-il.

Le chemin montait en pente douce. Ils grimpaient une petite colline, phénomène géologique rare dans le bassin amazonien. Nina remarqua la présence d'autres hommes et plusieurs autres sentiers convergeant tous vers le même lieu.

Plus ils montaient le long du sentier sinueux, plus la végétation se clairsemait.

Nina resta bouche bée devant le spectacle qui s'offrit à elle, tout en haut. La colline était suffisamment élevée pour permettre une vue saisissante sur un paysage tout de verdure où serpentait un bras du Tefé. À travers les cimes, on devinait des ruines, sans doute celles d'un camp de grande envergure.

Un bâtiment, cependant, était intact. Nina ne pouvait en détacher le regard. Vu du ciel, il n'aurait eu l'aspect que d'une ombre légère, dissimulée dans l'épaisseur de la jungle. Mais, du haut de la colline, Nina en distinguait nettement les contours, troublants comme une menace. La construction, gigantesque, dépassait vingt mètres de hauteur, sur près de cent mètres de long et la moitié de large.

La moitié exactement, se dit-elle.

Lui était en effet revenu en mémoire une citation du *Critias* : « Là se trouvait le temple de Poséidon, un stade de long sur un stade et demi de largeur, avec une hauteur en rapport et une apparence étrange et barbare. » Les Grecs jugeaient « barbare » tout ce qui n'appartenait pas à leur culture.

Il devait s'agir d'une structure inca ou maya, composée d'énormes blocs de pierre méticuleusement sculptés et imbriqués les uns dans les autres avec une précision quasi surnaturelle. Des flèches tout emberlificotées de feuillage s'élevaient à chaque angle. La partie inférieure du bâtiment était construite en paliers, comme une ziggourat. La courbe du toit rappelait, en revanche, l'architecture moderne d'un hangar à avions.

Elle avait sous les yeux le temple de Poséidon, dieu de la Mer.

Une réplique, plus exactement. Parce que celui-ci, selon Platon, était recouvert de métal précieux. Or, celui qu'elle avait devant elle n'était que de pierre brute mangée par la mousse et la végétation. Il était également un peu plus petit que celui du *Critias*.

À moins, justement, qu'elle n'ait vu juste en estimant que le stade atlantide était légèrement inférieur au stade grec. De la réponse dépendait l'orientation même de la mission…

Nina n'eut guère le loisir de poursuivre ses pensées. Les Indiens leur faisaient à présent redescendre la pente. Quoique en ruine, la cité n'avait pas été abandonnée. Au pied du temple s'était établi un village de huttes de bois et de pierre. Elle en dénombra une quinzaine de forme circulaire. Soit la tribu s'était dispersée, soit elle ne comptait que peu d'individus : une centaine, tout au plus.

On les conduisit à l'intérieur du village dominé par le temple, jusqu'à une hutte plus grande que les autres. Des Indiens, des jeunes et des vieux, des femmes et des enfants, sortirent de chez eux pour les regarder passer, leurs yeux noirs pleins de méfiance.

— Ils appellent les anciens, dit Di Salvo en prêtant l'oreille à leurs conversations animées.

On écarta la peau de bête qui bloquait l'entrée de la hutte. Trois hommes très âgés apparurent. La peau burinée par le soleil, coiffés de plumes, ils dégageaient une forte impression de vitalité.

— Incroyable, murmura Kari. Généralement, dans les groupes aussi réduits et isolés que celui-ci, la consanguinité fait des ravages avec le temps. Or, ici, pas le moindre signe de dégénérescence génétique. Ces gens doivent être dotés d'un génome hors du commun. Comme j'aimerais pouvoir prélever leur ADN et le faire analyser à la fondation !

— On va peut-être négocier d'abord pour qu'ils ne nous embrochent pas vivants. On verra ensuite pour la prise de sang, qu'en pensez-vous ? dit Chase.

Les Indiens les firent se placer en ligne devant les anciens, qui les observaient avec un mépris glacial en écoutant le récit du chef chasseur. Leur expression changea du tout au tout lorsque ce dernier leur présenta la barre d'orichalque. Leurs traits exprimaient du respect mêlé à la colère.

L'un des anciens posa une question d'un ton sec. Le chasseur désigna aussitôt Nina. L'homme s'avança alors vers elle et la dévisagea d'un air courroucé. Nina se retenait pour ne pas claquer des dents de peur. Après lui avoir infligé plusieurs minutes de ce supplice, l'ancien émit un petit bruit condescendant et se tourna vers Kari. Les yeux bleus de la jeune femme semblèrent un moment le fasciner, et il leva la main pour toucher ses cheveux blonds. Kari fronça instinctivement le nez, mais se laissa faire.

Il posa alors une question en se tournant vers Nina, qui jeta un regard désespéré à Di Salvo.

— Il a demandé quelque chose à propos de l'objet. Je crois qu'il veut savoir où vous l'avez trouvé.

— Vous croyez ? Mais si ma réponse lui déplaît, il va me tuer !

— Dites-lui seulement ce que vous savez et je ferai de mon mieux pour traduire. Leur dialecte ressemble à celui des tribus du Nord.

L'ancien avait posé son regard froid sur elle.

— OK ! Dites-lui qu'on l'a pris à un voleur dans un autre pays et qu'on a suivi la carte pour le rendre à ses propriétaires.

Di Salvo traduisit.

— Vous êtes sûre que ça vient d'ici ? s'enquit Chase d'une voix calme.

— Nécessairement. Ils savent ce que c'est.

L'ancien reprit la parole. Di Salvo l'écouta attentivement, puis traduisit.

— Il dit que l'objet a été volé par des Blancs à l'époque de son arrièregrand-père. Ils ont réussi à punir certains d'entre eux, mais les autres leur ont échappé.

— L'expédition nazie, opina Kari. J'en suis sûre.

— Ça, à coups de bâton pointu dans le cul, on ne peut pas dire qu'ils y aillent avec le dos de la cuillère…, lâcha Chase en grimaçant.

— Maintenant, il me demande…, reprit Di Salvo d'un air troublé. Je ne comprends pas très bien. Il veut savoir si Mademoiselle Frost fait partie des… des anciens ?

Kari et Nina se regardèrent, interloquées.

— Demandez-lui ce qu'il veut dire, fit Nina.

— Les anciens qui ont construit le temple. Il dit qu'ils avaient des cheveux pareils à… de l'or blanc.

— Dites-lui que c'est la raison pour laquelle nous sommes ici, pour en savoir plus, déclara Kari en retrouvant son autorité naturelle.

— Vous êtes sûre que c'est une bonne idée ? marmonna Chase. S'ils comprennent que vous mentez, vous serez la première à vous transformer en brochette !

Les trois anciens se mirent à parler tous ensemble. Di Salvo avait du mal à suivre le fil.

— Ils disent que l'objet, le « doigt pointé » comme ils l'appellent, doit retourner à sa place dans le temple. Ils veulent que ce soit vous qui le fassiez, mademoiselle Frost.

— Moi ? s'étonna Kari en se mordant la lèvre.

— Ils disent que, comme ça, ils verront si vous êtes bien une ancienne, et non pas une enfant des anciens.

— Et que se passera-t-il s'ils décident qu'elle n'en est pas une ? s'inquiéta Nina.

— Allez, Doc, on ne se décourage pas, fit Chase en désignant d'un mouvement de tête les armes dirigées sur eux.

— Ils veulent, continua Di Salvo, que vous entriez dans le temple et que vous subissiez trois… épreuves. Une épreuve de force, une épreuve d'adresse et une autre de réflexion, je crois.

— Ça recommence, dit Nina en lui décochant un regard noir. Vous croyez ou vous êtes sûr ?

— Si vous relevez tous les défis, vous serez digne d'être entrée dans le temple. Si vous perdez… on finira tous comme l'a dit Eddie.

— Dites-leur que j'accepte le défi, lança Kari en prenant une profonde inspiration.

— Vraiment ? s'écrièrent ensemble ses compagnons.

— Oui, mais dites-leur que je veux être accompagnée de mes amis, répondit-elle en désignant Chase et Nina.

— Et puis quoi encore ! s'exclama Chase pendant que Di Salvo traduisait.

— Vous êtes folle ! fit Nina.

— Vous serez bien plus en sûreté à l'intérieur du temple qu'ici. En plus, je ne sais pas lire leur langue, et je crois que je vais avoir besoin de quelqu'un de compétent en la matière. Et je ne crois pas votre professeur Philby à la hauteur.

L'indignation passa sur le visage effrayé de Philby.

— Pour tout dire, je...

Il fut aussitôt interrompu par l'ancien, et l'un des chasseurs lui flanqua un coup dans le dos, lui intimant de rester tranquille.

— Il accepte, s'étonna Di Salvo. Les épreuves ont été conçues pour deux personnes, mais, puisque vous êtes une femme, il est d'accord pour que vous vous fassiez aider.

— Mouais. Je n'aurais jamais cru dire ça un jour, mais le sexisme a parfois du bon...

— Vous avez jusqu'à la tombée de la nuit. Si vous n'êtes pas revenus d'ici là, les autres seront... exécutés. Ainsi que vous, si vous échouez.

— Ce qui vous laisse moins d'une heure, évalua Castille en levant les yeux vers le ciel.

— Dans ce cas, demandez à ce type, je vous prie, de nous libérer. Nous devons nous mettre en route. Et demandez-lui ce que nous pouvons prendre avec nous.

Elle jeta un œil vers les sacs, qui avaient été balancés en tas dans un coin.

— Quelques cordes, deux ou trois explosifs, un pied-de-biche, suggéra stoïquement Chase.

Les chasseurs désentravèrent leurs poignets.

— Il dit que vous ne pouvez prendre que vos vêtements et vos lampes, expliqua Di Salvo. Pour relever dignement le défi, vous n'avez besoin de rien d'autre.

— Je ne pense pas que ce soit une bonne idée, Kari, dit Nina en frottant ses mains engourdies.

— Alors, aidez-moi à nous en sortir le mieux possible.

— Comment faites-vous pour rester si calme ?

— Je ne le suis pas du tout. Je suis morte de peur, au contraire, mais je préférerais mourir plutôt que de le leur montrer. Vous devriez faire comme moi, Nina, ajouta-t-elle en lui posant la main sur l'épaule. Ensemble, nous pouvons y arriver. Faites-moi confiance.

Nina se sentit d'un coup étrangement portée par la foi de Kari.

— D'accord… Mais si on se fait tuer…

— Ça n'arrivera pas.

— C'est promis ? demanda-t-elle avec un petit rire nerveux.

— Promis, acquiesça Kari.

— Il fera nuit dans cinquante-huit minutes, rappela Chase en consultant sa montre. Quand vous en aurez fini avec vos démonstrations de solidarité féminine à deux sous…

Un des hommes de la tribu entra alors, chargé de longues perches de bois dont l'extrémité semblait avoir été trempée dans le goudron.

— Des torches, c'est ça ? Je crois qu'on a mieux, dit Chase en se rapprochant subrepticement des sacs.

Aussitôt, les chasseurs bandèrent leurs arcs.

— OK, je ne fais rien de mal, regardez, joli sourire amical…

La sueur perlait à son front. Le moindre faux mouvement le condamnerait à une mort rapide et singulièrement pénible.

Ce fut donc avec une extrême douceur qu'il sortit une lampe de son sac.

— Vous voyez ? Pas une arme. Juste une lampe. C'est conforme aux règles, non ? Agnaldo, redis-leur, toi, que ça fait partie de leur règlement.

Il alluma la lampe et éclaira d'abord son visage pour leur montrer ce que c'était, avant de la tourner vers eux. Surpris, plusieurs hommes firent un bond en arrière, en clignant des yeux. À son grand soulagement, aucun ne manifesta la moindre violence. L'un d'eux avança même la main au-dessus du faisceau, médusé de ne sentir aucune chaleur. Il adressa quelques mots aux anciens, qui se consultèrent avant de donner leur réponse à Di Salvo.

— Ils acceptent que tu la prennes avec toi, Eddie.

— Parfait. Bon, qu'est-ce qu'on fait pour les explosifs…

— On perd du temps, coupa Kari.

Elle se dirigea alors vers les anciens et tendit la main. Un peu décontenancé, l'un d'eux déposa la barre en orichalque dans sa paume.

— OK. Nina, monsieur Chase, en route maintenant.

— À bientôt ! lança Castille à ses trois camarades que l'on conduisait à l'entrée du temple. Je compte sur vous !

Le passage, sombre et étroit, ne mesurait pas plus d'un mètre vingt de hauteur. Kari devait marcher courbée pour éviter la mousse et les plantes qui rampaient au plafond. La température et le taux d'humidité descendaient au fur et à mesure de leur progression.

— Eddie, dit Nina en apercevant quelque chose sur un mur, éclairez-moi un peu par ici.

Une longue série de symboles gravés leur apparut. Des symboles familiers.

— C'est la même langue que sur le sextant, confirma Nina. Je crois que c'est le récit de la construction du temple.

Elle se pencha pour mieux voir. Mêlé aux caractères glozels et olmèques, quelque chose de nouveau : des ensembles de lignes et de chevrons.

— Je crois que ce sont des chiffres. Des dates ou…

— Nina, je suis désolée, mais nous n'avons pas le temps. Il faudra revenir, l'interrompit Kari.

Déçue, Nina les suivit sans rien dire.

Une dizaine de mètres plus loin, le passage tournait vers la gauche. Chase balaya les murs et le plafond avec sa lampe torche.

— Que se passe-t-il, monsieur Chase ? demanda Kari.

— Je ne sais pas pour vous, mais moi, ces épreuves, je ne les sens pas du tout. Je veux juste vérifier qu'il n'y a pas de pièges planqués.

— Eddie, soupira Nina, je vous ai déjà dit que, même s'il y en avait, ça ferait des siècles qu'ils seraient désactivés.

— Ah oui ? Et si nos amis à plumes, là-bas, fit Chase en orientant sa lampe vers l'entrée, les avaient remis en marche ? Où serait le défi ?

L'estomac de Nina se serra d'un coup.

— Vous avez raison. Bon, eh bien, ouvrons l'œil !

Ils poursuivirent leur chemin jusqu'à un nouveau tournant.

— L'épreuve de force, vous pensez ? demanda Chase en s'arrêtant au seuil d'une petite pièce vide, à peine plus large que le passage.

Un bloc de pierre à hauteur de genoux, semblable à un banc, courait le long d'un mur. Au bout s'ouvrait un nouveau passage, large d'un peu plus d'un mètre. Au-dessus du bloc, une branche épaisse gainée de lianes était encastrée dans la pierre. Une autre plus fine, fixée à son extrémité, formait comme un T.

Chase fit signe aux deux femmes de rester derrière lui et avança avec précaution jusqu'à l'embouchure du deuxième passage.

— Qu'est-ce que vous voyez ? dit Kari.

— Une petite course d'obstacles. Un labyrinthe de bois, sur six mètres de long environ. Il faut se glisser entre des pieux… couverts de pointes, découvrit-il avec une grimace. Et ce n'est pas pour faire joli, croyez-moi.

— Et ce truc en bois ? s'enquit Nina en désignant le T au-dessus du banc.

— Il y en a un comme ça, à mon club de gym, dit Chase en s'allongeant dessous. Peut-être que, si on le soulève, on déclenchera un mécanisme.

Il s'aperçut alors que le plafond, au-dessus de lui, était gravé d'un motif de la même taille et de la même forme que le banc.

Kari prit la lampe pour éclairer le passage confiné. Un cul-de-sac ? Elle distinguait pourtant, sur le mur du fond, une ouverture carrée.

— L'ouverture se déclenche peut-être si on actionne le levier en même temps que quelqu'un va au fond. L'ancien a précisé qu'il fallait être deux pour relever ce défi…

— Que diriez-vous de passer les pieux avant que Chase n'actionne le levier ? suggéra Nina.

— Ce serait trop facile, objecta Chase en soulevant la barre sans trop de mal. Bon, qu'est-ce que je fais ? Je continue et on voit ce qui se passe, ou…

Kari jeta encore un coup d'œil à l'intérieur du passage.

— Je suis pour suivre l'idée de Nina. Vous venez ?

— Moi ? répondit la jeune femme en examinant avec angoisse les pointes acérées.

Même Chase aurait pu s'y faufiler. Le tout était d'éviter les pointes. Elle constata en levant les yeux que chaque pieu disparaissait dans le plafond par un trou d'une dizaine de centimètres de diamètre. Au sol, ils étaient fichés dans des cavités un peu plus larges.

— Cinquante-trois minutes, Doc, annonça Chase en regardant sa montre.

Nina détestait se retrouver au pied du mur. Elle scruta le fond du passage. L'ouverture semblait assez grande pour qu'on y glisse la main. Un levier plus petit permettant d'ouvrir une porte se trouvait peut-être à l'intérieur…

— D'accord, on y va. Une fois qu'on y sera, vous soulèverez la barre. On verra bien ce qui se passera.

— Au fait, Nina…

— Oui ?

— Évitez les égratignures. Vous aussi, patronne. Les piqûres antitétanos, c'est douloureux.

— On va essayer, dit Nina en esquissant un sourire.

Kari passa la première, se faufilant avec adresse dans la forêt de pieux. Nina la suivit un peu plus maladroitement. Kari éclairait devant elle, avançait de quelques pas, et se retournait pour éclairer le passage à Nina.

— Dites quelque chose, lança Chase. Vous en êtes où ?

— Encore quatre mètres, répondit Kari en faisant un pas en avant. Je ne vois toujours pas d'issue, mais je pense que le renfoncement…

On entendit soudain un bruit sourd. Quelque chose avait bougé sous son pied.

— Qu'est-ce que c'était ? demanda Nina en avalant sa salive.

De la poussière tomba des trous au plafond où disparaissaient les pieux.

— Oh, merde !

Le plafond s'était mis à descendre avec des grincements épouvantables.

— Faut dégager, vite ! hurla Kari en attrapant Nina par le poignet et en l'entraînant vers le fond du passage.

Malgré la pénombre, Chase comprit ce qui se passait. La porte par où ils étaient entrés claqua, bloquant définitivement toute issue. C'est alors que ce qu'il avait pris pour une inscription au-dessus de sa tête se mit à bouger : le plafond entamait lui aussi sa descente.

Il n'y avait aucun espoir de trouver refuge où que ce soit.

14

— C'est pas vrai ! s'écria Nina.

Une des pointes avait déchiré sa manche et lui était entrée dans le bras. Elle poussa un cri et se dégagea, mais son autre bras heurta une nouvelle pointe, qui l'atteignit à l'épaule. Elle hurla de douleur.

Derrière elles, Chase repoussait la barre de toutes ses forces. C'était bien comme à la salle de gym, où il soulevait des kilos de fonte.

Le plafond ralentit, mais ne s'arrêta pas pour autant.

— Je retiens la barre ! cria-t-il. Continuez à avancer !

Kari tenta de faire demi-tour pour venir en aide à Nina, mais le plafond était déjà si bas qu'elle ne pouvait plus se déplacer que courbée, ce qui rendait toute manœuvre très délicate.

— Continuez ! lui hurla Nina en indiquant le fond du passage.

Puis elle fondit en larmes.

— Je ne vous abandonnerai pas ! dit Kari en lui prenant la main. Allez, vous pouvez y arriver !

Nina se libéra avec un gémissement d'angoisse, du sang dégoulinant le long de son chemisier.

— Allez ! l'encouragea Kari.

Elles avaient déjà parcouru la moitié du passage. Il ne leur restait plus que trois mètres, mais encore autant de redoutables pieux à esquiver.

Le plafond se rapprochait de plus en plus, déversant poussière et gravats. Il était presque parvenu à la hauteur de Nina.

Les bras en extension maximale, Chase tenait bon.

C'est alors qu'on entendit un autre bruit sourd. Quelque chose de lourd bougeait derrière le mur. Un mécanisme… puis une sorte de détonation.

La pression de la barre sur les bras de Chase s'accentua sensiblement.

— Nom de Dieu ! lâcha-t-il sous l'effet de la surprise.

Au moins vingt-cinq kilos venaient de s'ajouter d'un coup à la masse qu'il s'efforçait de retenir. Ses coudes fléchirent… et le plafond accéléra sa course.

— Merde !

Bandant ses muscles au maximum, il réussit à retendre les bras. Les blocs de pierre ralentirent. Le passage n'avait dorénavant plus qu'un mètre cinquante de hauteur.

— Continuez, tenez bon ! cria Kari en luttant pour conserver son équilibre dans la position inconfortable où elle progressait maintenant.

Chase entendit le mécanisme s'ébranler de nouveau.

Il serra très fort les dents.

— Attention ! hurla-t-il.

Au même moment retentit un nouveau « bang », provoquant un surplus de poids considérable. Poussant un véritable rugissement, il réussit à maintenir ses bras tendus. Il soutenait à présent pas moins de cent cinquante kilos. Rien que l'impact de cette nouvelle charge avait failli lui faire lâcher la barre.

Une de plus, et il perdait le défi.

Le plafond s'ébranla durement avant de ralentir. Kari dut se baisser davantage et perdit l'équilibre. Une pointe acérée se planta dans son bras droit. Elle réprima un cri et tenta de se libérer. Mais l'inexorable pression du plafond ne faisait qu'enfoncer le barbillon.

— Nina ! s'exclama-t-elle malgré la douleur. Je suis coincée ! Vous allez devoir finir toute seule…

La jeune archéologue scruta le passage. Il restait moins de deux mètres, mais Kari lui bloquait la voie.

— Je n'y arriverai pas !

— Si, Nina ! Il le faut ! Allez-y !

Ruisselant de sueur, Chase entendit le mécanisme se déclencher une fois de plus, signalant l'ajout imminent d'une nouvelle charge.

— Je ne vais pas pouvoir tenir !

Pliée en deux, la tête raclant le plafond, Nina se plaqua contre le mur et réussit à contourner un premier obstacle. Une pointe accrocha sa chemise.

Encore un peu plus d'un mètre.

Chase se préparait au choc d'un nouveau bloc de pierre, tout en sachant qu'il ne pourrait le supporter.

Nina parvint, en se contorsionnant, à se faufiler entre les deux pieux suivants. Le plafond était désormais dangereusement bas, et elle dut se mettre à ramper. Une pointe lui lacéra la cuisse.

Kari avait le visage et les épaules comprimés par le plafond ; la pointe s'enfonçait dans son bras de plus en plus profondément.

Plus que soixante centimètres.

C'est alors qu'on entendit le bruit tant redouté.

— Merde…, grommela Chase en bandant tous ses muscles.

L'ouverture dans le mur disparaissait progressivement derrière le plafond.

La douleur devenant insoutenable, Kari hurla.

Chase cria lui aussi, incapable de résister à la pression monumentale du dernier bloc de pierre.

Le plafond partit en chute libre.

Nina plongea vers la cavité dans le mur. Le plafond leur tombait dessus comme la lame d'une guillotine.

C'est alors que sa main rencontra quelque chose dans le trou : une poignée de bois, qu'elle tira vers elle.

Il ne se passa tout d'abord rien. Puis, de nouveau, un bruit sourd…

Et, dans un grincement assourdissant, le plafond s'immobilisa.

Chase ouvrit les yeux. À la lumière lointaine de la torche, il vit que la barre de bois n'était plus qu'à quelques centimètres de son cou ; juste au-dessus, le plafond, qui avait failli le réduire en bouillie.

Kari s'efforçait de ne pas bouger. Le moindre mouvement décuplait son calvaire. Elle chercha Nina du regard.

Cette dernière avait la main coincée dans le trou. Quelques instants plus tard, le plafond, en descendant davantage, lui aurait broyé les os et arraché le bras.

Dans un vacarme de pierres frottant les unes contre les autres et une pluie de poussière, le plafond se mit à remonter.

La porte qui bloquait l'entrée se rouvrit.

Nina se dégagea aussitôt et se tourna vers Kari. Dans la pénombre, ses traits trahissaient une douleur atroce autant que la stupéfaction d'être en vie. Nina se faufila prudemment jusqu'à elle. Kari se dégagea en gémissant de la pointe qui lui perçait le bras. Du sang jaillit de la blessure.

— Mon Dieu ! s'écria Nina en exerçant aussitôt une pression dessus. Eddie, Eddie ! Kari est blessée, elle a besoin d'aide, vite !

— Elle n'est pas la seule, soupira Chase en roulant du banc où il avait failli rester allongé à jamais.

Il se remit debout tant bien que mal, ses bras endoloris ne répondant quasi plus.

— Il me faut de la lumière, Nina.

Elle prit la lampe et l'orienta vers le passage, afin qu'il puisse se faufiler lui aussi entre les pieux. Il était parvenu à mi-chemin lorsque le plafond reprit sa position initiale avec une sorte de claquement. Le bruit avait cessé.

— Nina…, dit Kari en regardant le sang qui coulait de l'épaule de la jeune femme.

— Ne vous inquiétez pas pour moi, vous êtes bien plus gravement blessée. *Eddie!*

Il avait du mal à passer entre les pieux, les barbillons s'accrochant à son blouson de cuir. Mais il finit par les rejoindre.

— Qu'est-ce qui s'est passé ? Montrez-moi.

— Elle s'est fait transpercer le bras, expliqua Nina en l'éclairant avec la lampe.

— Nom d'un chien, c'est plutôt profond. Et la trousse de premiers soins est restée avec les autres, au village.

— Laissez, dit Kari en se relevant tant bien que mal. Nous devons continuer. Il nous reste combien de temps ?

Chase leva le bras pour regarder sa montre, et laissa échapper un gémissement de douleur.

— Ça va ? demanda Nina.

— Ça va. J'ai juste l'impression qu'un connard m'a roulé dessus avec sa bagnole. Il nous reste… quarante-neuf minutes.

— Et encore deux épreuves, ajouta Nina amèrement.

— On y arrivera, déclara Kari d'une voix très sûre. Allez !

Une fois qu'ils furent sortis de la pièce, Chase prit quelques instants pour s'occuper des blessures des deux femmes. Il déchira la manche de Kari et lui fit un garrot de fortune pour arrêter l'hémorragie. La blessure à l'épaule de Nina étant moins profonde, il se contenta de lui faire un bandage. — Je ne peux pas mieux faire, dit-il en s'excusant presque. Il faudra vous recoudre quand on sortira. Et vous faire une piqûre. Je ne voudrais pas qu'en plus vous soyez infectées par une saleté d'insecte…

— On l'a vraiment échappé belle, murmura Nina en frémissant.

— Il reste encore deux épreuves, lui rappela Chase.

— Merci de nous rassurer. Vous transpirez ?

— Il faut dire que j'ai eu quelques petits soucis.

— On a réussi l'épreuve de force, dit Kari en pliant doucement le bras avec une petite grimace. Il nous reste l'adresse et la réflexion.

— J'espère qu'elles sont plus faciles, fit Chase. Mais j'en doute…

— Je sais qu'on peut y arriver. Il nous reste combien de temps ?

— Quarante-six minutes.

— Parfait, allons voir ce que nous réserve cette épreuve d'adresse.

Ils s'engagèrent avec précaution dans un nouveau passage. Après plusieurs virages, un bruit couvrit en partie celui de leurs pas. Chase orienta sa lampe droit devant lui. Le couloir débouchait sur une plus grande salle.

— De l'eau, observa-t-il.

— À l'intérieur du temple ? s'étonna Nina.

— Vous l'avez dit vous-même : c'est le temple du dieu de la Mer.

Ils accélérèrent le pas.

— Il s'agit bien d'un cours d'eau. C'est peut-être cette petite rivière qu'on a vue près du village.

Quelques instants plus tard, ils parvinrent sur une plate-forme donnant sur un gigantesque bassin rectangulaire rempli d'eau vaseuse. Le plafond au-dessus de leurs têtes était assez bas, mais s'élevait d'un coup au-dessus du bassin.

Chase l'éclaira de sa torche ; la surface des murs se moira du reflet mouvant de l'eau. Le bassin faisait dans les trente mètres sur huit. Il était traversé par une corde – en réalité une étroite poutrelle de bois, constata Nina, de moins de trois centimètres de large, reposant sur des poteaux fichés dans le bassin à deux mètres au-dessus de l'eau.

— Bon, qu'est-ce qu'on fait, maintenant ? demanda Chase.

— Qu'est-ce que c'est, là-bas ? dit Kari en indiquant l'autre côté du bassin.

La torche leur permit de distinguer un poignard doré, pointe en bas, dans une niche peu profonde, juste au-dessus de la poutrelle. Trois mètres plus haut environ, une corniche longeait la paroi du fond, mais il ne semblait y avoir aucun moyen d'y accéder.

— Eh bien, la voilà, notre épreuve d'adresse ! s'exclama Nina en se rapprochant du bord pour examiner la poutrelle. Il faut traverser sans perdre l'équilibre et atteindre le poignard…

Chase repéra une espèce de pont-levis retenu par des cordes, sur le mur opposé.

— Ensuite, ce truc descend pour permettre aux autres de traverser.

Il traça du doigt une courbe imaginaire depuis le haut du pont jusqu'au bord du bassin où ils se trouvaient.

Continuant son inspection, Nina aperçut la voûte de ce qu'elle prit pour un aqueduc permettant à l'eau de s'écouler.

— On pourrait tout aussi bien traverser à la nage, suggéra-t-elle. J'ignore si c'est profond, mais…

C'est alors que la surface de l'eau s'ouvrit d'un coup, laissant entrevoir une gueule béante qui se rua sur elle.

Kari la saisit aussitôt par le col et la tira en arrière au moment même où la mâchoire du caïman se refermait là où elle se tenait un instant auparavant. Cherchant à poursuivre sa proie, l'animal, long de plus de trois mètres, battit violemment de la queue. Incapable de grimper la paroi glissante du bassin, il retomba dans l'eau avec un sifflement maléfique.

Nina en avait le souffle coupé.

— Ça va ? fit Kari.

— Nom de Dieu ! lâcha Chase. Voilà pourquoi on ne peut pas traverser à la nage. Ça ne me surprendrait pas qu'il y ait aussi des piranhas…

— Mais comment ce truc est-il arrivé là ? hurla soudain Nina, tremblante de peur. Il a au moins cinq mille ans, ce putain de temple !

Chase examina avec méfiance la surface encore agitée du bassin.

— Ne cherchez pas, Doc. C'est l'œuvre de ces salopards d'Indiens.

— Tout va bien, Nina, tout va bien, dit Kari en essayant de la réconforter. Monsieur Chase, vous voyez autre chose ?

Chase se pencha au-dessus du bassin, en restant à une sage distance du bord, et éclaira le plafond.

— Il y a quelque chose là-haut, mais je n'arrive pas à voir ce que c'est. Ça ressemble à une niche.

— Vous pouvez l'atteindre ?

— Non, c'est trop haut... À mon avis, pour bien voir, il faut traverser jusqu'au poignard.

— C'est bon, j'ai compris. Je vais y aller, dit Kari en soufflant.

— Vous ? protesta Nina. Mais vous êtes blessée !

— Vous êtes sûre ? demanda Chase. C'est étroit, mais je devrais y arriver...

Pour toute réponse, Kari exécuta une roue en équilibre sur son bras blessé, puis une pirouette arrière, et retomba tout en souplesse sur ses pieds.

— C'est bon, concéda Chase en hochant la tête. C'est donc vous qui irez chercher le poignard.

— Vous êtes sûre ? s'inquiéta Nina en regardant le bassin. Si l'une de ces bestioles vous repère...

— On n'a pas le choix, répondit Kari en se mettant face à la poutrelle. Il nous reste combien de temps ?

— Quarante et une minutes.

— OK, n'en perdons pas davantage.

Elle posa un pied sur la poutrelle, puis le second. Le bois fléchit légèrement en grinçant sous son poids. Chase lui éclairait le chemin. S'armant de sang-froid, Kari ouvrit lentement les bras pour assurer son équilibre et laissa échapper un petit gémissement de douleur.

— C'est bon, j'y vais.

Elle avança. Le bois craqua, plus fort cette fois. Chase et Nina retenaient leur souffle : la poutrelle tremblait, faisant légèrement bouger les supports fichés dans l'eau. De fines vaguelettes apparurent à la surface.

L'eau se troubla aux alentours de l'aqueduc, de l'autre côté du bassin. Les yeux du caïman firent leur sinistre apparition, rasant la vase.

— Kari ! cria Nina.

— J'ai vu, dit-elle en se reconcentrant sur la poutrelle.

Elle se trouvait à mi-chemin entre les deux premiers poteaux ; la poutrelle ployait à présent de façon inquiétante, à quelques centimètres seulement au-dessus de l'eau.

Le caïman bougea et dériva vers elle, sa queue ondulant comme un serpent.

Préférant se concentrer sur son équilibre, Kari n'y prêta aucune attention. Elle avait presque atteint le deuxième poteau ; la poutrelle se redressa. Mais l'ensemble de la structure demeurait instable, et il lui fallut redoubler d'efforts pour ne pas vaciller.

Nina se retourna en entendant de nouveaux clapotis. Un autre caïman était apparu, plus imposant encore que le premier et peu soucieux de se cacher : il flottait à la surface, tel un tronc d'arbre.

L'animal ouvrit la gueule avec paresse en expirant bruyamment. Un tronc d'arbre armé de crocs redoutables…

Kari accéléra la cadence. Elle était maintenant à mi-chemin ; la poutrelle recommença à plier dangereusement. Chaque pas la faisait trembler de plus belle.

Elle voyait désormais distinctement le poignard : sa pointe reposait dans un petit récipient de métal relié à quelque chose. S'agissait-il d'un autre piège ?

Juste au-dessus de la poutrelle, contre le mur du fond, elle aperçut un petit rebord étroit auquel elle n'avait pas prêté attention jusque-là. D'un mètre de long sur moins d'un centimètre de large, à peine de quoi poser un doigt de pied, il avait de toute évidence été conçu par les bâtisseurs du temple pour une raison qui lui échappait complètement. Elle avait cependant l'impression très nette que la réponse, une fois qu'elle l'aurait, ne l'amuserait que très moyennement.

La poutrelle tremblota.

Elle s'était laissé distraire un instant par ce mystérieux rebord ; il n'en fallait pas davantage pour perdre l'équilibre.

Elle tenta désespérément de se redresser, mais elle avait déjà basculé trop en avant et risquait, d'une seconde à l'autre, de tomber droit dans la gueule des caïmans, juste au-dessous, qui n'attendaient que ça.

Elle se laissa alors tomber à plat ventre contre la poutrelle en s'y agrippant de toutes ses forces. Le choc avec la fine tranche de bois lui fit l'effet d'un coup de matraque.

— Kari ! hurla Nina.

— Merde, elle ne va pas y arriver ! souffla Chase en retirant sa veste, prêt à plonger pour la récupérer.

Les caïmans s'approchèrent, attirés par le bruit.

— Foutez le camp ! criait Kari.

Elle avait les genoux dans l'eau, mais elle réussit à coincer ses bottes autour de la poutrelle pour progresser en rampant.

Une longue gueule sortit de l'eau, dévoilant une double rangée de crocs acérés.

— Hé, toi, là-bas ! hurla Chase en frappant l'eau du pied. Viens ici, mon croco !

Le plus grand des deux caïmans changea de direction avec un battement de queue et se dirigea vers lui. L'autre, qui glissait toujours à bonne allure vers Kari, tourna la tête, alerté par le bruit ; la jeune femme en profita pour lui envoyer un coup de talon sur le côté du crâne. On entendit le choc se répercuter dans toute la salle.

Le caïman battit de la queue et plongea sous l'eau. Kari continua à se traîner comme une forcenée sur la barre, tout en surveillant par-dessus son épaule les girations sinistres du reptile qui revenait vers elle.

Chase, qui agitait toujours l'eau, se remit debout juste à temps pour échapper à l'attaque du caïman. De ses puissantes griffes, la gueule ouverte, l'animal raya le mur avec rage et cogna violemment la poutrelle.

Ébranlée par la secousse, Kari faillit tomber. Elle s'accrocha de toutes ses forces. Le caïman, déterminé à faire la peau à Chase, ne cessait de donner de grands coups de tête dans la poutrelle. Il finit heureusement par capituler et par disparaître dans les profondeurs du bassin.

Mais l'autre caïman n'avait pas déclaré forfait et revenait vers Kari en fendant l'eau visqueuse. Il avait retenu la leçon et se dirigeait droit vers sa tête, en évitant ses jambes. S'armant de tout son courage, Kari se remit à ramper.

Les doigts gelés, elle agrippa l'étroit rebord de pierre et, s'assurant une prise suffisante, posa en tremblant un premier pied sur la poutrelle, puis le second, et se redressa complètement.

Le caïman se jeta sur elle.

Kari saisit en hurlant le poignard, qu'elle planta dans l'œil jaune de l'animal, jusqu'à lui transpercer le crâne. Le caïman heurta la poutrelle et retomba, sans vie, dans le bassin.

Une mare rouge sombre se forma à la surface de l'eau, qui se mit à bouillonner, agitée par des dizaines de petites nageoires.

Chase ne s'était pas trompé.

Le bassin était infesté de piranhas.

Kari se plaqua contre le mur. Elle avait toujours un pied sur la poutrelle, que le corps ballotté du caïman venait choquer régulièrement. De l'autre, elle s'agrippait au rebord de pierre.

Elle attendit quelques secondes et se retourna pour constater quel effet avait produit le retrait du poignard de sa niche. Elle avait incontestablement entendu un clic lorsqu'elle s'en était emparée.

Son action avait eu deux effets simultanés : un grand claquement métallique avait retenti, juste au-dessus de Chase et de Nina ; quelque chose aussi avait légèrement bougé, dans l'ouverture que Chase avait repérée. Mais il faisait trop sombre pour qu'elle puisse savoir quoi.

Elle n'eut pas le temps de s'interroger plus longtemps. La poutrelle de bois s'était mise à bouger et à glisser dans le mur derrière elle. Les supports immergés semblaient eux aussi se retirer au fond du bassin. Un système devait permettre de faire disparaître toute la structure… à une vitesse redoutable !

— Eddie, faites quelque chose pour arrêter ça ! supplia Nina qui regardait, impuissante, la poutrelle se retirer à toute allure.

— Mais comment ? demanda-t-il en cherchant quelque chose, n'importe quoi qui puisse forcer la poutrelle à s'arrêter.

Proche de la panique, Kari tentait de maintenir son pied sur la poutrelle. À la vitesse où celle-ci filait à l'intérieur du mur, elle aurait disparu dans moins d'une minute, et Kari basculerait dans le bassin pour rejoindre l'autre caïman et les piranhas en plein festin.

Elle tenait encore le poignard.

Le fameux poignard…

Il devait y avoir autre chose. Quelque chose à faire avec ce poignard…

— Lancez-moi la lampe ! cria-t-elle.

— Elle va tomber ! protesta Nina, alors que Chase se préparait à obéir.

— Dans une minute, c'est Kari qui sera tombée ! rétorqua-t-il. Vous êtes prête, Kari ?

— Oui !

Il lui lança la torche, qui décrivit une longue courbe d'un côté à l'autre du bassin. Kari tendit son bras blessé ; la lampe atterrit pile dans sa paume. En se balançant pour garder l'équilibre, elle en dirigea le faisceau vers la niche, dans le mur au-dessus de Nina et de Chase.

Une alcôve apparut, d'un mètre de côté environ. Quelque chose brillait à l'intérieur, un disque d'or ou de cuivre, posé debout, comme un bouclier.

Non, ce n'était pas un bouclier. C'était une cible !

On ne voyait de la poutrelle plus qu'un mètre. Dans quelques secondes, elle aurait totalement disparu.

Kari se retourna et, prenant appui dessus des deux pieds, projeta son bras en arrière et lança le poignard.

La lame atteignit la cible en plein centre. Le disque de métal bascula en arrière et disparut.

La poutrelle de bois cessa aussitôt de bouger. Des craquements de bois et des glissements de cordes se firent entendre, et un pont-levis descendit du fond de la salle, jusqu'à s'abattre aux pieds de Chase et de Nina dans un bruit de tonnerre.

Kari baissa les yeux. Il lui restait suffisamment de place pour se tenir les pieds en canard. D'une main, elle s'appuya contre le mur pour s'assurer un équilibre précaire.

— Qu'est-ce que je fais, maintenant ?

Une corde à nœuds lestée d'un morceau de bois se déroula soudain sur le mur devant elle. Elle tira dessus pour s'assurer qu'elle n'était pas piégée.

Chase et Nina se précipitaient vers le pont.

— On se retrouve de l'autre côté ! cria Chase.

La corde avait l'air solide. S'aidant de son bras blessé, Kari grimpa jusqu'à la corniche, trois mètres plus haut. Elle ne mesurait qu'une trentaine de centimètres de large, mais, comparée au mince rebord et à la poutrelle où elle avait tenu en équilibre, elle lui faisait l'effet d'une autoroute.

Nina et Chase avaient traversé le bassin sans encombre.

— Sacré tir ! la félicita Chase alors qu'elle s'écroulait, épuisée, contre le mur. La cible était grande comment ?

Elle ouvrit ses bras d'une trentaine de centimètres.

— C'est à peine croyable. Je n'aurais jamais cru pouvoir faire un truc pareil. Ils ne rigolaient pas en disant que c'était une épreuve d'adresse…

— Il nous reste encore un défi, dit Nina en vérifiant son pansement.

— L'épreuve de réflexion ? Ça devrait être dans vos cordes, Doc. Vous êtes prête ?

— Ai-je le choix ? répondit-elle avec un sourire crispé.

— Combien de temps, monsieur Chase ? demanda Kari d'une voix éteinte.

— Trente-six minutes.

Ils jetèrent un œil à l'intérieur d'un passage conduisant plus profondément dans les entrailles du temple. Guère différent de ceux qu'ils avaient déjà empruntés, il leur sembla néanmoins plus inquiétant encore.

— Allez, dit Nina en se redressant avec une assurance qu'elle était loin de ressentir vraiment. J'espère que je suis bien prête à affronter ce qui vient.

15

Ils s'engouffrèrent dans le passage les yeux grands ouverts, vigilants.

Nina ressentait un trouble qu'elle n'arrivait pas à s'expliquer. Rien à voir avec les décharges d'adrénaline provoquées par le fait d'avoir échappé deux fois, en quelques minutes, à la mort. C'était autre chose, une sorte d'intuition, la certitude d'avoir négligé un point essentiel.

Mais ce n'était pas le moment d'y réfléchir. Une autre salle les attendait un peu plus loin.

— Arrêtez-vous, dit Chase en marquant une pause devant l'entrée.

Comparée à l'immense salle du bassin, la pièce était minuscule, cinq mètres de côté à peine. Alors que Chase balayait les murs avec la lampe, Nina constata qu'ils étaient couverts d'inscriptions. Dans la même langue qu'à l'entrée du temple et sur le sextant.

— Ça a l'air sûr, dit Chase. Mais bon, vous êtes libres de ne pas me croire. Alors, restez prudentes.

Il fit un pas en avant et marqua un arrêt, comme s'il s'attendait à voir se déclencher un nouveau piège, puis fit signe aux deux femmes de le suivre.

— C'est parti pour la fameuse épreuve de réflexion. À vous, Doc !

— Bon, voyons ça…, dit-elle en lui prenant la lampe des mains. Mon Dieu, mais il faudrait des jours et des jours pour traduire tout ça !

— Nous n'avons plus que trente-trois minutes avant le coucher du soleil. Réfléchissez vite et bien.

— Nina, ici !

Kari se tenait devant le mur face à l'entrée et indiquait un bloc vierge de toute inscription, semblable à une porte.

— Et là, une balance, ajouta Nina.

Elle éclaira l'objet. À côté, un récipient de pierre contenait une centaine de boules de plomb de la taille d'une cerise.

— Comment déterminer le nombre exact dont il faut se servir ?

Il y avait un levier à côté du plateau en cuivre. Elle fit un geste pour le saisir, mais Kari l'en empêcha.

— J'ai comme l'impression qu'on n'a le droit qu'à une seule chance, dit-elle en levant les yeux vers le plafond.

Au-dessus de leur tête était suspendue une grille métallique hérissée de pics de plusieurs centimètres de long, prêts à empaler quiconque se trouverait malencontreusement au-dessous. Nina retira prestement sa main du levier.

Elle reprit l'examen des inscriptions. D'imposants symboles étaient gravés au-dessus de la porte close, disposés sur trois rangées horizontales, six pour la première, cinq pour les deux autres. Nina reconnut aussitôt le premier symbole : plusieurs ensembles de marques en forme d'apostrophe…

— Ce sont des nombres. Il s'agit, en quelque sorte, d'une énigme mathématique. Il faut l'élucider pour connaître le nombre de boules qu'il convient de placer sur la balance.

— C'est tout ? demanda Chase, presque déçu. Ça alors, même moi je pourrais y arriver. Tenez, par exemple, prenons la ligne du haut. On trouve trois petits points, cinq V renversés, sept L couchés, deux flèches de côté soulignées d'un trait, quatre N à l'envers, et un autre N encore à l'envers accompagné d'une ligne. Ça nous donne : 357 241. Fastoche !

— Vous avez tout faux, répliqua Nina avec un sourire. Cet alphabet se lit dans le sens inverse du nôtre. Le premier symbole, le petit point, correspond en réalité à l'unité. Chacun d'entre eux en marque une. Si bien que le premier nombre est 142 753. C'est le même symbole que sur la carte du fleuve, sur le sextant. Je sais maintenant que j'ai correctement lu ces chiffres… parce que, sinon, nous ne serions jamais parvenus jusqu'ici !

— D'accord, mademoiselle Je-sais-tout, dit Chase avec un grand sourire. Ça fait donc que les autres nombres sont 87 527 et 43 164. Et après, on fait quoi ? Une soustraction ? Ça nous donne…

— 21 062, répondirent Nina et Kari presque en chœur.

— OK, pas besoin de calculette, lâcha Chase, impressionné. N'empêche qu'on est loin d'avoir vingt et un mille billes là-dedans.

— Il pourrait s'agir d'un ensemble d'opérateurs, suggéra Kari. Il faudrait alors soustraire le deuxième nombre du premier, puis diviser par le dernier…

— Trop compliqué, dit Nina, plongée dans les différents nombres. Aucun symbole n'indique que nous devions effectuer plusieurs opérations. En plus, argua-t-elle en fronçant les sourcils, nous obtiendrions une fraction, et je ne crois pas que mettre 2,62 billes dans la balance soit la solution.

— J'ai mal à la tête rien que d'y penser, dit Chase.

— Le premier nombre additionné au troisième divisé par le deuxième nous donne 2,02, hasarda Kari. Je doute fort qu'ils aient calculé des résultats au cinquantième près. Ils ont dû les arrondir…

— Ça reste encore bien trop compliqué ! pleurnicha Nina. Et bien trop arbitraire. Le premier plus le troisième divisé par le deuxième ? Ça reviendrait à composer un jeu de mots croisés sans donner les définitions verticales…

Elle dirigea la lampe sur les autres murs.

— L'indice doit se trouver ailleurs, dans l'autre texte. Il suffit que je le découvre.

— Tic tac, tic tac, Doc, fit Chase en désignant sa montre. Plus que vingt-neuf minutes.

S'agenouillant devant l'un des murs, Nina passa en revue les symboles. Elle poussa très vite un grand soupir de frustration.

— Tout cela ne concerne que la construction de la cité et l'histoire de ses habitants. Rien qui ait un quelconque rapport avec notre énigme…

— Ils ne disent rien sur les habitants avant qu'ils arrivent ici depuis l'Atlantide ? demanda Kari.

— Apparemment pas, répondit Nina en se précipitant vers le mur, de l'autre côté de la salle. On retrouve ici à peu près la même chose… Il s'agit d'un compte rendu sur la tribu, année après année. Le nombre d'enfants nés, le nombre d'animaux… Il doit y avoir au moins deux siècles de données. Mais rien d'intéressant pour notre énigme ! s'exclama-t-elle en indiquant, furieuse, les symboles gravés au-dessus de la porte.

— Je viens de songer à quelque chose, intervint Chase. Ils ont appelé ça l'épreuve de réflexion, n'est-ce pas ? Et si on nous obligeait à modifier notre façon de penser ?

— Qu'est-ce que vous voulez dire par là ?

— Ça, par exemple, c'est une porte, non ? dit Chase en se dirigeant vers elle. On n'a même pas pensé à l'ouvrir.

— Vous n'avez qu'à essayer, rétorqua Nina.

Chase poussa. La porte ne bougea pas. Il essaya d'un côté, puis de l'autre. En vain. Par acquit de conscience, il tenta de la soulever, puis de la tirer vers lui, toujours sans résultat.

— Merde ! lança-t-il en reculant. J'étais sûr que ça marcherait…

— Vous n'étiez pas le seul, soupira Nina en le rejoignant. Mais regardez ! La couleur de cette porte n'est pas tout à fait la même que celle des murs. On dirait qu'elle a été taillée dans une pierre différente. Et puis regardez ces marques sur les pierres tout autour. Ce sont des marques de burin et de levier. On dirait que cette porte est plus récente que le reste de la pièce. Les Indiens ont dû la remplacer. D'autres avant nous n'ont sans doute pas pris la peine de résoudre l'énigme et se sont contentés de forcer le passage.

— Les nazis ? avança Kari.

— Ça leur ressemblerait bien, opina Chase. Ils ont dû persuader les Indiens de leur laisser emporter plus qu'une torche avec eux.

— À coups de fusil, sans doute, ajouta Kari avec un hochement de tête.

— Sauf que nous n'avons ni fusil ni levier. On va devoir se remuer les méninges.

— Regardez, dit Nina, il y a quelque chose d'étrange avec ces nombres. Vous voyez ? Ils sont disposés par groupes de huit. Jamais neuf ou dix. Huit ici, et ici, et encore ici, continua-t-elle en passant son doigt sur les murs.

— Vous pensez qu'ils auraient pu fonder leurs calculs sur cette base ? demanda Kari.

— C'est possible. Ils ne seraient pas la seule civilisation ancienne à l'avoir fait.

— Qu'est-ce que vous avez trouvé ? Qu'est-ce que ça veut dire, cette base de huit ? s'enquit Chase.

— Je crois que nous avons abordé le problème avec trop de préjugés, expliqua Nina, le regard pétillant d'excitation. On a cru qu'ils calculaient sur la base de dix, comme nous. En dizaines, centaines, milliers…

— Parce qu'on a dix doigts, c'est ça ? J'ai quand même fait des maths jusqu'en terminale, je vous signale.

— C'est un système très répandu. Les Grecs anciens l'utilisaient, tout comme les Romains, les Égyptiens… Les Sumériens, eux, se servaient d'une base de soixante.

— Soixante ? s'étonna Chase. Qui ferait un truc pareil ?

— Eh bien, vous, par exemple, sourit Kari. Chaque fois que vous consultez votre montre. C'est la base de notre système chronométrique.

— Je n'y avais pas pensé, fit Chase, un peu penaud.

— Il y a plein d'autres systèmes, poursuivit Nina. Les Mayas fonctionnaient sur une base de vingt, les Européens de l'âge du bronze sur une base de huit…

Elle s'interrompit soudain et tourna brusquement la tête pour réexaminer les symboles.

— C'est bien ça. La base de huit. J'en suis sûre, maintenant !

Elle écarta aussitôt les doigts, les pouces à l'intérieur de ses paumes.

— Je vois, dit Chase. Ils se servaient de leurs pouces pour compter sur leurs doigts, mais ils ne comptaient pas les pouces, c'est ça ?

— C'est la théorie, en effet, répondit Nina en scrutant les inscriptions. Et donc, au lieu de un, dix, cent, ça donnait un, huit, soixante-quatre… Ainsi, la première colonne est composée d'unités simples, la deuxième de multiples de huit, puis de soixante-quatre, cinq cent douze, quatre mille neuf cent six et…

— Trente-deux mille sept cent soixante-huit, finit Kari.

— Donc, on devrait obtenir, voyons ça… Trois unités simples plus cinq unités de huit, quarante, plus soixante-quatre fois sept…

— Je vous laisse calculer, se déroba Chase.

Kari trouva la réponse la première.

— 50 667.

— OK, dit Nina. Vous faites le deuxième nombre, je ferai le troisième.

Les deux réponses fusèrent presque aussitôt : 36 695 et 14 452.

— Parfait ! Donc, le premier moins le deuxième moins le troisième égale…

Chase vit leurs visages concentrés se décomposer en même temps.

— Quoi ? C'est quoi, la réponse ?

— Ça donne -480. Ça ne peut pas être une base de huit.

— Base de neuf alors, lança Kari. Si avec dix on obtient un résultat trop élevé, et avec huit un résultat trop bas…

— La réponse se calculerait en milliers. Merde !

Nina se tourna vers Chase d'un air interrogateur.

— Vingt-quatre minutes.

— Saloperie ! On n'a plus beaucoup de temps, tempêta-t-elle en envoyant un coup de pied dans la porte. Il y a un truc qui nous échappe, mais quoi ?

Chase s'accroupit et remua les billes de plomb dans l'espoir de trouver un indice dissimulé dans le récipient en pierre.

— On n'a qu'à y aller au pif. On met tant de billes dans le plateau, qui sait ? Un coup de chance…

— Un sacré coup de chance, dit Nina en touchant son pendentif.

— Je ne vois pas d'autre solution… On ne va quand même pas renoncer ! Si on fait demi-tour, les Indiens nous tueront dès que nous franchirons le seuil du temple. Et Hugo, Agnaldo et le prof avec.

— Si on se trompe, on mourra, de toute façon, lui rappela Kari en indiquant les pics suspendus au-dessus de leurs têtes.

— Il existe peut-être un moyen d'actionner le levier à l'extérieur de la salle.

Mais Nina n'écoutait plus. Elle repensait à ce qu'avait dit Chase.

Si on fait demi-tour…

Voilà ce qui la tracassait depuis le début !

— Il y a forcément un moyen de s'en sortir… Les hommes de la tribu entretiennent le temple et les pièges, n'est-ce pas ? dit-elle en indiquant la porte de pierre. Or il me semble impensable que les concepteurs du temple aient imposé les épreuves aux hommes chargés de le faire chaque fois qu'ils avaient besoin d'entrer. La moindre petite erreur et hop ! au suivant ? Non, impossible. Il y a nécessairement une façon sécurisée de pénétrer ici.

— Une porte dérobée ? proposa Chase.

— Peut-être… ou un genre de code qui permette de désactiver les épreuves… Un mécanisme caché, une pierre mobile…

Elle éclaira de nouveau les murs avec sa lampe et les trois compagnons s'empressèrent d'examiner, du bout des doigts, les murs de pierre glacée, dans l'espoir d'y déceler une anomalie.

— Ici ! s'écria Chase au bout d'une minute.

Au niveau du sol, dans un angle, se trouvait une petite fente verticale. Pas une ouverture à proprement parler, mais les jointures entre les blocs étaient si lisses et parfaites ailleurs que celle-ci ne pouvait être due au hasard.

— Qu'y a-t-il à l'intérieur ? demanda Kari.

— Aucune idée. C'est trop petit pour que je puisse y glisser la main. Nina, vous pourriez faire une petite exploration avec vos jolis petits doigts ?

— J'aimerais bien les garder intacts, protesta-t-elle en s'agenouillant. Pourvu qu'il n'y ait pas un scorpion ou un truc conçu spécialement pour vous trancher le doigt…

Elle glissa l'index entre les blocs, d'abord doucement, puis de plus en plus profondément.

Soudain, elle rencontra un obstacle. Elle tressaillit à l'idée d'avoir effleuré un mécanisme commandant aux pics de s'abattre sur eux. Mais rien ne se produisit.

Rien ne s'était produit pour l'instant, en tout cas.

— Qu'est-ce que c'est ? la pressa Kari.

— Quelque chose de métallique.

— Un bouton ?

— Je ne sais pas… Attendez.

— Est-ce que vous pouvez le tirer ? demanda Chase en se rapprochant.

— Laissez-moi faire, dit Kari. Nina, vous devriez attendre dans l'entrée, au cas où il y aurait un problème.

— Si ça ne marche pas, on sera tous bientôt morts, de toute manière, répondit-elle. Vous deux, sortez de la salle, allez ! ajouta-t-elle avant qu'ils aient pu formuler la moindre objection.

Elle prit plusieurs inspirations.

— OK, c'est parti…

Elle passa son doigt autour du morceau de métal, marqua une pause en se demandant si elle ne s'apprêtait pas à commettre une énorme bêtise, et fit jouer le mécanisme.

On entendit un clic, mais la structure hérissée de pics resta en place.

Brusquement, la porte de pierre émit un bruit beaucoup plus fort.

— Je crois que ça a marché, souffla Nina.

— Sortez de la salle ! cria Chase en se précipitant vers la porte.

Les deux femmes reculèrent et Chase, s'armant de courage, poussa la porte de toutes ses forces. Elle s'ouvrit avec un grincement épouvantable sur un nouveau couloir sombre.

— Vous avez réussi ! exulta Kari.

— Beau travail, fit Chase. Mais nous n'avons pas de temps à perdre. Il ne nous reste que vingt et une minutes !

— Vous aviez raison, Eddie, dit Nina en passant devant lui. Le défi consistait en effet à changer de façon de penser...

— On fait une sacrée bonne équipe, non ? Vous avez la tête, moi j'ai les muscles, et Kari...

— La beauté ? suggéra Nina.

— J'allais dire les jambes, mais les vôtres ne sont pas mal non plus, répliqua-t-il avec un sourire. Bon, maintenant que nous avons réussi les trois épreuves, que fait-on ?

— On dépose le sextant et on trouve le moyen de sortir de ce temple ! J'en ai plein le dos ! dit Nina en s'engouffrant dans le passage.

Castille scrutait l'horizon avec inquiétude. Le soleil avait depuis longtemps sombré derrière la haute cime des arbres, mais de petits points lumineux transperçaient encore l'épais feuillage.

Il allait bientôt disparaître, le crépuscule s'annonçait…

Il tourna les yeux vers l'entrée du temple. Rien n'avait plus bougé dans ce carré sombre depuis que les autres s'y étaient engouffrés, quarante minutes plus tôt.

— Dépêche-toi, Edward…, murmura-t-il.

— Si ça se trouve, ils sont déjà morts, articula Philby, le visage crispé par l'angoisse.

Les trois prisonniers avaient été placés, à genoux, à l'extérieur de la hutte des anciens. Ils étaient gardés par les chasseurs.

— Ils vont y arriver, dit Castille, qui aurait aimé être aussi rassuré qu'il le laissait entendre.

Un grésillement soudain, au milieu des conversations des Indiens et du concert crépusculaire des oiseaux, attira leur attention.

— Équipe de contrôle, vous me recevez ? Pérez à l'appareil. Vous me recevez ? Terminé.

Les Indiens se mirent aussitôt en position de défense, pointant leurs armes en direction de l'entrée du village.

— *Équipe de contrôle, à vous, à vous, terminé.*

— *Si on trouve un moyen de lui répondre, il pourra faire venir l'hélicoptère, dit Di Salvo à mots couverts.* Et des renforts.

— Et des armes aussi ! ajouta Philby, qui reprenait presque espoir.

— Si et seulement si on arrive à les persuader de nous passer la radio, tempéra Castille.

Les Indiens avaient maintenant compris d'où provenaient les grésillements, et ils inspectaient les sacs du bout de leurs lances.

— Équipe de contrôle, est-ce que vous m'entendez…

Un chasseur donna un grand coup dans le sac de Castille, interrompant momentanément la transmission.

— …pas tout seuls. J'entends au moins un hélicoptère à l'approche, peut-être deux. Ce ne sont pas des appareils à nous, je répète, ce ne sont pas des appareils à nous. Répondez, s'il vous plaît.

— L'armée ? demanda Castille, inquiet.

— On m'aurait prévenu si des opérations en jungle avaient été prévues, répondit Di Salvo.

— *Merde !*

Castille avait un terrible pressentiment.

— Agnaldo, essaie de les convaincre de nous apporter la radio. Il faut absolument qu'on…

L'un des Indiens sortit le talkie-walkie. On entendait à présent la voix de Pérez plus nettement.

— *Équipe de contrôle, j'aperçois un des hélicoptères !* C'est… Nom de Dieu !

Un grésillement strident fusa de l'appareil. L'Indien, effrayé, le lâcha aussitôt. Affolé, Philby regardait Castille et Di Salvo sans comprendre.

— Quoi ? Quoi ? C'était quoi, ça ?

Castille lui lança un regard sombre et tourna la tête vers la rivière. Quelques secondes plus tard, ils entendaient comme un énorme coup de tonnerre.

— Ça, c'était l'explosion du *Néréide*, dit-il.

— Quoi ?

— C'est Qobras. Il nous a retrouvés.

Chase regarda sa montre. Dix-huit minutes.

— On ferait bien de se dépêcher, dit Kari en sortant le sextant.

— Pourquoi ne pas le laisser ici et faire semblant de l'avoir remis à sa place ? proposa Nina en ne plaisantant qu'à moitié.

— Je les crois capables d'aller vérifier, répondit Chase d'un ton sarcastique.

— Je disais ça comme ça… Oh !

Ils venaient d'arriver au bout du passage.

Chase leva sa lampe ; son faisceau lumineux se perdit dans l'immensité de la nouvelle salle.

— Le temple de Poséidon…, murmura Nina.

— Nom d'un chien ! s'exclama Chase, estomaqué par le spectacle.

La salle mesurait exactement la moitié de la longueur du temple. La voûte de pierre, décorée d'or et d'argent, s'élevait comme le dôme d'une cathédrale. Elle était soutenue par des contreforts sculptés, disposés de chaque côté de cette gigantesque salle. Les murs étaient rythmés par des niches présentant toutes, merveilleux spectacle, une statue dont l'éclat ne pouvait être que celui de l'or. Des dizaines de statues d'or, rangées d'ahurissants trésors.

Mais ce n'était rien, comparé à ce qui avait retenu en premier l'attention des trois explorateurs. Tout au fond de la salle, une statue monumentale se dressait de toute sa hauteur, jusqu'au plafond.

Poséidon.

— Mon Dieu…, dit Nina en s'avançant vers elle, sans plus se soucier d'éventuelles chausse-trapes. Il est exactement comme l'avait décrit Platon…

— « Il y avait le dieu en personne debout sur un char conduit par six chevaux ailés. Il était si grand que, de sa tête, il touchait le plafond de l'édifice », récita Kari à côté d'elle.

— Vous pourriez vous faire un peu de fric en le mettant sur eBay, glissa Chase.

— Là, ce doivent être les Néréides, poursuivit Kari sans faire attention à lui, en pointant du doigt un ensemble de statues de plus petite taille disposées en cercle autour du char.

— Je parie qu'il y en a soixante-quatre, dit Nina. Toujours cette fameuse base de huit… Platon utilisait un système numérique différent de…

— J'en compte soixante-treize, l'interrompit Kari.

— Soixante-treize ? rétorqua Nina, incrédule. Je ne comprends pas comment…

— Entre nous, Nina, on cherchera l'explication plus tard, si cela ne vous dérange pas. On est arrivés jusqu'ici, alors faisons ce que nous avons à faire et filons, OK ?

— D'accord, répondit-elle avec une moue. Mais quand même, ce n'est pas très logique…

Ils découvrirent derrière la statue une ouverture donnant sur un escalier, qu'ils gravirent jusqu'à une nouvelle salle, plus petite que la précédente, mais décorée de façon plus extravagante encore. Bien que beaucoup plus bas, le plafond voûté n'était cette fois pas recouvert d'or et d'argent…

— De l'ivoire ? suggéra Kari en orientant sa lampe. C'est bien ce que dit Platon, n'est-ce pas ?

— Oui, mais nous ne sommes pas ici dans le temple de Poséidon dont parle Platon. Il s'agit d'une réplique. Le peuple de l'Atlantide a voulu recréer sa citadelle sur sa nouvelle terre. J'imagine qu'il était plus difficile de se procurer de l'ivoire ici, et ils ont dû se contenter de ce qu'ils avaient sous la main… Wouah ! cria-t-elle en s'arrêtant net. Donnez-moi la lampe, Kari ! On a trouvé ce que nous sommes venus chercher !

Elle dirigea le faisceau sur le mur du fond. La pièce fut soudain baignée d'une lumière chaude, quasi surnaturelle. L'éclat de l'orichalque.

De fines plaques en recouvraient tout le mur, gravées de lignes et de lignes de textes anciens. Un dérivé sophistiqué du glozel…

Autre chose, pourtant, retint son attention. Elle promena sa lampe sur un vaste dessin, tout en haut du mur.

— Une carte ? demanda Chase.

— C'est l'Atlantide, murmura Nina. Et tout ce qui l'entoure.

Une carte archaïque du monde s'étalait en effet sous leurs yeux : les Amériques à gauche, l'Europe et l'Afrique à droite. Derrière, l'océan Indien. L'Inde apparaissait, et l'Asie. De fines lignes reliaient des points entre eux, signalant apparemment le trajet d'un port à un autre ainsi que des itinéraires terrestres. La plupart convergeaient vers un point situé au milieu de l'Atlantique Est… Une île jamais répertoriée sur aucune carte moderne…

— C'est incroyable…, s'écria Nina, dont le cœur s'affolait tellement dans sa poitrine qu'elle crut un instant qu'il allait lâcher. Nous avons trouvé l'Atlantide ! À l'endroit exact que j'ai indiqué !

— Mon Dieu, dit Kari en s'approchant pour regarder la carte de plus près. Vous l'avez trouvée ! Nina, vous l'avez trouvée !

— Nous l'avons trouvée, tous les trois, répondit-elle, folle de joie. On a réussi ! On a découvert l'Atlantide !

Elle faillit pousser un grand cri de bonheur, mais fut soudain rappelée à la réalité.

— Eddie, il nous reste combien de temps ?

— Quatorze minutes, précisa-t-il en se dirigeant vers le fond de la salle. Notre seul vrai problème, ce sont les poteaux couverts de pointes. On peut ressortir d'ici en huit minutes, à mon avis…

— Ce qui signifie qu'il ne nous reste que six minutes pour explorer ? Merde et merde ! ragea Nina en se frappant les cuisses de frustration. J'ai besoin de plus de temps !

— Trouvons déjà l'emplacement de ceci, dit Kari en brandissant le sextant. Si on arrive au village à temps, on pourra peut-être les convaincre de nous laisser revenir. Nous leur promettrons de ne rien prendre avec nous. Nous avons seulement besoin de photos...

— Ça ne suffira pas, répondit Nina, grincheuse.

Tout ce à quoi elle avait consacré tant d'heures d'études semblait lui échapper. Les Indiens ne l'autoriseraient jamais à retourner dans le temple. Ils seraient peut-être même tentés de les tuer pour en conserver le secret...

— Hé! cria Chase, j'ai trouvé quelque chose!

Il pensait avoir découvert un passage conduisant à une nouvelle salle. Mais un éboulement l'obstruait. Quelque chose, toutefois, attira son regard.

— Par ici!

Nina et Kari accoururent et en restèrent bouche bée: un autel, composé d'une épaisse dalle de pierre noire, était couvert d'objets en orichalque...

— Voici sans doute la partie manquante du sextant, dit Kari en indiquant un objet plat et triangulaire où figuraient des nombres.

Nina retira son pendentif et l'appliqua contre la partie inférieure du sextant ainsi complété. Il en épousait exactement la courbe.

— Incroyable! Quand je pense que je porte un morceau de ce trésor depuis toujours...

— Comment se fait-il que les nazis n'aient sorti qu'une pièce de ce trésor? demanda Chase.

— Les hommes que nous avons aperçus dans l'eau transportaient sans doute le reste. Ils n'auront pas fui assez vite, suggéra Kari.

Nina plaça prestement la partie renflée de la barre d'orichalque dans le trou correspondant en haut du triangle et la fit pivoter jusqu'à aligner parfaitement la flèche et les nombres gravés.

— Ça marche, dit-elle sur un ton de triomphe mêlé de tristesse à l'idée qu'elle ne pourrait jamais montrer sa découverte à personne. Tout ce qui servait de miroir a disparu, mais on voit encore où il était logé. Dire qu'il y a dix mille ans…

— Allez, Doc, l'interrompit Chase. Ce truc a retrouvé sa place, alors on y va.

— Attendez !

— Nina, ils vont exécuter Hugo et les autres, et nous par la même occasion !

— Une minute, juste une minute ! S'il vous plaît.

— Laissez-la faire, lui enjoignit Kari.

Chase acquiesça sans conviction.

— La carte, bafouilla Nina. Regardez, à côté de chaque route commerciale, si c'est bien de cela qu'il s'agit, on trouve des chiffres et des directions. L'embouchure de l'Amazonie, ici, sept, sud et ouest, exactement comme sur le sextant. Et là, à la pointe de l'Afrique, le cap de Bonne-Espérance !

— Venez-en au fait, Nina. Vite ! pressa Chase en agitant sa montre devant elle.

— Vous ne voyez pas ? Nous connaissons déjà la distance entre l'embouchure de l'Amazone et l'Atlantide : sept unités de latitude. Nous connaissons la distance à laquelle ils situaient le cap, donc nous pouvons calculer précisément la valeur d'une unité de latitude atlantide ! Et retracer, depuis l'Amazone, le chemin jusqu'au nord pour trouver l'Atlantide elle-même ! On peut y arriver ! Maintenant que je comprends leur système, nous n'avons plus besoin de l'objet. Il nous faut juste un peu de temps pour faire les calculs…

— Seulement, on n'en a plus, trancha Chase d'un ton sans appel. Tirons-nous, et plus vite que ça.

Il lui prit la lampe des mains.

— Allez, vous aussi, Kari. Dépêchez-vous !

Ils sortirent de la salle en courant et repassèrent devant la gigantesque statue de Poséidon.

— Ce bruit ? Vous n'entendez pas ? haleta Nina en tendant l'oreille.

Chase distingua un grondement sourd s'amplifiant de seconde en seconde.

— Merde, on dirait un hélicoptère…

Tout le temple fut soudainement ébranlé par une explosion phénoménale. La voûte s'ouvrit en deux.

16

— À terre ! cria Chase en se jetant sur Nina pour la protéger.

D'énormes blocs de pierre se fracassèrent dans un bruit de tonnerre.

Un vent féroce s'engouffra aussitôt par le toit éventré, entraînant avec lui une tornade de poussière. Chase se releva et scruta le ciel crépusculaire, qu'un gigantesque engin vint soudain obstruer.

Le rugissement du moteur et le bruissement sourd des pales étaient d'une violence inouïe. L'appareil, un Halo Mi-26, un modèle russe, le plus grand du monde, capable de transporter des cargaisons énormes, voire des troupes entières sur de très longues distances, stationna au-dessus du trou creusé par l'explosion. Ses portes s'ouvrirent.

— Venez ! hurla Chase, qui redoutait que des hommes ne descendent en rappel jusqu'à eux. Filez dans le tunnel !

— Mais qu'est-ce qui se passe ? cria Nina.

— La Confrérie a débarqué ! Courez, plus vite !

Il attrapa Nina par le bras et l'entraîna avec lui. Kari suivit au pas de course.

Six cordes noires tombèrent de l'appareil. Un instant ballantes dans le courant d'air, elles se raidirent brusquement sous le poids de six hommes en tenue de combat et gilet pare-balles, des lampes torches éblouissantes fixées à leur poitrine. Chase comprit aussitôt qu'ils avaient affaire à des professionnels, d'anciens militaires, armés d'une mitraillette UMP-40 et probablement d'autres armes.

Il éclairait le passage. Les trois compagnons atteignirent la salle de l'épreuve de réflexion dans le vacarme de l'hélicoptère.

— Mais comment ont-ils fait pour nous retrouver ? demanda Kari.

— Aucune idée, dit Chase en s'engouffrant dans le deuxième tunnel. Ils ont peut-être mis un mouchard sur le bateau.

— Que veulent-ils ? s'enquit Nina, à bout de souffle.

— La même chose que nous, répondit Kari. Mais ils veulent détruire tous les indices de l'Atlantide, pour s'assurer que personne ne la découvrira jamais.

— Sans compter qu'ils veulent aussi notre peau, ajouta Chase.

— Mon Dieu ! s'écria soudain Nina. Et les autres ?

— Reste à espérer que Qobras et sa bande se sont attaqués au temple sans s'inquiéter du village...

Ils étaient sur le point d'arriver au pont-levis. Des bruits de pas résonnaient derrière eux, au fond du tunnel. Ils traversèrent le pont de bois en courant.

— Dirigez-vous vers la sortie, commanda Chase en tendant sa lampe à Kari, et attendez-moi.

— Qu'est-ce que vous allez faire ? demanda Nina.

— Leur mettre des bâtons dans les roues. Allez, filez !

Il rassembla alors toutes ses forces pour soulever le pont et le décrocher du bord. Le bois gondola sur toute sa longueur en grinçant de façon épouvantable. Avec un grognement de douleur, Chase réussit à le pousser jusque dans l'eau. La structure de bois sembla vouloir reprendre sa place initiale, mais Chase le repoussa fermement du pied, et elle s'effondra. Le dernier caïman refit surface, l'appétit aiguisé.

— C'est bon, on peut y aller ! cria-t-il en se précipitant vers la sortie. Kari avançait la première ; Nina traînait derrière.

— Avec leur poids, ils vont faire tomber l'autre extrémité, dit Chase en courant. On verra bien alors si notre croco a encore faim…

— Je croyais que c'était un caïman ! objecta Nina, essoufflée.

— Peu importe ! Bon, revoilà ces fichus pieux de bois…

Ils se faufilèrent entre les pointes à une vitesse qui n'était guère du goût de Nina, dont la chemise s'accrocha plusieurs fois. Ils retrouvèrent enfin la petite salle au banc de pierre.

— OK, dit Chase. Maintenant, filez. Dès que vous serez sorties, courez le plus vite possible vous réfugier dans la jungle et n'en bougez plus.

— Et vous ? demanda Nina. Et les autres ?

— Je m'en charge. Avec un peu de chance, les Indiens s'en sont pris à l'hélicoptère. On peut même espérer que Qobras n'aura plus de gardes à l'entrée.

— Sinon ? fit Kari.

— Sinon, on est baisés !

Ils arrivaient à la dernière ligne droite. Devant, la sortie, éclairée par le crépuscule.

— Prêtes ?

— Non…, gémit Nina.

— Vous allez y arriver, Nina. Kari, occupez-vous d'elle. Je vous rejoindrai dès que je le pourrai.

— Ne vous inquiétez pas.

Ils n'étaient plus qu'à quelques pas de la sortie.

— OK, c'est parti !

Ils se précipitèrent à l'extérieur.

Et s'arrêtèrent net. Il n'y avait nulle part où aller.

Plus de dix hommes en noir les attendaient à l'entrée du temple, arme à la main. Entre les huttes gisaient les corps de quatre Indiens. Le reste de la tribu avait disparu. Castille, Di Salvo et Philby étaient retenus prisonniers, toujours à genoux.

— Salut, Eddie ! lança Jason Starkman.

— Ça va, mon pote ? répondit Chase avec un sourire maléfique tout en levant les bras. Alors, on se la joue pirate, maintenant ?

— Je vois que ton sens de l'humour est toujours aussi pourri. Enchanté de vous revoir, docteur Wilde.

Starkman avait beaucoup changé depuis leur première rencontre à New York. Il avait troqué son costume pour une tenue militaire, un gilet pare-balles, des sangles truffées de munitions, un couteau dans un étui de cuir et un pistolet à grappin en bandoulière, au milieu du dos. Son œil droit était recouvert d'un bandeau noir. Nina frémit au souvenir immonde de son doigt s'enfonçant dans cette cavité molle et humide.

Chase et Kari se mirent devant elle pour la protéger.

— Laissez-la tranquille, lança Kari.

— Kari Frost, dit Starkman en levant un sourcil. Je n'aurais jamais imaginé vous rencontrer en personne… Hajjar aurait dû faire ce que lui avait demandé Giovanni. Cela nous aurait épargné bien des soucis.

D'un geste, il fit signe à ses hommes d'avancer. Deux hélicoptères volaient maintenant au-dessus de leurs têtes. Les arbres étaient secoués comme par un ouragan.

— Qu'est-il arrivé aux Indiens ? demanda Nina.

— Ils ont foutu le camp. Enfin, les plus malins, ironisa Starkman en jetant un œil en direction des cadavres. Ceux-là ont surestimé leurs forces.

Les hommes de Starkman fouillèrent Chase, Kari et Nina.

— Que comptez-vous faire de nous ? demanda Kari. Nous tuer ?

— Pourquoi pas ? répondit-il avec une telle désinvolture que Nina en eut le sang glacé. Mais pas avant d'avoir découvert ce qu'il y a dans ce temple.

Là-dessus, il se retourna et décrocha la radio à sa ceinture.

— Chef des Aigles à équipe de reconnaissance, entrez.

— Qu'est-ce que c'est que cette obsession des Amerloques pour les aigles ? fit Chase. Personnellement, je trouve que tu ressembles à une perruche, mon vieux, railla-t-il.

Starkman claqua des doigts. Une montagne de muscles qui faisait bien trente centimètres de plus que Chase lui décocha un violent coup de poing dans la nuque. L'Anglais tomba à genoux.

— Eddie ! s'écria Nina.

— Tiens, tiens, tu laisses tes clientes t'appeler par ton petit nom ? Fais gaffe, c'est un jeu dangereux, *mon vieux.*

Chase poussa un terrible grognement.

Starkman s'apprêtait à rajouter quelque chose quand la radio grésilla.

— *Équipe de reconnaissance à Chef des Aigles. Nous sommes dans le temple. Avons localisé l'objet volé dans une* petite salle, derrière une statue. Jason, il faut que tu voies ça ! C'est incroyable !

— Je n'en doute pas… Qu'avez-vous trouvé d'autre, Günter ?

— Tu ne vas pas me croire. Il y a une carte, une vraie carte ! Gravée sur une immense plaque d'orichalque posée sur le mur. Elle indique l'emplacement de l'Atlantide !

Starkman se montra un peu plus intéressé.

— Degré de précision ?

— *Les continents sont un peu déformés, mais parfaitement reconnaissables. Ah, et il y a autre chose, Jason. Des points de repère, par rapport à l'Atlantide. On peut s'en servir pour déterminer son emplacement exact. (Sa voix s'anima de plus belle.) Embouchure nord de l'Amazonie : latitude sept au sud, exactement comme sur l'objet qu'a volé Yuri. Le cap de Bonne-Espérance est à… il y a six points et un V à l'envers.* On sait d'après nos archives que ce symbole apparaît après huit unités simples, et qu'il représente le neuf. Neuf plus six égale la latitude quinze.

— Le cap est à trente-quatre degrés au sud, précisa Starkman. L'extrémité du delta de l'Amazonie, à environ un degré nord.

— *Soit une différence de trente-cinq degrés espacés de…* quinze moins sept qui font… huit unités de longitude atlantide. Ce qui revient à dire qu'une unité équivaut à trente-cinq divisé par huit… soit 4,375 degrés !

— L'Atlantide se trouve donc à quelle latitude ? demanda Starkman.

— Attends que je vérifie sur l'ordinateur… 4,375 multiplié par sept égale 30,625 degrés… auxquels on ajoute un degré pour justifier la position du delta… L'Atlantide se situe entre trente et un et trente-deux degrés au nord !

— On est loin de votre golfe de Cadix, persifla Starkman en se tournant vers Nina. Finalement, votre théorie n'avait pas de quoi fouetter un chat !

Nina se tut. La carte du temple plaçait très clairement l'Atlantide dans le golfe de Cadix. Certes, la configuration des continents était un peu aléatoire, mais le peuple de l'Atlantide ne pouvait pas s'être fourvoyé à ce point.

— Le système de l'Atlantide n'est pas aussi précis que le nôtre, reprit Günter. Une exploration au sonar devrait prendre quelques jours.

— Et nous serons enfin certains que personne ne découvrira jamais l'Atlantide, dit Starkman avec un enthousiasme grandissant. Bon travail, Günter. Installez les charges thermiques et préparez-vous à évacuer les lieux. Il ne doit plus rien rester.

— Vous allez détruire le temple ? cria Kari, épouvantée.

Starkman lui décocha un regard noir.

— Nous ferons tout ce qui est en notre pouvoir pour empêcher les gens comme vous et votre père de trouver l'Atlantide.

— Ce serait la découverte archéologique la plus importante de l'Histoire ! Et vous ne pensez qu'à tout détruire pour que votre taré de patron se garde les informations ? répliqua Nina, dégoûtée. Vous me donnez envie de vomir...

— Mon Dieu, ma chère, comme vous êtes naïve ! Vous n'avez donc aucune idée de ce qui se passe ici ?

— Éclairez-moi ! répondit-elle, caustique.

— Vous vous imaginez peut-être que votre amie Kari et son papa s'amusent à rechercher l'Atlantide pour passer le temps ? Ils ont déjà dépensé des fortunes colossales. Des dizaines, voire des centaines de millions de dollars, qu'en sais-je... Même pour un milliardaire, ça commence à faire cher !

— Nous avons une bonne raison de le faire, dit Kari. Ce qui n'est pas le cas de Qobras.

— Je connais vos raisons. Ce sont elles qui m'ont poussé à rejoindre Giovanni. Que sait Mademoiselle Wilde ? Avez-vous pris la peine de lui expliquer votre obsession ?

— Il me suffit de savoir qu'ils n'ont pas l'intention de tout détruire comme vous, rétorqua Nina.

Kari la regarda avec admiration.

— Pourtant, je parie que vous auriez changé d'avis, docteur Wilde, et de camp. Enfin, il est trop tard, maintenant.

Sa radio se remit à grésiller.

— On est prêts à installer les charges, Chef des Aigles, annonça Günter.

— Entendu, répondit Starkman en levant les yeux.

Les deux Halo continuaient à tournoyer lentement à soixante mètres au-dessus du sol. Il se mit en contact avec l'un d'eux.

— Chef des Aigles à hélico n° 2. Préparez-vous à nous faire remonter.

— Entendu, Chef des Aigles.

Des cordes furent déroulées de l'appareil.

— Je crois bien qu'il est temps de nous faire nos adieux, dit Starkman. Désolé, Eddie, mais j'ai des ordres.

— Tes regrets, tu peux te les foutre où je pense, espèce de faux-cul ! J'aurais dû laisser ces connards d'Al-Qaida te faire la peau en Afghanistan…

— Le monde t'en sera éternellement reconnaissant. Adieu, Eddie, conclut-il en indiquant d'un geste à ses hommes de forcer Nina et Kari à s'agenouiller.

Nina sentit le métal froid d'un revolver contre sa nuque. Elle ferma les yeux… avant d'entendre un sifflement.

L'homme derrière elle émit un petit gargouillement étouffé et s'écroula. Elle ouvrit alors les yeux : des lances et des flèches volaient au-dessus de sa tête ! L'homme derrière Philby reçut une flèche en pleine jambe. Il se baissait pour la retirer avec une grimace quand, les yeux soudain exorbités, ses doigts se crispèrent. Le souffle coupé, bleu, il s'effondra. Mort. Empoisonné.

Starkman fut lui aussi touché par une flèche en pleine poitrine, mais son gilet en Kevlar stoppa la flèche à quelques millimètres de sa peau.

— Ouvrez le feu ! hurla-t-il en se réfugiant avec ses hommes derrière la hutte la plus proche et en lâchant de courtes rafales en direction de la forêt.

— Allons-y ! dit Kari en entraînant Nina avec elle.

Un homme leur tira dessus, mais des *bolas* lancés depuis des arbres le désarmèrent, et l'une des pierres de la taille d'un poing attachées aux lanières lui défonça le visage en lui cassant toutes les dents.

Chase profita d'un instant d'inattention du colosse posté derrière lui pour lui envoyer un énorme coup de coude dans le bas-ventre. Mais il manqua sa cible. Le type poussa un grognement de douleur et se massa la cuisse droite. Chase tomba alors en arrière, dans l'espoir de lui faire perdre l'équilibre avant qu'il ait le temps de se servir de son arme. L'homme vacilla et s'écroula de tout son poids sur l'Anglais. Suffoquant à moitié, ce dernier tentait de saisir son UMP-40 quand un coup de poing s'abattit sur son visage. Il entendit son nez craquer. Il ne ressentait rien encore, mais dans peu de temps il passerait un sale quart d'heure…

L'autre s'apprêtait à lui décocher un nouveau coup quand Chase parvint à lui faire lâcher son arme. Lui attrapant les doigts, il serra aussi fort qu'il put, à les lui broyer…

Kari et Nina couraient à présent vers Castille et les autres prisonniers.

— Rentrez dans la hutte ! cria Kari.

Les lances indiennes faisaient siffler l'air dans leur course.

— Non, nous devons les aider ! cria Nina en retour.

Le cadavre d'un des Indiens gisait dans le passage.

Elle récupéra son couteau.

— Allons-y !

Starkman tirait toujours dans les arbres en hurlant dans son talkie-walkie.

— Hélico n° 1 ! Désintégrez-moi la lisière de cette forêt ! Tout de suite !

Un de ses hommes reçut une flèche par-derrière. La lame d'obsidienne, aiguisée comme un rasoir, lui transperça le crâne. Il s'effondra contre la hutte, des rafales de balles continuant de s'échapper de sa mitraillette.

Le colosse réussit à libérer ses mains de l'emprise de Chase en poussant un cri formidable et envoya un terrible coup de genou à son adversaire, en pleine poitrine.

Chase ne put même pas crier.

Castille et Di Salvo s'étaient déjà relevés quand Nina et Kari les rejoignirent.

— Nos armes ! dit Castille en indiquant leurs affaires.

Un homme de Starkman s'écroula, touché par une flèche empoisonnée dans le cou.

Le Halo au-dessus de leurs têtes provoquait un vent infernal. Un canon tournant à six trous mitrailla les arbres ; les douilles vides tombaient au sol comme de la grêle.

Nina débarrassa Philby de ses liens.

— Kari ! cria Nina en lui lançant le couteau.

Kari l'attrapa au vol et s'en servit pour libérer Di Salvo et Castille, qui se jeta sur les armes.

— Dans la hutte, vite ! Baissez-vous !

Kari poussa Philby à l'intérieur, juste à temps pour éviter une flèche. Un membre de la Confrérie, en se plaquant contre la hutte pour esquiver un projectile, s'aperçut que les prisonniers s'échappaient.

Le Halo tournait sur place en mitraillant les arbres. C'est alors que, désintégrées par le puissant courant d'air, plusieurs huttes volèrent en éclats.

L'immense soldat se plia en deux et empoigna le cou de Chase, qu'il serra de toutes ses forces.

Les battements de son cœur résonnaient si fort que Chase n'entendait plus le bruit de l'hélicoptère. Il le voyait pourtant au-dessus de sa tête et distinguait le sourire sadique du type en train de l'étrangler. Il leva le bras pour le frapper au visage, mais son adversaire était décidément trop grand.

Sa vue commençait à s'obscurcir…

Il devait se défaire de cet homme ! Rassemblant ses dernières forces, il frappa à l'aveuglette…

Les rafales de mitraille eurent bientôt raison des Indiens. On entendait leurs cris désespérés dans les arbres. Les volées de flèches cessèrent.

Castille attrapa l'une des carabines de l'équipe et mit en joue. Mais un des hommes de Starkman tenait déjà son UMP braqué sur lui.

L'homme appuya sur la détente au moment même où Di Salvo se jetait devant Castille. Touché à la hanche et aux cuisses, Di Salvo s'écroula en hurlant.

Castille répliqua de plusieurs tirs, en visant la tête. Sa cible fut projetée en arrière dans une immonde bouillie de chair.

Un autre apparut aussitôt, mais reçut un coup de botte en plein visage. Il tomba au sol, et Kari l'acheva d'un coup de pied bien senti.

Elle ramassa son arme, s'octroya une brève pause et lui tira une balle dans la tête.

Chase perdait connaissance. La vie lui échappait. Sa dernière image serait donc celle d'un monstre démoniaque auréolé des pales d'un hélicoptère…

Dans un dernier effort, il attrapa de sa main droite le pistolet à grappin dans le dos de son adversaire.

Et appuya sur la détente.

Le grappin, relié à un câble d'acier recouvert de Nylon, fut éjecté comme une fusée et fonça droit dans le rotor de l'hélicoptère. Le grappin en carbone fut aussitôt désintégré par les pales, mais le câble fila au cœur de l'axe tournoyant et s'y enroula à toute vitesse.

L'agresseur de Chase eut à peine le temps de comprendre : soulevé du sol avec une force titanesque, il finit sa course broyé par le rotor, qui éparpilla alentour ses restes ensanglantés.

L'appareil tangua. Le câble enroulé bloquait les manettes et les pales elles-mêmes étaient à présent endommagées…

— Tous à l'abri ! cria Chase.

Kari se retourna. Starkman courait vers le temple. Dans le ciel, l'énorme hélicoptère tournoyait, le pilote ayant perdu tout contrôle. Le grincement de ses commandes détraquées se mêlait au rugissement de ses moteurs.

Il ne restait plus qu'un homme debout, non loin de Chase.

Kari et Castille tirèrent en même temps. Il s'écroula.

Un homme tomba en hurlant de la cabine de l'appareil fou et se brisa la nuque en touchant le sol. Livré à lui-même, l'appareil dériva vers le temple en perdant de l'altitude.

Paniqué, le pilote du second Halo tenta désespérément de prendre de l'altitude. Les hommes qui remontaient par les cordes furent durement secoués et retombèrent lourdement au sol.

Les moteurs noyés de fumée, le Halo en déroute heurta ce qui restait de la voûte du temple. Déjà fragilisé par la brèche à son sommet, le dôme s'effondra dans un vacarme assourdissant de pierres, entraînant avec lui l'hélicoptère. Le rotor se désintégra au contact du sol, au pied de la statue de Poséidon. Le temple explosa, littéralement.

Une boule de feu en surgit, grillant le reste des hommes. Violemment ébranlée, la statue tomba la tête la première sur l'épave en feu, sa carapace d'or fondant dans la chaleur extrême.

Les explosifs placés par les hommes de Qobras n'étaient qu'à quelques mètres. Ils sautèrent aussitôt, faisant grimper la température de la salle à plus de deux mille degrés. Rien ne pouvait résister. Les objets de l'Atlantide disparurent dans la fournaise.

Castille se retourna au bruit de l'explosion et fit un bond en arrière. Au même moment, un morceau de la carlingue d'un des Halo vint se ficher, comme un javelot, pile entre ses jambes.

— *Merde !* Foutus hélicoptères !

Le temple s'effondra, ensevelissant sous des tonnes de pierres tout ce qui se trouvait à l'intérieur. L'onde de choc se propagea dans les salles et les tunnels, expulsant par l'entrée un gigantesque nuage de débris et de poussière. Chase fila juste à temps.

La réplique ancienne du temple de Poséidon, dissimulée au cœur de la jungle depuis des millénaires par le peuple de l'Atlantide, venait de disparaître avec tous les secrets qu'elle recelait.

Chase se redressa en s'appuyant contre un reste de mur et essuya du revers de la main le sang qui lui couvrait le visage. Son nez cassé commençait à le faire souffrir.

À travers la poussière, il vit Kari et Castille qui accouraient vers lui.

— Où est Starkman ? demanda-t-il, à bout de souffle.

— Par là, dans les ruines, indiqua Castille.

— Et Nina ?

— Elle est à l'abri, répondit Kari.

— Donnez-moi votre arme.

Kari lui tendit son Colt.

— Qu'est-ce que tu fais ?

— Hors de question que je laisse ce salaud s'en tirer comme ça ! Kari, occupez-vous de Nina. Où est Agnaldo ?

— Ils lui ont tiré dessus.

— Allez l'aider, alors ! Allez, tous les deux ! conclut-il en se lançant à la poursuite de Starkman.

Il contourna le temple et l'aperçut qui courait sur la base de l'édifice en hurlant dans son talkie-walkie.

— Hélico n° 2 ! Ici Chef des Aigles. J'ai besoin d'être remonté ! Tout de suite !

— Pas de ça, Lisette ! marmonna Chase en grimpant à son tour sur la base du temple.

Pendant ce temps, Kari s'était précipitée vers la hutte où elle avait vu Nina se réfugier avec Philby. Elle écarta la peau de bête qui en fermait l'entrée.

— Vous allez bien ? demanda-t-elle.

— Le mieux du monde !

— Parle pour toi, grommela Philby.

— Qu'est-il arrivé aux autres ? enchaîna Nina sans faire attention à lui. Où est Eddie ?

— Di Salvo a reçu plusieurs balles, Hugo est en train de le soigner et Chase est parti à la poursuite de Starkman.

— Quoi ? Venez, il faut l'aider !

Elle jaillit hors de la hutte et repéra Chase au pied du temple.

— C'est bien trop dangereux, lui cria Kari. Nina ! Non !

Mais Nina avait filé. Elle se rua alors sur les sacs de l'équipe, saisit une carabine et le Wildey de Chase, et s'élança derrière Nina.

L'hélicoptère se rapprochait rapidement et se préparait à descendre pour récupérer Starkman en évitant soigneusement l'épaisse fumée noire qui s'échappait du temple. Plusieurs cordes déroulées pendaient de son ventre.

Starkman progressait maintenant à petites foulées en s'époumonant dans sa radio.

— Plus vite, faites-moi sortir de là !

Tout autour, les pierres éclataient avec un petit bruit sec sous l'impact des balles.

— Jason ! hurla Chase en l'arrosant d'un feu nourri.

Starkman se hissa un peu plus haut et se retourna pour tirer à son tour. Chase se baissa, échappant de justesse à ses balles, qui firent éclater la pierre derrière lui, le recouvrant de poussière et de gravats.

Il rampa, ne se relevant que pour administrer à Starkman une nouvelle volée de balles.

Percevant cet échange de tirs, Nina se mit à l'abri sur le premier palier du temple et jeta avec précaution un œil devant elle. Les deux anciens amis se trouvaient un peu plus haut sur le temple. L'hélicoptère se rapprochait.

Chase tira une nouvelle rafale, vidant son chargeur.

Starkman savait compter les tirs aussi bien que lui. Il aurait vite fait de comprendre qu'il était à sec. Il avança de quelques mètres et redressa la tête. Comme il s'y attendait, son adversaire lui balança une nouvelle ration de balles.

Le courant d'air provoqué par la descente de l'hélicoptère devenait trop puissant pour qu'un homme se tienne debout. Il avait une chance : avec un vent pareil, viser ne serait pas une mince affaire. Il se hissa donc à plat ventre sur le palier supérieur. C'est alors qu'il entendit Starkman vociférer.

— Penchez-vous et descendez-le ! Merde !

En levant les yeux vers l'hélicoptère, il aperçut en effet un homme le dévisager, disparaître un instant et réapparaître, une arme à la main.

Il ne s'agissait pas d'une simple mitrailleuse, mais d'une M-28 de sniper, qui pouvait vous trouer le crâne à plus de huit cents mètres de distance. Or Chase ne se trouvait qu'à une quinzaine de mètres sous l'appareil…

— Nina ! cria Kari en la rattrapant, sa carabine à la main.

— Regardez ! Dans l'hélico, ils vont lui tirer dessus !

Kari prit la mesure de la situation. L'énorme engin venait de se placer au-dessus de Starkman, qui s'apprêtait à monter à bord à l'aide de la corde, et un homme penché à l'extérieur visait Chase avec une arme monstrueuse !

Elle brandit sa carabine, qu'elle vida dans le fuselage de l'appareil.

Le sniper vacilla, puis dégringola de son poste. Starkman s'écarta en les voyant arriver, lui et sa mitrailleuse, à toute vitesse sur lui. L'arme atteignit les dures pierres du temple ; son propriétaire connut le même sort, à peine amorti par le métal du canon, qui lui transperça la poitrine. Son corps, tel un pantin grotesque, dévala l'un après l'autre les paliers du temple.

Starkman se redressa et saisit une corde en hurlant au pilote de reprendre de l'altitude.

— Eddie ! s'égosilla Kari dans le vacarme assourdissant des moteurs.

Chase se retourna : Kari lui faisait signe qu'elle lui lançait son Wildey. Il réussit à l'attraper d'une main, pivota et la pointa en direction de l'hélicoptère qui emportait Starkman. Le Halo prenait rapidement de l'altitude et se préparait à filer.

Chase visa le pilote et tira deux coups successifs. Les deux balles se logèrent dans la carlingue, sous le nez de l'appareil. Le courant d'air avait fait dévier la trajectoire.

Starkman se hissait, une main après l'autre, sur la corde qu'un homme, à l'intérieur de l'appareil, tirait en même temps vers lui.

Mais une autre corde flottait dans le vent. Chase courut et l'attrapa.

— Non ! Vous êtes fou ! cria Nina, impuissante, en le voyant décoller du temple.

Agrippé de la main gauche à la corde, Chase braqua son Wildey sur Starkman. Plus que quelques mètres avant l'abri tout relatif de la cabine.

— Gare à ton cul, espèce de salaud !

Le Wildey détona par deux fois. Tournicotant au bout de sa corde, Chase ignorait totalement où sa première balle avait fini, mais la deuxième avait percé une brèche dans le fuselage, juste au-dessus de Starkman, qui était couvert d'écailles de peinture.

Ce dernier baissa les yeux et aperçut Chase au bout de sa corde. L'Anglais crut un moment recevoir une rafale, mais comprit rapidement ce que Starkman s'apprêtait à faire. Il était en train de dégainer son couteau…

Horreur ! Il ne tenait que d'une main à une corde reliée à un hélicoptère ennemi, à plus de vingt mètres d'altitude déjà et qui continuait à monter.

Son regard croisa l'œil qui restait à Starkman. Avec son plus beau sourire, ce dernier taillada la corde de Chase, qui céda sous la lame.

— Nom de Dieu !

Chase tomba en chute libre vers la canopée infinie de la jungle amazonienne.

17

Il avait toujours la main gauche serrée sur la corde. Une seconde à peine avant de toucher le sommet des arbres, il laissa tomber son arme et attrapa de la main droite le reste de corde en Nylon.

Il plongea entre les branches, plus épaisses et impitoyables les unes que les autres. Tenant toujours sa corde à deux mains, il finit par s'agripper à l'une d'elles.

Mais aucune prise ne semblait suffisamment solide, et le sol se rapprochait dangereusement ! Chase s'accrocha de toutes ses forces et la corde, soudain, se raidit. Il hurla sous l'effet de la brûlure.

Il lâcha prise et repartit en chute libre à travers le feuillage, qui défilait à toute vitesse.

Et ce fut le trou noir.

Comme venue du fond d'un puits, une voix lointaine se fit entendre.

Une voix familière qui l'appelait par son nom. Une voix de femme…

— Eddie ? Eddie !

Chase ouvrit les yeux d'un coup. À travers l'épaisseur des arbres, il distinguait des morceaux de ciel percés d'étoiles.

Il lui fallut plusieurs secondes pour réussir à formuler la moindre pensée.

— Je suis tombé par là, dit-il en tentant de se redresser.

Il le regretta aussitôt. Son corps tout entier le faisait souffrir comme s'il avait été passé à tabac. Il se laissa retomber en gémissant.

— Eddie !

— Nina ? gémit-il, les yeux plissés, en reconnaissant son visage angoissé penché au-dessus de lui. Comme vous êtes belle…

— Bon, au moins, il y voit clair, commenta une autre voix.

Celle de Kari, qui l'examina quelques instants avant de lever les yeux vers les cimes. Des feuilles tournoyaient autour d'eux comme de la neige verte.

— Une chute de plus de vingt mètres…

— Mon Dieu, dit Nina en se penchant plus près encore. Je n'arrive pas à croire qu'il s'en soit sorti vivant.

— Il en faut plus pour m'achever, Doc, articula-t-il en essayant d'esquisser un sourire, mais même ses muscles faciaux le faisaient souffrir.

Elle le regarda encore quelques instants, son visage exprimant une foule d'émotions contradictoires. Puis elle le frappa à la poitrine.

— Espèce d'imbécile ! Vous êtes vraiment le dernier des crétins ! Qu'est-ce qui vous a pris ? Pourquoi avez-vous fait ça ? Qu'est-ce qui ne va pas chez vous ?

— Oh là là ! Ça fait beaucoup de questions en même temps…

Submergé par la douleur, Chase redressa doucement la tête. Il ne ressentait pourtant ni les décharges électriques ni l'engourdissement propres aux fractures.

À part son nez, bien sûr.

À la stupéfaction de Nina et de Kari, il éclata de rire, un grand rire de soulagement à l'idée d'être encore en vie.

— Nom d'un chien, ça ne fait pas qu'un peu mal. Et je n'ai même pas réussi à avoir ce salaud !

Il grimaça en cherchant à s'asseoir. Nina lui vint en aide.

— Combien de temps suis-je resté inconscient ?

— Pas longtemps, répondit Kari.

— Vous avez peut-être une commotion, s'affola Nina. Vous devez vous tenir tranquille.

Chase aperçut alors une chose qui chassa aussitôt toute douleur de son esprit.

— À mon avis, ce n'est vraiment pas le plus important, dit-il doucement.

Nina suivit son regard et se figea.

Ils étaient entourés d'Indiens.

Ils furent raccompagnés au village, Nina et Kari se chargeant d'aider Chase à avancer.

Les Indiens avaient beau ne plus se montrer hostiles, pour le moment du moins, Nina voyait bien qu'ils étaient en colère. Ce qui n'était guère surprenant, vu le nombre de morts et de maisons saccagées qu'ils avaient à déplorer. Sans compter que leur temple, protégé depuis des millénaires par leurs ancêtres, n'était plus qu'un tas de ruines enfumées. Nina en revenait à peine d'avoir survécu.

Une plus grande surprise l'attendait au village. On avait allumé un feu, auprès duquel était allongé Di Salvo, vivant. Ses vêtements maculés de sang étaient déchirés et des pansements avaient été appliqués sur ses blessures. À ses côtés, Castille et Philby administraient les premiers soins à un Indien.

— Edward ! s'écria le Belge en les voyant arriver. *Mon Dieu !* Tu es en vie !

— À peine, souffla Chase d'une voix rauque. On est où, ici ? Dans un hôpital ?

— On s'est fait de nouveaux amis. Enfin, ce n'est peut-être pas tout à fait le terme. Mettons qu'ils sont moins agressifs que tout à l'heure, répondit-il avec un clin d'œil en direction des autochtones.

— Que s'est-il passé ? demanda Nina en aidant Kari à installer Chase.

Les Indiens qui les avaient accompagnés reculèrent de quelques pas.

— Quand ils nous ont vus nous battre contre Jason et ses hommes, ils ont manifestement changé d'avis à notre égard. Comment dit-on, déjà ? L'ennemi de mon ennemi est mon ami ? En tout cas, c'est ce qui nous a sauvé la vie.

Nina regarda les Indiens, dont certains étaient occupés à trier les affaires récupérées sur les corps des hommes de Starkman. Ils les disposaient en différents tas, puis les classaient au moyen d'encoches sur un morceau d'écorce faisant office de parchemin. Les balles semblaient les fasciner au plus haut point. Deux des femmes les extrayaient des magasins à l'aide de leur pouce.

— Est-ce que c'est vraiment une bonne idée de les laisser jouer avec les balles ?

— Ça vaut toujours mieux qu'avec des armes chargées, lâcha Chase. Comment va Agnaldo ?

— J'ai dû lui faire une injection, dit Castille, mais il peut toujours traduire pour nous. Edward, il faut appeler de l'aide. Je suis certain qu'il ne reste plus rien du bateau et que Pérez et Julio sont morts.

Kari eut l'air consternée.

— Attendez, intervint Nina avec douceur, si le *Néréide* a été détruit, comment va-t-on faire pour appeler des renforts ?

— Aussi facilement que pour commander une pizza, fit Chase avec un sourire approximatif. Il suffit de passer un coup de fil. Il y a un téléphone satellite dans un des sacs.

— Tout ça, c'est bien joli, interrompit Philby sur le ton de l'exaspération. Mais est-ce que je suis vraiment la seule personne, ici, à se soucier du fait qu'une découverte archéologique d'une valeur inestimable vient de se volatiliser sous nos yeux ? C'est pire que ce qu'ont fait les talibans !

— Et encore, vous n'avez pas vu l'intérieur, Jonathan, ajouta tristement Nina. C'était incroyable. La réplique du temple de Poséidon, exactement comme l'a décrit Platon. Il y avait même une carte indiquant l'emplacement de l'Atlantide…

Une étrange pensée jaillit dans son esprit.

— Où vous ont devancés vos petits amis armés, répliqua Philby.

Mais Nina ne l'écoutait plus. Elle réfléchissait à ce qu'elle avait vu à l'intérieur du temple.

— Nina ? Que se passe-t-il ? demanda Kari.

— La carte… L'Atlantide était bien dans le golfe de Cadix, insista Nina. Ce type de la bande de Starkman s'est trompé. Forcément ! Le peuple de l'Atlantide pouvait traverser des océans entiers. Il n'est pas possible que leur carte fasse une erreur de plusieurs centaines de kilomètres. Il est clair qu'on a dû oublier quelque chose… quelque chose en rapport avec leur système.

Son regard se posa sur l'une des femmes occupées à compter les balles. *Eurêka !* La manière dont elle procédait dévoilait un tout autre système de pensée.

— Agnaldo, vous m'entendez ? s'enquit-elle en s'accroupissant à côté du blessé.

Agnaldo avait le visage ruisselant de sueur, mais il était toujours conscient.

— Oui, je vous entends, dit-il. Allez-y.

— J'aurais besoin que vous me traduisiez quelque chose.

— Je ferai de mon mieux. Vous voulez dire quoi ?

— Tout d'abord, il faut que je sache si je peux m'approcher de ces femmes pour regarder ce qu'elles écrivent.

Di Salvo posa la question aux deux anciens survivants et fit un signe de tête à Nina. La jeune archéologue s'avança, les mains levées en signe d'apaisement. Les femmes, d'abord inquiètes, puis surprises, la laissèrent faire et lui tendirent la latte d'écorce pâle sur laquelle elles écrivaient.

Son intuition était bonne : elles étaient bien occupées à compter. Nina examina les symboles inscrits sur l'écorce et réclama de la lumière. On lui tendit une lampe.

Elle l'alluma, effrayant d'abord les deux femmes, qui reculèrent d'un bond, avant de se rapprocher, fascinées. D'autres membres de la tribu se regroupèrent autour d'elles, exaltés. Nina leur adressa un sourire rassurant et se concentra de nouveau sur les chiffres.

— Qu'est-ce que c'est ? demanda Kari, qui venait de la rejoindre.

— Vous vous souvenez que je pensais que le système numérique de l'Atlantide reposait sur la base de huit ? dit Nina en passant un doigt prudent au-dessus d'une des colonnes inscrites au charbon de bois. Seulement, ça n'a pas marché pour l'épreuve de réflexion. Pas plus que pour les statues des Néréides, dans le temple. Selon Platon, il aurait dû y en avoir cent, mais vous n'en avez dénombré que soixante-treize.

— Exact, confirma Kari. Et vous comprenez pourquoi ?

— Je ne suis pas sûre…, continua Nina en regardant les balles étalées par terre, à côté d'une pile de chargeurs vides. Eddie, combien un chargeur comme celui-ci contient-il de balles ?

— Un UMP ? Trente.

— Bon, alors, ici, on a plus de cent balles. Voyons donc…

Elle s'agenouilla auprès d'une des Indiennes et s'efforça de lui sourire le plus amicalement possible. La femme réagit avec méfiance, mais ne bougea pas d'un pouce lorsque Nina prit un fragment de charbon de bois et un morceau d'écorce vierge. Elle traça un petit trait correspondant à une unité. Puis elle saisit une balle et, tout en pointant du doigt le trait qu'elle venait de faire, interrogea la femme du regard.

— Un, oui ? Un ?

La femme la considéra étrangement, puis parla soudain en souriant.

— Elle dit oui, traduisit Di Salvo.

— D'accord…, continua Nina en disposant une poignée de balles à ses pieds.

Puis elle en aligna deux et traça un nouveau trait sur l'écorce.

— Deux ? demanda-t-elle.

La femme fit de nouveau oui de la tête. Nina aligna alors six balles supplémentaires et autant de petits traits. Huit petites encoches sur la même ligne.

La femme acquiesça. Nina sourit, puis prit une neuvième balle, qu'elle plaça sur la première rangée avant d'ajouter une autre coche sur sa ligne.

— Neuf ?

La femme fit non de la tête. Nina effaça les neuf traits, qu'elle remplaça par le dessin d'un V inversé.

— Neuf ?

La femme fit non de nouveau, avec cette fois une pointe d'exaspération dans le regard et un commentaire moqueur à l'intention de ses compagnons. Certains d'entre eux gloussèrent. Tout comme Di Salvo.

— Qu'est-ce qu'elle a dit ? s'enquit Nina.

— Elle n'en revient pas que vous ne sachiez pas compter…

La femme retira le morceau de charbon de la main de Nina, ajouta un trait à gauche du symbole, puis montra du doigt les neuf balles.

— Donc, ça, c'est neuf ? fit Nina, songeuse.

— Qu'est-ce que vous en concluez ? demanda Kari.

— Le type de la bande de Starkman pensait que l'accent circonflexe représentait le neuf, dit Nina. Mais il s'est trompé. Ça m'est venu en les regardant compter. Ils ne se servent pas de leurs doigts, mais des espaces entre leurs doigts. Regardez.

Là-dessus, elle saisit une balle et la coinça entre son pouce et son index.

— Un.

La femme la regarda faire sans comprendre. Nina mit alors une deuxième balle à côté de la première, entre son pouce et son index, et désigna le creux entre son index et son majeur.

— Un, deux ?

La femme acquiesça d'un signe de tête en souriant de nouveau. Elle leva ses deux mains et compta les espaces sur chaque main au moyen de ses auriculaires – et non du pouce.

Nina nota qu'elle plaçait ses doigts les uns contre les autres après avoir fini de compter. Les deux bords de ses paumes créaient une forme circonflexe.

— Voilà, l'accent circonflexe représente huit espaces « entiers ». Le neuf est représenté par un circonflexe auquel on ajoute un trait. Ici, dit-elle en désignant le morceau d'écorce de l'Indienne, nous avons un trait suivi de deux circonflexes, soit dix-sept. Un plus huit plus huit. Mais regardez, ils ne représentent pas seize par deux circonflexes, mais par huit traits plus un circonflexe. Comme s'ils remplissaient d'abord les espaces entre leurs doigts. Le nombre qui suit une main complète est signifié par un accent circonflexe plus un.

— Autrement dit, ils ne procèdent pas de façon linéaire, murmura Kari, qui commençait à comprendre.

— Pas étonnant que nous n'ayons pu résoudre la dernière énigme ! Nous n'avions pas le bon système. Le leur mélange position et notation !

— Et ça donne quoi, en bon français ? demanda Chase. Vous me faites mal à la tête…

— D'accord, d'accord… Dans notre système, on ajoute une colonne chaque fois qu'on multiplie par dix. On fonctionne par dix, cent, mille : c'est une progression régulière. Or leur système, qui semble avoir été celui de l'Atlantide, et dont les symboles figuraient dans la salle de l'énigme, ne suit pas une progression régulière. Au lieu de ça, on remplit les espaces. S'ils utilisaient la base de huit, dit-elle en ouvrant les doigts, le symbole suivant, le circonflexe, vous savez, le petit chapeau…

— Oui, merci, Doc, je sais ce qu'est un accent circonflexe, fit Chase, un tantinet agacé.

— Désolée. Donc, le circonflexe représenterait le huit dans un système basé sur huit. Mais ici, ce n'est pas le cas. Il représente bien le huit, mais il n'apparaît pas avant qu'on arrive à *huit plus un*. Le L penché, en base huit, ce serait soixante-quatre. Mais ici, on a affaire à une progression cumulative et non linéaire, c'est-à-dire que l'on n'avance qu'une fois que tous les espaces entre chaque doigt sont remplis…

— Le L penché arrive après huit groupes de huit plus huit, continua Kari avec enthousiasme.

— C'est ça ! Mais n'oubliez pas que, pour l'écrire, il faut rajouter un ! Soit…

— Soixante-treize !

— Comme le nombre de statues ? dit Chase en fronçant les sourcils.

— Exactement ! Platon parlait de cent, parce que le système s'est faussé au fil des siècles. Chez le peuple de l'Atlantide, soixante-treize correspond à notre cent, soit à l'apparition de la troisième colonne. Vous me suivez ? Leur système n'est ni décimal, ni fondé sur une base de huit. Il est unique !

— Et Qobras l'ignore, fit remarquer Kari. Donc, quand il voudra convertir en chiffres modernes les données de latitude trouvées sur la carte, tous ses calculs seront faux !

Nina se remémora la carte.

— Absolument ! Il sera même à côté de la plaque ! Le circonflexe seul ne vaut pas neuf, comme il le pense, pas plus que le circonflexe plus trait ne vaut dix. Selon ses calculs, le cap de Bonne-Espérance serait à latitude quinze sud. Or, il est à latitude quatorze ! Ils auraient ainsi dû diviser la différence de trente-cinq degrés par sept unités de l'Atlantide, et non huit ; ce qui signifie qu'une unité atlantide est égale à cinq degrés. L'Atlantide est à sept unités au nord de l'Amazone et sept fois cinq égale…

— Ça, même moi, je peux y arriver ! dit Chase en riant. Ça fait trentecinq degrés nord.

— Auxquels il faut rajouter un degré pour prendre en compte la latitude du delta de l'Amazone, précisa Kari. Ainsi, l'Atlantide se trouve à trente-six degrés nord ; ce qui correspond au golfe de Cadix ! Vous aviez raison !

— Ils vont faire une erreur de plusieurs centaines de kilomètres ! s'exclama Nina, qui avait du mal à contenir son excitation. On va pouvoir découvrir l'Atlantide avant eux.

— Tout ça, c'est bien joli, intervint Castille, qui finissait de soigner l'Indien blessé. Mais j'ai tout de même une suggestion à faire : avant de crier victoire, on devrait peut-être commencer par sortir de cette foutue jungle, non ?

— Le téléphone satellite est dans mon sac à dos, dit Chase d'un ton las. Passe-le-moi, que j'appelle la cavalerie.

— Ah, *merveilleux!* lança Castille en trouvant le sac de Chase. On va encore se taper de l'hélicoptère…

Nina regarda les Indiens qui l'entouraient, les yeux rivés sur elle.

— Que va-t-on faire pour la tribu ? Leur village a été saccagé à cause de nous. Ils vont avoir besoin de notre aide.

— Je m'en occupe, dit Di Salvo. En tant que représentant du gouvernement brésilien, je suis à même de dire qu'ils ont été localisés et contactés ! Ils sont donc maintenant officiellement sous protection.

— Ils ont quand même tué Hamilton !

— Oui, mais pas nous, nota Chase alors que Castille lui tendait son téléphone.

— Je vais m'assurer qu'ils obtiennent tout ce dont ils ont besoin, reprit Di Salvo. La fondation Frost a quelque influence sur le gouvernement brésilien. Après tout, il est tout à fait possible qu'ils soient les descendants directs du peuple de l'Atlantide. Il serait fascinant de faire des tests ADN…

Son regard s'égara en direction du temple plongé dans l'obscurité.

Di Salvo expliqua du mieux qu'il put la situation aux Indiens. Certains, notamment les anciens, ne manifestèrent pas un grand enthousiasme.

— Ils craignent l'intrusion de pillards, traduisit-il.

— Piller quoi ? demanda Chase, sarcastique, en levant brièvement les yeux de son téléphone. Des morceaux d'hélicoptère ? Il n'y a plus rien d'autre à voler.

— Non, ils ont raison, dit Nina. Même si une grande partie est détruite, il reste encore beaucoup d'or à l'intérieur.

— Je me débrouillerai pour que l'endroit soit surveillé, dit Kari. À la fondation, nous avons des hommes dignes de confiance qui pourront à la fois aider et protéger ces gens. Je pense que nous ne devrons jamais divulguer ce que nous avons vu.

— Je n'ai pas vu un gramme d'or, commenta Chase avec ingénuité. Seulement des pics, des crocodiles et un casse-tête insoluble.

— Il en fallait quarante, au fait, annonça Nina avec légèreté.

— Quarante quoi ?

— Quarante billes de plomb. Depuis que j'ai compris le système, j'ai fait le calcul.

— Vous plaisantez ?

Nina se contenta d'un sourire entendu.

— Bon, on nous envoie un hélico. Ça risque de prendre plusieurs heures. Même avec un GPS, il ne sera pas facile de nous repérer dans le noir.

— Vous croyez qu'Agnaldo va tenir dans ces conditions ? demanda Nina à Castille. Il a besoin de soins spécialisés !

— Ne vous inquiétez pas pour moi, souffla Di Salvo dans un demi-sommeil. Ce n'est pas la première fois que je me fais tirer dessus…

— Son état est stable, dit Castille. En attendant, je vais faire de mon mieux pour aider les Indiens.

— Je vais appeler mon père pour lui expliquer la situation et lui demander de s'arranger avec les Brésiliens, déclara Kari en prenant le téléphone de Chase.

Elle s'accroupit à côté de Nina.

— Il faut qu'on vous trouve une carte. On a peut-être perdu tous les renseignements contenus dans le temple, mais ça ne nous empêchera pas d'atteindre l'Atlantide avant Qobras. L'aventure continue.

18

Gibraltar

Chase examinait l'immense planisphère qui recouvrait la table de l'hôtel. Il parcourait du doigt une ligne marquant trente-six degrés nord.

— Ça fait beaucoup d'eau à sonder, tout ça.

— Mon père a dépêché l'un de ses avions radar, qui effectue à l'heure actuelle une étude approfondie des fonds marins du golfe. Grâce à ce procédé, on peut détecter n'importe quelle épave enfouie à plus de vingt mètres sous les sédiments.

— Et si c'est plus profond ? demanda Chase, dubitatif.

— Eh bien, dans ce cas, pour reprendre une de vos expressions favorites, on est baisés.

Nina sourit. Les gros mots paraissaient bien incongrus dans la bouche de Kari.

— On a des nouvelles de Qobras ?

— Oui, répondit Chase. J'ai une amie au Maroc qui veille au grain.

— Elle n'est pas enceinte, au moins ?

— Très drôle… D'après elle, les hommes de Qobras ont pris la mer à Casablanca hier, à bord d'un bateau pas tout à fait aussi sophistiqué que le vôtre, Kari, mais doté d'un submersible. Cela dit, vous aviez raison, Nina. Ils ne vont pas chercher au bon endroit. S'ils continuent comme ça, ils vont se retrouver à plus de trois cents kilomètres au sud-est du point où nous serons.

— Il n'y a plus qu'à croiser les doigts pour qu'ils y restent, fit Kari. Je trouve étrange qu'ils aient réussi à nous localiser si facilement au Brésil…

— Il faut dire que le *Néréide* n'était pas d'une très grande discrétion, glissa Chase. Mais moi non plus, je n'aime pas trop que Starkman nous soit tombé dessus aussi vite. Il devait avoir installé un mouchard quelque part. On ne peut, hélas, plus le savoir.

L'épave incendiée du *Néréide* avait été retrouvée engloutie dans le bras du Tefé, coulée par un missile antichar.

— Nous avons donc intérêt à parler au plus petit nombre de personnes possible. Combien d'hommes composent l'équipage ?

— Vingt-quatre. Tous très dévoués à mon père.

— Vous en êtes absolument certaine, à cent pour cent ?

Kari hésita quelques instants.

— Si j'étais vous, je ne préviendrais que le capitaine et le navigateur de notre destination. Et encore…

— On verra quand on aura les résultats de l'étude radar, dit Kari, songeuse. Merci, monsieur Chase.

— Si vous avez besoin de moi pour quoi que ce soit, je serai à côté, assura-t-il avant de prendre congé.

— À plus tard, dit Nina en retournant à la carte.

À l'endroit le plus large, le golfe de Cadix mesurait près de cinq cents kilomètres. Ce qui, en soi, était plus petit que l'Atlantide décrite par Platon. Mais le philosophe s'était trompé dans ses calculs, en convertissant le système cumulatif de l'Atlantide en système décimal. En réalité, l'île ne devait pas dépasser les deux tiers de ce qu'avait indiqué Platon. Si le temple trouvé dans la jungle était une réplique exacte de l'original, il fallait en déduire que le stade atlantide n'excédait pas cent vingt mètres – une taille bien inférieure à celle de son cousin grec.

En réduisant ainsi les échelles, on ramenait l'Atlantide à une superficie d'environ deux cents kilomètres sur cent cinquante. Ce qui tenait à l'aise dans le golfe de Cadix et se trouvait probablement dans les eaux relativement peu profondes du plateau continental, avant que les fonds marins ne chutent dans les profondeurs abyssales de l'Atlantique. Les recherches de la Confrérie étaient vouées à l'échec.

La Confrérie..., songea Nina.

— Qu'est-ce qui vous préoccupe ? demanda Kari.

— Je pensais à la Confrérie, à Qobras, répondit Nina en levant les yeux. Qui est ce type ? Pourquoi tient-il tant à nous empêcher de découvrir l'Atlantide ? Ou, plutôt, à *vous* en empêcher vous et votre père ?

— Je..., commença Kari, soudain confuse.

— Qu'y a-t-il, Kari ?

— Nina, il y a quelque chose dont je voudrais vous parler.

Nina s'assit à côté d'elle, troublée.

— Mon père et moi sommes à la recherche de quelque chose en plus.

— Mais qu'y a-t-il d'autre à découvrir ?

— Cela va peut-être vous sembler étrange, mais l'Atlantide n'est pour nous qu'un point de départ. Comme vous le savez, la fondation Frost s'occupe de programmes d'aide médicale dans le monde entier.

Nina acquiesça.

— Nous avons prélevé l'ADN du plus grand nombre de peuples possible. Au moyen de tests sanguins.

Nina posa machinalement la main sur son bras, là où le vaccin qu'elle avait reçu avant son départ en Iran avait laissé une petite marque. Une éternité plus tôt…

— Oui, vous aussi, avoua Kari. Mais, je vous en prie, réservez votre jugement et laissez-moi tout vous raconter. Nous avons de bonnes raisons.

— Vous m'avez fait un test ADN ? demanda Nina, scandalisée. Sans me le dire ?

— Nous étions obligés de garder le secret. S'il vous plaît, laissez-moi continuer.

— Allez-y.

— Mon père et moi avons découvert… Enfin, mon père surtout, quand j'étais enfant… Donc, nous avons découvert un marqueur génétique rare, présent chez environ une personne sur cent, dans le monde entier. Nous pensons… (Elle marqua une pause, comme si elle hésitait à révéler un secret.) Nous pensons que l'on peut faire remonter ce gène au peuple de l'Atlantide. En d'autres termes, toutes les personnes qui possèdent cette combinaison génétique dans leur ADN…

— …seraient des descendants du peuple de l'Atlantide ?

— Exactement. L'Atlantide a certes disparu, mais son peuple a dirigé le plus grand empire du monde pendant neuf mille ans. Sa diaspora s'est étendue aux quatre coins du monde. Nous en avons retrouvé la trace aussi loin que la Namibie, le Tibet, le Pérou et… la Norvège.

— La Norvège ?

— Oui, répondit Kari en prenant Nina par les mains. Nina, le peuple de l'Atlantide ne s'est jamais perdu. Il a toujours été ici parmi nous. Et nous en faisons partie. Mon père et moi possédons le marqueur en question. Vous aussi, lui dit-elle en la regardant droit dans les yeux.

— Moi, mais…

— Vous êtes une des nôtres, Nina. Vous êtes une descendante du peuple de l'Atlantide. Voilà ce que nous essayons de trouver : non seulement des ruines, mais surtout des gens, vivants, aujourd'hui.

Nina avait la tête qui tournait. Elle avait envie de retirer ses mains de celles de Kari, mais n'y parvenait pas. Son esprit scientifique, pourtant, exigeait d'en savoir plus.

— Comment ça ?

— Nous croyons que la découverte de l'Atlantide nous permettra de reconstituer l'expansion de cette diaspora. Nous avons déjà, grâce à vous, observé la manière dont ce peuple a tenté de reproduire sa civilisation au Brésil, et nous pensons qu'il existe bien d'autres endroits où il a fait la même chose. La carte, dans le temple, montrait des routes allant jusqu'en Asie. Nous voulons trouver les sites où ils se sont installés, suivre leurs traces…

— …et trouver leurs descendants.

— Souvenez-vous : les sages, au village, voulaient savoir si je faisais partie des « anciens ». De toute évidence, nous avons affaire à une mémoire collective, transmise de génération en génération.

— Donc, selon vous, les habitants de l'Atlantide étaient blonds, dit Nina en esquissant un petit sourire. Et que vient faire Qobras dans tout ça ?

— Il considère les descendants de l'Atlantide comme une menace.

— Et le sont-ils ?

— À vous de me le dire. Vous en êtes une, vous aussi.

Nina garda le silence une minute.

— Il connaît l'existence du marqueur ADN ?

— Très certainement. Il y a un an environ, nous avons découvert une taupe au sein de notre équipe de recherche génétique. Mais mon père pense qu'il nous espionne depuis plus longtemps. Il est clair à présent que Qobras fera n'importe quoi pour nous empêcher d'atteindre notre but.

— J'aurais dû m'intéresser aux ovnis ou au yéti plutôt qu'à l'Atlantide, murmura Nina, visiblement nerveuse.

— Je me réjouis du contraire, la rassura Kari en resserrant son étreinte. Sans vous, nous ne serions jamais arrivés aussi loin. Maintenant que nous savons à quoi nous en tenir, nous allons tout faire pour garantir votre sécurité.

— Ravie de l'apprendre, dit-elle en revenant à la carte. Encore faut-il que nous trouvions l'Atlantide pour de bon.

— S'il y a quelque chose, le sonar le trouvera.

— Et comment comptez-vous y accéder ? Dieu seul sait à quelle profondeur tout cela est enfoui. Même en eaux peu profondes, les fouilles relèvent du défi ; alors, à plusieurs dizaines de mètres de profondeur…

— Vous ne connaissez pas nos sous-marins ! dit Kari avec un grand sourire. Ils sont très impressionnants.

— Vos sous-marins ? Combien en avez-vous ?

— Starkman avait raison : la quête de l'Atlantide est plus qu'un hobby pour mon père. Elle représente à ses yeux plus que ses affaires ou le travail de la fondation. C'est la chose la plus importante de sa vie.

— Plus que vous ?

— C'est la même chose pour moi.

Nina s'apprêtait à ajouter quelque chose quand Kari lui lâcha les mains.

— Nous allons devoir attendre un moment les résultats du sonar. Nous pourrions donc penser à nous changer les idées, qu'en dites-vous ?

L'hôtel donnait sur le port de Gibraltar, dont on apercevait les rochers de la pointe dans le lointain.

— Je ne sais pas, Kari. Tout cela m'a un peu perturbée.

— D'accord. Si vous changez d'avis…

— Merci.

Kari sortit à contrecœur, laissant la jeune archéologue s'absorber dans l'étude de la carte.

Dans quelle histoire me suis-je encore fourrée? se demanda-t-elle, alors que Kari refermait la porte.

Il fallut un jour de plus pour que les premiers résultats de l'étude leur parviennent. Nina commençait à tourner en rond. Chase lui avait formellement interdit de sortir seule de l'hôtel. Elle appréciait Chase et Castille, elle supportait même les blagues un peu lourdes de l'Anglais, mais leur présence lui rappelait trop les menaces qui pesaient sur ses épaules. Kari avait bien tenté de lui faire mettre le nez dehors, mais Nina n'avait pas fini de digérer ce qu'elle lui avait révélé. Elle avait besoin de temps pour réfléchir.

À l'annonce des résultats, elle se sentait toujours aussi confuse. Au moins, elle allait avoir de quoi s'occuper l'esprit de façon rationnelle.

— Voilà, dit Kristian Frost en visioconférence.

Un second moniteur avait été relié à l'ordinateur portable; on y voyait les membres de l'expédition étudier les relevés du sonar. Une flèche, sur l'écran, désignait une zone.

Nina regardait, fascinée. La zone apparaissait dans des nuances de gris, en fonction de l'écho enregistré par le sonar. Elle était partagée en cercles concentriques.

— Quelle est l'échelle?

— Un millimètre représente cinq mètres, répondit Kari en lui tendant une règle.

Nina mesura aussitôt le centre de l'image.

— Douze centimètres cinq de diamètre environ, ce qui nous fait… six cent vingt-cinq mètres. La proportion des cercles est conforme à celle que décrit Platon. Il n'y a qu'une différence de taille, mais…

Elle déplaça sa règle sur un objet rectangulaire composé de blancs et de noirs, et non d'un dégradé de gris comme le reste de l'image.

— Cent mètres sur cinquante, à peu près. La même taille que le temple du Brésil.

— N'y a-t-il aucune chance que ces cercles se soient formés naturellement ? demanda Philby. Il pourrait s'agir d'un volcan écrasé sur lui-même ou d'un cratère dû à la chute d'une météorite ?

— Non, les contours sont bien trop réguliers, Jonathan. C'est totalement artificiel, il n'y a pas de doute. On est à quelle profondeur ?

— Deux cent quarante mètres, ce qui nous fait environ…, dit Frost en tournant les yeux vers un autre écran, …cinq mètres de sédiments.

— Plutôt profond, commenta Chase en pivotant vers Kari. Heureusement que nous avons les sous-marins.

— Nous disposons de nouvelles tenues de plongée, répondit-elle. Je vous les montrerai quand nous serons sur le bateau.

— Mais comment résoudre le problème des sédiments ? s'enquit Nina.

— Attendez de voir nos sous-marins, ma chère. Nous avons mis au point une technique très spéciale. C'est l'occasion de l'étrenner.

— Comment fonctionne exactement le radar ? interrogea Philby.

— Les parties blanches correspondent à des ombres, des zones où le signal s'est bloqué. Les objets noirs sont des zones où l'écho est particulièrement puissant.

— Ce qui signifie qu'il doit y avoir pas mal d'objets compacts à cet endroit, dit Philby en indiquant l'est de la carte. Regardez cette partie-là, par exemple. Ça me fait penser à des ruines. Tout est embrouillé, comme si les murs s'étaient écroulés, mais le contour est assez régulier.

— C'est l'Atlantide, j'en suis certaine, affirma Nina. Tout correspond à la description de Platon. Les trois cercles d'eau autour de la citadelle, le canal orienté vers le sud… Et ceci, continua-t-elle en tapotant du doigt un rectangle sombre, c'est le temple de Poséidon, l'original !

— Mais comment s'est-il retrouvé à cette profondeur ? demanda Chase. Deux cent quarante mètres, ça fait une belle chute…

— Un glissement de plaque tectonique ou l'effondrement du cratère d'un volcan immergé ont très bien pu provoquer l'affaissement d'une partie du plateau continental, entraînant un tsunami d'énorme envergure. L'île aura été engloutie pendant le cataclysme. Avec le temps, elle a continué à s'enfouir. Sans compter que le niveau de la mer a monté depuis la fin de la dernière période glaciaire, il y a près de dix mille ans. Reliez entre eux ces événements…

— Ce que vous avez su faire, Nina, dit Kari avec un immense sourire. Vous vous rendez compte ? Vous avez trouvé ce que tout le monde pensait n'être qu'une légende…

— Tout le monde, en effet, ajouta Nina avec un regard appuyé à l'intention de Philby.

— Certes, certes, marmonna-t-il. De toute évidence, je m'étais trompé. Félicitations, docteur Wilde.

— Merci, professeur, répondit-elle en lui rendant sa poignée de main.

— Bravo, Nina. Beau travail.

Elle sourit, rayonnante de fierté.

— Loin de moi l'envie de venir troubler cette petite fête entre archéologues, coupa Chase, mais on n'est pas tout à fait au bout de nos peines.

—Je m'en occupe, dit Frost. Je vais demander au capitaine de l'*Evenor* de se mettre en route dès que possible. Tout est prêt, vous pourrez le rejoindre demain en hélicoptère. Une fois encore, toutes mes félicitations, docteur Wilde. Vous venez de faire une découverte incroyable. Je regrette seulement de ne pas être avec vous pour voir ça de mes propres yeux…

—Moi aussi, père, fit Kari.

—La prochaine fois que nous nous parlerons, ajouta Frost avec un sourire éclatant, vous aurez découvert l'Atlantide, j'en suis certain. Au revoir… et bonne chance!

L'écran s'éteignit.

Kari se dirigea vers le minibar et en sortit une bouteille du meilleur champagne.

—Ça se fête!

—Vous vous servez dans le minibar? se gaussa Chase. Ça va vous coûter plus cher que toute l'expédition!

—En l'occurrence, je crois que ça le vaut bien. Tenez, Nina, dit Kari en lui tendant la bouteille. À vous l'honneur.

—Vous n'avez pas gagné le Grand Prix, ne la secouez pas trop! Faut pas gâcher le bon champagne, conseilla l'Anglais.

Nina fit sauter le bouchon d'une main experte.

—Ah! j'ai toujours peur de crever l'œil de quelqu'un! dit-elle en riant.

—Comme celui de Jason Starkman? suggéra Chase avec un rictus sadique en se précipitant pour recueillir les premières bulles.

—Ça n'a rien de drôle!

Il lui prit la bouteille et lui tendit un verre plein, puis servit les autres.

—À Nina! lança Kari en levant son verre.

—Merci, Kari. Je crois que nous devrions avoir une pensée pour ceux qui ont été blessés ou qui ne sont plus parmi nous. Je pense à Hafez, Agnaldo, Julio, Hamilton, au capitaine Pérez…

Les autres répétèrent solennellement les noms avant de prendre une première gorgée.

— C'était très délicat de ta part, dit Philby.

— C'était tout naturel. J'espère seulement que ce que nous allons découvrir en valait la peine…

— Il n'y a aucun doute là-dessus, lui assura Kari. Aucun doute.

19

Golfe de Cadix

— Le bateau est là ! dit Kari en le pointant du doigt du cockpit de l'hélicoptère.

Le vert profond du golfe de Cadix scintillait sous les rayons du soleil. Ils étaient à cent cinquante kilomètres de la côte portugaise et l'*Evenor* filait à une vitesse stable de douze nœuds, laissant derrière lui une traînée blanche. Ce bateau de recherche hydrographique de quatre-vingts mètres était à la pointe de l'innovation en matière d'exploration de fonds marins. Comme pour tout ce qui lui tenait vraiment à cœur, Kristian Frost n'avait pas lésiné sur les moyens.

— Pas trop tôt ! râla Castille.

Le Belge s'était montré très nerveux pendant le vol, ce qui n'avait pas manqué d'amuser les autres passagers, Philby compris. Il répétait qu'il était impatient de retrouver le plancher des vaches, jusqu'à ce qu'il se rende compte que le pont d'un bateau n'avait rien de très terrestre…

— Tu as une idée de la difficulté qu'il y a de faire atterrir un hélicoptère sur un bateau en mouvement ? demanda Chase avec malice.

Castille lui jeta un regard noir et croqua à pleines dents dans une grosse pomme verte.

— Ça ne posera aucun problème, lui assura le pilote tandis que le Bell 407 amorçait sa descente. Je l'ai déjà fait cent fois.

— Si je puis me permettre, c'est la cent unième qui m'importe, marmonna Castille entre deux bouchées.

Nina regarda par-dessus l'épaule de Kari. L'*Evenor* présentait une structure ultramoderne un peu insolite. La coque était d'apparence assez ordinaire, mais la superstructure, composée d'un bloc évasé plutôt élevé, était surmontée d'un « radar » particulièrement massif.

À la poupe se trouvait en effet la plate-forme d'atterrissage, suspendue au-dessus de la mer : le reste du pont était envahi par les grues et des treuils qui maintenaient les deux sous-marins en place.

— Ce bateau a moins d'un an, dit Kari. Trois mille deux cents tonnes métriques ; cinq officiers, dix-neuf membres d'équipage et une trentaine de scientifiques peuvent y vivre en autonomie complète pendant deux mois. C'est la grande fierté de mon père…

Comme l'avait promis le pilote, l'atterrissage se fit sans encombre. Castille bondit littéralement de l'appareil.

— Enfin en sécurité ! cria-t-il.

— Évitez tout de même de lever les bras de bonheur, plaisanta Nina. Rappelez-vous ce qui est arrivé à Hajjar !

Kari conduisit le groupe jusqu'au niveau quatre de la superstructure, où les attendait le commandant de bord, le capitaine Leo Matthews, un gaillard canadien en uniforme blanc. Il leur fit le point sur la situation.

— Nous devrions atteindre notre destination dans trois heures. Êtes-vous sûre de vouloir faire descendre les deux sous-marins à la fois, madame ? demanda-t-il à Kari. Ne préférez-vous pas n'envoyer que l'*Atragon* en repérage ?

— J'ai bien peur que le temps ne joue contre nous, répondit-elle en secouant la tête. Qobras a déjà pris la mer. Il doit se douter que c'est aussi notre cas. Il ne cherche pas au bon endroit, mais tôt ou tard il se rendra compte de son erreur, et j'ai comme l'impression que ça ne va pas tarder.

— Vous craignez une attaque ?

— Ce ne serait pas la première, fit remarquer Chase.

— Certes, dit Matthews avec un sourire. L'*Evenor* n'est pas un navire de guerre, mais il se débrouille. Votre père nous a fait parvenir, comment dirais-je ? un équipement spécial. Nous sommes parés à toute éventualité, madame.

— Merci, capitaine.

Matthews ordonna alors à l'un des membres d'équipage de conduire chacun à sa cabine. Kari voulut céder la sienne, la plus grande, à Nina, qui selon elle la méritait. Mais celle-ci en prit une à côté de Chase, un niveau au-dessous.

— Excellent, dit Chase en pointant son nez par l'entrebâillement de la porte. Je ne suis pas obligé de partager ma cabine avec Hugo.

— Il ronfle ?

— Il fait bien pire que ça, répondit-il sans toutefois s'étendre, au grand soulagement de Nina. C'est moins chic que le *Néréide*, mais sans doute plus résistant.

— S'il vous plaît, ne plaisantez pas avec ça.

— Je ne plaisantais pas, fit-il en entrant. Comme l'a dit Kari, Qobras ne peut pas ignorer que nous sommes dans les parages. L'équipage est loyal, mais il suffit d'agiter assez d'argent pour que n'importe qui se laisser acheter.

— Vous pensez que Qobras a un espion à bord ?

— Je serais prêt à parier que oui. D'ailleurs…

— Quoi ?

Il s'assit à côté d'elle et lui parla à voix basse.

— Au Brésil, Starkman nous a retrouvés bien trop facilement. Leurs hélicos n'ont pas pu nous suivre pendant que nous remontions le Tefé, nous allions trop lentement. Ils seraient tombés en panne sèche ou se seraient fait repérer. Non, ils savaient où nous trouver avant de décoller. Il y avait forcément un mouchard…

— Mais qui ? demanda Nina en frissonnant malgré la chaleur.

— Hamilton ? Impossible. Personne ne lui avait vraiment expliqué la raison de notre expédition. Je n'aime pas dire du mal des morts, mais Pérez et Julio sont sur ma liste.

— Mais ils ont été tués pendant l'explosion du *Néréide* ! Vous avez vu les corps.

— Il est possible que Starkman se soit débarrassé d'eux. On ne peut donc pas les exclure. Je suis à peu près sûr que Kari ne chercherait pas à trahir son propre père… Quant à vous, vous êtes irréprochable.

— Je vous remercie, répondit-elle avec un sourire.

— Ça ne laisse pas beaucoup de suspects. Il y a Agnaldo, le prof, Hugo et moi.

— Ça ne peut pas être Jonathan, trancha aussitôt Nina. Je le connais depuis des années. Il ne ferait rien qui puisse me nuire.

— Très bien, dit Chase en fronçant les sourcils. Je fais confiance à Agnaldo, et je mettrais ma vie entre les mains de Hugo. Ce qui nous laisse… Nom d'un petit bonhomme ! Eh bien, oui, il n'y a plus que moi.

— Je pense qu'on peut vous exclure aussi, opina-t-elle avec un petit rire.

— Je l'espère bien. Je n'ai pas tellement envie de me faire passer un mauvais quart d'heure ! Mais c'est grave, Nina. N'importe qui à bord du *Néréide* aurait pu avoir un téléphone satellite planqué dans ses affaires. Je me suis contenté de fouiller ce qu'on faisait monter à bord, sur le Tefé. Quant à ce bateau…, dit-il en soupirant. Restons vigilants.

— Et si vous trouvez de qui il s'agit ?

— Ce fils de pute aura de mes nouvelles, dit-il en se levant.

Il ne plaisantait pas.

Nina prit le temps de faire le tour de l'*Evenor*. Elle finit sa visite par le pont où se trouvaient les deux submersibles. Kari discutait avec deux jeunes types débraillés, en short défraîchi et chemise hawaïenne.

— Je vous présente nos deux pilotes, également concepteurs des sous-marins.

— Jim Baillard, dit le plus grand des deux. Enchanté.

Il était canadien, comme Matthews, mais s'exprimait de façon bien plus décontractée. Il portait un bracelet de petits coquillages autour du poignet.

— Alors, comme ça, vous croyez avoir trouvé l'Atlantide. Super !

— Et vous voulez qu'on vous la sorte de terre ? C'est comme si c'était fait ! renchérit l'autre, un Australien très bronzé aux cheveux blonds décolorés hérissés sur la tête. Je m'appelle Max Trulli. Enchanté. On peut même vous la faire sécher, si vous voulez !

— Enchantée de vous rencontrer, dit Nina. Voici donc vos submersibles. Je ne les voyais pas comme ça…

Ils ressemblaient en effet davantage à des bulldozers qu'à des engins maritimes.

— Je sais, vous pensiez qu'ils étaient tout en verre, lança Trulli, plein d'entrain. Eh bien, non ! À la moindre fêlure, tout explose ! C'est juste bon pour photographier des poissons bizarroïdes ou pour se la jouer *Titanic* ! Ces deux petites merveilles n'ont pas été conçues pour rigoler. C'est du solide !

— La dernière chose à faire avec une coque de sous-marin, c'est d'y placer une ouverture, ajouta Baillard sur le même ton.

Il indiqua du doigt une grande sphère de métal blanc et orange devant le plus petit des sous-marins. On pouvait y lire le nom *Atragon*, peint en lettres élégantes.

— Voyez : d'un seul bloc, ça résiste mieux, et on peut aller plus profond.

— Mais comment faites-vous pour voir ce qui se passe à l'extérieur ? demanda Nina en apercevant, sur le côté, un hublot de quelques centimètres de diamètre.

— On utilise un système d'images de synthèse LIDAR : c'est comme un radar, mais avec des lasers vert et bleu. Ce système a été mis au point par la marine américaine pour contacter leurs sous-marins armés de missiles. Ils fonctionnent sur une fréquence qui ne se bloque pas dans l'eau de mer.

— Il y a donc deux lasers, compléta Trulli. Un pour chaque œil. Ils balaient tout devant le sous-marin vingt fois par seconde ; la moindre lumière apparaît en trois dimensions, sur grand écran, à l'intérieur de la nacelle. Finis les projecteurs qui vous bouffent toutes vos batteries pour éclairer que dalle à moins de soixante mètres ! Avec ça, on peut voir jusqu'à presque deux kilomètres !

— Et comme le champ de vision est plus large qu'avec une bulle optique, ça permet d'actionner plus vite les commandes, ajouta Baillard. Ce procédé est complètement révolutionnaire !

— Tu l'as dit ! Tope là ! Trop révolutionnaire ! Personne n'y a cru, à part le père de Kari. Dès qu'il a compris ce qu'on voulait faire, il nous a fait signer un contrat.

— Non seulement vous allez pouvoir tester votre système, dit Kari, mais vous allez participer à l'une des plus grandes découvertes archéologiques de tous les temps.

— C'est ce que je disais, acquiesça Baillard. Trop génial !

— Un peu, ouais, conclut Trulli.

Nina sourit de les voir se congratuler avec tant d'enthousiasme.

— Qu'ont-ils de si spécial ? J'imagine que l'*Atragon* est un sous-marin ordinaire, mais l'autre ? demanda-t-elle en désignant un monstre jaune citron.

Sous la base de l'engin se trouvait l'embouchure d'une espèce d'aspirateur géant doté d'un énorme tuyau. À l'arrière, un autre tuyau en forme d'accordéon semblait pouvoir se déployer très loin. Il était relié à un deuxième compartiment, manifestement autonome. Enfin, un troisième tuyau pendait comme une queue d'animal. Un des côtés du corps central était tagué « Big Jobs ! ».

— Ça, c'est le *Sharkdozer*, proclama Trulli avec fierté. Comme les taureaux ne vont pas sous l'eau, on a remplacé *bull* par *shark*, « requin ».

— Je vois..., dit Nina avec un grand sourire.

— Il s'agit d'un excavateur sous-marin totalement autonome, expliqua Baillard en indiquant deux gigantesques bras qui dépassaient de l'engin. Contrairement aux pinces de son petit frère, celles du *Sharkdozer* se terminent par des pelleteuses. Elles déplacent les pierres et les rochers, et la pompe élimine la vase et les sédiments.

— Et comme la pompe principale est amovible, coupa Trulli, on la laisse à distance pour éviter que toute la merde dégagée stagne et bloque la visibilité.

— Combien de temps estimez-vous qu'il vous faudra pour dégager les sédiments sur le site ?

— Très peu de temps. On se rendra vite compte s'il y a quelque chose dessous ou pas.

— Tout dépend de l'importance du trou que vous souhaitez creuser, reprit Trulli. Soixante mètres, d'après ce que nous a dit Mademoiselle Frost. Si on n'a que de la vase, ça ne devrait pas prendre plus de deux heures.

— Et si on trouve quelque chose, soit on utilise les bras de l'*Atragon* pour le ramener à la surface, soit on envoie *Mighty Jack*.

— Qui ça ? demanda Nina.

Baillard leur montra alors une petite cage suspendue à l'*Atragon* où se trouvait un mini-sous-marin.

— Je vous présente *Mighty Jack*, notre véhicule sous-marin télécommandé. C'est un robot relié à l'*Atragon* par un câble en fibre optique. On l'a équipé d'une caméra stéréoscopique pour pouvoir le manœuvrer depuis la nacelle. Lui aussi, il a son petit bras.

L'attachement quasi paternel des deux inventeurs à leurs machines ravissait Nina.

— Ce sera donc la première fois que vous vous en servirez ?

— On les a déjà testés, mais ce sera la grande première, répondit Trulli. Je suis impatient de voir ce qu'on va trouver.

— Et moi donc ! dit Kari en scrutant l'horizon. On devrait être sur place dans moins de deux heures. Vous serez prêts à plonger en combien de temps ?

— On va lancer les préparatifs de mise à l'eau. Une fois sur place, nous n'aurons pas besoin de plus d'une heure.

— On a déjà installé les moniteurs de liaison dans le labo central. Comme ça, docteur Wilde, vous pourrez suivre notre progression. Et en trois dimensions ! La classe, non ?

— Génial ! fit Nina, qui commençait à avoir le trac.

— Tout va bien ? demanda Kari, prenant conscience de son malaise.

— J'ai juste encore un peu le mal de mer, mentit l'archéologue. Je crois que je vais aller m'allonger un peu. Vous me prévenez quand on arrive ?

— Justement, je me disais qu'il serait plus drôle de vous faire rater le moment où on découvrira l'Atlantide ! fit Kari, pince-sans-rire.

— Je vous en prie, un seul ami sarcastique me suffit !

Nina s'allongea sur son lit en essayant de ne pas penser aux sommes énormes engagées par les Frost dans une entreprise qui ne reposait que sur ses seules hypothèses. La boutade de Kari lui revint en tête, et elle se leva pour aller frapper à la porte de Chase, qu'elle surprit en pleine lecture.

— Les *Dialogues* de Platon ? s'étonna-t-elle.

— Eh oui, répondit-il en se redressant. Vous en faites, une tête ! Bon, j'avoue que je préfère les polars, mais je me suis dit que ça ne me ferait pas de mal de changer un peu de registre. Cela dit, il ne parle pas beaucoup de l'Atlantide, votre bonhomme.

— Pas vraiment, en effet, dit-elle en s'asseyant à côté de lui.

— Dans le *Timée*, par exemple, il y a quoi, trois paragraphes à tout casser sur votre civilisation perdue. Tout le reste, qu'est-ce que c'est ? Les délires d'un étudiant opiomane sur le sens profond de l'Univers !

— Votre résumé n'est pas très académique, mais il y a du vrai ! s'amusa Nina.

— Et dans l'autre, le *Critias*, il n'en parle même pas dans les cinq premières pages ! Mais c'est plutôt intéressant...

— Intéressant dans quel sens ? demanda Nina, intriguée.

— Je ne parle pas seulement de la description du lieu et de la justesse avec laquelle il a décrit le temple, mais surtout des gens, les dirigeants. Il y a quelque chose qui ne colle pas.

— Comment ça ?

— Si je m'en tiens aux notes en bas de page, le *Critias* serait le modèle absolu de la société parfaite selon Platon. Personnellement, je trouve qu'on en est loin. Si on lit bien ce qu'il écrit, le peuple de l'Atlantide, ce n'est pas des super-gentils. On a plutôt affaire à des conquistadors toujours prêts à envahir et à réduire les autres en esclavage. Une vraie société militaire avec des rois tyranniques. Vous parlez d'une démocratie… (Chase s'interrompit pour feuilleter quelques pages.) Et puis, vers la fin : « La nature humaine reprit le dessus. Incapables de supporter leur sort, ils se mirent à se comporter de façon malséante, et il suffisait d'ouvrir les yeux pour voir qu'ils étaient devenus des dépravés. » C'est alors que Zeus en appelle aux dieux pour les punir… Ils n'avaient pas l'air terribles, vos mecs de l'Atlantide. On se dit qu'ils n'ont pas dû beaucoup manquer et que le monde était aussi bien sans eux.

— Je suis impressionnée, dit Nina. Vous avez fait une très bonne analyse.

— J'étais nul en maths et en histoire, mais, en lettres, ça allait.

Il reposa le livre et se rapprocha de Nina.

— Je ne veux pas paraître désobligeant, mais, en lisant tout ça, je me suis demandé pourquoi vous teniez tant à retrouver les traces de ces gens.

Nina eut soudain l'impression qu'on l'accusait de quelque chose. Se pouvait-il que Kari lui ait parlé du marqueur ADN ? Cela semblait fort peu probable. Elle chassa cette idée.

— C'est quelque chose qui m'a toujours fascinée. Mes parents aussi, d'ailleurs. J'ai fait le tour du monde avec eux à la poursuite d'indices prouvant l'existence de l'Atlantide. Le plus ironique, dans l'histoire, c'est que, depuis toujours, j'avais une piste sans le savoir, dit-elle en montrant son pendentif.

— Vos parents n'ont jamais rien trouvé d'autre ?

— À vrai dire, je l'ignore, soupira-t-elle en laissant retomber le bijou sur sa poitrine. Ils pensaient que oui, mais je n'ai jamais su de quoi il s'agissait. L'année où ils sont morts…

Sa voix s'étouffa.

— Je suis désolé, je ne voulais pas…

— Ne le soyez pas, c'est juste que je n'en parle pas souvent. Cela s'est passé pendant une expédition au Tibet. Je passais mes examens, à New York.

— Au Tibet ? Ça fait une trotte, dites donc !

— Les nazis y ont envoyé plusieurs expéditions, vous savez.

— Encore eux ? Ces salauds étaient partout ! Ils devaient avoir trouvé le sextant dans le temple au Brésil, et quelque chose leur a donné envie de se rendre au Tibet.

— Il s'agissait peut-être d'un indice sur la carte ou dans les inscriptions du temple. Allez savoir, je n'ai pu vérifier…

— Mais pourquoi vos parents y sont-ils allés ?

— Encore une fois, je l'ignore. Ils ne m'en ont jamais parlé. Ce qui, au demeurant, est étrange, puisqu'ils me faisaient tout partager. Les dernières nouvelles que j'ai reçues d'eux, c'est une carte postale. Je l'ai toujours.

— Qu'est-ce qu'elle dit ?

— Pas grand-chose. Ils s'apprêtaient à quitter le village de Xulaodang. Ils comptaient être partis pour une semaine…

— On n'est pas obligés d'en parler, dit Chase en lui posant la main sur le bras.

— Je vous remercie, Eddie, ça va. C'est bizarre, tout de même, je n'avais jamais fait le lien avec les nazis. Je me rappelle maintenant que mon père s'était rendu en Allemagne l'année précédente… Peut-être avait-il découvert quelque chose en rapport avec les expéditions de l'Ahnenerbe. Quelque chose qui les aurait menés jusqu'au Tibet. Mais pourquoi ne m'en ont-ils pas parlé ?

— Peut-être qu'ils préféraient ne pas se répandre sur le fait qu'ils se servaient d'indices rassemblés par les nazis…

— Vous avez peut-être raison, opina Nina en se redressant avec un sourire triste. Après tout, cela n'a pas grande importance. Ils ont été pris dans une avalanche, quelque part au sud de Xulaodang. Presque tous les membres de l'expédition sont morts. On n'a jamais retrouvé ni les corps ni leur équipement.

— Presque tous les membres, vous dites ? Qui a survécu ?

— Jonathan.

— Quoi ? Philby ? Le prof ?

— Oui. Je pensais que vous étiez au courant. C'est pour ça que nous sommes si proches. Je sais bien qu'il n'a rien pu faire pour les sauver, mais il s'est toujours senti responsable, et s'est occupé de moi.

— Tiens donc…, marmonna Chase.

— Qu'est-ce que ça veut dire ?

— Rien. Je ne savais pas que c'était comme ça que vous le connaissiez.

— Il a travaillé avec mes parents pendant des années. Ils étaient amis.

— Mouais.

Quelque chose semblait turlupiner Chase, mais Nina n'eut pas le loisir de l'interroger davantage. On venait en effet de frapper à la porte de sa cabine.

— Je suis ici ! cria-t-elle.

— Je ne dérange pas, j'espère, dit Kari en passant la tête par la porte.

— Hélas, non, répondit Chase en rigolant.

— Je voulais vous prévenir que nous serons bientôt arrivés à destination. Le capitaine Matthews ne jettera pas l'ancre, il veut éviter d'abîmer quoi que ce soit. Il se servira des propulseurs pour que nous restions sur place. Nous ferons descendre les sous-marins tout de suite. J'ai pensé que cela vous intéresserait.

— Hors de question que je rate ça ! s'exclama Nina en se levant. Vous venez, Eddie ?

— Donnez-moi une minute. Je vous retrouve sur le pont.

Chase regarda les deux jeunes femmes s'éloigner.

— Philby..., murmura-t-il.

Il y avait très peu d'endroits à couvert sur l'*Evenor*, en dehors de la superstructure. Après l'avoir explorée de fond en comble, Jonathan Philby avait pourtant déniché, au deuxième niveau, un passage à la fois ouvert sur la mer et discret.

Il jeta des regards nerveux autour de lui. Droit devant, il apercevait l'extrémité de la grue à laquelle était suspendu le *Sharkdozer*. Pour que son récepteur GPS fonctionne, il devait se trouver dans un endroit dégagé. Le problème, c'était que, en se penchant, il risquait de se faire repérer.

Mais il n'avait pas le choix. Il devait passer ce coup de fil.

Son petit téléphone satellite ne l'avait pas quitté depuis qu'il avait prévenu Qobras de leur destination. Chaque fois qu'il le sortait de sa cachette, il en avait des sueurs froides. S'il se faisait prendre, c'en serait fini de lui. À Gibraltar, il avait réussi à joindre la Confrérie sans trop de mal. Au Brésil, en revanche, il avait failli avoir une attaque en révélant la position du *Néréide*.

La situation actuelle n'était guère plus commode. Les portes qui fermaient le passage n'avaient pas de fenêtre ; n'importe qui pouvait débouler. Il attendit dans l'angoisse que la connexion se fît.

— Oui ? répondit Starkman.

— C'est Philby. Je n'ai pas beaucoup de temps. Nous sommes presque arrivés. Voici notre position actuelle, dit-il en communiquant les chiffres qui s'affichaient sur son GPS. Notre position finale se trouve à quelques kilomètres à l'est.

— Deux mille quatre cents mètres exactement, précisa Starkman. Nous sommes déjà partis. Bravo, Jack. Vous ne le regretterez pas.

— Tout ce que je veux, c'est sortir de cette histoire, dit Philby en s'essuyant le front. Ce sera bientôt terminé, n'est-ce pas ?

— Affirmatif. La quête de l'Atlantide touche à sa fin.

Les deux sous-marins furent mis à l'eau. Les pilotes se trouvaient déjà à l'intérieur. Deux mousses en combinaison de plongée vérifiaient que tout était en ordre avant le largage en mer. Quelques minutes plus tard, les deux appareils plongèrent sans plus de cérémonie, et les hommes-grenouilles furent ramenés au bateau en Zodiac.

La descente ne prit pas plus de dix minutes. On réserva à Nina la place d'honneur dans le laboratoire, devant les multiples moniteurs. Kari s'assit à côté d'elle ; Philby, Castille, Chase et certains membres de l'équipage restèrent debout.

L'expérience était déroutante. Chacun des deux grands écrans montrait précisément ce que faisaient les pilotes dans leur cabine pressurisée, en trois dimensions. Ils ne virent rien de spécial pendant la descente, à part quelques poissons sortant de l'écran dans une sinistre traînée verdâtre.

— Dix-huit mètres, annonça Trulli.

— *Evenor*, veuillez confirmer notre position par rapport au point cible, demanda Baillard.

— *Atragon*, tournez à deux cents degrés, dit Kari dans son casque. Vous vous trouvez à moins de trois cents mètres. *Sharkdozer*, restez où vous êtes jusqu'à ce que le contact soit confirmé.

— On devrait pouvoir le voir maintenant, s'inquiéta Trulli.

L'appareil s'inclina, et Nina découvrit le fond de la mer. La résolution était si nette qu'elle voyait les crabes se déplacer sur le sable. Elle se concentra sur ce qu'on apercevait, du sous-marin de Baillard, qui avançait lentement, à six mètres du fond.

— *Evenor*, j'ai quelque chose ici, dit Baillard. Le sonar m'indique une chose solide et de grande taille. Il pourrait s'agir d'une épave…

— Ce n'est pas une épave, murmura Nina.

En tout point identique à celui de la forêt amazonienne, le temple de Poséidon, intact, venait d'apparaître sur l'écran.

— Nom d'un chien ! murmura Chase en se penchant sur son épaule.

— *Evenor*, regardez ! Vous voyez ce que je vois ? demanda Baillard.

— Oui, confirma Kari en tendant le casque à Nina. À vous, Nina.

— Mais… je n'y connais rien, en sous-marins !

— Ce n'est pas nécessaire. Il vous suffit de lui indiquer ce que vous voulez voir.

— OK…, dit Nina, nerveuse et terrifiée à l'idée de provoquer un crash accidentel. Jim, c'est Nina. Vous m'entendez ?

— Parfaitement bien, répondit le Canadien. Je suis à cent cinquante mètres du temple. Vous arrivez à le voir ?

— Très bien.

La base du temple était enfouie sous les sédiments, mais les murs s'élevaient à plus de neuf mètres au-dessus du fond de l'océan.

Le laser suscitait des reflets lumineux sur les endroits encore recouverts d'orichalque.

— C'est à peine croyable…, dit Philby en se penchant pour mieux voir, la vidéo stéréoscopique l'obligeant à cligner des yeux. Le bâti est conçu de telle sorte que chaque pierre supporte son propre poids. Quand l'île a coulé, le temple est demeuré intact, alors que tout le reste s'est écroulé. C'est incroyable…

— Comment est le courant ? s'enquit Kari.

— J'ai environ un nœud de dérive en direction du nord-est.

— Pas étonnant qu'il ne soit pas entièrement recouvert, remarqua Baillard. Si c'est le courant dominant, il doit balayer une bonne quantité de sédiments vers la côte espagnole.

— Est-ce qu'il y a autre chose ? demanda Nina.

L'image se mit à bouger de façon déconcertante.

L'*Atragon* n'avait pas changé de direction, seuls les lasers avaient changé d'orientation.

— J'aperçois de petites bosses, mais rien qui affleure. Il est grand comment, votre truc ?

— Si nous ne nous trompons pas, dans les dix-huit mètres.

— Il devrait être à moitié sorti. Mais il y a beaucoup de vase…

L'image se recadra sur le temple.

— *Sharkdozer*, rapprochez-vous, commanda Kari. Déplacez-vous vers le nord.

— Bien reçu, dit Trulli.

— Jim ? fit Nina. Pouvez-vous contourner le bâtiment, s'il vous plaît ? Je voudrais voir à quoi ressemble l'autre côté.

Baillard s'exécuta. La manœuvre ne prit que quelques minutes. Ce qu'ils découvrirent rappelait précisément le temple brésilien. Comme posée sur les sédiments, la voûte ressemblait à une carapace de tortue.

— Hé ! *Evenor* ! dit Trulli d'une voix animée. Ici, dans la partie nord, le sédiment est beaucoup plus bas. Il a dû être creusé par le courant. Je vois mieux le mur.

Nina se concentra aussitôt sur l'écran du *Sharkdozer*.

Une légère dépression, comme si l'on s'était aidé d'une cuillère géante pour se débarrasser de la vase, apparut à l'écran.

— Est-ce que vous pouvez vous rapprocher ?

— Aucun problème.

Quelques minutes plus tard, Trulli avait réussi à manœuvrer l'imposant sous-marin pour l'amener tout près du mur.

— Je vais effectuer une lecture sonar. Patientez encore un moment.

On vit apparaître un graphique sur l'un des moniteurs. Du chinois pour Nina, de l'eau de roche pour le pilote.

— Il y a quelque chose, ou plutôt il n'y a pas quelque chose sous le sédiment. Il pourrait s'agir d'un trou dans un mur.

— Assez grand pour y faire passer *Mighty Jack* ? demanda Baillard.

— Peut-être. *Evenor*, est-ce que j'ai la permission de dégager la vase ?

— Allez-y, *Sharkdozer*, dit Kari.

Nina était surexcitée. Ils avaient un moyen d'entrer dans le temple !

Elle dut s'armer de patience. Trulli s'éloigna et déroula la « queue » de son engin à une centaine de mètres au nord-est.

Sur l'écran, on voyait nettement le tuyau se tendre tandis que le *Sharkdozer* retournait à sa position, juste au-dessus du mur nord. L'opération avait duré une bonne vingtaine de minutes.

—On est prêts, *Evenor*, annonça enfin Trulli. Quand vous voulez.

—Allez-y! cria Nina, au grand amusement de tous.

La pompe se mit en marche et le *Sharkdozer* commença à aspirer la vase, qu'il recrachait cent mètres plus loin. Le courant balayait doucement le nuage. Cette technique, qui avait semblé d'abord très compliquée à Nina, lui paraissait désormais évidente. En creusant à même la vase, ils auraient perdu toute visibilité en quelques secondes.

Dix minutes passèrent avec une abominable lenteur, puis *Atragon* fournit une vue exceptionnelle, en plongée, sur son grand frère qui avalait la vase de gauche à droite.

—Je crois que j'ai quelque chose ici! s'exclama soudain l'Australien en orientant sa caméra.

—On dirait une entrée, souffla Nina, le cœur battant.

Le passage disparaissait dans les ténèbres. Il était difficile d'en évaluer les dimensions exactes, mais si le temple avait été construit sur le même modèle que son cousin du Brésil, la porte devait mesurer environ un mètre vingt.

—Je vais nettoyer tout ça avec le deuxième aspirateur, dit Trulli. Ça ne prendra pas plus de quelques minutes.

L'un des bras de *Sharkdozer* se déploya, muni, à son extrémité, d'un étroit tuyau métallique permettant d'aspirer dans les recoins.

Chase se pencha sur l'épaule de Nina pour examiner l'image. Sa joue frôla la sienne.

—Il est possible que ce passage conduise à la salle de l'autel. Il y avait un puits d'accès à l'arrière, souvenez-vous, bloqué par des pierres.

— Quoi ?! Et vous ne m'avez rien dit ! s'exclama Nina en lui décochant un regard accusateur.

— Je n'ai pas vraiment eu le temps. On était tous en sursis…

— Une porte dérobée, pensa Kari à haute voix. Une sortie secrète.

Trulli continua son travail pendant quelques minutes.

— J'ai retiré tout ce que j'ai pu. Jimbo, fais chauffer *Mighty Jack*.

Trulli éloigna le *Sharkdozer* et Baillard rapprocha son propre sous-marin, qu'il fit stationner au bord de la dépression du mur nord. Une fois en place, il envoya le robot.

Tous les regards convergèrent vers l'écran de l'*Atragon*. *Mighty Jack* quitta sa cage en direction du temple. Une image en couleur apparut sur l'écran. Lorsqu'il pénétra par l'étroite ouverture, l'équipe, à bord, ressentit une étrange sensation de vitesse.

— Nom d'un chien, c'est comme s'attaquer à l'Étoile de la Mort[1] ! dit Chase.

Mighty poursuivait sa route sans encombre. La tension montait dans la salle de contrôle.

— Oh, non, pesta soudain Nina. Un mur ! C'est un cul-de-sac !

Le robot tourna à gauche, puis à droite, mais ne rencontra rien d'autre que la pierre au bout de ses projecteurs.

— Qu'est-ce que je fais ? demanda Baillard.

Nina s'apprêtait à commander de faire demi-tour quand Chase se pencha pour parler dans le micro fixé à son casque.

— Jim, c'est Eddie. Est-ce que ce truc peut grimper à la verticale ?

---

1. Station de combat de forme sphérique, semblable à une lune, créée dans l'univers de *Star Wars*.

— Oui, sans problème.

— Alors, vas-y. Fais-le monter.

Après un moment d'hésitation, *Mighty* grimpa doucement vers le plafond.

— Wouah ! s'exclama Baillard en faisant tourner son robot pour examiner les murs voisins. Comment tu savais que c'était là ?

— Une intuition, dit Chase avec un sourire triomphal. Fais gaffe, il pourrait y avoir des pièges.

— Eddie, je doute fort que quelqu'un soit venu entretenir le temple ces onze mille dernières années.

— Qui sait ? Avec ces garces de sirènes…

Nina sourit et se reconcentra sur l'écran. Baillard orienta la caméra le plus à la verticale possible.

— Je vois quelque chose. Une ligne noire sur le mur du puits d'accès.

L'image bougea et revint à l'horizontale. Le mur remplit l'écran.

— Jim ! cria Nina. Que se passe-t-il ? Vous avez heurté quelque chose ?

— Attendez… deux secondes.

Le robot se tourna lentement. L'image bougeait dans tous les sens et on ne voyait toujours rien d'autre que les murs.

— Bon, eh bien, *Mighty Jack* n'ira pas plus loin.

— Comment ça ? s'inquiéta Kari. Il est coincé ? On l'a perdu ?

— Pas du tout, dit Baillard en rigolant. C'est juste qu'il est conçu pour être utilisé sous l'eau. Vous allez devoir trouver un autre moyen d'exploration…

— Pourquoi ? demanda Nina.

— Parce qu'on n'a plus d'eau. *Mighty Jack* est en train de flotter à la surface. Il y a de l'air, dans ce temple.

20

Les deux sous-marins refirent surface. Le *Sharkdozer* fut hissé à bord tandis que l'*Atragon* restait à la mer, relié à un câble lui permettant de recharger ses batteries.

Une deuxième plongée était en préparation. Cette fois, l'exploration du temple ne serait pas confiée à un robot.

— Je regrette de ne pas pouvoir venir avec vous, dit Nina à Kari, Chase et Castille, qui finissaient de revêtir leurs combinaisons de plongée.

— Vous regrettez d'avoir oublié votre diplôme de natation, c'est ça ? railla Chase alors qu'un des hommes d'équipage l'aidait à enfiler son casque.

Les trois plongeurs portaient des combinaisons d'un tout nouveau modèle, relevant à la fois de la tenue classique et de l'armure. Cet équipement quasi-robotique avait été spécialement étudié pour les plongées de longue durée en eaux profondes. Les bras et les jambes étaient recouverts de Néoprène, tandis que le corps et la tête étaient pris dans une coque rigide munie de joints d'étanchéité aux cuisses et aux épaules.

À deux cent quarante mètres de profondeur, on approchait dangereusement des limites de la plongée en autonomie. La pression – plus de vingt-cinq atmosphères – exercée sur le corps imposait un apport d'oxygène d'une pression égale pour permettre aux poumons de se gonfler. Le fait, cependant, de respirer un gaz à ce point comprimé n'était pas sans péril. Il risquait de se dilater trop vite pendant la remontée vers la surface. Des bulles naissaient alors à l'intérieur des vaisseaux sanguins, provoquant des douleurs atroces et une altération des tissus pouvant conduire à la mort. On appelait ce phénomène la « maladie des caissons ».

Ces nouvelles tenues avaient été spécialement conçues pour réduire les risques d'accident. Le corps étant maintenu dans une coque rigide capable de résister à la pression externe, les plongeurs respiraient un air moins pressurisé et conservaient une plus grande liberté de mouvements que dans une combinaison rigide traditionnelle. Mais le fait que leurs bras et leurs jambes soient exposés à la pression limitait encore la durée de leur immersion.

— Vous pourrez nous suivre sur la vidéo, promit Kari.

— Ce n'est pas la même chose. Ce genre de découverte, ça se vit sur le terrain.

— Ne vous en faites pas, dit Castille. On vous rapportera un *Néréide* en or.

— Surtout pas ! Vous devez tout laisser exactement en l'état. À ce sujet, Eddie, êtes-vous vraiment obligé de prendre des explosifs avec vous ?

— Si le passage est bloqué un peu plus haut, ce sera plus pratique pour dégager le terrain. Ne vous inquiétez pas. Je ne vais pas tout faire sauter.

— J'espère bien, lâcha-t-elle en tapotant la coque au-dessus de sa tête. C'est comment, là-dedans ?

— Disons qu'on est un peu à l'étroit. Heureusement que je ne suis pas claustrophobe...

— Tu as de la chance, soupira Castille. J'ai l'impression d'être un savon dans sa boîte.

— Moi, j'ai l'impression de comprendre ce que ressentaient les femmes à l'époque victorienne ! dit Kari.

— Surtout en tombant du *Titanic* ! railla Chase.

— Ce n'était plus Victoria, mais George.

— Ah, les historiens, quel sens de l'humour ! Bon. On est prêts ?

— Absolument, répondit Kari, tout excitée.

— Prêts à affronter tous les dangers ? ajouta Castille, nettement moins enthousiaste.

— Allez, Hugo, ne te fais pas prier ! dit Chase avec un grand sourire. Au moins, tu ne risques pas de rencontrer d'hélicoptère !

— Bof, un sous-marin, c'est presque pareil.

— Allez, à l'eau ! Fais honneur à la Belgique.

Les trois plongeurs disparurent, agrippés aux barreaux de la cage reliée à l'*Atragon*.

Nina, qui avait suivi leur départ depuis le pont, se précipita dans la salle de contrôle. Une petite caméra était fixée à l'épaule de Chase. Le sous-marin relayait les images captées par fibre optique vers le bateau, grâce à son « cordon ombilical ».

— Coucou, Kari ! Je vous vois, dit Nina, un casque sur la tête.

Kari lui fit un signe de la main.

— Équipe de plongée, vérifiez la liaison radio, lança Trulli depuis une salle voisine.

— Eddie ?

— Réception parfaite, déclara Chase d'une voix légèrement déformée.

— Kari ?

— Je vous entends, mais il y a beaucoup d'interférences.

— Pareil pour moi, dit Castille.

— Quelle est la portée de ces transmetteurs ? demanda Philby.

Le système de communication de Chase était relié par câble au sous-marin ; Kari et Castille disposaient d'un simple lien radio. Chase servait donc de station relais humaine.

— Quinze mètres maximum, répondit Trulli. Ça dépend du degré de salinité de l'eau. Si elle est très salée, pas plus de deux ou trois mètres. À cette distance, c'est aussi simple de crier.

— Restez toujours groupés, dit Nina dans le micro.

Kari confirma en levant le pouce.

Ils durent descendre beaucoup plus lentement que la première fois, mais le capitaine avait positionné le bateau juste au-dessus du temple pour gagner du temps. La structure apparut bientôt sur l'écran.

— Équipe de plongée, tout va bien ? demanda Baillard. Je vais me placer juste au bord du site.

Nina suivait les événements à partir de la caméra de Chase. Le temple apparut, telle une ombre pesante sous le fond noir de la mer. Un nuage de sable se souleva sous les propulseurs de l'*Atragon* au moment où il s'immobilisa avec un léger à-coup.

— *Evenor*, nous sommes arrivés sains et saufs. Équipe de plongée, bonne chance à vous.

Chase, Kari et Castille se laissèrent descendre vers le fond.

— Ça y est, on est arrivés. Vérification radio.

— Je vous entends, dit Kari.

— Moi aussi, confirma Castille. Mais j'ai le dos qui me gratte. Je crois que je vais devoir remonter.

— Comment ça ? Tu ne voudrais quand même pas rater le petit passage étroit qui, si ça se trouve, ne mène nulle part ?

Chase fit quelques pas sur le fond, soulevant un peu de vase à chaque pas. La coque rigide qui lui emprisonnait les hanches et le torse le faisait évoluer avec la grâce d'un canard, et la résistance de l'eau ralentissait considérablement sa marche.

— Et puis me*rde! En marchant, on n'y arrivera jamais.* On va mettre les propulseurs en route.

Il se laissa basculer en avant. Castille et Kari l'imitèrent. Chase leva la main gauche et saisit une manette de contrôle, sur sa poitrine.

— *Il faut rester groupés*, ordonna-t-il. Si l'un de nous a un problème quelconque ou si on n'a plus de retour radio, on retourne aussitôt au sous-marin et on attend les autres. C'est parti !

Il appuya sur le bouton à ressort à l'extrémité de la manette. Les propulseurs intégrés à la combinaison étaient dotés de trois fonctions : « avance », « recule » et « stop ». Il démarra à faible vitesse en s'équilibrant avec les pieds, puis passa la vitesse supérieure. Le câble en fibre optique se déroula derrière lui comme un fil d'araignée. Castille ajusta sa vitesse à la sienne.

— C'est très facile, dit-il d'une voix déformée malgré la faible distance entre eux. Quand je pense à toutes ces années perdues à me servir de mes jambes pour nager…

— Fais gaffe de ne pas t'éclater la tête contre le mur, le mit en garde Chase. Kari, vous allez bien ?

Elle passa devant lui en vrillant sans effort.

— À votre avis, qui a participé à l'élaboration de ces tenues ? J'ai d'autres passions que l'archéologie et l'architecture, vous savez !

— J'aime bien avoir un patron plein de passions, plaisanta Chase.

Le temple se rapprochait.

— OK, ralentissez.

— Eddie, je ne vois rien d'autre que le fond de la mer, se plaignit Nina. Vous êtes encore loin du temple ?

Chase se redressa pour orienter la caméra devant lui.

— Et comme ça ?

— C'est parfait !

Ils se remirent debout à quelques mètres du temple.

Des plaques d'orichalque brillaient dans la lumière de leurs projecteurs. Des poissons tournoyaient tout autour sans se soucier de la grandeur passée du monument.

— On entre par où ? demanda Chase.

— À six mètres environ sur votre gauche, répondit Baillard.

En plus des lumières intégrées à leur tenue, Chase et Kari éclairaient leur route à l'aide de lampes puissantes. Chase se retourna pour jeter un coup d'œil à l'*Atragon*. Il apercevait le feu de ses projecteurs, mais à peine l'appareil, tant les ténèbres étaient épaisses.

— C'est là, annonça Kari en éclairant l'ouverture de sa torche.

Chase s'accroupit le plus possible et dirigea sa lampe vers l'intérieur. Le puits vertical était moins loin qu'il ne le pensait. L'œil déformant de la caméra du robot avait exagéré la distance.

— OK, je passe le premier. Hugo, attache-moi.

Castille fixa une corde enroulée à sa ceinture à un crochet situé en bas du dos de la combinaison de Chase.

— Si ça devient trop étroit, sors-moi de là en tirant sur la corde.

Castille vérifia la solidité de la fixation et recula pour ne pas s'emmêler au câble de communication qui reliait Chase au sous-marin.

— Si tu mangeais un peu moins de viande et un peu plus de fruits, tu n'aurais pas besoin de jouer les héros !

— C'est ça. Tu me donneras ta recette de compote plus tard… Bon, c'est parti.

Kari et Castille l'aidèrent à se positionner face à l'entrée et à s'y glisser. Une lampe dans la main droite, Chase manœuvrait de l'autre les commandes de ses propulseurs, qu'il régla au minimum de leur puissance. Les murs de pierre défilèrent lentement. S'engouffrer dans un boyau protégé par une coque rigide exigeait de la prudence.

Il atteignit rapidement l'extrémité du passage et roula sur le dos pour estimer la hauteur du puits. Ce dernier se perdait dans l'obscurité.

— Je suis arrivé au puits, je vais essayer de le remonter.

L'angle était très étroit. Son casque cognait le mur, mais il réussit à se remettre debout sans trop de difficulté.

— Ça y est, je suis sorti du passage, annonça-t-il avec une pointe de soulagement. Voyons maintenant ce qu'il y a là-haut.

Il remit les propulseurs en marche et s'éleva dans le doux ronronnement du moteur. Le puits mesurait dans les neuf mètres. Chase aperçut bientôt le carré sombre où *Mighty Jack* s'était immobilisé. Un mètre, soixante centimètres, trente…

Il émergea soudain à la surface, le visage ruisselant. Le puits s'achevait environ deux mètres plus haut. Qu'à cela ne tienne. Il raccrocha sa lampe à sa ceinture et sortit un nouvel accessoire : un pistolet à grappin. Flottant à la surface comme un bouchon géant, il visa le haut du mur et tira.

On entendit le bruit de la décharge de gaz résonner dans tout le puits, suivi quelques secondes plus tard par un claquement métallique sur la pierre. Chase rembobina le câble ; le grappin s'était bel et bien accroché quelque part. Il exerça dessus deux ou trois petits coups secs pour s'assurer qu'il était solidement fixé, puis attacha la sangle du pistolet à sa ceinture et commença à se hisser.

— Regardez ça ! exulta Nina.

Elle suivait, fascinée, le retour vidéo en clignant à peine des yeux.

La caméra de Chase venait de dévoiler la salle de l'autel. Ses dimensions étaient exactement les mêmes que celles du temple au Brésil.

Il le dépassait pourtant largement en somptuosité.

L'image vidéo avait beau être d'une résolution médiocre, Nina discernait l'éclat rougeoyant de l'orichalque et des touches d'or et d'argent mêlées aux pierres précieuses qui brillaient dans les murs, tels des yeux de chats.

— Incroyable ! s'écria Philby. La salle entière est couverte de métaux précieux !

— Et ce n'est pas seulement décoratif, dit Nina en réglant son casque. Eddie ? Parlez-moi. Que voyez-vous ?

— Je vois que, si j'avais un petit couteau et un pied-de-biche, je pourrais prendre ma retraite.

— Très drôle. Vous pouvez approcher ?

— Laissez-moi le temps de me relever.

L'image tremblota tandis que Chase s'extirpait du puits et reprenait le grappin fixé à la pierre.

— Bon, j'avais raison pour le puits : il est identique à celui qui était bouché au Brésil. Ils ont dû se servir des mêmes plans. Les murs sont… C'est incroyable ! Ils ont tapissé les murs d'orichalque, comme avec du papier peint, une laie après l'autre, et elles sont couvertes d'inscriptions !

— Faites-moi voir ! Faites-moi voir ! supplia Nina en sautant sur sa chaise comme une enfant.

Chase se rapprocha et éclaira les murs. Nina reconnut aussitôt l'écriture. Il s'agissait bien de glozel, mais on ne voyait aucun des symboles hiéroglyphiques du temple au Brésil.

Philby scrutait l'écran en se lissant la moustache.

— Intéressant. Ils ont dû assimiler la langue des Indiens… Ce qui leur a pris des années, voire des générations, avant de pouvoir construire le temple amazonien. Suffisamment de temps, en tout cas, pour que les deux systèmes linguistiques se mélangent.

— Eddie, donnez-moi une vue générale de la salle, s'il vous plaît. Doucement.

Chase recula et tourna lentement sur place en balayant la salle de sa caméra.

— Arrêtez, arrêtez ! Retournez un peu à droite… là ! Non, un peu plus loin !

— Je sais à présent ce qu'endure ce pauvre *Mighty Jack*, fit Chase d'un air faussement accablé en continuant à traverser la salle de son pas de canard. Qu'avez-vous vu ? Il n'y a rien.

— Justement !

Le mur devant Chase était recouvert d'orichalque, mais, contrairement au reste de la salle, le métal était vierge de toute inscription, le texte ayant été brutalement interrompu au milieu du mur.

— Le peuple de l'Atlantide relatait son histoire sur ces murs. Seulement, ça ne va pas plus loin. Nous avons devant nous les dernières traces écrites de l'Atlantide ! Rapprochez-vous, que je puisse lire ! demanda Nina en vérifiant le bon fonctionnement de l'enregistrement du retour vidéo.

— Je pourrais aussi détacher la corde que j'ai au cul et la fixer quelque part pour permettre à Hugo ou à Kari de monter ici. Vous vous souvenez de Kari ? Une belle et grande blonde, avec une caméra.

— Bien sûr ! Excusez-moi, répondit-elle, un peu décontenancée.

Personne n'avait posé les yeux sur ce texte depuis onze mille ans… Elle attendit patiemment que Chase eût tout mis en place. Il finit par lui annoncer que Kari arrivait.

— En attendant, est-ce que vous pourriez revenir sur la dernière partie inscrite ?

— Vous êtes du genre autoritaire, vous. J'aime bien ça, chez les femmes… De temps en temps.

— Max, est-il possible d'extraire un plan fixe de la vidéo ? demanda Nina à Trulli.

— Sans problème. Vous le voulez sur quel écran ?

— Le plus grand.

— Ça ne sera pas en 3-D.

— Ça ira très bien quand même.

Quelques instants plus tard, l'image fixe de la dernière partie du texte s'affichait. Un peu floue et détrempée, elle restait pourtant lisible. Nina se concentra, absorbée dans ses pensées.

Un membre de l'équipage fit soudain irruption dans la salle de contrôle.

— Capitaine Matthews ? Un bateau à l'approche.

— Quelle distance ?

— Environ huit kilomètres. Il se dirigeait vers Lisbonne quand on l'a repéré avec le radar, mais il a viré dans notre direction il y a quelques minutes.

— Sa vitesse ?

— Au moins douze nœuds, mon commandant.

— Est-ce Qobras ?

Le nom attira aussitôt l'attention de Nina, qui se retourna, inquiète.

— C'est très possible. Le bateau correspond à la description de celui qui est parti de Casablanca.

— Merde ! fit-il en se grattant le menton pour réfléchir. Informez tout le monde que nous avons de la compagnie et tenez-vous prêts. S'ils pénètrent dans un périmètre de moins de trois kilomètres ou s'ils mettent des canots à la mer, sortez les armes. Je serai sur le pont.

— Oui, mon commandant.

— Eddie, vous avez entendu ? demanda Nina. Ils pensent que Qobras arrive.

— Quoi ? Merde !

Nina le vit aider Kari à sortir du puits.

— Que voulez-vous faire ?

— Enregistrer le maximum de ce que vous pourrez découvrir. Dès que j'ai du nouveau, je vous tiens au courant. Son bateau est à huit kilomètres d'ici.

— Huit kilomètres ? On n'aura jamais le temps de remonter à la surface et de ramener le sous-marin à bord !

— On peut abandonner le sous-marin, dit Kari.

— Quoi ? s'indigna Baillard.

— On en construira un autre, mais ce qui se trouve ici est inestimable. Filmez le maximum. Nous travaillerons dessus plus tard. De mon côté, je vais faire des photos.

— Hugo, tu as entendu ? demanda Chase.

— En gros, oui. La liaison est épouvantable. Qu'est-ce que tu veux que je fasse ?

— Pas la peine de monter jusqu'ici. Reste à l'entrée, au cas où nous aurions besoin d'aide.

— OK, mon ami.

Nina regarda quelques instants encore les images transmises par Chase, puis se reconcentra sur l'image fixe pour en déchiffrer les secrets.

À l'insu des passagers de l'*Evenor*, une première tête émergea à la surface de l'océan. Une autre suivit, puis une autre, et encore une autre…

À neuf mètres sous les vagues, d'autres plongeurs abandonnèrent leurs remorqueurs Manta, de petits appareils rapides pouvant loger trois hommes. Livrés à eux-mêmes, ces mini-sous-marins entamèrent une lente descente dans les ténèbres, tandis que leurs passagers se dirigeaient en silence vers l'*Evenor*, dont les hélices étaient au point mort.

Un premier homme atteignit l'échelle, qu'il gravit avec précaution. Parvenu au niveau du pont, il glissa un coup d'œil alentour. Un homme d'équipage se trouvait à cinq, six mètres sur la piste d'hélicoptère, de dos, et personne d'autre en vue.

L'homme-grenouille se baissa, prit son arme – une carabine MP-7 qu'il portait en bandoulière – et fit sauter d'un coup de pouce le bouchon de caoutchouc rouge de l'épais silencieux. Puis il se redressa et mit en joue.

Le tir ne provoqua aucun bruit, si ce n'est le vif claquement métallique de la culasse qui tourna d'un cran ; la douille de calibre 4,6 tomba dans un petit filet accroché au corps massif de l'arme.

L'homme d'équipage s'écroula et le plongeur se hissa à bord. Il courut se réfugier derrière une cloison, à l'affût du moindre signe d'alerte. Mais on n'entendait que les vagues et les cris des mouettes qui volaient au-dessus du navire.

D'autres hommes montèrent à bord avant de se disperser.

Le premier homme ôta son masque.

C'était Jason Starkman.

— Emparez-vous du bateau ! ordonna-t-il.

Chase continuait à explorer la salle de l'autel et filmait les inscriptions.

Il parvint à un escalier. Si l'agencement des lieux était le même qu'au Brésil, il le conduirait jusqu'à l'immense salle principale. Il orienta sa lampe vers les marches. L'eau réfléchit le faisceau.

— On a bien fait de ne pas enlever nos casques. La pression de l'air, ici, n'est pas différente de celle de l'eau.

— Vous voulez dire que le temple lui-même n'est pas inondé ? demanda Kari.

— En partie seulement. Ici, le sol est plus haut, mais le plafond est à peu près à la même hauteur. Il doit aussi y avoir de l'air à l'intérieur.

— Si seulement on avait le temps d'aller voir... C'est ahurissant que le temple ait survécu au déluge.

— Il faut croire que leurs bâtiments étaient faits pour durer. Comment ça se passe pour vous ?

— J'ai presque fini, répondit-elle.

Castille était toujours posté à l'entrée. Il surveillait le câble optique, qui bougeait au fur et à mesure des déplacements de Chase. Ce n'était vraiment pas le moment que Qobras se pointe. Edward avait raison : quelqu'un avait communiqué leur emplacement à l'ennemi. Mais qui ?

À un mètre à peine du mur de pierre, les lumières provenant de sa combinaison étaient plus fortes que celles, diffuses, émanant des projecteurs de l'*Atragon*. Il ne remarqua donc pas que leur rayonnement s'était lentement intensifié : une autre source de lumière s'était ajoutée à celle du sous-marin de Baillard...

Dans la cabine de pilotage de l'*Evenor*, Matthews observait avec ses jumelles l'autre bateau approcher, à moins de cinq kilomètres maintenant.

Il s'agissait d'un navire de recherche hydrographique en haute mer. À l'avant se trouvait une grue pour le sous-marin. C'était sans aucun doute possible le bateau de Qobras.

D'une façon ou d'une autre, il connaissait le site repéré par Nina et s'y dirigeait à toute allure. Bientôt, Matthews devrait le considérer comme une menace.

Rien, cependant, n'indiquait leur intention de mettre à la mer une ou plusieurs embarcations légères. Apparemment, ils comptaient se rapprocher le plus possible.

Si tel était le cas, ils allaient avoir une belle surprise. Le stock d'armes que Kristian Frost avait mis à leur disposition – une mitraillette P-90 pour chaque membre d'équipage, plus un arsenal de lance-grenades – suffirait à faire reculer n'importe quel ennemi.

Pas de petits bateaux, pourtant…

Et cette grue, elle servait bien à suspendre un sous-marin ! Alors, où était-il, ce foutu sous-marin ?

Matthews comprit d'un coup, mais trop tard. La porte de sa cabine venait de s'ouvrir avec fracas.

À l'intérieur de l'*Atragon*, Baillard s'amusait à tapoter un air sur le tableau de bord. Sur son écran, il pouvait voir Castille surveiller l'entrée du temple.

Le problème, avec ce système en trois dimensions, c'était le manque de couleurs. C'était très ennuyeux à regarder quand il ne se passait rien. Il leva les yeux vers le moniteur qui renvoyait les images de la caméra principale. La vue n'était guère meilleure en couleur et aucun détail de l'édifice n'était visible…

Mais quelque chose venait de bouger.

Un simple poisson ? Non, la vue n'était plus la même.

La lumière avait changé !

Il n'avait pourtant pas bougé la position des spots et le sous-marin était immobile…

— *Evenor* ! cria-t-il dans sa radio. *Evenor*, il y a un autre sous…

Il entendit un claquement dans ses écouteurs, puis plus rien. Tous les indicateurs de sa console passèrent du vert au rouge.

— *Evenor* ! Que se passe-t-il ?

La réponse ne tarda pas. Quelque chose heurta le haut de la coque avec un bruit sourd, et un long ruban se mit à serpenter devant la tourelle.

Le cordon ombilical. Coupé net.

Par le hublot, il aperçut une lumière éblouissante. Son assaillant invisible se rapprochait.

— Merde !

Il saisit les commandes, mit les moteurs en route et remonta à toute allure dans un nuage de vase.

— Hugo ! On est en train de m'attaquer. Sors de là !

Quelque chose vint heurter sa cabine ; il fut projeté contre la paroi d'acier.

Chase tressaillit : un bruit strident venait de lui vriller les tympans. Ce sifflement se transmit à Kari par le relais intégré à sa combinaison. La jeune femme eut le souffle coupé par la surprise.

— Qu'est-ce que c'était ?

L'alimentation en électricité de la partie immergée du bateau sauta. Les écrans virèrent au noir et le message « *no signal* » clignota.

— Qu'est-ce qui se passe ? demanda Nina.

— La fin de votre petite expédition, docteur Wilde, dit une voix derrière elle.

— Vous ! s'écria-t-elle en se retournant brutalement.

Flanqué de deux hommes en combinaison de plongée, Starkman la dévisageait froidement, son arme braquée sur elle.

— Nous vous invitons à rejoindre les autres membres de l'équipage sur le pont arrière.

Castille fit un tour sur lui-même en entendant un cri confus résonner dans ses écouteurs. Au même moment, il aperçut un deuxième sous-marin qui fonçait sur l'*Atragon*.

Baillard venait de quitter le fond quand un appareil plus petit et conventionnel, dont le cockpit était protégé par une cage d'acier, le frappa de plein fouet. L'*Atragon* sombra aussitôt et disparut dans un bouillonnement de vase.

— Merde ! souffla le Belge avant de se ressaisir. Edward ! Edward ! Est-ce que tu m'entends ? Kari !

Aucune réponse. Le relais radio ne fonctionnait plus.

Castille était totalement coupé des autres plongeurs.

L'assaillant émergea du nuage de vase et vira brusquement, ses propulseurs tournant à plein régime, un tourbillon de bulles dans son sillage. On discernait, à la lumière de ses projecteurs, un peu de métal blanc et orange noyé dans l'ouragan de vase.

Castille pensa qu'il allait de nouveau foncer sur l'*Atragon*, mais l'engin déploya un bras mécanique. Il tenait quelque chose entre ses pinces, une charge compacte, qu'il plaça contre la paroi où se trouvaient les commandes…

Baillard comprit que le malheur s'abattait sur lui en apercevant par son hublot l'ombre du bras mécanique. Il entendit alors un crissement contre sa cabine pressurisée.

Les lasers ne fonctionnaient plus ; sans les hublots, il aurait été dans le noir total. Appliquant sa paume contre l'entaille qu'il avait à la tempe, il tenta de remettre en route les commandes en respirant profondément pour contenir la panique qui le gagnait…

Rien ne bougea. En concevant l'appareil avec Trulli, il avait veillé à sa robustesse, mais n'avait pas prévu qu'il lui faudrait résister à une véritable attaque. Plusieurs signaux de détresse clignotèrent sur le tableau de bord.

Il songea très vite à ce qu'il devait faire : réparer les circuits endommagés pour remettre les propulseurs en marche, ou couper les électroaimants qui maintenaient les plaques d'acier du lest sous l'appareil – un système de secours qui lui permettrait de refaire surface en moins de trois minutes.

En choisissant cette deuxième solution, il abandonnait ses camarades de plongée. Mais, s'il se retrouvait aveuglé, il ne pourrait plus rien faire pour eux. Et l'autre sous-marin continuait à lui tourner autour…

D'un geste résolu, il actionna le levier rouge qui se trouvait à côté de son siège.

Castille vit avec horreur l'*Atragon* lâcher ses plaques de lest, qui s'écrasèrent au fond de l'océan, créant un champignon de vase.

L'impact fut tel qu'il le ressentit dans tout son corps.

Libéré de son excédent de poids, le sous-marin fila vers la surface. Le câble optique suivit en serpentant dans l'eau.

— Non ! hurla-t-il, désespéré.

Comme s'il avait entendu son cri, l'ennemi pivota vers lui. Ses projecteurs le contemplaient comme d'énormes yeux brillants. Le bras mécanique se replia pour aller chercher une sorte de corbeille fixée à la paroi d'acier, puis se déploya de nouveau, transportant une charge plus grande que la précédente.

Castille sut d'instinct de quoi il s'agissait.

Une bombe !

Baillard essayait de rétablir le courant pendant que l'*Atragon* remontait à la surface. Mais rien n'y faisait...

Un bruit inattendu le fit se figer. Il était suffisamment habitué aux grincements de son appareil pour comprendre qu'il s'agissait d'une chose beaucoup plus grave. Une sorte de rythme mécanique provenant du flanc de l'*Atragon*, là où le bras du sous-marin avait tapé.

Un simple tic-tac...

Il eut à peine le temps de saisir l'ampleur de la catastrophe programmée que la charge explosa, creusant dans la coque une brèche de trente centimètres par laquelle une trombe d'eau s'engouffra avec la force d'un train, le tuant sur le coup.

Malgré son casque et l'épaisseur des murs, Chase entendit le grondement sourd de la détonation.

— Merde !

— C'était quoi, ce bruit ?

— Une explosion.

— Vous en êtes sûr ?

— Oh oui, croyez-moi. Soit quelqu'un a lâché une bombe de cent kilos sur l'*Evenor,* soit c'est l'*Atragon* qui vient d'exploser. Ce qui signifie que... Oh, merde ! Coupez mon fil de communication, vite !

— Mais on sera coupés des autres !

— On l'est déjà ! Vite !

Kari posa sa caméra et se dirigea maladroitement vers Chase. Elle saisit le couteau de plongée dans son étui et entreprit de scier le câble de liaison plastifié.

— Plus vite ! hurla Chase.

— Je fais de mon mieux !

Le câble finit par céder. Un petit point de lumière bleue brillait encore au bout du fil sectionné. Kari arracha le reste du câble de sa main gantée. On le vit aussitôt traverser la salle à toute allure avant de disparaître à l'intérieur du puits.

— Qu'est-ce qui vient de se passer ?

— Si c'est le sous-marin qui a explosé, tout le lest s'est déchargé d'un coup. Ce qui veut dire qu'il est en train de remonter à la surface comme une fusée et qu'il allait m'entraîner avec lui ! Merci, Kari. Et désolé de vous avoir crié dessus…

— Vu les circonstances, vous êtes tout excusé. S'il n'y a plus de sous-marin, comment allons-nous faire ?

— Nous casser d'ici, et plus vite que ça. Hugo, tu m'entends ? Hugo ? Merde !

— Je vous capte toujours sur la radio, dit Kari.

— Oui, mais lui, il doit me recevoir à travers je ne sais combien de mètres de pierre et d'eau. Hugo !

Castille saisit la manette de commande et actionna les propulseurs de sa combinaison à la puissance maximale. Il remonta aussitôt dans un tourbillon de bulles, poursuivi par le sous-marin. L'appareil le frôla de si près qu'il aperçut le nom *Zeus* à l'avant, ainsi que le pilote, allongé sur le ventre, le visage grossi et déformé par la coque de verre.

Il réussit à esquiver l'attaque du bras mécanique en roulant sur le côté. Le pilote n'avait pas lâché sa charge explosive. Il comptait certainement la déposer quelque part avant de s'occuper de lui.

Il n'y avait qu'un seul endroit possible.

L'entrée du temple.

— Edward ! hurla-t-il, conscient pourtant qu'il n'y avait aucune chance que ce dernier l'entende. Sortez de là ! Foutez le camp, vite !

Les propulseurs du sous-marin crachaient des bulles ; les hélices s'étaient inversées pour immobiliser l'appareil au pied du mur. Le bras se déploya, glissa en douceur à l'intérieur de l'étroit passage, puis se rétracta.

La pince d'acier luisant était vide.

Castille mit les gaz. En fonçant le plus vite possible à l'entrée du temple, il pourrait peut-être dégager les explosifs.

Mais le pilote du *Zeus* était déterminé à l'en empêcher. Son bras replié sur le dos comme la queue d'un scorpion, l'appareil fit demi-tour et fonça sur Castille, l'aveuglant de ses projecteurs.

— Puisque c'est ainsi…, marmonna ce dernier en lâchant la manette.

Le sous-marin prit de la vitesse, son bras tendu devant lui comme une lance.

Castille attendit sans bouger.

Puis il dégaina son pistolet à grappin et visa la coque de verre du cockpit.

La pointe d'acier du grappin toucha sa cible et s'immobilisa. Elle avait pénétré sur à peine plus d'un centimètre, et la force de l'eau l'arracha bientôt à la vitre. Elle glissa sous l'appareil, traînant son câble derrière elle.

Castille avait déjà laissé tomber son pistolet et remis ses propulseurs en marche, en se préparant à esquiver le sous-marin, qui fonçait droit sur lui. Encore sous le choc de l'impact, le pilote n'avait pas songé à l'attraper à l'aide du bras mécanique.

Il eut en revanche la présence d'esprit d'effectuer un grand virage ; il allait prendre cet avorton par surprise. Il n'avait pas les moyens de semer le sous-marin. Il n'y avait plus qu'à espérer que ce ne serait pas nécessaire.

À l'intérieur du cockpit, le pilote eut un grand sourire sadique en repérant la coque jaune de sa combinaison.

Il accéléra, prêt à lui foncer dessus comme un chauffard des mers…

Mais la minuscule fente causée par le grappin s'élargit soudain et, d'un coup, toute la surface se lézarda dans un craquement insupportable de verre. Sous la pression considérable de l'océan, le cockpit implosa dans un bruit de canon. Des morceaux de verre de plus de dix centimètres d'épaisseur mitraillèrent le pilote à la vitesse du son, le réduisant à un nuage pourpre qui s'épanouit dans le bouillonnement de l'eau comme une immense fleur de sang. Le sous-marin piqua du nez vers le fond, où il s'écrasa, noyé dans un brouillard de sable.

Castille se retourna. Il était peut-être encore temps de s'occuper des explosifs…

Non !

Une onde de choc déferla du passage.

Terrassé par l'assourdissante déflagration, Castille roula dans tous les sens, aveuglé par le gigantesque nuage de vase.

Les vibrations infernales qui lui parcouraient le corps provenaient de l'effondrement d'énormes blocs de pierre dans le tunnel.

Ses amis étaient à jamais bloqués.

Chase s'apprêtait à faire passer Kari dans le puits lorsqu'une trombe d'eau surgit, les projetant vers le plafond avec la force d'un geyser. Des débris dégringolèrent de partout, s'écrasant comme des balles sur leurs combinaisons.

— Mon Dieu ! cria Kari.

C'était la première fois que Chase la sentait plonger dans la panique.

— Qu'est-ce que c'était ? Qu'est-ce qui s'est passé ?

— Kari ! Kari ! dit-il en la prenant dans ses bras pour la calmer. Tout va bien ! Nous sommes sains et saufs ! Laissez-moi juste vérifier votre combinaison.

Un rapide examen les rassura : leur équipement avait subi quelques éraflures, mais rien d'alarmant.

— Que s'est-il passé ? demanda de nouveau Kari.

— Ils ont fait sauter le passage. On est enfermés à l'intérieur.

Les hommes de Starkman avaient forcé l'équipage à se regrouper sur la piste d'atterrissage. En faisant un compte rapide, Nina s'aperçut que huit d'entre eux étaient morts.

Le bateau s'apprêtait à les aborder ; des hommes lançaient déjà des cordages.

Un individu de grande taille, accompagné de deux gardes armés, monta à bord de l'*Evenor* et se mit à arpenter le pont arrière. Soudain, il fit signe qu'on lui amène Nina. Le capitaine Matthews tenta de s'y opposer, mais plusieurs fusils braqués sur lui firent taire ses protestations.

Nina savait déjà à qui elle avait affaire. Elle connaissait les traits durs et anguleux de cet homme.

— Docteur Wilde, nous nous rencontrons enfin. Je m'appelle Giovanni Qobras.

21

— Je sais qui vous êtes, dit Nina en cherchant à dissimuler sa peur. Que voulez-vous ?

— La même chose que tout le monde, docteur Wilde, répondit-il avec un sourire amusé. Je veux la paix dans le monde et la sécurité. Grâce à vous, je vais y parvenir. Grâce à vous également, Jack, dit-il en se tournant vers Philby. Cela fait une éternité que nous ne nous sommes vus. Combien ? Dix ans ?

— J'espérais ne plus jamais vous revoir, souffla Philby d'une voix tremblante.

— Vous le connaissez, Jonathan ?

— Jack, ou plutôt Jonathan – c'est plus distingué pour un grand professeur –, a déjà apporté son soutien à notre projet, expliqua Qobras en faisant signe à l'un de ses hommes de sortir Philby du rang. Le moment est venu de faire disparaître l'Atlantide à jamais.

— Mais pourquoi ? s'obstina Nina. Quelle raison secrète pouvez-vous avoir de vouloir détruire la découverte archéologique la plus importante de tous les temps ?

— Si vous le saviez, vous seriez en train de m'y aider. Mais votre esprit a été perverti par les Frost, comme celui de vos parents. C'est tellement dommage… Vous qui auriez pu accomplir de si grandes choses si vous n'aviez pas fait fausse route.

— Attendez ! Que viennent faire mes parents là-dedans ?

Mais Qobras avait tourné la tête : Starkman sortait de la superstructure.

— J'ai détruit tous les enregistrements, Giovanni. Il n'y a plus qu'à faire sauter le temple, et il ne restera plus rien.

— Parfait.

Il s'apprêtait à dire autre chose lorsqu'un de ses hommes l'interpella.

— Commandant ! dit l'homme qui était accouru depuis l'autre bateau. Il s'est passé quelque chose en bas.

— Quoi ? demanda Qobras.

— Le *Zeus* a détruit le sous-marin des Frost…

Trulli sortit alors du groupe en couvrant Qobras d'injures. On le remit aussitôt à sa place.

— Il a fait sauter les explosifs. Mais nos hydrophones ont capté une implosion…

— Le sous-marin des Frost, sans doute.

— Non, commandant. Celui-là remontait à la surface. L'implosion s'est produite au fond. Un des plongeurs a détruit notre submersible.

Qobras quêta une explication auprès de Philby.

— Kari, enfin, je veux dire Mademoiselle Frost et Chase étaient à l'intérieur du temple, bégaya le professeur. Ça ne peut être que Castille.

— Bravo, Hugo ! s'exclama Nina sans joie.

Starkman lui jeta un regard de haine.

— Nous avions besoin du *Zeus* pour déposer les charges explosives ! dit-il, soudain soucieux. Combien de temps pour en faire venir un autre ?

— Au moins cinq jours, commandant.

— Trop long ! D'ici là, Frost aura envoyé des renforts.

— Pourquoi ne pas se servir de l'autre sous-marin ? suggéra Starkman en désignant le *Sharkdozer*.

— Je suis le seul à savoir le piloter, lança Trulli avec morgue. Après ce que vous venez de faire à mon ami, bande de salauds…

Excédé, Starkman leva son arme, mais Qobras secoua la tête.

— Faites passer les dernières charges explosives de notre bateau à celui-ci, ordonna-t-il. Vous en placerez les deux tiers à l'avant, sous la surface, et le reste à l'arrière.

— Qu'allez-vous faire ? s'écria Nina.

— Tous les chemins mènent à Rome, docteur Wilde. Trois mille tonnes d'acier devraient faire l'affaire, à défaut d'explosifs.

— Et mes hommes ? Que comptez-vous faire de nous ? s'indigna le capitaine Matthews.

— La tradition ne veut-elle pas que le capitaine coule avec son navire ? Dans le cas présent, l'adage s'applique à l'ensemble de l'équipage… et aux passagers, dit Qobras avec un sourire mauvais.

— Espèce de fils de pute ! rétorqua Matthews.

— Vous allez nous noyer ? demanda Nina, horrifiée.

— Non, non. Je ne suis ni un sadique ni un fou furieux, quoi qu'aient pu vous raconter les Frost à mon sujet. Quand le bateau coulera, vous serez déjà tous morts.

Chase vérifia sa réserve d'oxygène. De quoi tenir une heure environ. Et ce temple deviendrait leur demeure éternelle…

Kari en était au même point.

— Il doit y avoir une autre sortie, déclara-t-elle en indiquant les escaliers.

— Ça ne veut pas dire qu'on va pouvoir passer, objecta Chase en descendant les escaliers.

— Il va bien falloir essayer quand même.

— *Je me préparais au pire… réflexe typiquement anglais!* Combien de bâtons luminescents vous reste-t-il ? Nous aurons besoin de lumière.

— Six, répondit-elle après un rapide inventaire.

— Moi aussi. Allons-y.

Ils commencèrent leur pénible exploration dans les eaux glaciales de l'Atlantique.

Castille atteignit l'endroit où se trouvait, un instant plus tôt encore, l'entrée du temple. Le nuage de vase ne s'était pas dissipé. Cela prendrait plusieurs jours. N'écoutant que son courage, il résolut pourtant d'y entrer.

Il tenta de forcer le passage à travers la purée de pois. Mais il n'eut pas besoin d'y voir pour comprendre que l'entrée était condamnée.

Il gagna des eaux plus claires et vérifia sa réserve d'oxygène. Une heure encore… Il pouvait remonter à la surface, où la situation ne devait pas être meilleure que la sienne. Le bateau de Qobras avait dû rattraper l'*Evenor*. Il n'avait plus comme seule arme qu'un couteau. Une fois parvenu à l'air libre, il serait en plus considérablement handicapé par sa combinaison…

La seule chose à faire était donc de trouver un moyen d'aider Chase et Kari.

En supposant qu'ils étaient encore en vie.

À bord, l'atmosphère était plus que tendue. Certains membres d'équipage frôlaient la crise de nerfs ; d'autres murmuraient des prières. Les hommes de Qobras tenaient leurs MP-7 en joue.

— Attendez, dit Nina qui masquait sa terreur du mieux qu'elle pouvait.

— Attendre quoi ? demanda Qobras.

— Je vous propose un marché. Vous laissez la vie sauve à l'équipage et… je suis tout à vous, lâcha-t-elle dans un grand souffle.

— Mais vous êtes déjà tout à moi, docteur Wilde ! s'exclama Qobras avec un petit rire sinistre. Vous n'avez plus rien à m'offrir. J'ai atteint mon but : trouver et détruire l'Atlantide !

— Il y a tout de même une chose que vous ignorez : l'emplacement du troisième temple de Poséidon !

Une lueur de mépris naquit dans le regard de Qobras.

— Il n'existe pas de troisième temple, docteur Wilde.

— Bien sûr que si, répliqua Nina. Tôt ou tard, quelqu'un le découvrira. On sait maintenant où se situait l'Atlantide ; l'information va circuler. Toute une cité est enfouie sous nos pieds, pas seulement un temple. Quelqu'un regroupera d'autres indices et remontera leurs traces. Le secret que vous vous acharnez à détruire resurgira, vous n'y pourrez rien. À moins que…

— À moins ? interrogea Qobras d'un ton à la fois menaçant et intrigué.

— À moins que je ne vous révèle l'emplacement de ce troisième temple.

— Elle bluffe, Giovanni ! Elle cherche à gagner du temps et à sauver sa peau.

— Monsieur Qobras, dites donc au borgne de la fermer.

Starkman frémit.

— Il y a une troisième citadelle. Juste avant le déluge, le peuple de l'Atlantide se préparait à établir deux nouvelles colonies. Une expédition est partie vers l'ouest, au Brésil, et l'autre… Je vous le dirai si vous libérez l'équipage.

Starkman appliqua son arme contre la tête de Matthews.

— On pourrait aussi bien exécuter vos compagnons un par un jusqu'à ce que vous nous disiez ce que vous savez !

— Vu que vous êtes prêts à nous tuer, je ne vois pas ce que ça changerait, rétorqua Nina.

— Est-ce que tout cela est vrai ? demanda Qobras en se tournant vers Philby.

— C'est… c'est bien possible, répondit-il, pris de court. Les dernières inscriptions trouvées dans le temple l'indiqueraient, en effet. Cela dit, je n'ai guère eu le temps de tout traduire. Et je ne vois pas comment elle l'aurait pu ! ajouta-t-il avec un regard méprisant pour son ancienne protégée.

— Je travaille vite, *Jack*.

— Pourriez-vous le faire maintenant ?

— Ce n'est plus possible, soupira Philby en secouant la tête.

— Ah, je parie que vous regrettez d'avoir détruit le disque dur, n'est-ce pas, Starkman ? Alors ? Que décidez-vous ? lança Nina. Ma proposition tient toujours. Laissez la vie sauve à l'équipage et je vous conduis au dernier avant-poste du peuple de l'Atlantide.

Elle croisa les bras et fixa Qobras d'un air déterminé.

— J'ai passé ma vie à rechercher l'Atlantide. Si je dois mourir pour cette cause, autant aller jusqu'au bout. Je ne pense pas que ce soit trop demander.

— Docteur Wilde, intervint Matthews, c'est trop dangereux. Qu'est-ce qui vous dit qu'il ne nous tuera pas de toute façon ?

— Je lui fais une proposition honnête, et j'espère qu'il réagira de la même manière. N'est-ce pas, monsieur Qobras ? N'avez-vous pas dit vous-même que vous n'étiez pas un homme cruel ? Nous saurons bientôt si vous êtes un homme d'honneur…

Starkman continuait à lui lancer des regards noirs. Il était en revanche plus difficile de savoir ce que pensait Qobras.

— Vous êtes bien consciente, docteur Wilde, dit-il en faisant un pas vers elle et en plantant ses yeux gris dans les siens, que, même si nous détruisons ce dernier temple, nous ne pourrons vous laisser la vie sauve ?

— Parfaitement, répondit-elle, la bouche sèche.

Il parut, un instant, presque impressionné.

— Vous faites preuve de beaucoup de courage, docteur Wilde. Et de noblesse. Je ne l'aurais pas cru, vu vos antécédents.

— Que voulez vous dire ?

— Nous aurons tout le loisir d'en reparler, dit-il en reculant. Marché conclu : j'épargne les gens qui se trouvent sur ce bateau si vous m'indiquez comment accéder au troisième temple.

— Marché conclu.

— Très bien. Jason ! Fais préparer les canots de sauvetage.

— Êtes-vous certain de ne pas vous tromper, Giovanni ?

— Nous verrons bien. Fouille-les d'abord. Assure-toi qu'ils n'ont ni radio ni fusées de détresse. Je veux être sûr de pouvoir quitter la région avant qu'on les repère. Nous sommes à cent quarante kilomètres des côtes portugaises. J'espère que vos hommes pourront ramer jusque-là, capitaine.

Matthews lui décocha un regard de haine. Starkman entraîna les premiers membres de l'équipage.

— Et pour ceux qui sont dans l'Atlantide ? Mes amis qui sont toujours en bas ?

— Et qui le resteront, répliqua Qobras.

— Attendez, on était d'accord…

Il l'attrapa sans ménagement et lui hurla au visage.

— Nous sommes d'accord pour épargner les personnes qui se trouvent *actuellement* sur ce bateau, docteur Wilde. Si cela ne vous convient pas, j'ordonne immédiatement l'exécution de l'équipage ! Compris ?

— Docteur Wilde..., lança Matthews alors qu'un des hommes de Qobras lui enjoignait de le suivre sous la menace de son arme. Avez-vous de la famille que je pourrais contacter ?

— J'ai bien peur que non, soupira-t-elle. Enfin... si vous voyez Eddie, dites-lui que je lui enverrai une carte postale.

Matthews la regarda d'un air perplexe, mais n'eut pas le temps d'ajouter quoi que ce soit.

— À présent, docteur Wilde, je vais vous demander de monter à bord de mon bateau. Nous allons pouvoir discuter de l'emplacement exact de ce fameux temple.

Il avait beau être rempli aux trois quarts d'eau sombre et glaciale, le temple de Poséidon se révélait encore plus impressionnant que sa réplique sud-américaine.

— C'est complètement incroyable, dit Kari, si subjuguée par ce qui l'entourait qu'elle en oubliait sa propre peur.

Au-dessus d'elle, de fines côtes recouvertes d'or, d'argent et d'orichalque s'élevaient jusqu'à la voûte.

— Regardez-moi ça ! Tout est recouvert d'ivoire !

— *« Incroyable » n'est pas le mot que j'utiliserais. J'ai l'impression d'être dans la cage thoracique d'un géant.* Spielberg adorerait...

Il cassa un nouveau bâton luminescent et le lança devant lui. Il retomba et flotta sur l'eau. La salle fut baignée par le doux reflet de l'orichalque. La tête de Poséidon, qui émergeait à l'air libre, les contemplait de ses terribles yeux d'or.

— *J'ai l'impression que le temps se répète*, reprit Chase. Je parie que, derrière ce passage, nous trouverions les mêmes défis qu'au Brésil.

— Nous ne sommes donc pas loin du rez-de-chaussée…

— Je vous rappelle que nous sommes au fond de l'océan. Je connais une sortie plus rapide, dit-il en brandissant les explosifs.

— Non, c'est trop dangereux, protesta Kari. Tout risque de s'écrouler.

— Ce n'est pas mon intention, argua-t-il en se rapprochant d'une partie du mur où l'ivoire s'était détaché, laissant la pierre à nu. Il nous suffit de faire un trou assez grand pour passer. Faire bouger un seul bloc suffirait.

— Votre bombe risque de faire tomber le toit !

— Au point où nous en sommes…

Il orienta sa lampe sur le mur. Tout comme dans le temple brésilien, les blocs avaient été taillés avec une telle précision qu'aucun mortier n'avait été nécessaire. Leur propre poids suffisait à soutenir l'ensemble du bâtiment. Chase chercha à introduire la lame de son couteau entre deux blocs, mais ne parvint à la glisser que sur quelques millimètres.

— Il faut trouver une faille et y déposer l'explosif.

Il se détourna pour contempler la statue de Poséidon.

— « Si grande qu'elle touchait le toit de sa tête », cita-t-il.

— Vous avez lu Platon ? s'exclama Kari, impressionnée.

— *Je me suis dit que je devais m'y mettre, moi aussi…* Regardez : si on grimpe sur son crâne, tout là-haut, nous accéderons au toit. Il sera plus facile de faire sauter la structure.

— *Dans vingt-cinq atmosphères de pression sous-marine !* Si vous faites un trou là-haut, nous mourrons noyés…

— Si dans une heure on n'est pas sortis d'ici, ça n'aura de toute façon plus beaucoup d'importance. Nous n'avons pas le temps de déblayer le tunnel. Allez !

Il se lança en avant. Kari le suivit à contrecœur.

Castille continuait à explorer le périmètre. Il avait déjà contourné la face sud, sans repérer aucune faille permettant de s'introduire à l'intérieur. Le grand dôme était parfaitement étanche. Il décida donc de se poser dessus. Les pierres avaient beau être très épaisses, peut-être qu'en se collant à elles les ondes radio auraient une chance de passer…

— Edward ? Kari ? Vous m'entendez ?

Il se tut et cessa même de respirer pour laisser une chance à une éventuelle réponse de l'atteindre. Mais rien ne vint.

— Merde ! dit-il en retournant vers la face ouest de l'édifice.

L'équipage de l'*Evenor* s'éloignait dans de frêles embarcations. Flanquée de deux gardes armés, Nina se tenait sur le pont du bateau de Qobras et contemplait ce spectacle avec résignation. Les hommes de Qobras finissaient de dénouer les cordages qui reliaient les deux navires.

— Les explosifs sont en place, annonça Starkman en tendant à Qobras deux détonateurs radio. Le premier fera sauter la proue ; l'autre, la salle des machines.

— Les écoutilles sont ouvertes ?

— Oui. Faites sauter la proue, et les deux tiers du bateau se rempliront de flotte. Quand l'avant sera sous l'eau, faites sauter le reste, et les trois mille tonnes de l'*Evenor* couleront à pic.

— L'épée de Damoclès…

— Très astucieux, dit Nina avec amertume. Dommage que vous ne mettiez pas mieux à profit votre ingéniosité.

— Vous n'imaginez pas le temps et l'énergie que j'ai pu y consacrer, docteur Wilde. Il se pourrait que vous vous ralliiez à mon point de vue.

— J'en doute, soupira-t-elle.

— Moi aussi, hélas.

Il se tourna vers le capitaine.

— Éloignons-nous, maintenant. Je ne veux pas rater le spectacle.

Les concepteurs de la statue n'avaient sans doute pas prévu qu'on viendrait un jour se percher sur sa tête… Platon s'était, une fois encore, trompé : Poséidon ne touchait pas le plafond, malgré l'impression qu'on en avait du sol. Chase s'était en effet glissé comme il l'avait pu entre la voûte et la chevelure couronnée d'algues du dieu – plate-forme peu stable, au demeurant, pour un plongeur harnaché comme il l'était.

— Comment ça va ? demanda Kari.

— J'ai presque terminé.

Il avait relié les deux charges entre elles afin qu'elles explosent ensemble. Une fois activé, le détonateur ne leur laisserait qu'une minute pour se mettre à l'abri. En plein océan, ils pourraient ensuite filer sans problème. Mais, tant qu'ils étaient dans le temple, c'était une autre affaire.

— Je continue à penser que ce n'est pas une bonne idée.

— *Si ça ne marche pas, vous n'aurez qu'à me renvoyer.* Voilà, j'ai terminé.

Malgré sa longue expérience, Chase n'avait encore jamais fait exploser de toit antique au fond de l'océan. Il s'en remettait entièrement à la chance.

— Mettez-vous à l'abri, le plus loin et le plus profond possible !

Kari disparut aussitôt sous la surface ; les lumières de sa combinaison s'estompèrent au fur et à mesure qu'elle s'enfonçait dans l'eau.

— À moi de jouer, dit Chase en regardant le détonateur.

Le minuteur s'activait en deux temps. D'abord, il fallait tourner et retirer une goupille, puis appuyer sur le bouton. Ensuite, un mécanisme simple entamait le décompte des soixante secondes.

Il tourna la goupille d'acier d'un demi-tour et tira. La bombe était à présent armée. Bientôt, il n'y aurait plus de retour en arrière possible.

— OK, dit-il sans certitude d'être entendu. Préparez-vous, Kari. Dans soixante secondes, nous serons fixés.

Il appuya sur le bouton et fila.

Avant d'être stoppé net.

Sa ceinture s'était prise dans la couronne.

— Merde ! souffla-t-il en se débattant pour se libérer. Merde, c'est pas possible !

Le minuteur avait entamé son décompte implacable.

— Cinq cents mètres, patron, annonça le capitaine.

— Parfait, dit Qobras, posté dans la cabine de commandement.

L'*Evenor* se trouvait devant lui ; le *Sharkdozer*, jaune citron, se balançait doucement au bout de sa grue.

— Je vous en prie, supplia Nina. Vous n'êtes pas obligé de faire ça…

— J'ai bien peur que si, répondit-il sans un regard pour elle, les yeux braqués sur le bateau.

Il prit le premier détonateur, qu'il enclencha.

Castille relâcha la manette des propulseurs et se laissa dériver jusqu'au-dessus du toit. Il venait de percevoir quelque chose, un grésillement qui ressemblait à une moitié de juron.

— Edward ? demanda-t-il en se rapprochant de la surface de pierre. Edward, c'est toi ? Tu m'entends ?

C'est alors que se produisit autre chose. Pas dans son casque, cette fois, mais dans la mer tout entière, comme l'écho assourdi d'une détonation. Il ne connaissait que trop bien ce bruit. Une explosion venait d'avoir lieu, juste au-dessus de sa tête.

Il n'y avait pas d'autre explication.

Nina s'attendait à ce qu'une énorme boule de feu embrase d'un coup la proue de l'*Evenor*. En réalité, une vague déflagration fit exploser les écoutilles et s'envoler quelques débris. Puis un bouillonnement de mousse blanche apparut à la surface, qui s'estompa rapidement.

L'avant du bateau plongea presque aussitôt. Tout ce qui n'était pas scellé sur les ponts glissa par-dessus bord. Le *Sharkdozer* tanguait dangereusement. Sur le pont arrière, quoique retenu par des cordes, l'hélicoptère menaçait lui aussi de sombrer.

Le bateau coulait à une vitesse phénoménale. Nina contemplait ce spectacle, à la fois fascinée et horrifiée. À mesure que la proue s'enfonçait dans l'océan, des souffles d'air comprimé expulsaient d'autres débris par les écoutilles. À ce rythme, il faudrait moins d'une minute pour que le pont avant disparaisse sous l'eau.

Chase tentait vainement de se libérer, mais sa combinaison le handicapait horriblement.

Il ne restait que quarante secondes.

— Merde !

C'est alors que son casque se remit à grésiller.

— Edward ! Tu m'entends ? Edward ?

Si la radio fonctionnait, c'est que Hugo était tout proche !

— Hugo ! hurla Chase. J'ai posé une bombe ! Elle va sauter !

— Edward !

Trente secondes.

— Il y a une bombe ! s'égosilla Chase.

Il chercha fébrilement son couteau et taillada désespérément sa ceinture plastifiée.

Castille ouvrait de grands yeux. Il n'avait presque rien saisi de sa communication avec Chase, à part le dernier mot… Il déguerpit aussi vite qu'il le put.

Le pont de l'*Evenor* avait basculé à quarante-cinq degrés. C'est alors que l'hélicoptère rompit ses liens et s'écrasa contre les vagues. Sa queue sombra la première. L'air dans le cockpit maintint quelques instants le nez de l'appareil à la surface, puis il coula. Sur le pont avant, un des câbles qui soutenaient le *Sharkdozer* céda, et le sous-marin tomba à la mer dans une gigantesque gerbe d'eau. La grue elle-même se détacha de sa base et dévala le pont.

Soudain, la poupe se dressa hors de l'eau. Ses hélices ruisselantes saluèrent le ciel pour la première et la dernière fois.

Qobras se saisit du second détonateur et appuya, impavide, sur l'interrupteur.

Vingt secondes.

— Saloperie de ceinture !

Se servant de son couteau comme d'un levier, Chase en enfonça la pointe dans le revêtement de sa combinaison. La ceinture céda enfin.

Il se laissa tomber dans le vide. Il atterrit trois mètres plus bas, sur le dos. Sa tête cogna l'intérieur de son casque. Mais ce n'était pas le moment de s'apitoyer sur soi-même. Il lui restait moins de quinze secondes pour se carapater…

Un dernier jet de vapeur, une traînée de fumée, et l'*Evenor* disparut dans l'Atlantique, poussant un râle déchirant – on aurait dit le cri d'un animal blessé. Il ne resta bientôt plus de lui qu'un tourbillon bouillonnant.

Les générateurs avaient sauté, mais l'éclairage d'urgence fonctionnait toujours, activé par des batteries spéciales. Traînant derrière lui une marée de bulles d'air, le navire hydrographique piqua à toute allure vers le fond de l'océan.

Droit sur l'Atlantide.

Qobras se tourna vers son capitaine.

— Ramenez-nous au port. Vitesse maximale.

Le capitaine donna aussitôt ses ordres aux membres de l'équipage. Rejetée dans un coin, Nina se couvrait la bouche pour se retenir d'éclater en sanglots.

Chase actionna ses propulseurs. Son temps était compté.

Sept, six…

Il devait s'éloigner le plus vite possible.

Cinq, quatre, trois…

Il aperçut une petite lumière juste au-dessous de lui. Kari !

Et ce fut l'explosion.

22

Vigile solitaire du temple depuis plus de onze mille ans, la tête de Poséidon, qui avait résisté au naufrage de l'île, vola instantanément en éclats. Le plafond d'ivoire fut réduit à néant et une pluie d'échardes plus coupantes que des lames de rasoir s'abattit à l'intérieur de la salle inondée.

Le bloc de pierre qui se trouvait au-dessus des charges explosives ne fut pas davantage épargné. Mais, à cause de la pression de l'eau, il ne se souleva que d'une trentaine de centimètres.

C'était pourtant suffisant.

Après avoir patienté tant de milliers d'années, l'Atlantique allait enfin pouvoir prendre possession de son plus ancien trésor. L'eau glacée s'engouffra, creusant une brèche de six mètres dans la pierre. Des tonnes d'eau se déversèrent sur ce qui restait de la statue de Poséidon, la réduisant en poussière d'or.

L'impact provoqua une onde de choc terrifiante. Les statues furent arrachées de leurs socles, volant en tous sens comme de vulgaires jouets.

Chase eut l'impression de recevoir un camion sur la tête. Sa lampe lui glissa des mains et tournoya dans les eaux déchaînées. Il se retrouva plaqué contre un mur, incapable de bouger, tel un papillon punaisé à une planche de bois.

Puis le vacarme cessa. Les eaux s'apaisèrent. Une douleur intense monta dans son poignet gauche.

Les lumières de sa combinaison fonctionnaient encore. Les sédiments accumulés depuis des millénaires avaient rendu l'eau aussi opaque que du lait.

Maintenant que le temple était entièrement inondé, ils allaient pouvoir sortir par la brèche du toit.

Mais où était Kari ?!

Elle avait dû subir le choc de plein fouet, comme lui.

Il essaya de la joindre par radio.

— Kari, Kari, vous m'entendez ? Vous êtes là ? Kari !

Aucune réponse.

Soit elle était hors de portée de la radio, soit elle était blessée… ou même morte.

Chase se mit à nager. Au milieu de tant de débris, il redoutait de se servir de ses propulseurs.

C'est alors qu'il aperçut une faible lueur, à une douzaine de mètres devant lui. Mais les distances étaient trompeuses dans une telle soupe.

— Kari ! s'écria-t-il en voyant la lumière prendre forme.

Un des projecteurs de la combinaison de la jeune femme avait rendu l'âme. Le cœur de Chase s'emballa.

Kari ne répondait pas.

Il la remit à la verticale. Son casque se heurta au sien lorsqu'il voulut voir son visage à travers l'eau boueuse. Elle avait les yeux fermés. Impossible, avec cette combinaison rigide, de vérifier si elle respirait encore.

— Kari !

Elle eut un léger battement de paupières.

— Dieu merci ! souffla-t-il. Kari, réveillez-vous. Il faut qu'on sorte d'ici !

Elle ouvrit les yeux et le regarda, ahurie.

— Eddie ? Que s'est-il passé ?

— Je vous la fais courte : il y a eu un gros boum et un grand splash. Nous avons un trou par où sortir. Vous allez bien ?

Son visage se contracta de douleur.

— Ma jambe me fait mal…

— Il faut filer. Nous allons suivre la courbe de la voûte…

— Ça a marché ?

— Oui, oui, ça a marché, dit-il en lui prenant la main. Servez-vous de vos propulseurs pour remonter. À trois…

Kari commença le décompte et s'élança.

Chase était resté en plan.

— Oh, oh, stop !

— Qu'est-ce qu'il y a ?

Chase manipula la manette de ses propulseurs, en vain.

— Houston, nous avons un problème. Mes propulseurs ne marchent plus.

— Est-ce que votre combinaison est abîmée ?

— À moitié, oui. C'est bien ce qu'il me semblait.

— C'est très grave. Ces combinaisons sont très solides. Si la vôtre a reçu un choc suffisamment fort pour endommager un des systèmes, il est possible que d'autres aient souffert aussi. Où en est votre réserve d'oxygène ?

— *Ça a l'air d'aller. Seulement… Attendez deux secondes.* Ou bien je me suis pissé dessus, ou bien j'ai une fuite quelque part.

Une sensation froide et humide l'envahissait en haut des jambes.

— Merde ! L'eau s'infiltre !

Au même moment, une petite bulle d'air s'éleva entre eux ; elle toucha le casque de Chase avant de disparaître.

— Accrochez-vous à moi et, surtout, ne me lâchez pas, ordonna Kari.

Chase s'arrima à sa ceinture. Elle avait perdu presque tout son matériel. Ils entamèrent leur remontée, les propulseurs de Kari peinant sous l'excédent de poids.

— Ralentissez ! cria Chase alors qu'ils approchaient du toit. Je n'ai pas envie de m'écraser…

— Pas plus que vous n'avez envie de vous noyer, j'imagine !

Elle relâcha néanmoins les gaz et tendit la main au-dessus de sa tête.

— Ça y est, on y est. Il y a encore une poche d'air, je le sens.

Elle continua de monter jusqu'à ce que son casque bute contre le plafond en ivoire. La poche d'air était suffisamment large pour que Kari puisse sortir les yeux de l'eau.

À son grand étonnement, elle découvrit de la lumière.

Les bâtons luminescents flottaient à la surface.

— Que voyez-vous ?

— Un mur !

— C'est le mur exposé au sud. Nous devons aller de l'autre côté.

Elle s'inclina en avant pour suivre la voûte jusqu'à l'endroit où elle s'était affaissée, guidée par la douce lumière orangée des bâtons de survie.

— Faites attention, des pierres pourraient se détacher.

Kari tâtonna pour éviter les terribles échardes d'ivoire issues de l'explosion.

Un faible courant se fit soudain sentir.

— Eddie, je crois qu'on l'a trouvé !

— Super, faites atten…

Avec un bruit semblable au craquement d'un os, une pierre se descella et tomba, entraînant avec elle des pans entiers d'ivoire. Elle heurta le dos de Kari, qui se trouva projetée sur le côté.

Chase la saisit par le bras et la redressa aussitôt. Le haut de la coque, qui contenait entre autres les réservoirs d'oxygène, était écrasé et fendillé comme une coquille d'œuf.

— Votre combinaison en a pris un sérieux coup. Vous arrivez à respirer ?

— Il y a quelque chose qui cloche. J'ai encore de l'air, mais j'ai de plus en plus de mal à respirer. C'est sûrement le régulateur !

Il serra sa main dans la sienne pour la rassurer.

— Kari, restez calme. On est presque sortis. Une fois dehors, on retrouvera Hugo et nous pourrons remonter. Ça ne prendra pas plus de quinze minutes. Économisez votre air en respirant lentement. D'accord ?

Elle acquiesça en silence, le visage crispé par l'angoisse.

Ils s'échappèrent par la brèche et Kari remit ses propulseurs en route.

Ils avaient à peine passé la tête dehors que Chase repéra des points lumineux qui n'avaient rien de familier.

— Un autre sous-marin ? interrogea Kari.

— Hugo doit être dans les parages, dit Chase. Hugo, tu m'entends ? Nous sommes sortis du temple, je répète, nous sommes sortis. Est-ce que tu m'entends ?

Silence. Puis, subitement, une voix lointaine, une voix déformée par le grésillement des interférences. Celle du Belge.

— Edward ! Je t'entends ! Où es-tu ?

— On est du côté nord du temple. Et toi ?

— Je descends du côté sud-ouest ! Est-ce que tu peux me voir ?

Chase leva les yeux et aperçut Castille qui se rapprochait.

— Est-ce que tout va bien, Eddie ?

— La combinaison de Kari est bien amochée et la mienne est dans un sale état. J'ai une fuite et mes propulseurs ne marchent plus. Il faut qu'on remonte, et vite.

Castille inspecta la combinaison de son ami avec sa lampe.

— J'ai repéré ta fuite, dit-il en pointant sa taille du doigt.

Chase comprit ce qui l'avait provoquée. En essayant de trancher sa ceinture à l'aide du couteau, il avait accidentellement transpercé la coque en polycarbonate. Une petite bulle sortit justement au moment où il examinait l'entaille.

— Tu n'aurais pas un chewing-gum ?

— Écoute, Edward. Il s'est passé des choses, là-haut. J'ai entendu…

Soudain, un bruit métallique retentit à côté d'eux. Chase se retourna et découvrit une clé à écrou.

Il y eut un autre bruit, plus fort et plus sec. Une longue tige tenait en équilibre sur le haut du toit. Elle bascula lentement le long du temple.

Castille chercha à la rattraper et s'arrêta en comprenant de quoi il s'agissait.

— Un crochet à bateau… Qu'est-ce qu'il…

C'est alors qu'ils virent une myriade d'objets couler vers eux.

— Hugo ! Écarte-toi !

Mais il était déjà trop tard.

L'hélicoptère de l'*Evenor* percuta Castille comme un javelot. Le Belge fut violemment projeté contre le toit du temple, une lame de rotor plantée dans sa combinaison.

— Non ! hurla Chase.

Il tenta de rejoindre son ami, mais l'onde de choc provoquée par le crash de l'appareil contre le temple le repoussa brutalement.

Un grand nuage masquait les lumières de Castille.

Un nuage de sang.

— Hugo !

L'onde en partie dissipée, Chase se remit à nager avec de vifs battements de jambes, oubliant la douleur qui lui meurtrissait le bras.

Kari agrippa sa combinaison pour le retenir et mit en route ses propulseurs pour le remonter avec elle.

— C'est fini pour lui ! cria-t-elle. Il faut qu'on se sorte d'ici ! Nous n'avons plus de temps à perdre…

Chase se retourna sur elle avec une expression de colère et de désespoir.

— Je ne peux pas l'abandonner !

— Vous n'avez pas le choix ! Regardez ! dit-elle en levant les yeux.

Il pleuvait des dizaines d'objets de toutes sortes : outils, fenêtres d'écoutilles, morceaux de rambarde, et même une partie du radar de l'*Evenor*.

Une masse jaune plus imposante encore fonçait à toute vitesse sur eux. Le *Sharkdozer* les manqua de peu et traversa d'un coup le toit du temple. Il traînait derrière lui, reliée à une chaîne qui fit un bruit sinistre en raclant la voûte, sa grue d'arrimage, qui s'écrasa contre le temple, l'entaillant à la façon d'une faux, juste derrière Kari et Chase.

— Nom de Dieu ! Vite, à droite ! s'exclama Chase.

Kari obéit. Son cœur bondit de frayeur.

Semblable à une constellation d'étoiles, un réseau lumineux fondait sur eux, prêt à les percuter.

L'*Evenor* !

Toujours éclairé de ses lumières de secours et bruissant de mille grincements métalliques, le bateau s'était transformé en un missile de trois mille tonnes.

Appuyant de toutes ses forces sur sa manette, Kari réussit à se dévier juste à temps de la trajectoire du vaisseau fou.

L'*Evenor* toucha le fond comme une bombe. L'avant s'aplatit d'un coup sous le choc et l'eau s'engouffra à l'intérieur avec une puissance telle qu'elle fit éclater joints et soudures, causant plus de ravages que le souffle de l'explosion. Le peu d'air qui restait à l'intérieur fut expulsé par les innombrables brèches qui venaient de s'ouvrir dans la coque. Rivets, hublots, portes jaillirent comme un feu de mitraille.

Victimes impuissantes de l'onde de choc et à demi sourds, Kari et Chase ne purent rien faire d'autre que de se laisser dériver dans le tourbillon plein des débris du bateau.

Un effroyable hurlement de métal broyé se répandit dans les profondeurs au moment où l'*Evenor* bascula lentement de côté, découpant une tranchée dans le temple, telle la lame d'une guillotine.

Les tonnes d'eau déplacées par la masse du bateau échoué dans la salle principale firent éclater le toit. Puis ce fut au tour des murs de s'écrouler, recouvrant tout ce qui se trouvait à l'intérieur.

Le temple de Poséidon, le cœur même de la citadelle de l'Atlantide, venait de disparaître à jamais.

Le bruit finit par s'atténuer et Chase, étourdi, constata avec incrédulité qu'il était encore en vie.

Mais où était Kari ?

— Kari ! Où êtes-vous ?

Pas le moindre signe d'elle dans l'obscurité.

— Je suis là, répondit-elle faiblement. Derrière vous, à peine cinq mètres plus bas. Je remonte.

Chase eut beau regarder, il ne la voyait pas.

— Je ne vous vois pas !

— Mes lumières ne marchent plus. Attendez.

La lueur orange d'un bâton de survie apparut un instant plus tard, précédant la silhouette fantomatique de Kari.

— Mon alimentation en oxygène ne fonctionne plus très bien. J'ai de plus en plus de mal à respirer.

— Vos propulseurs marchent encore ?

— Oui. Où en est votre fuite ?

Chase bougea à l'intérieur de sa combinaison. La sensation de froid s'était répandue.

— J'ai l'impression que ça a empiré.

— Ça ne peut pas être un trou, sinon vous seriez déjà mort.

Kari examina la partie endommagée à la lueur de son bâton luminescent.

— Vous pouvez faire quelque chose pour la colmater ?

— Moi, non. Mais vous, oui.

— Quoi donc ?

— Il suffit que vous bloquiez l'air avec votre pouce.

Chase s'en voulut de ne pas y avoir pensé tout seul. Il baissa les yeux vers le temple. Quelques-unes des lumières de l'*Evenor* brillaient encore dans les décombres.

— Hugo…

— C'est Nina qui m'inquiète. Autant qu'on sache, elle était sur le bateau, et Qobras n'a pas l'habitude de laisser des témoins derrière lui.

Elle mit en route les propulseurs et ils entamèrent leur remontée. Chase s'agrippait d'une main à la ceinture de Kari, le pouce appuyé sur sa hanche.

Ils remontaient trop lentement. Chase s'efforça de calculer en combien de temps ils regagneraient la surface. Au moins vingt minutes, voire trente. Et l'alimentation en oxygène de Kari qui était défaillante…

— Vous arrivez à respirer ?

— De plus en plus mal. J'entends un bruit, comme si le régulateur se bloquait. Je n'obtiens qu'une alimentation partielle.

— Comment vous sentez-vous ?

— Assez légère et un peu étourdie.

Les premiers symptômes d'hypoxie… À ce rythme, Kari ne regagnerait jamais la surface. En un mot, il allait devoir se charger lui-même de conduire les propulseurs. Ce qui signifiait qu'il allait devoir renoncer à colmater sa brèche.

— Kari, dit-il en prenant une voix aussi calme que possible. Gardez votre pouce appuyé sur la manette aussi longtemps que possible. Au moindre problème, je prends le relais. Ne vous inquiétez pas. On va y arriver.

— Mais si vous vous occupez de la manette, vous allez…

— Ne vous inquiétez pas pour moi. Tout va très bien se passer. D'accord ?

— D'accord…, répondit-elle d'une voix faible.

Ils continuèrent à monter sans plus parler pendant quelques minutes. Chase vérifia la jauge : il leur restait cent quatre-vingt-quinze mètres à remonter. Une sacrée distance.

— Eddie ?

— Oui.

— Je suis désolée pour Hugo. Je l'aimais bien.

— Je ne suis pas du genre à me venger, articula-t-il en réprimant sa colère. Mais Qobras va le regretter.

— Bien. On est tellement proches maintenant, il ne peut plus nous arrêter…

— Tellement proches de quoi ?

Aucune réponse.

— Kari ?

Les propulseurs s'interrompirent net. La main gauche de Kari avait lâché la manette et flottait mollement.

— Oh, merde !

Cent quatre-vingts mètres. À une telle profondeur, sa combinaison subissait encore une pression de presque vingt atmosphères. Si la fente s'élargissait, il était bon pour un coup de Karcher.

Mais il n'avait pas le choix.

Agrippant Kari à la taille de sa main gauche endolorie, il saisit la manette de l'autre. Le froid et l'humidité qui s'insinuaient dans sa combinaison le faisaient grelotter.

Pas le temps de penser à ça.

Il activa les moteurs à fond. Les propulseurs se remirent en marche. La jauge opérait toujours son décompte – un pied après l'autre, pour ainsi dire. Une véritable torture ! Il battit des jambes pour remonter plus vite. En dépit d'années d'entraînement et de conditionnement physique, la fatigue commençait à prendre le dessus et ses forces diminuaient rapidement.

Cent cinquante mètres. Le noir dominait encore et le froid humide envahissait sa combinaison.

Quelques minutes plus tard, une vague lueur lui parvint de la surface. L'obscurité devenait bleutée. Les poissons se faisaient de plus en plus nombreux, indifférents à cette intrusion humaine.

Il observa Kari. Elle avait les yeux fermés. Elle semblait sereine. Il n'aurait su dire si elle respirait encore.

Cinquante mètres. Chase aperçut le soleil…

C'est alors que les propulseurs rendirent l'âme. Chase espéra que sa main engourdie par le froid avait relâché sa pression. Mais ils n'obéissaient plus. Ces combinaisons n'avaient pas été conçues pour assurer une remontée d'une telle profondeur !

Il restait trente mètres encore…

— Nom d'un chien de nom d'un chien…

Chase secoua Kari pour qu'elle lui vienne en aide. Mais ses yeux demeuraient désespérément clos. Il ne pouvait compter que sur lui-même.

Puisant dans ses toutes dernières forces, il se remit à nager. Dans sa combinaison, Kari pesait une véritable tonne.

Vingt-cinq mètres, vingt mètres…

Chase avait l'impression de grignoter centimètre après centimètre à la mer. Il mourait d'envie de s'arrêter, de reprendre sa respiration et de soulager ses muscles meurtris. Mais il devait remonter Kari à la surface.

Quinze mètres, douze mètres…

Le soleil au-dessus de lui jouait sur les vagues.

Dix mètres, cinq mètres…

Le remous opposait un dernier obstacle.

Quatre mètres, trois mètres…

Il n'arrivait plus à respirer, ses muscles étaient près de lâcher…

Enfin… L'air libre !

Il émergea d'un coup et cligna des yeux en affrontant le grand soleil rouge suspendu au-dessus de l'horizon. Rassemblant son énergie, il tira Kari vers lui. Elle était livide.

Deux personnes avaient dû les aider pour entrer dans leurs combinaisons, mais il n'avait pas le choix. De ses doigts engourdis, il s'efforça de défaire les attaches de celle de Kari. En vain. Il tenta alors de dévisser son casque.

Il le lui retira et le balança. Kari dodelinait de la tête.

— Kari ! Allez, réveillez-vous ! dit-il en lui tapotant la joue.

Il s'appliquait à la maintenir bien droite pour éviter que l'eau ne s'engouffre à l'intérieur de sa combinaison. Elle avait besoin d'un boucheà-bouche, mais comment faire sans la lâcher ?

— Kari ! Allez !

Elle respira un grand coup, toussa et reprit lentement ses esprits.

— Eddie…, murmura-t-elle avec un léger battement de paupières.

— Hé ! vous êtes vivante ! s'écria Chase. On a réussi ! Comment vous sentez-vous ?

— J'ai envie de vomir et j'ai très mal à la tête.

— Mais vous êtes vivante, c'est l'essentiel. Alors, donnez-moi un coup de main pour me retirer ce seau que j'ai sur la tête.

Elle tira sur les attaches du casque.

— Oh, merde…

— Quoi ?

— On est à plus de cent cinquante kilomètres de la côte portugaise et notre bateau est en miettes au fond de l'océan. Ça fait un peu loin, à la nage…

À son grand étonnement, il la vit sourire.

— Je crois qu'on ne va pas être obligés de nager. Je vois le capitaine Matthews qui arrive vers nous.

— Ça alors !

Le canot de sauvetage était encore à une centaine de mètres, mais le capitaine, installé à l'avant, était parfaitement reconnaissable dans son uniforme blanc. Et il leur faisait de grands signes de la main.

— Qobras les a épargnés !

— En effet, ce n'est pas son genre, dit-elle, perplexe mais soulagée. Il a dû se passer quelque chose. Mon Dieu, non ! Nina ! Je ne la vois pas ! cria-t-elle en lui saisissant le bras.

— Pourquoi la prendre avec lui ? Il n'avait qu'une idée : la voir morte. Pourquoi aurait-il subitement changé d'avis ?

— Elle doit savoir quelque chose. Un détail suffisamment précieux pour s'en servir comme monnaie d'échange…

— On va pouvoir le leur demander dans une minute. En attendant, retirez-moi ce casque.

— À vrai dire, vous devriez le garder jusqu'à ce qu'on soit sur le bateau.

— Et pourquoi donc ? dit-il d'un air chiffonné.

— Parce que j'ai l'impression que votre radio est la seule dont nous disposions...

Cinq minutes plus tard, Chase put enfin prendre une grande bouffée d'air frais.

Kari avait raison : l'équipage de l'*Evenor* avait été laissé à la dérive sans radio. Un des ingénieurs de bord se mit au travail sur le transmetteur intégré dans la combinaison de Chase. La portée n'était pas très importante, mais le golfe de Cadix était un lieu de passage fréquenté. Toutefois, comme le fit remarquer Matthews, ils devaient attendre avant de s'en servir. Inutile, en effet, d'envoyer un signal de détresse tant que le bateau le plus proche était celui de Qobras.

Chase et Kari s'informèrent de ce qui s'était passé à bord de l'*Evenor*.

— Nina s'est sacrifiée pour vous sauver la vie ?

— Oui, acquiesça Matthews. Malgré les menaces de mort de Qobras. Nous lui devons la vie.

Kari se tourna, pensive, vers le coucher de soleil.

Chase passa un bras autour de son épaule.

— Allez, elle est encore en vie. Quelle que soit l'information qu'elle détient, elle ne va pas cracher le morceau tout de suite. Elle va les faire languir aussi longtemps que possible. On a le temps de la retrouver.

— Mais comment ? demanda Kari d'un air sombre. Même si on arrive à découvrir la trace du bateau au port, elle aura déjà regagné la terre ou été emmenée par hélicoptère...

— On va trouver une solution, dit Chase en se radossant, les yeux en l'air.

Les cinq premières étoiles venaient de faire leur apparition et brillaient dans le grand ciel dégagé.

— Maintenant que j'y pense, intervint Matthews, le docteur Wilde m'a communiqué un message pour vous.

— Et il disait quoi, ce message ? s'enquit Chase en se redressant.

— Pas grand-chose. Juste qu'elle vous enverrait une carte postale.

— Une carte postale ? répéta Kari, perplexe.

Elle fut d'autant plus troublée que Chase partit d'un grand éclat de rire.

— Mais qu'est-ce que ça veut dire ?

Il se reprit et annonça, hilare :

— Ça veut dire que je sais précisément où ils vont aller.

23

Tibet

Le soleil n'était pas encore levé sur les hauteurs de l'Himalaya, mais, de l'hélicoptère, Nina discernait les premiers rougeoiements de l'aube.

Elle était assise à l'arrière de l'appareil, flanquée de deux hommes armés. Devant elle se trouvaient Qobras, Starkman et Philby, son ancien mentor, qui n'avait pas osé une seule fois croiser son regard depuis qu'ils avaient quitté l'*Evenor*.

Un deuxième hélicoptère plein d'hommes suivait, avec à son bord une grande caisse dont elle ignorait le contenu. Rien de bon, assurément.

— Donc, vous disiez, à propos de cette éruption volcanique…

Nina revit les dernières inscriptions trouvées dans le temple.

— L'île s'enfonçait dans la mer. Le volcan situé à son extrémité nord était en activité. Ils savaient à quoi s'en tenir. Mais je ne crois pas qu'ils aient imaginé que tout se terminerait aussi brusquement.

— Certains ont tout de même réussi à s'enfuir.

— Vous avez décidément un sacré problème avec l'Atlantide. Quand on pense que son empire a été détruit il y a plus de onze mille ans, vous avez la rancune tenace !

— Leur empire n'a jamais été totalement détruit, docteur Wilde. Il subsiste encore aujourd'hui.

— Vous voulez parler du grand empire *invisible* de l'Atlantide, je suppose.

— Si par « invisible » vous entendez que tout le monde ignore son existence, vous ne vous trompez pas. Les descendants de l'Atlantide sont parmi nous et leur but n'a pas changé : dominer tous ceux qu'ils jugent inférieurs. Seulement, leur domination ne s'opère plus par la force des armes, mais par celle de l'argent.

— Nous voilà en pleine théorie du complot, pouffa Nina. Vous allez sans doute me raconter que les habitants de l'Atlantide sont des illuminés…

— Pas du tout. C'est nous, les Illuminés.

— Pardon ?

— Pas dans le sens auquel vous songez. Nombreuses sont les sectes à avoir pris ce nom depuis le XVIe siècle, mais notre organisation est beaucoup plus ancienne. Nous sommes la Confrérie des Sélasphores, à savoir « ceux qui portent la lumière ».

— Du grec ancien ?

Nina se tourna vers Philby dans l'espoir de lire dans ses yeux qu'il n'adhérait pas à ce délire. Mais Philby n'avait pas le courage d'affronter son regard, et rien dans son expression ne laissait entendre qu'il désavouait les paroles de Qobras.

— En somme, vous êtes en train de me dire que vous seriez à la tête d'une organisation secrète ennemie de l'Atlantide depuis plus de deux mille cinq cents ans ? C'est quoi, ces conneries ?

— Notre organisation est bien plus ancienne encore, affirma Qobras sans se démonter. Je suis certain que vous vous souvenez du *Critias*. Il y est fait mention d'une guerre entre les Athéniens et les rois de l'Atlantide. Ça vous dit quelque chose ?

— Bien entendu. « La guerre que l'on disait avoir éclaté entre ceux qui résidaient en dehors des Colonnes d'Héraclès et tous ceux qui habitaient à l'intérieur. » On n'en trouve aucune autre mention ailleurs, si ce n'est dans le *Timée*.

— C'est là que vous faites erreur.

— Le *Critias* est inachevé, c'est cela ?

— Ou, plutôt, il a été caviardé. Par la Confrérie. Le texte original contenait un récit de la guerre entre les deux grandes puissances rivales. On y apprenait comment les Athéniens et leurs alliés avaient réussi à chasser les envahisseurs de la Méditerranée. Il rendait compte également de la riposte des Athéniens contre l'Atlantide. Leur armée s'est d'ailleurs retrouvée bloquée sur l'île au moment où elle a coulé.

— Cela entre en contradiction avec le *Timée*, objecta Nina. « Et, en un seul jour et en une seule nuit, tous vos guerriers ont sombré, tel un seul homme, dans les profondeurs de la terre ; et, de la même manière, l'île de l'Atlantide s'est abîmée au fond de la mer. » Il s'agit de deux événements différents.

— Si l'on s'en tient au texte original du *Critias*, c'est le même.

Nina saisit soudain la portée des paroles de Qobras.

— Vous voulez parler du texte original ? Celui qui retranscrit directement les paroles de Platon ?

— Nous possédons bien plus d'archives que vous ne pouvez l'imaginer. Notamment, le texte intégral du *Critias*, ainsi que le troisième volume des dialogues de Platon sur l'Atlantide, l'*Hermocrate*.

— L'*Hermocrate* ? Mais il n'a jamais été rédigé…

— C'est ce que nous avons réussi à faire croire au monde entier. La Confrérie s'efforce depuis des milliers d'années d'empêcher qui que ce soit de découvrir l'Atlantide. Et nous sommes prêts à tout pour interdire à ses descendants d'accéder à quoi que ce soit qui puisse leur permettre d'y parvenir.

— Jusqu'au meurtre ! dit Nina, outrée.

— Nous n'en sommes pas fiers, mais cela s'est parfois révélé nécessaire. D'autres fois, totalement justifié.

— Mais dans quel but, enfin ? Tout cela est insensé ! L'Atlantide est une des légendes les plus connues du monde, mais ce n'est qu'un site archéologique de plus, une ville morte, un tas de ruines…

— La ville a beau être morte, elle représente quelque chose d'encore bien vivant, docteur Wilde. Et c'est ce qui la rend aussi dangereuse aujourd'hui qu'elle l'était neuf mille cinq cents ans avant Jésus-Christ. Sa découverte favoriserait la cohésion de ses descendants. En se regroupant, ils reconstitueraient un pouvoir néfaste.

— Je vous signale que l'Atlantide a été découverte, rétorqua Nina. Par moi, en l'occurrence. Tous ceux qui étaient sur l'*Evenor* savent où elle se trouve. Vous pensez pouvoir empêcher la nouvelle de se propager ?

— Le site a bien été découvert, mais son secret a été détruit. Et la Confrérie ne manque pas de gens influents dans toutes sortes de domaines, dit-il en jetant un œil en direction de Philby. On s'est déjà débrouillés pour maintenir le monde universitaire à distance.

— C'est pour cette raison que vous avez refusé de m'accorder les crédits que je vous demandais, Jonathan ? Vous étiez à la solde de ce type depuis le début ?

— J'essayais de te protéger, répliqua Philby. J'ignorais si ta théorie porterait ou non ses fruits. Mais je ne pouvais pas prendre le risque que tu parviennes à tes fins. Je ne savais pas qu'ils tenteraient de se débarrasser de toi à Manhattan.

Tu dois me croire, Nina : je n'ai jamais eu l'intention de te causer le moindre mal.

— Tant de sollicitude me touche.

Le visage rongé par la honte, Philby baissa la tête.

— Quant à tous ceux qui pourraient s'y intéresser de près ou de loin, continua Qobras, nous avons les moyens de les détourner de leur but. Cela dit, ce ne sera bientôt plus nécessaire. Si vous dites la vérité sur ce dernier avant-poste des survivants de l'Atlantide, il appartiendra bientôt au passé. Une fois cet ultime chaînon disparu, leurs descendants ne pourront plus jamais se regrouper et mener à bien leurs projets de conquête.

— Je vois mal les Frost animés de sentiments guerriers, protesta Nina. À moins que vous ne considériez le secours humanitaire comme une arme de destruction massive...

— Le secours humanitaire ! Laissez-moi rire ! Frost ne fait rien qui ne serve ses intérêts secrets, à savoir la restauration d'un pouvoir semblable à celui de l'Atlantide, dont il serait le maître absolu. Les millions qu'il dépense dans la recherche médicale ne sont qu'un prétexte. Vous vous imaginez peut-être que le travail de la fondation a pour but d'aider les malades ?

— Et quoi d'autre, dans ce cas ?

— Les projets médicaux de la fondation Frost ne sont qu'une couverture qui lui permet de déterminer la répartition mondiale du génome de l'Atlantide. Nous sommes au courant des tests qu'ils vous ont fait subir, Nina. Vous n'êtes, de surcroît, pas la première personne qu'il soutient à avoir une théorie sur l'Atlantide.

— Et vous les avez assassinés, eux aussi ?

Au seul regard de Qobras, elle comprit.

— Mon Dieu, non !

— Je vous l'ai déjà dit. Nous n'en sommes pas fiers. Mais c'est à cause de gens comme vous que les Frost concrétisent leur projet.

— Mais de quoi parlez-vous, à la fin ?

— Nous n'en connaissons pas précisément les détails. Aucun de nos agents n'a encore réussi à pénétrer suffisamment l'organisation des Frost pour découvrir leur ambition réelle. Nous disposons cependant d'assez d'informations pour savoir que leur but ne consiste pas seulement à découvrir l'Atlantide, mais aussi à récupérer certains objets originaux. La Confrérie met tout en œuvre pour que cela n'arrive jamais. Mais nous approchons du pic Doré…

Nina aperçut par la vitre les premiers rayons du soleil sur les sommets déchiquetés de l'Himalaya.

À l'ouest, le pic Doré se colora d'un fabuleux éclat orangé. La montagne semblait s'être enflammée. Les fines bandes de roche nue, visibles sous la couche de neige immaculée, paraissaient être entrées en fusion.

— Comme c'est beau…, murmura-t-elle.

— Une légende locale prétend que le pic Doré protège un grand trésor. Les membres de l'Ahnenerbe pensaient qu'il avait un lien avec l'Atlantide. Tout comme vos parents.

Nina se tourna froidement vers lui, mais Qobras avait déjà détourné le regard pour donner ses instructions au pilote. L'hélicoptère amorça sa descente à flanc de montagne. Il atterrit sur une large corniche couverte de neige.

— Le sentier de la lune, annonça Qobras en mettant pied à terre, ses pas crissant dans la neige. Je ne pensais pas revoir cet endroit un jour…

Flanquée de ses gardes, Nina lui emboîta le pas en ramenant les pans de son manteau contre elle.

— Vous êtes déjà venu ici ?

Il posa sa main sur l'épaule de Philby.

— On aurait peut-être dû rester un peu plus longtemps ici, vous et moi. Ça nous aurait évité bien des ennuis.

— Vous êtes déjà venu ici, vous aussi ? demanda Nina à Philby.

— Il était ici avec vos parents, dit Qobras.

Nina le regarda, en état de choc.

— Giovanni, je vous en prie, ne faites pas ça. Ce n'est pas la peine…, commença Philby.

Qobras l'interrompit d'un coup d'œil assassin.

— J'ai fait pas mal de choses dont je ne suis pas fier, mais je suis prêt à assumer ma part de responsabilité. Vous devriez en faire de même… Jack.

— Mes parents sont venus ici ? Répondez-moi, Jonathan ! l'interpella Nina en se tournant vers lui. Que savez-vous ?

Il tenta d'esquiver ses questions.

— Nina, je… je suis désolé… Je…

Elle le secoua par la manche.

— Que savez-vous, Jonathan ? cria-t-elle.

— Par ici, docteur Wilde, dit Qobras en ouvrant le chemin.

Starkman poussa la jeune femme à le suivre. En dépit du froid intense, le front du professeur était perlé de sueur.

Le petit groupe entama une lente ascension dans la neige.

Le second hélicoptère se posa, après avoir dispersé une pluie de glace.

Qobras marchait en tête en examinant la paroi. Soudain, il s'arrêta.

— Voilà.

Nina ne vit d'abord rien d'autre que de la neige et de la pierre aride. La strate s'était redressée sous la pression géologique vieille de milliers d'années, mais une zone plus sombre se détachait sur la montagne bleu-gris.

Il y avait une brèche dans la roche, une ouverture…

— Il ne faut pas être gros, dites donc, nota Starkman.

À son point le plus large, la brèche s'ouvrait en effet sur moins de trente centimètres.

— Il a dû y avoir un glissement de terrain. Dites aux hommes d'apporter le matériel.

Starkman transmit l'ordre. Quelques minutes plus tard, plusieurs hommes dégageaient l'amoncellement de pierres à coups de pioche. D'autres revenaient en tirant un énorme chariot.

— Ça doit être assez large pour y loger la bombe.

— Quelle bombe ? s'exclama Nina.

— Nous ne sommes pas en mission archéologique, docteur Wilde, siffla Qobras, exaspéré. Nous allons détruire les derniers vestiges de l'Atlantide. Tout ce qui se trouve à l'intérieur de cette montagne va disparaître.

— Vous êtes pire que les talibans ! s'insurgea-t-elle. Ils se sont acharnés par bêtise idéologique contre des trésors de l'humanité, et vous faites la même chose en prenant prétexte d'une absurde théorie du complot !

— Un complot auquel je me félicite de mettre un terme. L'Atlantide ne sera plus qu'un souvenir !

— Et ensuite ? Vous continuerez à éliminer les gens dont l'ADN ne vous revient pas ?

Qobras ne répondit pas, se contentant de suivre le travail d'élargissement de la brèche.

Puis il ordonna d'apporter la bombe.

Il pénétra dans le passage dégagé, suivi de Starkman, de Philby et de Nina, flanquée de ses deux gardes. À la lueur de puissantes lampes torches, elle découvrit une grotte naturelle élargie pour faciliter l'accès au cœur de la montagne.

Un peu plus loin, le spectacle lui coupa le souffle.

Cinq cadavres desséchés, la peau fripée et parcheminée, la fixaient de leurs orbites noires. À la façon dont ils étaient disposés contre la paroi, ils avaient dû mourir de faim ou de froid ; surtout, ils avaient été fouillés après leur mort.

— Je vous présente la quatrième expédition de l'Ahnenerbe, dit Qobras avec un sourire sinistre. Jürgen Krauss et ses hommes. Ils avaient remonté la piste du Maroc et du Brésil, ils ont fini leur course ici.

— La quatrième expédition ? Pourtant, on n'a jamais parlé que de trois ! s'exclama Nina.

— Bien d'autres sont restées secrètes. Votre père était entré en possession des rapports de l'une d'elles, ajouta-t-il d'un air sombre. Ces documents l'ont conduit au Tibet, à la recherche du pic Doré, ici même.

— Ici ? s'écria la jeune femme, gagnée par un pressentiment funeste.

— Venez, dit Qobras en dirigeant sa lampe vers le fond de la grotte.

Philby resta en arrière, le visage défiguré par la peur et par ce qui parut être un instant, aux yeux de Nina, de la culpabilité.

Le passage conduisait à une tombe construite par des architectes de l'Atlantide. Les inscriptions glozels l'attestaient incontestablement.

Mais d'autres corps gisaient dans cette salle. Leur mort avait été particulièrement violente : le mur au pied duquel ils étaient recroquevillés était criblé d'impacts de balles. Ils baignaient dans leur sang depuis longtemps séché.

Nina colla soudain ses mains contre sa bouche. Il lui semblait avoir reconnu, parmi les victimes…

Qobras fit signe à Starkman de la forcer à s'approcher.

— Non ! cria-t-elle en tombant à genoux.

L'effet combiné du froid et du temps avait changé leur peau en cuir dur ; leurs orbites n'étaient plus que des trous noirs béants. Pas un jour ne s'était passé sans que Nina pense à eux. Elle les avait aussitôt reconnus.

Ses parents, figés devant elle.

Ils n'avaient pas péri dans une avalanche. Ils étaient morts assassinés.

Starkman l'obligeait maintenant à presque toucher ces corps sur lesquels Qobras donnait pleine lumière. Elle se débattait, refusant de voir ce dont elle était incapable de détacher le regard.

— Espèce de monstre ! Vous avez tué mes parents ! Je vais vous tuer ! hurla-t-elle en se jetant sur lui.

Les deux gardes se précipitèrent, mais Qobras brisa leur élan d'un geste.

Les cris de Nina se changèrent bientôt en sanglots désespérés.

— Je suis navré, dit Qobras à voix basse. Je n'avais pas le choix. Ils ne devaient pas communiquer les secrets de l'Atlantide à Kristian Frost.

— Mais quels secrets, nom d'un chien ?! protesta-t-elle avec amertume. Il n'y a absolument rien ici, ce n'est qu'une tombe ! Vous avez tué mes parents pour rien ! lança-t-elle, pleine de haine. Vous n'êtes qu'une ordure !

— Le chagrin vous aveugle, répondit-il en balayant les murs de sa lampe. Je pensais moi aussi, il y a dix ans, que la tombe avait été pillée. Mais si l'on admet comme vraie la dernière inscription que vous avez trouvée dans le temple de l'Atlantide, je suis passé à côté de l'essentiel…

Il se tourna vers les deux gardes.

— Examinez chaque centimètre de ces murs. Cherchez n'importe quoi qui pourrait ressembler à une ouverture. Une fente, une pierre qui bouge, une serrure… n'importe quoi !

Les yeux secs à présent, Nina les regardait faire avec une implacable froideur. Mais la colère bouillait en elle.

Au bout de quelques minutes à peine, l'un des hommes appela Qobras. Tout le monde se précipita. Il traçait du doigt une fine ligne dissimulée entre les colonnes.

— Ce sont des portes, dit Qobras en passant le doigt sur l'étroite fente. Nous allons les faire sauter. Maintenant, allez chercher la bombe.

Un frisson de rage traversa Nina.

Ils percèrent dans le mur un trou de la taille d'un poing, où Qobras logea une plaque ronde de la taille d'un dollar en argent.

— Vous allez donc tout faire sauter ? déplora Nina. Il ne vous a pas suffi de tuer mes parents et tous ces pauvres gens, il faut aussi que vous profaniez leur mémoire ?

Starkman exprima son agacement, mais Qobras le fit taire.

— Jason, fais emporter les corps.

— C'est une perte de temps ! Qu'est-ce que ça peut bien faire ? Ils sont morts, non ?

— Obéis. Le docteur Wilde a raison.

Starkman obtempéra en grimaçant. Nina préféra détourner le regard. Elle aperçut cependant un des hommes soulever le corps d'un Tibétain aussi facilement qu'il l'aurait fait d'un enfant. Une pointe d'angoisse la transperça. C'était donc tout ce qu'il restait de ces gens et de ses parents ! Rien de plus que des enveloppes vides ! Sa gorge se serra si fort qu'elle pouvait à peine respirer. Mais elle devait se ressaisir. Hors de question de craquer devant ses ennemis.

Après qu'on eut déplacé les corps, Qobras retourna à son explosif. Il y fixa un minuteur et déguerpit, entraînant tout le monde avec lui dans la première grotte.

— C'est du CL-20, expliqua Starkman à Nina, qui n'avait rien demandé. L'explosif le plus puissant au monde.

L'équivalent d'un bonbon à la menthe suffit à faire un trou dans une porte blindée de quinze centimètres d'épaisseur.

— Vous comptez m'impressionner ?

— Vous prévenir seulement. Vous devriez vous boucher les oreilles.

Un instant plus tard retentit une détonation assourdissante, suivie d'un tourbillon de poussière.

Qobras retourna en courant dans la tombe.

— Dégagez-moi tous ces gravats, qu'on puisse faire passer la bombe, ordonna-t-il. Jason, Jack, docteur Wilde, avec moi !

Le mur n'était plus qu'un trou béant. D'énormes morceaux de la première porte jonchaient le sol ; l'autre porte était toujours debout, quoique dans un piteux état.

Derrière, tout était noir.

Enjambant les gravats, Qobras s'engagea sur une pente douce qui s'enfonçait dans les entrailles de la montagne.

On y respirait un air frais, et non l'air confiné propre aux lieux longtemps restés hermétiquement clos. Il devait y avoir une autre entrée ou, du moins, une ouverture quelque part.

Le long tunnel avait lui aussi été aménagé à partir d'un passage naturel. Il avait dû nécessiter des années de travail. À lui seul, il était une prouesse.

Mais ce n'était rien comparé à ce qui les attendait…

Ils marchaient depuis de longues minutes, lorsque le bruit de leurs pas décrut… Parvenaient-ils au fond d'un cul-de-sac ?

Ils débouchèrent au contraire sur ce qu'ils n'auraient jamais cru possible au cœur d'une montagne…

Une large rue pavée s'étendait à des dizaines de mètres devant eux. Des constructions se profilaient de chaque côté, ornées de piliers d'or et d'orichalque.

— C'est gigantesque ! s'exclama Starkman. Ohé !

Un faible écho lui revint quelques secondes plus tard.

— Jason, il nous faut plus de lumière.

Starkman retira son sac à dos et en sortit un épais pistolet à fusée éclairante. Il le chargea et tira en l'air. Une lumière rouge et brillante fusa de son arme et retomba doucement, flottant grâce à son petit parachute.

Tous restèrent interdits.

— Mon Dieu ! s'écria Nina.

24

Un monde oublié depuis l'aube de l'humanité s'offrait à leurs yeux ébahis.

Nina reconnut aussitôt, parmi d'autres bâtiments de moindre importance mais tout aussi grandioses, une nouvelle réplique du temple de Poséidon. Cette architecture à l'élégance simple et brute lui était devenue familière.

La citadelle de l'Atlantide telle que l'avait décrite Platon s'étendait devant eux, à des milliers de kilomètres de son lieu d'origine. Protégée par la montagne, elle brillait des mêmes feux que du temps de sa construction.

À la lumière vacillante de la fusée, Nina se rendit compte que le tableau n'était pas complet. Si vaste fût-elle, la grotte ne pouvait abriter une citadelle entière. Le temple de Poséidon n'était pas reproduit dans son intégralité : sa partie arrière disparaissait dans la paroi de la grotte. Les survivants de l'Atlantide n'avaient pu indéfiniment creuser la roche et élargir le flanc de la montagne…

La lueur de la fusée faiblit avant de s'éteindre, replongeant l'immensité de la grotte dans l'obscurité.

— C'est tout simplement incroyable, s'écria Philby. Giovanni, nous devons prendre des photos. C'est une découverte plus importante encore que l'Atlantide elle-même !

— Je vous l'interdis, rétorqua Qobras fermement. Rien ne subsistera. Absolument rien. L'héritage de l'Atlantide prend fin ici.

— Cette route conduit directement au centre de la citadelle, dit-il en se tournant vers Starkman. Appelez les autres et dites-leur d'apporter la bombe. Avec vingt-cinq kilos de CL-20, rien n'en réchappera.

— Mon Dieu…, soupira Philby.

— Vous savez choisir vos amis, le tança Nina. Une bande de vandales et de meurtriers !

— Nina, crois-moi, si tu savais combien je regrette… Je n'ai jamais souhaité malheur à Laura et Henry. Je les ai accompagnés dans leur expédition avec l'espoir qu'ils ne découvriraient rien.

— Ça ne vous a pas empêché de les trahir. Pour ce monstre, ajouta-t-elle avec un regard de haine en direction de Qobras. Ils sont morts à cause de vous, Jonathan. Ils ont été assassinés par votre seule faute. Je vous déteste !

Elle lui décocha un coup en plein visage. Sa main la fit immédiatement souffrir, mais ce n'était rien comparé à la satisfaction primaire de voir Philby tomber à la renverse, le nez en sang. Il leva les yeux vers elle, ahuri.

Les gardes la firent reculer et Starkman, presque amusé, aida l'universitaire à se relever.

— Joli coup, docteur Wilde. Chase vous a donné des cours ?

Un message radio les informa qu'il faudrait quinze minutes pour acheminer la bombe. Qobras jeta un coup d'œil à sa montre avant de regarder Philby et Nina.

— C'est le temps qui vous reste pour faire le tour de l'endroit, Jack. Docteur Wilde, je vous avais promis de vous laisser admirer le dernier avant-poste des survivants de l'Atlantide. Je n'ai qu'une parole.

— Avant de me tuer, lâcha-t-elle avec un sourire amer.

— Je vous l'ai dit. Je n'ai qu'une parole.

— J'imagine que c'est ce qui vous aide à garder la conscience tranquille.

Starkman tira une autre fusée et partit vers la citadelle. Nina lui emboîta le pas, grisée par l'ampleur de la découverte et par son inéluctable destin.

Elle aperçut, à côté du temple de Poséidon, un bâtiment de plus petite taille. Posé sur un promontoire escarpé, il était ceint par un mur de près de cinq mètres de hauteur.

— De l'or ! s'exclama Starkman, médusé. Ce mur est en or ! Au prix de l'once, c'est une véritable fortune ! Des centaines de millions de dollars !

— Yuri nous a trahis pour moins que ça, lui rappela Qobras. Nous sommes ici pour détruire tout ce qui s'y trouve, pas pour en tirer profit.

— Il s'agit du temple de Clitô, la compagne de Poséidon, expliqua Nina. Platon disait qu'il était inaccessible.

— Je voudrais bien voir ça ! dit Starkman en posant son matériel pour prendre le fusil à grappin qu'il portait en bandoulière.

— Jason ! fit Qobras.

Starkman se figea.

— Vous n'allez tout de même pas prétendre que ce qui se trouve à l'intérieur ne vous intéresse pas ! dit Nina. Nous avons sous les yeux une réplique de l'Atlantide. Qui sait, nous découvrirons peut-être, à l'intérieur, tout ce qui a pu être sauvé du temple d'origine ? Vraiment, l'envie de mieux connaître ceux contre qui vous vous battez depuis tant d'années ne vous démange pas ? Êtes-vous certain de bien connaître vos ennemis ?

Qobras fit un signe de tête à Starkman, qui déroula un peu du câble, recula et lança le grappin par-dessus le mur, avant de s'assurer qu'il était bien accroché.

— OK, voyons ce qu'il y a là-dedans, dit-il en grimpant.

Un des gardes de Nina l'imita. Arrivé tout en haut, Starkman se retourna.

— À votre tour, docteur Wilde, dit-il en faisant signe à l'autre garde de lui faire la courte échelle.

— J'aurais pu vous pousser, murmura-t-elle en parvenant à sa hauteur.

— Je pourrais vous tirer une balle dans les deux jambes et vous laisser agoniser le temps que la bombe explose…, rétorqua Starkman en l'aidant à descendre de l'autre côté.

Philby, le deuxième garde et Qobras grimpèrent à leur tour. Nina fut étonnée par la souplesse et l'agilité de ce dernier. À bien des égards, il ressemblait à Kristian Frost. En quelque sorte, il était son double maléfique.

Un escalier conduisait à l'entrée du temple. Qobras passa devant.

Il n'abritait en vérité que bien peu de choses : deux statues en or, Poséidon et Clitô, face à face.

— C'est un mausolée, dit Nina.

Deux grands sarcophages occupaient le fond de la salle, dont la structure de pierre brute contrastait vivement avec les métaux précieux finement ouvragés qui ornaient les murs.

— Qui peut bien être là-dedans ? demanda Starkman en dirigeant sa lampe sur une inscription gravée sur le côté d'un des deux coffres. Ça dit quoi ?

Nina et Philby proposèrent aussitôt une traduction.

— Il s'agit de Mestor, dernier roi de… la Nouvelle Atlantide, poursuivit Nina. (La graphie témoignait de la précipitation du scribe.) Et ce sarcophage-ci… est celui de sa reine… Calea, me semble-t-il.

— Le dernier roi…, songea Philby à voix haute. Qu'est-il donc arrivé à ses successeurs ? Même sans héritiers directs, il devait bien y avoir quelqu'un pour reprendre le trône…

— Donnez-moi votre lampe, dit Nina d'un ton autoritaire, en la lui arrachant presque.

Elle s'agenouilla pour lire le reste des inscriptions.

— De rien, lâcha-t-il ironiquement.

Elle l'ignora et s'absorba dans le texte.

Leur extinction avait déjà commencé. Ils croyaient pouvoir maintenir leur nouvel empire, diriger la région de l'Himalaya, une forteresse naturelle. Mais ils se trompaient…

— Alors, que s'est-il passé ? demanda Qobras.

— Ce qui se passe dans n'importe quel empire, répondit Nina. Ils se sont laissés aller : la paresse s'est installée, puis la décadence. En plus, ils n'avaient pas choisi l'endroit le plus hospitalier de la planète. À mon avis, ils s'imaginaient que les peuples qu'ils avaient conquis subviendraient à leurs besoins…

Elle continua sa lecture.

— Cet endroit ? s'exclama-t-elle quelques instants plus tard en retenant un rire sarcastique. Le « dernier avant-poste des survivants de l'Atlantide », comme vous l'appelez, a été abandonné après la mort du couple royal ! Je ne serais d'ailleurs pas étonnée qu'on ait précipité leur fin.

— Pour quoi faire ? s'enquit Starkman.

— J'imagine qu'ils se sont intégrés à d'autres sociétés. En tout cas, ils ont cessé de se conduire en conquérants ; ils devaient s'intégrer, à la manière des immigrés ou des réfugiés modernes.

— Impossible, maugréa Qobras.

— Cela me paraît pourtant une interprétation assez juste du texte, confirma Philby. Ceux qui ont écrit cela savaient leur civilisation condamnée. La seule issue qui s'offrait à eux était l'intégration à la culture locale.

— Voilà qui met plutôt à mal votre théorie du complot, Qobras, dit Nina avec un mépris non dissimulé. Cela fait des milliers d'années que votre fameuse Confrérie s'obstine à combattre une chose qui n'existe même pas…

— Vous vous trompez ! Le peuple de l'Atlantide n'aurait jamais accepté de subir le joug de quiconque ! Ils se pensaient supérieurs, c'était inscrit dans leurs gènes. Ils ont cherché à récupérer leur place, je le sais.

— Et sur quelle preuve vous fondez-vous ? s'écria Nina en se relevant d'un bond et en lui plantant sa lampe sous le nez. Certes, Kristian Frost s'amuse à recenser tous les descendants de l'Atlantide, et il a même tenu à en retrouver le site. Ça ne veut pas dire qu'il cherche à conquérir le monde !

Qobras fondit sur Nina.

— Vous ignorez totalement de quoi Frost est capable !

— Il ne peut pas être pire que vous !

— Vous n'avez aucune idée de…

La radio de Starkman l'empêcha d'aller plus loin.

— Ils ont apporté la bombe, annonça-t-il.

— Dites-leur de la mettre en place immédiatement, commanda Qobras. Allons-y.

Nina s'apprêtait à rebrousser chemin lorsque, d'un geste, Qobras l'en empêcha.

— Vous, vous restez ici, docteur Wilde. Ça me semble une dernière demeure idéale.

L'effroi saisit Nina comme un étau glacé.

— Attendez… Vous n'allez pas *vraiment* me laisser ici avec votre saleté de bombe ?

Starkman posa la main sur l'étui de son revolver.

— On peut aussi vous tirer tout de suite une balle dans la tête.

— Ma chère, répondit Qobras, vous ne ressentirez pas la moindre douleur. Vous serez désintégrée en un instant.

— Vous ne pouvez pas me laisser ici !

— Adieu, docteur Wilde.

Qobras lança un bâton luminescent à ses pieds. Accablé, Philby se retourna comme s'il allait dire quelque chose, mais s'éloigna en silence.

Nina aurait aimé leur courir après, les retenir d'escalader le mur ; elle aurait voulu tirer sur les cordes, mais son corps refusait de coopérer. Il avait capitulé, alors que son esprit lui criait de se battre.

Elle se laissa glisser contre le sarcophage du roi.

C'était donc ainsi qu'elle allait mourir ? Enfermée dans la tombe des derniers souverains de l'Atlantide ?

Elle prit une profonde inspiration et se mit à tâter le sol, à la recherche du bâton luminescent. Elle le brisa ; une lumière verdâtre en jaillit et elle se replongea dans le texte inscrit sur la sépulture.

L'histoire de l'Atlantide avait donc pris fin au Tibet, et non dans le golfe de Cadix. Sa civilisation avait péri, esclave de la bassesse ordinaire, de sa propre déchéance et de la corruption de son peuple.

C'était une bonne chose, en un sens. La légende demeurerait intacte, mais l'histoire au moins aurait pris une dimension humaine…

Elle ne se sentait pas mieux pour autant.

Elle entendait les préparatifs de la bombe, de l'autre côté du mur en or. Combien de temps lui restait-il ? Quinze minutes ? Dix ?

Soudain, des éclats de voix se firent entendre. Elle leva la tête. Un mélange d'inquiétude et de confusion semblait régner dans le temple.

Le bâton luminescent à la main, Nina descendit rapidement les marches jusqu'au mur pour mieux comprendre ce qui se disait de l'autre côté. Qobras exigeait des réponses, Starkman parlait dans sa radio.

C'est alors que Qobras cria un ordre qu'elle ne comprit que trop bien. Son sang se glaça.

— Déclenchez le minuteur !

Elle entendit courir.

Mon Dieu !

Son instinct de survie était revenu d'un coup.

Hélas, elle eut beau sonder tout le mur, il n'y avait aucune fissure, rien qui pût lui permettre de sortir. L'enceinte était parfaitement infrangible, faite de fer et d'or…

Mais le temple…

Il devait y avoir une sortie à l'intérieur ! Il avait bien fallu que les hommes de l'Atlantide en sortent après avoir inhumé leurs souverains !

Elle remonta les marches en courant.

Mais son espoir fut de courte durée. Les murs et le sol étaient aussi hermétiques que l'enceinte. Quant aux sarcophages, elle n'était pas assez forte pour en soulever les dalles toute seule.

Les minutes s'écoulaient désespérément ; le tic-tac fatal de la bombe continuait.

Une déflagration la fit alors sursauter. Des coups de feu !

Au loin, des rafales d'armes automatiques. Et qui se rapprochaient !

Nina redescendit les marches jusqu'au mur. L'écho de nouveaux coups de feu ainsi que le bruit sourd d'une explosion lui parvinrent. Une grenade ? Puis une autre, suivie d'un cri.

Une lumière rouge envahit l'espace. Quelqu'un avait tiré une fusée d'alerte. Nina remonta en courant l'escalier pour regarder par-dessus le mur.

Un groupe – Qobras et ses hommes, mais moins nombreux que tout à l'heure – se dirigeait vers le temple en tirant en arrière comme des fous sur une bande armée qui se dispersait entre les bâtiments.

L'un des hommes de Qobras tomba.

Les tirs avaient repris de plus belle. Les poursuivants de Qobras utilisaient des lance-grenades ! Des éclats de pierre volaient. Nina courut se mettre à l'abri.

Les grenades explosaient dans un vacarme tonitruant, aveuglant les hommes de la Confrérie. Puis les mitrailleuses se déchaînèrent, d'autres grenades furent tirées, et un bâtiment s'écroula dans un bruit de tonnerre.

Elle perçut subitement la voix de Starkman à travers le tumulte.

— Cessez le feu ! Cessez le feu !

Quoi ! ? Ils capitulaient ?!

C'est alors qu'elle entendit d'autres hommes se précipiter vers le temple.

— Hé ! cria-t-elle en descendant les marches quatre à quatre. Je suis là ! Vous m'entendez ? Sortez-moi de là !

Soudain, un grappin se ficha en haut du mur. La jeune femme vit alors émerger la lumière d'une lampe torche et, juste derrière, un visage familier. Un type dégarni aux dents écartées – la plus belle personne du monde...

— Eddie ! Comme je suis heureuse de vous voir !

— Comment ça va, Doc ? répondit Chase avec une joie non dissimulée. Alors, je vous ai manqué ?

25

— Je vous croyais mort !

— Il faut plus qu'un naufrage pour me tuer, Doc.

Son air triomphal disparut d'un coup.

— Qu'y a-t-il ?

Sa mâchoire se contracta.

— Hugo ne s'en est pas sorti.

— Oh… Je suis désolée…, dit-elle en lui touchant la main.

— Merci. Kari va bien. Elle arrive, en fait.

— Kari est ici ? demanda Nina, tout excitée.

— Je l'ai priée de rester à l'abri, le temps de régler leur compte à ces salauds.

Les huit survivants de la Confrérie, dont Qobras, Starkman et Philby, étaient agenouillés les mains derrière la tête, gardés par une douzaine d'hommes en tenue de combat. Au moins dix autres patrouillaient dans les parages.

— Qui sont tous ces types avec vous ?

— Ils appartiennent au service de sécurité de Frost. Ils travaillent pour Schenk, à Ravnsfjord. Leur formation militaire ne vaut pas le SAS, mais bon. J'en ai réuni un bataillon. Nous n'avions pas de temps à perdre.

— Vous l'avez dit, répondit-elle en désignant la bombe, un cylindre d'un vert morbide gros comme une chaudière. Ils l'ont programmée.

— Nous avons arrêté le minuteur à moins de cinq minutes de l'explosion.

— Cinq minutes ? murmura Nina en frissonnant. Au fait, comment m'avez-vous trouvée ?

— J'ai reçu votre carte postale, dit-il avec un large sourire. Heureusement que je me souvenais du nom du village, sans quoi nous étions baisés. C'est grand, le Tibet !

— Je n'ai pas eu le temps de communiquer le contenu de la dernière inscription…

— Ce n'était pas la peine. Le vieux de Kari a usé de son influence auprès du gouvernement chinois pour nous faire entrer dans le pays. Nous avons gagné Xulaodang en hélicoptère. Les habitants se souvenaient de la dernière expédition occidentale dans le coin. Kari s'est débrouillée pour que les gens nous indiquent le chemin, et nous voilà ! Nous savions que nous repérerions l'endroit grâce aux hélicos de Qobras. Il n'en reste pas grand-chose, d'ailleurs.

Chase se tourna vers les prisonniers en fronçant les sourcils.

— Dommage que ce salaud de Qobras ne se soit pas trouvé à l'intérieur. Il aurait mérité de payer pour la mort de Hugo.

— Qu'allez-vous faire d'eux ?

— Aucune idée. À Frost de décider, j'imagine…

— Nina !

La jeune archéologue se retourna : Kari se précipitait vers elle, vêtue de blanc, ses cheveux blonds flottant sur son col en fourrure.

— Mon Dieu, vous êtes saine et sauve ! Vous êtes vivante !

— Oui, et tout va bien, répondit Nina. Je suis heureuse de vous revoir ! Quand Qobras a fait couler l'*Evenor*, j'ai cru que je ne vous reverrais jamais plus.

— Ça a bien failli arriver. Je ne m'en serais jamais sortie sans Eddie…

— Tiens, tiens… Finis, les « Monsieur Chase » ? releva Nina avec espièglerie.

— Je pense, dit Kari avec un sourire pudique, que la relation employeur-employé change lorsque le second sauve six fois de suite la vie du premier.

— Et si on faisait un truc à trois pour fêter nos retrouvailles ? proposa Chase avec un grand sourire.

Kari leva les yeux au ciel, amusée.

— Je vois qu'il y a des choses qui ne changent pas, persifla Nina. Kari, vous vous rendez compte ! Vous vous rendez compte de ce qu'on a trouvé !

— Ce que *vous* avez trouvé…

Elle ordonna à l'un de ses hommes de tirer une fusée éclairante, qui illumina la grotte d'une teinte rougeâtre irréelle.

— Une reproduction de la citadelle de l'Atlantide, quasi intacte…

Chase jeta un coup d'œil à ce qui restait du bâtiment, qui n'avait pas résisté à la bagarre.

— Euh… oui, désolé pour les dégâts.

— Étant donné les circonstances, je vous pardonne, dit Nina en lui tapotant le bras.

— Encore un temple de Poséidon ! s'exclama Kari. C'est incroyable !

— Pas autant que ce qu'il y a là-dedans…

— Le temple de Clitô, n'est-ce pas ?

Nina hocha la tête.

— Il sert de mausolée. Devinez qui se trouve à l'intérieur ? Le dernier roi et la dernière reine de l'Atlantide !

Kari fut submergée d'une telle joie qu'elle en resta bouche bée.

— Vous êtes sûre ? finit-elle par demander. Et les corps ?

— Je dois avouer que je n'ai pas pu regarder, mais c'est ce qu'affirment les inscriptions.

— Montrez-moi ça, dit une nouvelle voix, profonde et autoritaire.

Nina se retourna : Kristian Frost, emmitouflé dans une tenue blanche, avançait à grands pas vers elle. Il jeta un coup d'œil méprisant à Qobras et à ses hommes. Il était accompagné d'un type costaud que Nina ne reconnut pas aussitôt comme étant Joseph Schenk, son chef de la sécurité norvégien, ainsi que d'un grand jeune homme chauve à la mâchoire carrée.

— Père, dit Kari avec le plus profond respect.

Nina fronça les sourcils. Apparemment, Kristian Frost avait le contrôle absolu des opérations.

— Là ? demanda-t-il en désignant le temple de Clitô.

— Oui, mais il n'y a pas d'entrée : il faut escalader le mur.

Frost claqua des doigts. Le jeune homme posa son sac à dos, en sortit une scie circulaire et s'avança vers le mur. Après avoir chaussé une paire de lunettes de protection, il entreprit de découper la couche d'or.

— Effectivement, on peut aussi faire comme ça, commenta Nina, choquée. Mais pourquoi ne pas préserver le site ? On devrait le conserver autant que possible dans son état originel.

— Pour l'instant, ce qui m'intéresse, c'est ce que je suis venu chercher, dit Frost. Combien de temps pour percer un passage ?

— Une minute ou deux, répondit le jeune chauve.

— Ça nous donne donc assez de temps pour nous occuper d'autre chose, dit Frost en enlevant ses gants.

Il se retourna et en frappa la paume de ses mains.

— Giovanni, enfin nous nous rencontrons.

— Vous m'excuserez de ne pas vous serrer la main, lança Qobras d'un ton aigre.

— Qu'allons-nous bien pouvoir faire de vous ? dit Frost en s'avançant vers lui. Ç'aurait été tellement plus simple que vous soyez tué pendant la bataille...

— Faites ce que vous voudrez. Mais n'espérez pas que la Confrérie vous laisse tranquille. Quoi que vous fassiez, ils seront là pour vous combattre.

— Oh, que non ! répliqua Frost en riant. Pas quand j'aurai pris possession de ce qui se trouve dans ce temple. (Il fit une brève pause.) Je suis presque tenté de vous laisser partir, histoire que vous preniez la mesure de votre échec. Vous vous êtes battu, vous avez commis des crimes, tout cela pour rien.

— Vous pensez pouvoir mettre un terme à la justice en me tuant ? dit Qobras avec un sourire torve.

— Vous n'avez donc vraiment aucune idée de ce qui va vous arriver ? demanda Frost en riant de plus belle. Moi qui me faisais du souci pour vos agents...

— Faites donc ce que bon vous semble, rétorqua Qobras.

— Permettez, ce privilège échoit au docteur Wilde.

— Pardon ? fit Nina, perplexe.

Frost s'approcha d'elle et lui dit d'une voix feutrée :

— Docteur Wilde... Nina, cet homme a assassiné vos parents. Il doit payer.

— Le seul criminel présent ici, c'est vous, Frost ! hurla Qobras.

Aussitôt, un garde le frappa violemment à la poitrine.

— Eh bien…, répondit Nina. Est-ce qu'il ne devrait pas plutôt être jugé pour ses crimes ?

— Par qui ? répliqua Frost. Cet homme se place au-dessus des lois. Depuis des décennies, il commet impunément des meurtres dans le monde entier. La seule justice qu'il mérite est celle qu'il dispense lui-même. Tenez, ajouta-t-il en sortant un pistolet de sa veste et en le déposant dans la paume de Nina. Pour tous les crimes qu'il a perpétrés, pour tout ce qu'il vous a fait endurer…

Nina regarda l'arme, incrédule, puis leva les yeux vers Frost. Il était tout à fait sérieux.

— Attendez une minute, intervint Chase, inquiet. Je souhaite la mort de cette ordure autant que vous, mais l'exécuter sommairement n'aurait rien à voir avec la justice. Ce serait un meurtre. Vous ne pouvez pas demander à Nina de se transformer en assassin !

— Restez en dehors de tout ça, monsieur Chase, dit Frost avec dédain. Cette décision ne concerne que le docteur Wilde.

— Kari ! s'écria Chase comme pour implorer son soutien.

La jeune femme semblait bouleversée.

— C'est… Mon père sait ce qu'il fait, dit-elle sans grande conviction.

Frost posa ses mains sur les bras de Nina ; sa voix se fit aussi douce qu'un murmure.

— À vous de choisir, Nina. Vous savez ce qu'il a fait, vous connaissez le prix à payer. Il a tué vos parents. Ici, au cœur de cette montagne. Il est juste de lui retirer ce qu'il vous a enlevé. Faites-le.

Nina avait les yeux pleins de larmes. Les lèvres serrées, la mâchoire tremblante, elle considérait Qobras, toujours agenouillé.

— Père…, commença Kari.

Un seul regard de Frost suffit à la faire taire.

Il lâcha Nina et fit un pas en arrière.

Nina était tendue comme un arc. L'arme était lourde et froide dans sa main.

Qobras l'observait avec mépris, sans peur ni colère.

La douleur qui brûlait le cœur de la jeune archéologue se changea aussitôt en haine.

— Nina ! cria Chase.

Elle l'entendit à peine.

Elle brandit son arme, la pointant sur la poitrine de Qobras, puis, se ravisant, visa carrément la tête. Starkman se raidit, mais ne bougea pas.

Qobras dévisageait Nina sans rien dire. L'homme qui avait voulu les tuer, elle et ses amis ; l'homme qui avait tué plusieurs de ses amis, dont Castille et l'équipage du *Néréide*. L'homme qui avait assassiné ses parents, sa seule famille.

Les larmes lui brouillaient la vue. Elle clignait des yeux et les sentait rouler comme des perles gelées sur ses joues. Qobras la regardait sans trembler.

Son doigt se replia sur la détente. Une pression de plus et le coup partait…

Les yeux inondés de larmes, elle recula soudain et baissa son arme.

— Je ne sais pas pour qui vous me prenez, murmura-t-elle. Mon ADN ne dirige pas qui je suis ni ce que je fais.

Elle se retourna vers Frost.

— Je ne peux pas le tuer. Je ne veux pas.

Frost adopta un ton léger, ce qui surprit tout le monde.

— Bien entendu que vous ne le pouvez pas, dit-il en lui reprenant le pistolet. Je ne vous en croyais pas capable. Au cas où vous m'auriez étonné en le faisant… l'arme n'était pas chargée.

— Quoi ! s'exclama Nina, hagarde. Vous m'avez testée ?

— Je sais désormais à qui j'ai affaire.

Kari se précipita vers Nina, s'interposant presque violemment entre son père et elle.

— Tu n'avais aucun droit de lui faire ça ! Comment as-tu pu douter de mon jugement ?

— Encore une fois, c'était crucial pour moi.

Le crissement de la scie cessa d'un seul coup ; le mur s'abattit avec fracas.

Frost passa la tête dans l'ouverture. Saisissant la torche du jeune ouvrier, il entra par l'étroite percée en faisant signe à Kari et à Nina de le suivre. Chase leur emboîta le pas, ce qui lui valut un regard agacé de Frost. Enfin, ce fut le tour de Schenk. Le jeune homme chauve resta en faction devant la « porte ».

Frost gravit les marches quatre à quatre et entra dans le temple. Le temps que Nina le rattrape, il examinait déjà le sarcophage du roi, à la recherche de fentes dans la pierre.

— Venez m'aider, ordonna-t-il à Schenk, qui passa brutalement devant Nina, un levier à la main.

Chase lui prêta main-forte. Malgré tous leurs efforts, la dalle bougea à peine.

— Allez ! dit Chase en grimaçant. Un, deux, trois !

Redoublant d'efforts, ils parvinrent à la faire glisser sur le côté. Ils poussèrent une dernière fois, et la plaque tomba en se brisant en deux. Nina constata les dégâts avec une pointe de mécontentement.

Frost prit sa lampe et se pencha avec empressement au-dessus du sarcophage.

— Quelle merveille !

Nina eut un mouvement de recul devant le visage funeste qui la fixait, tel un cauchemar. Le corps, qui reposait depuis des millénaires, était noir et racorni, et ses lèvres, relevées sur des gencives dégarnies, lui donnaient un rictus maléfique.

— Salut, la momie ! murmura Chase avec un grand sourire.

Nina lui fila un coup de coude.

Frost s'inclina sur le corps.

— Le dernier roi de l'Atlantide… intact !

Il sortit une sonde aussi fine qu'une aiguille et l'appliqua par petites pressions délicates sur l'épiderme desséché.

— Ouvrez l'autre, vite ! lança-t-il à Schenk et à Chase.

— Pourquoi se dépêcher ? Ils ont rendez-vous quelque part ? s'étonna ce dernier.

— Dépêchez-vous ! répéta sèchement Frost, qui sortit un scalpel de sa trousse et se pencha sur le visage du roi comme un chirurgien sur son patient.

— Que faites-vous ? s'inquiéta Nina. Vos méthodes sont assez inhabituelles…

— J'ai besoin d'un échantillon d'ADN, dit Frost en guise d'explication.

Le crissement du scalpel sur la chair momifiée fut étouffé par le frottement de la dalle de l'autre sarcophage. Nina allait ajouter quelque chose quand la pierre s'écrasa sur le sol. Elle examina l'intérieur, tandis que Frost était toujours absorbé par son premier cadavre, auquel il venait de prendre un morceau de lèvre pour le déposer dans une boîte en plastique.

La reine Calea n'était pas en meilleur état que son mari. Seuls les restes de ses habits attestaient le fait qu'elle fût une femme.

— Mais c'est Camilla Parker Bowles ! s'exclama Chase en jetant un œil dans le sarcophage.

— Décidément, c'est plus fort que vous ! soupira Nina.

— Kari, dit Frost en continuant sa petite « opération », je pense qu'il serait plus sûr que tu ramènes Nina à l'hélicoptère.

— Plus sûr ? Les hommes de Joseph sont pourtant tout à fait capables de maîtriser la petite bande de Qobras.

— Je préfère ne pas prendre de risques. Allez, Kari.

— Mais on a encore tellement de choses à faire ici ! On n'a même pas encore commencé à explorer les autres temples ! s'insurgea Nina.

— Nous reviendrons une fois que le site sera sécurisé. Nous sommes ici en mission de sauvetage, pas pour jouer aux archéologues. Nous n'avons pas le matériel adéquat, de toute façon.

— À l'exception tout de même de votre trousse chirurgicale…

Frost la regarda d'un air sévère.

— Je n'ai pas l'intention de débattre de cela avec vous, docteur Wilde. Kari, fais en sorte qu'elle soit en sécurité. J'ai cru comprendre que cela te tenait à cœur…

Kari sembla un instant sur le point de protester, puis capitula.

— Très bien, père, fit-elle. Venez, Nina.

— Et qu'allez-vous faire de Qobras ?

— Nous le remettrons aux mains des autorités chinoises, dit Frost en refermant sa boîte et en se déplaçant vers l'autre tombe. Il s'est rendu coupable de meurtres sur leur territoire. À eux de s'en occuper.

— Ça risque d'être difficile à prouver, après tout ce temps, commenta Chase. Et puis je croyais que vous aviez dit qu'il était au-dessus des lois ?

— J'ai des amis chinois très haut placés, argua Frost en levant les yeux vers Kari et Nina. S'il vous plaît, filez à l'hélicoptère. Je m'occupe de tout ici.

— D'accord…, répondit Kari à contrecœur, en prenant Nina par la main.

Nina se laissa guider avec infiniment plus de réticence. Chase lui adressa un signe de la main, qu'elle lui rendit.

— Il a raison, dit Kari. C'est plus sûr ainsi, jusqu'à ce qu'on ait sécurisé le site.

— Vous n'avez pas l'air très convaincue, lui fit remarquer Nina.

— C'est vrai que je suis déçue, admit-elle. J'avais autant envie que vous d'explorer les lieux. Mais bon…

Elle jeta un regard en direction des gardes en noir qui encerclaient les prisonniers.

— Père a raison, on n'est pas en sécurité ici.

Elle demanda à deux des hommes de Frost de les escorter, et elles entamèrent ensemble le long chemin qui menait à l'extérieur de cette immense caverne.

— Ça y est, je l'ai, dit Frost en scellant son deuxième échantillon. J'ai ce que je cherchais ; nous pouvons partir, maintenant.

— Et moi qui croyais que vous étiez venu secourir Nina, souffla Chase d'un ton acerbe.

Frost ignora sa remarque et sortit du temple, suivi de Schenk. Chase fit une grimace et lui emboîta le pas.

Parvenu à l'enceinte d'or, il marqua une pause et observa la scène. Qobras et ses compagnons étaient toujours à genoux, gardés par les hommes de Frost. Ce dernier parlait à voix basse avec Schenk.

— Vous ne pensez pas qu'on devrait désarmer ce truc ? intervint-il.

— Ça ira très bien comme ça pour l'instant, monsieur Chase, répliqua Frost avant de reprendre sa conversation.

Qu'à cela ne tienne, se dit Chase en haussant les épaules. *Moi aussi, je vais faire un brin de causette.* Il se planta devant Starkman, toujours agenouillé.

— Alors, Jason, maintenant qu'on a un petit moment pour parler, tu pourrais peut-être me dire pourquoi tu as trahi tes amis pour travailler avec ce connard ?

— Parce que ce n'est pas lui, le connard, Eddie, répondit Starkman, son œil valide brillant à la lumière de la lampe électrique.

— Parce qu'assassiner des gens, couler des bateaux, faire sauter des bombes, c'est du travail de Bon Samaritain, peut-être ?

— C'était pour le bien du plus grand nombre. Tu me connais…

— Je croyais, oui.

— Tu devrais pourtant savoir que je n'accepte jamais un boulot sans conviction. Ça, au moins, ça n'a pas changé.

— Tu crois donc à ce que tu fais… N'empêche, tu as fait le mauvais choix.

— Il y a des choses dont je ne suis pas fier. Mais il y a pire : par exemple, laisser ton copain Frost obtenir ce qu'il veut.

— J'ai déjà ce que je veux, monsieur Starkman, intervint Frost.

— Et ça va vous servir à quoi ? demanda Qobras sur le ton de la provocation. Vous avez retrouvé le dernier site de l'Atlantide et récupéré un échantillon de l'ADN royal. Quel est votre but ?

Frost le toisa avec un air supérieur.

— J'aurais presque envie de vous laisser mourir sans rien vous dire… Nous allons refaire le monde tel qu'il devrait être ! Un monde dirigé par des descendants de la race pure de l'Atlantide et débarrassé de la vermine universelle !

D'abord ahuri par ce qu'il venait d'entendre, Qobras en mesura soudain toute l'horreur.

— Vous êtes encore plus fou que je ne l'imaginais… L'échantillon d'ADN n'est pas seulement destiné à vous aider à identifier les membres de votre « race », comme vous dites : vous voulez vous en servir pour vous immuniser ! Votre laboratoire travaille à la mise au point d'une arme biologique, n'est-ce pas ?

— Attendez, c'est quoi, cette histoire ? demanda Chase, totalement perdu. Une arme biologique ? C'est une plaisanterie ?

— Cela ne vous regarde pas, monsieur Chase, répliqua Frost sans quitter Qobras des yeux. Voilà, Giovanni, vous connaissez la vérité. Et votre Confrérie a échoué… Tout est fini.

Il sortit son revolver et tira.

Il avait menti à Nina. L'arme était chargée.

La détonation fut décuplée par l'immense voûte de la grotte. La nuque de Qobras éclata, aspergeant de sang les hommes qui se trouvaient derrière lui. Philby cria et tenta de s'enfuir en rampant. Un garde lui assena aussitôt un violent coup de pied.

— Nom de Dieu ! lâcha Chase, atterré.

— Relevez-le, commanda Frost.

Le professeur hurla de terreur.

— La ferme ! intima Frost. On vous embarque avec nous. Séparez-le des autres.

Ses hommes de main, obéissant à un signe de tête de Schenk, mirent leurs MP-7 en joue.

— Arrêtez ! protesta Chase en s'interposant entre Starkman et le garde le plus proche. À quoi vous jouez, là ? Vous n'allez pas exécuter tout le monde comme ça, quand même ?

— Je ne vois pas ce qui m'en empêcherait, monsieur Chase, dit Frost. D'ailleurs, maintenant que j'ai ce que je cherchais, continua-t-il, glacial, je n'ai plus besoin de vos services.

Là-dessus, il formula un ordre en norvégien et ses hommes pointèrent leurs armes sur Chase.

— Qu'est-ce que c'est que ce cirque, patron ? demanda-t-il en levant les mains.

Schenk s'empara de son Wildey et le poussa dans le cercle des prisonniers.

— Tout est fini, voilà tout. Remettez le minuteur en route, lança Frost en se tournant vers Schenk.

— Il ne reste plus que cinq minutes, Kristian. Vous pensez que ce sera suffisant ?

— Si on court, oui.

— Après tout ce que vous avez mis en œuvre pour retrouver cet endroit, vous allez tout faire sauter ? dit Chase.

— Je n'en ai plus besoin, répondit Frost en haussant les épaules. Ces échantillons d'ADN sont bien plus précieux que n'importe quelle antiquité. Schenk, le minuteur !

L'Allemand fit un signe de la tête et s'apprêta à exécuter son ordre.

— Je te l'avais dit, marmonna Starkman.

— Donc, si je comprends bien, vous allez nous laisser ici avec la bombe ?

— Non, rétorqua Frost avec hauteur. Vous, je vais vous tuer d'abord, pour éviter que vous y touchiez. Prêts ?

Deux hommes braquèrent aussitôt leurs armes sur Chase.

Merde !

Il lui fallait un plan, et vite !

Mais il n'avait pas d'arme, et personne pour l'aider.

À moins que…

Il recula comme par réflexe face au danger et buta contre Starkman, agenouillé derrière lui.

— Jason ? Il va nous falloir un peu d'imagination sur ce coup-là…

Starkman bougea légèrement et agrippa quelque chose à la ceinture de l'Anglais. Frost s'apprêtait à donner l'ordre de tirer…

La goupille à la main, Starkman venait de désamorcer une *flash-bang* qui, en tombant, détourna l'attention des hommes de Frost. L'aveuglante lueur produite par le mélange de poudre d'aluminium et de perchlorure de potassium fut instantanément suivie d'une détonation assourdissante. Les gardes les plus proches tombèrent à terre, sonnés.

— Vas-y ! hurla Chase en rouvrant les yeux.

Surpris par la déflagration et la lumière éblouissante, Frost et Schenk étaient encore désorientés. Mais ceux qui patrouillaient étaient déjà sur le pied de guerre.

Starkman décocha un direct au garde le plus proche, se releva d'un bond et assena un coup d'une violence inouïe dans la gorge d'un autre.

Chase s'empara du MP-7 du type qu'il venait d'assommer et mit en joue. Une rafale fusa. Les balles d'un calibre unique de 4,6 millimètres du MP-7 avaient été conçues pour traverser un gilet pare-balles. Tirées à bout portant, elles transperçaient le corps d'un coup.

Il réussit à toucher quatre hommes. Ils s'écroulèrent, du sang giclant des trous percés dans leur gilet. Les autres plongèrent pour se mettre à l'abri.

Derrière lui, Starkman ouvrit le feu. Trois hommes tombèrent.

Certains prisonniers, qui s'étaient bouché les oreilles, s'attaquaient à présent à leurs gardiens. Les autres avaient été sérieusement sonnés. Mais Chase ne pouvait rien pour eux. Chacun pour soi.

Le jeune homme chauve, un certain Rucker, surgit soudain de nulle part et plaqua Frost au sol juste avant que Chase n'appuie sur la détente. Il tira quand même, mais un cliquetis lui indiqua que son arme était déchargée. Il n'avait tiré que deux coups ! Rucker avait reçu les balles dans le dos, mais Frost était indemne. Leur patron couché au sol, ses autres hommes décidèrent d'ouvrir le feu.

Derrière le mausolée, Chase apercevait le temple de Poséidon. Il devait être identique aux deux premiers. Il n'y avait pas de raison…

Il envoya un coup de coude dans la tête d'un des derniers gardes et prit ses jambes à son cou.

— Cours vers le temple ! cria-t-il à Starkman.

Pas le temps de voir qui le suivait, ni même de s'en préoccuper. Schenk était tapi près de la bombe et Chase ne pouvait rien faire pour l'empêcher de remettre le minuteur en marche. On lui tirait dessus !

Il détala comme un forcené, frôlé par des rafales de balles.

26

Chase suivait à toute allure l'enceinte d'or, abri sûr mais de courte durée. Bientôt, les hommes de Frost l'encercleraient. Il entendit des pas derrière lui ; Starkman et deux de ses acolytes suivaient à quelques mètres. La lumière de la torche accrochée à sa ceinture dansait follement sur le mur. L'entrée devait se trouver droit devant.

L'impact sourd des balles résonnait contre le mur doré. Soudain un cri, des pas qui s'alourdirent et le bruit d'une chute. Un homme était tombé.

Chase ne se retourna pas ; l'entrée était devant lui. Starkman l'avait presque rattrapé ; ce petit salaud avait toujours été un coureur hors pair.

La voix de Frost dominait le tumulte. Rafales furieuses de MP-7, cris. Ses ordres étaient clairs : il faisait descendre tous les prisonniers.

Une balle frôla Chase de si près qu'il en ressentit le feu. Mais il était enfin entré…

— Sales fils de pute ! tempêta Starkman. Ils ont descendu mes hommes !

— Parce qu'à leur place tu les aurais épargnés, peut-être ? répliqua Chase.

Ils étaient dans le premier passage, non loin d'un virage à angle droit.

Leurs poursuivants atteignirent l'entrée et tirèrent à tout va à l'intérieur. Le tunnel fut subitement éclairé par une lumière orangée, provoquée par les ricochets des balles contre les murs. Un des hommes de Starkman, à la traîne, reçut toute la charge ; Chase vit son ombre s'effondrer devant lui.

Il plongea à l'abri, dans l'angle du mur. Starkman l'imita, évitant de peu une nouvelle rafale. En se protégeant les yeux des éclats qui volaient en tous sens, Chase dégagea une grenade d'une de ses sangles et la dégoupilla d'un geste vif.

Il compta jusqu'à trois et la lança en direction des pas qui se rapprochaient. L'air explosa en milliers d'échardes de pierre, aussi furieux qu'un essaim de frelons enragés. L'Anglais s'aplatit ventre à terre, entraînant Starkman avec lui.

Le fracas de l'explosion était retombé ; on n'entendait plus aucun bruit de pas.

— Merci, dit Starkman en se redressant et en ramassant son MP-7.

— Ne sois pas si pressé, répondit Chase. Je ne sais pas encore si je te laisse la vie sauve ou pas.

— C'est moi qui ai l'arme, je te signale.

— Peut-être, mais moi je sais sortir du temple. Allez, vite ! Il nous reste moins de cinq minutes avant que tout saute !

— La bombe est amorcée, dit Schenk. J'ai désactivé toutes les fonctions. Il n'y a plus aucun moyen de l'arrêter.

— Si vous voulez rester en vie, vous feriez bien de vous mettre à courir ! hurla Frost à Philby en se ruant vers l'entrée de la caverne.

Terrorisé, Philby le suivit au pas de course.

Chase et Starkman débouchèrent dans la salle de l'épreuve de force. La barre de bois avait depuis longtemps disparu, mais les pieux avaient résisté au temps.

— Merde, elles sont couvertes de barbelés !

— Qu'est-ce que c'est ?

— Un paquet d'emmerdements, dit-il en prenant sa dernière grenade. Reste où tu es !

La grenade roula jusqu'au milieu de la salle. Le souffle de l'explosion désintégra la plupart des pieux rouillés, provoquant une véritable tempête de particules métalliques.

Chase jeta un œil dans le prolongement du couloir.

— Bon, maintenant, tu me suis. À trois, cours le plus vite possible !

— Sinon ?

— T'es mort ! Bon, c'est parti : un, deux, trois !

Il se précipita vers le fond de la pièce en prenant garde de ne pas s'accrocher aux pieux restants. Un faux pas et il risquait le tétanos. Pas un risque majeur, mais tout de même…

— Prépare-toi pour le…

Merde ! Son pied venait de déclencher le fameux mécanisme.

Dans un terrible crissement rauque, les blocs de pierre du plafond se mirent à descendre, entraînant avec eux une fine pluie de poussière.

— C'est quoi, ce bordel ? cria Starkman.

— Un piège à cons ! Et on a intérêt à se magner, si on ne veut pas finir comme des crêpes !

Il se baissa pour esquiver les restes d'une stalactite et saisit sa lampe. Sans personne sur le banc pour ralentir sa progression, le plafond descendait beaucoup plus vite qu'au Brésil.

La cavité où Nina avait trouvé le levier n'était plus qu'à quelques mètres, mais les derniers poteaux métalliques intacts opposaient une véritable résistance.

Chase donna un grand coup de talon dans le pieu le plus proche, qui se brisa en deux. La partie supérieure se décrocha du plafond et lui entailla la jambe en tombant.

Ce n'était pas le moment de faire le douillet : le plafond continuait à descendre !

Une fois le dernier obstacle franchi, il éclaira le fond de la pièce, à la recherche du fameux levier qui stopperait net le mécanisme.

— Chase ! cria soudain Starkman. Viens m'aider !

Il se retourna : plus grand que lui, Starkman était accroupi sous les blocs de pierre, retenu par son étui de pistolet vide à l'une des barres de fer brisées.

S'il rebroussait chemin, ils se feraient écraser tous les deux...

— Eddie !

Chase ignora ses appels ; il devait trouver comment faire jouer le mécanisme !

C'est alors qu'il aperçut un petit renfoncement. Il y glissa la main, mais ne rencontra rien d'autre qu'un tas d'échardes de bois sec.

Le mur continuait à descendre, le forçant à s'agenouiller ! Encore quelques secondes, et le dernier bloc lui écraserait le bras, puis tout le reste...

Le mécanisme était forcément composé d'autre chose que de bois, ou il aurait complètement disparu. Chase enfonça donc son bras le plus possible et racla le fond de la niche.

Rien, toujours rien... Pourtant... Un renflement métallique, enfin ! Il assura sa prise et tira.

L'objet avait bougé ! Pas de façon spectaculaire, mais suffisamment pour que se produise un cliquetis sourd et que le plafond s'arrête.

Couvert de poussière, Chase retira sa main et s'aperçut qu'il s'était coupé profondément. Le levier était aussi affûté qu'une lame.

Il orienta sa lampe vers l'endroit où se trouvait la sortie dans le temple brésilien. Une fente était visible entre deux blocs. Il tapa contre la pierre. Qui bougea.

— Je veux bien un peu d'aide, susurra une petite voix.

Starkman se trouvait dans une posture des plus inconfortables, le corps tordu autour du pieu déchiqueté, à moins d'un mètre du sol. Le mécanisme qui avait fait remonter le plafond la première fois avait manifestement rendu l'âme.

Chase lui tendit sa main blessée et le tira vers lui. Le pieu finit par céder et par libérer sa proie, qui tomba sur le ventre.

— Merci, dit-il en rampant vers Chase.

— On en a encore deux comme ça, je te préviens, répondit l'Anglais en rampant dans le trou jusqu'au passage suivant, où ils purent se relever.

— Combien de temps ?

— Trois minutes et demie ! Vite !

— Ça suffira ?

— Il le faudra bien !

Le passage ressemblait en tout point à celui du Brésil.

Ils avaient encore une petite chance de s'en tirer.

Ils approchaient du bassin de l'épreuve d'adresse.

Chase balaya l'espace avec sa lampe. Au moins, pas de piranhas ni de caïmans à redouter. Pas la moindre goutte d'eau non plus : le bassin était vide, tapissé seulement d'une fine croûte d'algues desséchées.

Il se tourna vers la droite. La sortie était bien là, mais le pont s'était écroulé. Ce qu'il en restait gisait éparpillé comme un squelette éclaté au fond du bassin.

— Suis-moi ! cria Chase en sautant à l'intérieur.

— Il reste combien de temps ?

— Deux minutes et des brouettes !

Parvenus de l'autre côté du bassin, Chase évalua la hauteur du mur. Il pourrait sauter et s'agripper au rebord, mais il aurait probablement du mal à se hisser tout seul.

— Fais-moi la courte échelle ! proposa Starkman.

— Ah ouais ? Et si on faisait plutôt le contraire ?

— Tu ne me fais pas confiance, Eddie ?

— Pour ça, non !

— Je te rappelle que toi seul sais comment sortir d'ici…

— Bien vu, dit Chase en joignant les mains.

L'autre escalada le mur et disparut.

Une fraction de seconde, Chase crut qu'il ne reviendrait pas. Mais Starkman lui tendit le bras.

— La frousse, hein ? plaisanta Starkman.

— Ce ne serait pas la première fois que tu prendrais la tangente, ironisa Chase en consultant sa montre. Deux minutes ! Merde ! Fonce !

Encore un tunnel, puis la dernière salle. Heureusement, il savait où se trouvait la porte dérobée.

— Il y a une touche secrète dans le mur, dit-il en se précipitant dans un coin.

Mais il ne trouva rien.

Pas le moindre renfoncement. Pas le moindre loquet.

Et pas de porte.

Rien que de la pierre. Entièrement lisse.

— Merde !

Il promena frénétiquement sa lampe sur toute la base du mur. Les concepteurs de ce nouveau temple avaient peut-être apporté des modifications à cette course d'obstacles.

Mais rien. Il ne vit rien du tout.

— Quoi ? qu'est-ce qu'il y a ? s'impatienta Starkman.

— Il n'y a pas de porte secrète !

Chase tourna sur lui-même. Tout était identique, pourtant : la porte de pierre bloquant la sortie, les symboles inscrits dans le mur…

La balance ! Les billes reposaient à leur place dans la coupelle. La grille hérissée de pics non plus n'avait pas été oubliée…

Justement, la réponse… Il fronça les sourcils. Nina la lui avait donnée après avoir compris le système de numération.

Vingt-sept… Non, ça, c'était son chiffre fétiche !

Quarante !

— On doit mettre quarante de ces billes là-dedans, dit-il en désignant la balance. Deux lots de dix chacun ! Vite !

Starkman obéit.

— Et si on se trompe ?

— On est morts ! répondit Chase en comptant les billes.

Vingt, trente… quarante !

Il se saisit du levier, marqua une brève pause en espérant que Nina ne s'était pas trompée, et tira.

Un cliquetis se fit entendre et la porte bougea légèrement.

— J'adore les femmes intelligentes ! jubila-t-il. File-moi un coup de main !

Ils forcèrent ensemble l'ouverture de la porte.

Starkman était juste derrière lui lorsqu'ils pénétrèrent dans le dernier passage.

— Maintenant, fonce ! hurla Chase sans perdre un instant pour regarder sa montre.

Il ne devait pas leur rester plus de trente secondes.

Ils débouchèrent dans la salle resplendissante d'or et d'orichalque. Mais seul comptait l'escalier derrière la statue de Poséidon. Pourvu que les architectes de ce temple n'aient pas davantage innové dans leurs plans…

— Là-haut ! dit-il en montant l'escalier quatre à quatre.

Sa jambe le lançait. La sueur qui ruisselait dans sa plaie ouverte n'arrangeait rien. Mais il fallait tenir.

— Derrière, il devrait y avoir un puits d'accès !

— Comment ça, « devrait » ?

— Tu déposeras une réclamation plus tard !

Une fois encore, Chase se retrouva face à un panorama somptueux. Mais seul le puits avait de la valeur à ses yeux.

La bombe explosa.

La déflagration déferla avec une force cataclysmique. Temples et palais furent aussitôt broyés par l'onde de choc, avant qu'une boule de feu phénoménale fasse tout fondre sur son passage. Même les murs du temple de Poséidon ne résistèrent pas à l'assaut des armes de destruction modernes ; des blocs de plusieurs tonnes furent désintégrés en un clin d'œil.

La caverne se fissura et la montagne se referma sur la citadelle.

Chase entendit l'onde de choc débouler dans la salle de l'autel à la vitesse d'un train express. La « chambre secrète » n'était plus qu'à deux pas. Il plongea en avant. Si l'issue en était bloquée, c'était la fin ; mais mieux valait mourir en se démenant qu'en subissant le sort…

Contrairement au puits vertical de l'Atlantide, celui-ci partait en biais, sur une pente d'au moins soixante degrés. Starkman glissa juste derrière lui.

Le vent se déchaîna…

Les pilotes avaient reçu un message radio passablement embrouillé leur demandant de se tenir prêts pour un décollage en urgence. Nina et Kari voyaient maintenant, horrifiées, Frost et moins de la moitié de ses hommes émerger de la grotte et rejoindre l'appareil en courant.

Frost et Schenk bondirent à bord ; deux hommes empoignèrent sans ménagement Philby pour le jeter dans l'autre appareil.

— Que s'est-il passé ?

— Décollez, vite ! hurla Frost au pilote. Qobras a réussi à s'échapper et a remis le minuteur en route. On n'a pas pu l'arrêter.

— Où est Eddie ? cria Nina.

— Il est mort. Ils l'ont tué !

Elle en eut le souffle coupé. Kari était en état de choc.

— Plus vite ! La bombe va…

Un mélange de fumée, de poussière et de gravats jaillit de la caverne dans un vacarme infernal.

Le pilote dévia sa trajectoire de l'avalanche de roches libérées par l'explosion qui se dirigeait droit sur eux. L'autre hélicoptère l'imita, alors que les premières pierres tambourinaient sur sa carrosserie.

L'avalanche entraîna avec elle un pan énorme de la montagne, et la corniche se désintégra dans un gigantesque nuage de poussière.

Le chemin de la lune disparut. La route menant à la dernière citadelle de l'Atlantide fut balayée à jamais.

Le nez collé contre la vitre, Nina contemplait le chaos. Le pic Doré de la légende tibétaine et tout ce qu'il renfermait se trouvaient à jamais perdus…

— Eddie…

Le perdre une première fois avait été pénible ; une seconde était presque impossible à supporter. Les larmes lui brouillèrent la vue.

Lorsque le souffle de l'explosion passa, projetant sur lui une vague de poussière mêlée à des éclats de pierre, Chase hurla comme pour conjurer sa peur. Impuissant, ébranlé jusqu'au tréfonds de son corps, il continuait de dégringoler dans le puits.

Soudain, le tunnel fut éclairé par une vive lumière : l'incendie se propageait. Un rectangle de jour s'ouvrit brusquement devant lui : le souffle avait balayé la neige ! Sans réfléchir à deux fois à ce coup de chance inespéré, il déboula du puits et se jeta aussitôt de côté pour esquiver la langue de feu.

La neige s'était instantanément changée en vapeur. Rien n'avait donc vraiment amorti sa chute. Mais ce n'était pas le moment de se préoccuper de sa douleur : un sifflement terrible annonçait l'arrivée imminente d'un torrent de pierres ! Chase roula sur lui-même et s'aplatit contre la paroi en priant que le surplomb fût assez profond pour le protéger de l'avalanche meurtrière.

Les blocs éclataient au-dessus de sa tête. Des fragments le percutèrent à plusieurs endroits du corps. Ses cris furent étouffés par l'énorme fracas.

Puis le silence revint, et Chase se redressa péniblement sur les genoux. Cette petite corniche lui avait sauvé la vie. À moins de trente centimètres gisait un rocher brisé en deux. Il était vraiment passé à un cheveu de la catastrophe. Le temps que la poussière retombe, il aperçut, derrière l'éboulement, les pics enneigés de l'Himalaya s'étendre à l'infini.

La corniche dominait une grande vallée. Par chance, la pente semblait négociable sans équipement de montagne. Le sien se réduisait en effet à ce qu'il lui restait dans les poches. Il avait même perdu sa lampe.

Un bruit étrange lui parvint, porté par le vent depuis l'endroit où les flammes avaient fait fondre la neige. Il scruta les alentours pour en trouver l'origine et découvrit Starkman, à demi enseveli sous un monticule de pierres. Il se rua vers lui.

— Jason ! Reste avec moi ! cria-t-il en déblayant les plus gros cailloux. Réponds-moi !

— C'est toi, Eddie ? bredouilla Starkman, encore étourdi.

— Oui, c'est moi. Tu es blessé ? Tu peux bouger ?

— Je ne sais pas. Laisse-moi voir… Oh…

— Quoi ? Dis-moi !

S'il était gravement blessé, il ne pourrait rien faire pour l'aider.

— J'ai atterri sur mes clés…

Un instant interdit, Chase éclata d'un grand rire.

— Sacré Jason, tu n'en loupes pas une !

Le souffle court, Starkman éclata de rire à son tour.

— Allez, reprit Chase, bouge-toi, espèce de fainéant d'Amerloque !

Starkman se redressa. Son bandeau avait glissé, dévoilant une orbite creuse sous sa paupière blême.

— La vache, gémit-il. Ça fait un mal de chien…

Chase leva les yeux vers la montagne. Des nuages de poussière et de fumée en maquillaient encore les flancs.

— Ton patron a eu ce qu'il voulait, soupira-t-il. Il ne reste plus rien de l'Atlantide.

— Le tien aussi a eu ce qu'il voulait…

— Ce type a cessé d'être mon boss à partir du moment où il a voulu me tuer. Ce salaud va d'ailleurs devoir s'expliquer.

— Tu n'as pas le pardon facile, toi…

Chase le fixa longuement.

— On peut dire ça comme ça. Mais il y a des choses que je pardonne plus facilement que d'autres. Temporairement, en tout cas.

Starkman le regarda avec méfiance.

— Je ne l'ai jamais touchée, Eddie. Quoi qu'elle ait pu te dire, je te promets qu'il ne s'est jamais rien passé entre ta femme et moi. Je ne ferais jamais ça à un copain.

— Tu sais quoi, Jason ? Je suis prêt à te croire.

— On fait la paix, alors ?

— Pour l'instant… On veut la même chose, finalement : faire payer Frost. Je dois aussi sauver Nina.

— Attends, plus personne ne te demande de la protéger, maintenant.

— Ça fait un moment que ce n'est plus l'argent qui me motive…

Starkman se contenta d'un froncement de sourcils.

Ils furent interrompus par l'écho des rotors des hélicoptères de Frost et virent s'éloigner dans la vallée les deux appareils, sur lesquels se reflétaient les premiers rayons du soleil. Chase les suivit du regard et se tourna vers Starkman.

— Tu as toujours accès aux ressources de la Confrérie ?

— En partie, oui. Qu'est-ce que tu as en tête ?

— Je ferais bien un petit voyage en Norvège. Ça te dit ?

— Et comment !

Ils échangèrent une poignée de main énergique.

— Vaincre ou périr, Eddie ?

— Vaincre ou périr !

— Juste un petit problème… On est coincés au milieu de l'Himalaya sans équipement ni moyen de transport.

— Qu'est-ce que tu crois ? J'ai pris la peine de consulter la carte avant de partir ! À nos pieds se trouve un petit village. Si la randonnée te tente, on devrait y être à la tombée de la nuit. Je connais une fille là-bas…, ajouta-t-il avec un grand sourire.

27

Norvège

Dévoilée par le Gulf Stream qui descendait, toute la beauté de Ravnsfjord s'étalait aux pieds de Nina. Mais la jeune femme n'y prêtait pas la moindre attention.

Les événements des derniers jours se bousculaient dans sa tête. Elle était plongée dans un deuil profond. L'image des corps de ses parents recroquevillés dans la grotte lui revenait sans cesse. Quant à la mort d'Eddie et à la destruction pure et simple de l'Atlantide, cela ne faisait qu'aggraver sa tristesse. Enfin, son travail, tout ce à quoi elle avait consacré la majeure partie de sa vie, venait brusquement de disparaître. Enfoui à jamais, sans espoir de retour.

Sa vie avait irrémédiablement changé.

— Comment allez-vous, Nina ? Vous me semblez si distante…

— Vous avez sûrement raison, Kari. J'étais dans mes pensées. Dire que j'avais trouvé l'Atlantide et que tout a disparu par la faute de ce Qobras… Que vais-je faire, désormais ?

— Ce que vous allez faire, docteur Nina Wilde ? répliqua Kari avec un grand sourire. Mais vous allez prendre place parmi nous ! Vous êtes des nôtres, et nous prenons grand soin de nos semblables.

— Je ne vous ai pas remerciée, Kari, pour tout ce que vous avez fait pour moi.

— Inutile de me remercier. Et puis, consolez-vous : vous n'avez pas perdu l'Atlantide.

— Que voulez-vous dire ?

— Nous allons en construire une nouvelle. Le passé est derrière nous ; c'est l'avenir, maintenant, qui nous tend les bras.

Le visage de Nina devint grave.

— Et comment comptez-vous construire cet avenir ? Expliquez-moi comment un échantillon d'ADN vieux de onze mille ans peut changer le monde.

— Faites-moi confiance, dit Kari en se penchant vers elle. Vous êtes prête, à présent.

— Prête ?

— Il est temps que je vous dévoile nos plans.

L'avion effectua un dernier virage dans le ciel avant d'entamer sa descente sur la longue piste.

Chase considéra Starkman d'un air dubitatif.

— Puisque vous aviez prévu cette opération depuis le début, pourquoi n'avoir pas attaqué d'emblée ? Ça nous aurait épargné pas mal de soucis.

— Nous n'étions pas certains des plans de Frost, et Giovanni ne voulait pas risquer une attaque inutile et forcément meurtrière. Cela aurait eu un autre inconvénient majeur : celui de révéler au monde l'existence de la Confrérie.

— Plus besoin d'avancer masqués, maintenant, dit Chase en se levant de son siège.

Il traversa la soute pour regarder par un hublot. L'appareil, un avion de marchandises C-123, venait de dépasser la côte norvégienne et se dirigeait vers le nord.

Ils arriveraient d'ici à quelques minutes.

Chase se tourna vers les autres passagers. Anciens de Qobras passés sous les ordres de Starkman, ils étaient tous membres de la Confrérie. Starkman et lui avaient mis quatre jours à regagner l'Europe, et pas un n'avait hésité à les suivre quand ils leur avaient exposé leurs projets.

Il espérait seulement que douze hommes suffiraient.

Kari et Nina pénétrèrent dans le bureau de Frost, au-dessus du laboratoire de bactériologie.

— Père, je pense que le temps est venu. Nina est prête.

Assis à son bureau face aux baies vitrées découvrant le somptueux paysage de la baie, Frost sembla un instant incertain, mais garda le silence.

— Qu'avez-vous de si mystérieux à me montrer ? interrogea Nina. Quel est ce grand secret que vous protégez ?

— Chère docteur Wilde… pardon, chère Nina, si ça ne vous dérange pas que je vous appelle ainsi…

— Ça me va très bien, répondit-elle avec un sourire.

— Le grand secret, comme vous dites, est qu'aujourd'hui même nous allons changer le monde.

— C'est une bien grande ambition.

— J'y ai travaillé toute ma vie. Grâce à vous, je vais enfin pouvoir la réaliser. En découvrant l'Atlantide, vous m'avez ouvert les portes de la réussite.

— Pourtant, tout a été détruit ! Nous pourrions éventuellement récupérer certains vestiges enfouis dans le golfe de Cadix, mais toutes les structures élevées que nous avons découvertes ont été réduites à néant…

— Cela n'a pas la moindre importance. Les échantillons d'ADN que j'ai récupérés au Tibet valent tout l'or et tout l'orichalque du monde. Grâce à eux, nous allons changer le monde. Le sauver, pour être exact.

— Mais enfin, comment ? Avez-vous l'intention de vous en servir pour mettre au point un vaccin ?

— En quelque sorte, répondit Frost avec un sourire indéchiffrable. Venez avec moi, je vais vous montrer.

Il était sur le point de rejoindre les deux jeunes femmes lorsque son interphone bipa. Manifestement agacé par cette interruption, il appuya sur le bouton pour prendre l'appel.

— Que se passe-t-il ?

— Patron, fit Schenk, d'après la tour de contrôle, un avion a demandé la permission d'atterrir en urgence. Ils ont un problème de moteur qui les empêche de relier Bergen.

— Où sont-ils ?

— À dix minutes d'ici environ, ils viennent du sud.

— Très bien, donnez-leur l'autorisation d'atterrir. Mais surveillez-les bien.

— Oui, patron, dit Schenk en raccrochant.

— Désolé pour ce contretemps, articula Frost, encore crispé.

— Pas de problème, répondit Nina. Tant qu'à sauver le monde, autant commencer par un petit avion, n'est-ce pas ?

— En effet, dit Frost avec un sourire. Venez, suivez-moi. Je vais tout vous expliquer.

— Ils nous ont donné l'autorisation d'atterrir, annonça Starkman. Dix minutes. Mais l'aviation norvégienne ne cesse de nous demander notre plan de vol. Le pilote essaie de gagner du temps, mais je crois qu'ils commencent à se méfier.

— Tant qu'ils ne nous envoient pas des chasseurs au cul, tout va bien, commenta Chase avant de se tourner vers ses hommes. OK ! Dix minutes, les gars. Préparez-vous à sauter !

Kari, Nina et Frost pénétrèrent dans la zone pressurisée par un sas souterrain.

— Nous y sommes, déclara-t-il en parvenant à une porte en acier massif ornée du trident de la fondation.

Il posa le pouce sur un lecteur biométrique installé à côté. La lourde porte s'ouvrit en coulissant.

— Je vous en prie, dit Frost en invitant Nina à entrer.

Elle resta quelque peu perplexe devant ce qu'elle découvrit à l'intérieur. Elle reconnut une rangée de superordinateurs au fond de l'immense laboratoire et une chambre d'isolation aux ouvertures bouchées. Mais le reste de l'équipement lui était totalement étranger.

— Vous voilà au cœur du saint des saints, commença Frost sur un ton théâtral. L'ambition de toute une vie vient de s'y réaliser. Je n'ai bâti mon empire que pour financer cet objectif. Grâce aux ressources de la fondation Frost, j'ai pu établir la lignée génétique de chaque groupe humain de la planète.

— Vous recherchiez le gène du peuple de l'Atlantide...

— Exactement. Un pour cent environ de la population mondiale est porteur de ce que j'appellerais une forme « pure » du génome. Nous en faisons partie.

— Un pour cent... Ce qui nous donne... soixante-cinq millions d'individus ?

— L'équivalent de la population françaises, en effet, dispersée sur toute la surface du globe. Ensuite viennent les porteurs de la forme « impure » du gène. Sa mutation est due au très grand nombre de générations qui se sont succédé depuis la disparition de l'Atlantide, au mélange des races, etc. Ces individus constituent environ quinze pour cent de la population.

— Soit neuf cent soixante-quinze millions !

La célérité de Nina fit sourire Frost.

— Vous êtes vraiment l'une des nôtres, ma chère. Le génome de l'Atlantide se distingue, entre autres, par une aptitude innée à maîtriser les systèmes logiques.

— D'après nos découvertes, intervint Kari, nous avons de bonnes raisons de croire que nous devons aux descendants de l'Atlantide le développement de tous les systèmes numériques et linguistiques du monde.

— Même après le naufrage de l'Atlantide, ses rescapés continuèrent à dominer et à guider la civilisation humaine, poursuivit Frost. L'humanité leur doit ses systèmes majeurs, tels le langage, l'agriculture, la médecine… L'ironie de l'histoire, c'est qu'ils ont semé les graines de leur propre perte. Avant qu'ils n'introduisent les notions de culture et de civilisation, la survie reposait sur la sélection naturelle. En réduisant les menaces de la nature, ils ont permis aux plus faibles de se développer.

— Je ne dirais peut-être pas les choses de cette manière…, commença Nina.

— Moi si, l'interrompit Frost. Ces cinquante dernières années, le processus a pris des proportions parfaitement incontrôlées. D'ici à quatre ans, la population mondiale devrait atteindre sept milliards d'individus. Sept milliards ! Ce chiffre est insupportable ! Quatre-vingt-quatre pour cent de cette population ne possède pas le génome de l'Atlantide. En somme, près des quatre cinquièmes de l'humanité sont totalement inutiles…

Nina était consternée par la brutalité de ses propos.

— Qu'entendez-vous par « inutiles » ?

— Vous m'avez très bien compris. Plusieurs milliards de gens n'apportent strictement rien à l'humanité. Ils n'innovent pas, ne créent rien ; c'est à peine s'ils pensent. Ils se contentent d'exister, de se reproduire et de consommer.

— Comment pouvez-vous dire des choses pareilles ? protesta la jeune femme. C'est tout simplement…

— Nina, dit Frost en se rapprochant d'elle, il vous suffit de regarder votre propre pays. Il ne vous a pas échappé que l'Amérique n'est qu'un ramassis d'individus volontairement incultes, amorphes et stupides. La démocratie ne fait qu'encourager leur prolifération en leur évitant tout effort. Ceux qui ont pourtant le devoir de les sortir de cet état inqualifiable sont corrompus au point qu'ils n'aspirent plus qu'à les exploiter dans leur propre intérêt. Tout n'est plus qu'une question d'argent ! s'insurgea-t-il, profondément dégoûté. Un chef doit être un guide. Les hommes de l'Atlantide savaient que, pour que la société progresse, le peuple doit être dirigé, et non encouragé à se vautrer dans la bassesse.

— Au bout du compte, je vous rappelle qu'ils ont fini par tomber dans les mêmes pièges. Souvenez-vous du *Critias* : « Ils apparurent glorieux et bénis, alors qu'ils n'étaient qu'un pouvoir cupide et impie. Et c'est pour cela que les dieux les détruisirent. »

— C'est une erreur qui ne se répétera pas.

— Bien au contraire. Qu'ils viennent ou non de l'Atlantide, les hommes sont avant tout humains. « La nature humaine reprit le dessus », comme le dit Platon.

— Nous saurons tirer profit des erreurs du passé.

— De quelle manière ? Qu'allez-vous faire ? Changer le monde avec un échantillon d'ADN ?

— Précisément. Jusqu'à présent, ces machines travaillaient sur des simulations, expliqua-t-il en désignant les ordinateurs. Maintenant que nous possédons un code génétique parfaitement pur, dit-il en se tournant vers la chambre aveugle, je connais avec exactitude la nature des altérations qu'a subies notre ADN, et j'ai pu les intégrer au processus.

— Pardon ?

— Ce processus va me permettre de rétablir l'ordre du monde tel qu'il était et aurait dû le rester. Un monde où les hommes de l'Atlantide reprendront leur place de dirigeants légitimes de l'humanité, où ils pourront s'élever sans être entravés par les masses inutiles et improductives.

Il traversa soudain le laboratoire. Kari le suivit, et Nina leur emboîta le pas en se demandant à quoi pouvait rimer ce discours. Frost était-il devenu fou ? À l'entendre, il n'avait rien à envier à Qobras.

— Ceci, dit Frost en désignant une vitrine scellée par du caoutchouc très épais, est ce que la découverte de l'Atlantide m'a enfin permis de créer. Il s'agit d'une des variantes que l'ordinateur avait simulées, mais je n'avais aucun moyen de m'assurer que c'était la bonne.

Nina regarda à l'intérieur. Plusieurs cylindres de verre et d'acier remplis de liquide y étaient alignés.

— Qu'est-ce que c'est ? demanda-t-elle, un peu mal à l'aise et certaine qu'il ne s'agissait pas d'eau.

— Voici le Trident, l'arme la plus redoutable de Poséidon. Chacun de ces cylindres contient un virus génétiquement modifié.

Nina sursauta.

— Quoi ?

— Rassurez-vous, dit Kari. Il n'y a pas de danger. En tout cas, pas pour nous.

— Comment ça, « pas pour nous » ?

— Nous sommes immunisés, répondit Frost. Ce virus a été programmé pour ne s'attaquer qu'aux ADN non porteurs du marqueur de l'Atlantide.

Nina eut l'impression que la pièce se vidait de son air.

— Mon Dieu, fit-elle d'une voix étranglée. Vous êtes fou...

— Nina, je vous en prie, écoutez jusqu'au bout, l'implora Kari. Je sais, cela peut paraître difficile à accepter, mais, dans le fond, vous savez bien que nous avons raison. Renoncez à vos préjugés et regardez les choses en face : le monde va mal et cela ne s'arrange pas, bien au contraire ! Si nous voulons éviter le point de non-retour, nous devons redonner le pouvoir à l'élite de l'Atlantide.

— M'opposer à l'extermination massive d'individus ne me semble pas être un préjugé ! rétorqua Nina. Vous êtes en train de me dire que vous comptez éliminer près de cinq milliards et demi d'individus !

— Nous devons agir, Nina, ou l'humanité court à sa perte. Nous serons submergés par des foules incapables, des minables qui auront tôt fait de consommer toutes les ressources disponibles. Nous seuls pouvons redonner à l'humanité des chefs dignes et justes, capables de refaire le monde à l'image de ce qu'il aurait dû devenir. La fondation Frost se chargera de rassembler tous les survivants.

Nina fit quelques pas en arrière.

— Ce chef digne et juste, c'est vous, n'est-ce pas ? Vous êtes un fou furieux ! Je vous rappelle que nous parlons d'êtres humains, pas de bétail ou de semences ! Et quand avez-vous prévu de passer à l'acte ?

— En ce moment même, docteur Wilde, répondit Frost avec un large sourire.

Nina eut de nouveau l'impression de manquer d'air.

— Un avion doit décoller dans quinze minutes pour Paris, avant de se dérouter vers Washington. Il doit disperser le virus au-dessus de l'Europe, puis dans l'Atlantique Nord et, enfin, sur la côte est des États-Unis. D'ici un mois, toutes les populations autour de la Terre auront été touchées.

Tous ceux qui ne posséderont pas le génome de l'Atlantide seront contaminés et mourront.

— Et que se passera-t-il ensuite ? demanda Nina, hébétée.

Frost activa une touche sur le pupitre commandant la chambre stérile. Les vitres se dépolarisèrent et l'on put voir à travers.

— Voici ce qui se passera.

Nina s'approcha. Il n'y avait rien à l'intérieur, sinon une cuvette de toilette en acier inoxydable et un petit lit très bas.

Horrifiée, elle mit ses mains sur sa bouche.

— Jonathan…

Philby fixait le plafond, ses yeux rougis dans le vague et la peau moite, d'un gris funeste. Sa poitrine se soulevait péniblement à chaque inspiration.

— Nous l'avons contaminé hier, dit Frost avec un détachement glaçant. Le virus Trident attaque le système nerveux autonome et condamne tous les organes. Il devrait être mort dans moins de six heures.

— Oh, mon Dieu ! cria Nina en se détournant, dégoûtée. Vous ne pouvez pas le laisser mourir ainsi ! Maintenant que vous avez fait votre petite démonstration, vous devez lui administrer l'antidote, le vaccin, n'importe quoi qui puisse l'aider !

— Il n'existe aucun vaccin. Cela n'aurait aucun sens. Le virus doit accomplir sa mission sans entrave. La mort est le seul remède.

— Nina, dit Kari d'une voix douce, il n'a eu que ce qu'il méritait. Il nous a trahis, vous comme nous. Il a vendu vos parents à Qobras et s'apprêtait à faire la même chose avec nous. Il ne s'est occupé de vos études que par culpabilité.

— Personne ne mérite une telle fin, répliqua Nina. Ne me touchez pas ! s'écria-t-elle avec rage alors que Kari s'approchait et posait une main sur son épaule.

— Nina…

Elle se retourna et planta ses yeux dans les siens, au comble de la colère.

— Vous pensiez que je marcherais dans votre combine et que je cautionnerais ce génocide ? Mais c'est complètement dément ! Je ne connais pas acte plus barbare dans toute l'histoire de l'humanité. Pour qui me prenez-vous, à la fin ?

— Vous êtes des nôtres…

— Oh, non ! Je n'ai rien à voir avec vous !

— C'est très regrettable, déclara Frost froidement. Étant donné la situation, si vous n'êtes pas avec nous, vous êtes contre nous.

— Effectivement !

— Vous mourrez donc, conclut-il en glissant sa main à l'intérieur de sa veste.

Le temps sembla s'écouler au ralenti tandis qu'il en extrayait un pistolet argenté. En le voyant pointer l'arme sur elle, Nina voulut s'enfuir, mais resta pétrifiée de stupeur et d'angoisse. La paume de Frost se contracta, son doigt s'apprêtait à appuyer sur la détente…

— Non !

Kari avait poussé le bras de son père au moment où la balle était partie. Elle frôla Nina et se ficha dans le mur derrière elle. Nina était muette de stupeur.

Kari tentait de plaider sa cause en norvégien. Frost se détendit légèrement.

— Ma fille vient de vous sauver la vie, docteur Wilde, lâcha-t-il au bout de quelques secondes. Jusqu'à nouvel ordre.

— Nina, je vous en prie, dit Kari, je sais que vous avez besoin de temps pour digérer tout cela, mais je vous en conjure, écoutez-moi. Je vous connais, je sais que vous êtes l'une des nôtres, que vous pensez comme nous. Vous ne comprenez donc pas ? Vous aurez tout ce dont vous avez toujours rêvé en vous joignant à nous. Je vous en supplie, reconsidérez votre point de vue de façon rationnelle !

— Pardon ? fit Nina en s'étranglant presque. Vous voulez exterminer la quasi-totalité de la race humaine et vous me demandez, à moi, d'être rationnelle ?

— Tu perds ton temps, Kari, trancha Frost. Cela ne m'étonne pas : elle a déjà refusé d'éliminer Qobras. Elle est définitivement endoctrinée. Elle ne sortira jamais de ses préjugés.

— Je suis persuadée du contraire, dit Kari, au désespoir.

— Très bien. Je lui donne jusqu'à la première dispersion du virus. Si, d'ici là, elle n'a pas changé d'avis, tu devras l'exécuter.

— Non, père, je ne pourrai pas…

— Il le faudra, insista Frost avec un regard glacial. Tu m'as bien compris, Kari ?

— Oui, père…, répondit-elle en baissant la tête.

— Parfait. Conduis-la donc à l'avion.

— À l'avion ? dit Kari, troublée.

— Le pilote tiendra le compte à rebours. Vous saurez ainsi toutes deux combien de temps il vous reste. Si elle refuse de changer d'avis, tue-la et balance son corps à la mer.

Son arme toujours braquée sur Nina, il se dirigea vers le téléphone et composa un numéro.

— Poste de sécurité, Frost à l'appareil. Faites venir deux hommes au laboratoire Trident pour escorter ma fille et le docteur Wilde au terrain d'aviation. Le docteur Wilde est en état d'arrestation. Passez-lui les menottes. Si elle tente de s'échapper, abattez-la. Même si ma fille vous en donne le contrordre, ajouta-t-il avec un regard pour Kari. C'est tout.

Il raccrocha.

— Suis-je censée vous être reconnaissante ? ironisa Nina.

— Remerciez plutôt Kari. Remerciez-la bien. Sans elle, vous ne seriez déjà plus de ce monde.

La porte s'ouvrit en coulissant. Deux hommes en uniforme se présentèrent. Nina les dévisagea haineusement, mais n'opposa aucune résistance lorsqu'ils lui attachèrent les mains derrière le dos.

— Prenez un des jets de la compagnie qui se rend à Paris. J'espère, docteur Wilde, que vous aurez le bon sens de faire le voyage retour avec ma fille.

Nina ne répondit rien. La porte claqua derrière elle.

Chase regarda par la vitre du cockpit : Ravnsfjord se trouvait droit devant.

Il retourna à la hâte dans la soute.

— Une dernière chose, dit-il à Starkman en accrochant la corde de son parachute à une barre scellée au plafond. Il y aura sûrement des civils. Ce n'est pas parce que ces gens travaillent pour Frost qu'il faut les canarder sans discernement. Ne tirez que sur ceux qui vous tirent dessus.

— Ah ! Le grand cœur d'Eddie ! Et si on tombe sur les avocats de la société ?

— C'est tentant, mais non ! Bon, tout le monde, accrochez vos parachutes !

Chase commanda à la passerelle arrière de s'abaisser. L'avion effectuait une descente rapide ; un vent glacial s'engouffra à l'intérieur. Ils virent défiler les bureaux de Frost et sa maison ; plus loin, le laboratoire de bactériologie.

L'appareil passa à quelques mètres au-dessus de la maison et remonta en trombe.

— Sautez !

Chase se jeta dans le vide et son parachute s'expulsa d'un coup. Il vit l'herbe, la neige et la roche se rapprocher de lui à toute allure, ainsi qu'une voiture qui se dirigeait vers le pont au-dessus du fjord.

Il fut saisi par la brusque ouverture du parachute. L'atterrissage promettait d'être mouvementé. Il se reçut du mieux qu'il put, fit valdinguer le parachute et inspecta les alentours.

Les autres atterrissaient durement, eux aussi. Pourvu qu'aucun ne se blesse… Ils étaient trop peu nombreux et n'avaient pas assez de temps pour se charger d'un ou de plusieurs blessés.

Après avoir déchargé ses passagers, leur avion virevolta au-dessus du fjord et reprit de l'altitude.

Le ciel fut soudain rayé par une traînée de fumée. Un missile antiaérien venait d'être lancé !

Il explosa. L'une des ailes du Provider fut arrachée, et l'avion se mit à tourbillonner, tombant à pic sur la paroi rocheuse, où il s'écrasa dans une énorme déflagration.

— Nom de Dieu ! hurla Starkman.

— On est bons pour rentrer à pied ! cria Chase en saisissant son arme, une mitrailleuse UMP-45 Heckler & Koch. C'est parti ! On va régler son compte à Frost.

28

Assise à l'arrière de la Mercedes, Nina vit avec horreur l'avion piquer du nez et exploser.

— Les hommes de Qobras tentent leur dernier coup, commenta Kari.

— Et je leur souhaite de réussir ! répondit-elle en se contorsionnant pour regarder par le pare-brise arrière.

Les derniers parachutistes étaient au sol.

— J'espère qu'ils vont réussir à tout faire sauter, et votre père avec !

À ces mots, Kari lui assena une violente gifle. Bien que cuisante, la douleur n'était rien comparée à l'humiliation que ressentit Nina.

— Appelez le poste de sécurité et prévenez-les qu'une quinzaine d'intrus se dirige vers le laboratoire ! ordonna Kari au chauffeur. Et conduisez-nous à l'avion sans plus tarder !

Chase étudiait le meilleur angle d'attaque. Charger à découvert était trop risqué, pour eux comme pour les hommes de Frost, qui préféreraient sans doute rester à l'abri des bâtiments, où il serait alors plus facile de les cerner.

Le Stinger avait été tiré d'un bâtiment de sécurité à l'angle nord-ouest de la propriété. Si les hommes de Frost disposaient encore d'armes de ce calibre, c'était là qu'elles devaient se trouver.

— Jason ! Il me faut six hommes pour me couvrir !

Starkman acquiesça d'un signe de tête.

Six hommes suivirent Chase jusqu'au laboratoire. Hormis les entrées principales et la sortie de secours, on ne pouvait y pénétrer que par les échelles d'incendie ou la passerelle menant au parking souterrain.

Les portes teintées de l'entrée principale s'ouvrirent subitement sur une bande de gardes en uniforme et armés de MP-7.

— Feu ! hurla Chase en plongeant en avant, son UMP en joue.

Starkman et les six hommes restés avec lui imitèrent Chase et ses compagnons. La façade du laboratoire dégagea une épaisse poussière sous l'impact des balles. Les portes volèrent en éclats, les morceaux de verre se couvrant de sang à mesure que les hommes de Frost succombaient à l'assaut.

D'autres mitraillettes se déchaînèrent à la gauche de Chase, tandis qu'un second groupe effectuait une sortie du bloc de sécurité en courant. Mieux préparés que leurs collègues, ils bénéficiaient également d'une meilleure couverture, de chaque côté des marches.

La deuxième équipe de Starkman se trouvait à moins de trente mètres, à découvert de l'autre côté de la route. Ils s'étaient partagés en deux groupes de trois, deux hommes restant couchés au sol tandis que le dernier courait vers le bâtiment.

Les forces de sécurité visèrent aussitôt l'homme à découvert. Mais l'un des gardes dont la tête dépassait du muret eut le crâne arraché par une rafale. Son sang gicla alors qu'il s'écroulait en arrière.

L'un des hommes de Starkman fut abattu en pleine course, sa poitrine se colorant aussitôt de fleurs de sang. Ses deux compagnons continuèrent sans lui et se jetèrent à l'abri du mur.

Les gardes visèrent alors les hommes encore allongés, leurs balles déclenchant une éruption de mottes de terre. Chase n'eut pas le temps de prévenir ses compagnons, dont l'un tressaillit sous la rafale et retomba lourdement sur le sol labouré.

Deux grenades décrivirent soudain un arc dans le ciel. Elles explosèrent à la hauteur des marches, désintégrant toutes les vitres à dix mètres à la ronde et plongeant les gardes dans un tourbillon d'éclats mortels.

— L'entrée principale ! hurla Chase en courant droit dessus.

Starkman et les autres le suivirent, en s'éparpillant pour mieux le couvrir.

Chase s'aplatit contre le mur et jeta un œil à l'intérieur. Plus personne ne surveillait la réception. Les gardes gisaient, morts, et il n'y avait personne d'autre en vue.

Starkman se posta contre le mur, de l'autre côté de la porte. Chase entra alors dans le hall et pénétra dans le couloir au plafond de verre.

Une porte s'ouvrit et Chase brandit son arme. Une jeune femme blonde apparut, pétrifiée.

— Salut, dit Chase en indiquant d'un geste à Starkman de ne pas tirer. Vous parlez anglais ?

La femme hocha la tête, les yeux écarquillés.

— Alors, sortez d'ici, tout va sauter... Il y a encore du monde à l'intérieur ? demanda-t-il en apercevant une alarme à incendie sur le mur.

Elle hocha de nouveau la tête, trop effrayée pour articuler le moindre mot.

— OK, dites-leur de sortir. Tout de suite !

Là-dessus, il brisa la vitre de protection avec la crosse de son arme. Plusieurs sonneries retentirent. Difficile de passer inaperçu après cela, mais il fallait prévenir les civils.

Il se posta à la porte, son arme braquée sur tous ceux qui s'enfuyaient en courant, puis ouvrit une porte d'un coup de pied. C'était un poste de sécurité. Vide. D'autres gardes devaient se trouver à l'intérieur.

Starkman et le reste de ses hommes avaient fait irruption dans le hall.

— Installez les charges ici ! cria Chase en désignant la porte qu'avaient empruntée les employés de Frost. Assurez-vous d'abord que tous les civils sont bien sortis !

— S'il y a des gardes mélangés au personnel, dit Starkman en regardant la foule dévaler les escaliers, ça va être du joli !

— Dans ce cas, ordre de tirer !

Chase se planqua derrière la réception pour mieux observer les employés du laboratoire. Des scientifiques, quelques techniciens… et quelques gardes, mêlés à la foule, leur MP-7 à la main.

Chase croisa les doigts pour que les civils aient le bon sens de baisser la tête et tira une première rafale vers le plafond. Des hurlements éclatèrent dans la foule. La riposte ne se fit pas attendre, arrachant au passage des morceaux de marbre du luxueux comptoir derrière lequel il se trouvait.

Starkman et ses hommes ouvrirent le feu à leur tour. Puis les tirs cessèrent. Chase passa la tête par-dessus le comptoir et fut soulagé de constater que seuls les gardes avaient été touchés.

— Dehors tout le monde ! lança-t-il aux employés qui se trouvaient encore dans le hall. Jason, dis à tes hommes d'aller poser des bombes au pied des piliers du parking. On va tout faire s'écrouler !

— Et toi ?

Chase fit un signe de tête en direction du couloir central.

— Frost garde son virus dans la zone pressurisée. Tout le flanc de la colline doit s'effondrer dessus !

— OK, je te couvre ! Aristide, Lime, avec moi. Les autres, disposez les explosifs dans le sous-sol et sortez vite fait.

Chase s'engouffra dans le couloir en hurlant, suscitant un mouvement de panique parmi les derniers employés qui fuyaient.

— Évacuez le bâtiment ! Plus vite que ça !

— Le comité d'accueil ! cria Starkman en désignant le fond du couloir.

Deux hommes en uniforme étaient tapis en position de tir derrière le poste de sécurité.

Chase se jeta de côté, évitant de justesse une rafale de mitraillette. Un employé pétrifié par la peur au milieu du couloir n'y survécut pas.

Les civils continuaient à détaler, lui bloquant ainsi la vue. Sans compter que les gardes de Frost n'étaient pas à une victime près. À quelques mètres de lui, une femme s'écroula, une plaie à l'épaule et le visage couvert de sang.

Il n'avait plus d'autre choix.

Il mit en joue et commença à mitrailler le poste de sécurité. Les gardes s'étaient repliés derrière le bureau.

— Couvrez-moi ! hurla-t-il. Vous, sortez cette femme d'ici ! dit-il en attrapant un type qui passait à côté de lui.

Terrifié, le type hocha la tête et traîna la femme derrière lui.

Chase tira encore quelques rafales pour occuper le garde et se précipita dans le couloir. Les lourdes portes du premier sas n'étaient plus très loin. Mais il n'avait plus qu'un seul homme pour le couvrir ; les deux autres rechargeaient leurs armes. Les gardes de Frost allaient en profiter...

L'un d'eux jaillit de derrière le poste de sécurité, son MP-7 en joue. Il fut aussitôt projeté contre le mur dans une mare de sang. Chase venait de vider son arme sur lui avant de plonger au sol.

Le second garde se releva. Chase avait besoin d'au moins trois secondes pour recharger...

L'homme l'aperçut et braqua son MP-7 sur lui.

Sa tête bascula à la renverse, touchée en plein front par Starkman.

— Joli coup ! fit Chase en se relevant.

— Très joli, en effet, dit une autre voix.

Chase tourna sur lui-même.

Frost !

Mus par le même réflexe, Starkman et Chase déclenchèrent un tonnerre de feu contre les portes. Mais leurs balles retombèrent impuissantes au sol. L'aluminium transparent dont étaient blindées les portes ne portait pas la moindre éraflure.

— Espèce de fils de pute ! pesta Starkman entre ses dents.

Frost fit un pas en avant. Sa voix était portée par un haut-parleur, sous le lecteur d'empreinte digitale.

— Je suis assez surpris de vous revoir, monsieur Chase.

— Vous me devez un mois de salaire, répondit l'Anglais en cherchant un moyen d'ouvrir la porte.

Il devait bien y avoir une commande manuelle au poste de sécurité.

— Inutile de chercher, dit Frost. Cette partie du laboratoire est totalement sécurisée. Vous ne réussirez jamais à entrer.

— Nous ne pouvons peut-être pas entrer, rétorqua Starkman, mais nous allons faire en sorte que vous ne puissiez pas sortir.

Il ouvrit un des paquets attachés à sa ceinture et en sortit deux barres de CL-20.

— Cette baraque va s'écrouler comme la montagne tibétaine !

Frost se contenta de sourire.

— Je vous souhaite bonne chance, siffla-t-il avant de tourner les talons.

— Frost ! lui cria Chase. Où se trouve Nina ?

— Le docteur Wilde est avec ma fille. Kari m'a persuadé de lui laisser la vie sauve. Elle espère la raisonner et la convaincre de se joindre à nous avant la propagation du virus. D'ici quelques minutes, en somme, lorsque l'avion aura atteint les mille mètres d'altitude.

Chase et Starkman se regardèrent, comme assommés.

— Eh oui, vous arrivez trop tard, monsieur Starkman. Ni vous ni Qobras n'aurez réussi à m'arrêter. Je vous laisse méditer là-dessus. Quoi qu'il arrive, rassurez-vous, il ne vous reste au mieux que vingt-quatre heures à vivre. Adieu donc, messieurs ! conclut-il avec un petit sourire.

D'autres portes se refermèrent d'un coup sec derrière lui.

De rage, Starkman se remit à mitrailler la porte.

Pour rien.

— Espèce de fumier !

— S'il y a bien un truc que je ne supporte pas, c'est l'arrogance de ce salopard, ajouta Chase.

— Tu crois qu'il bluffait à propos du virus ?

— Si l'avion est à terre, on a encore une chance. Sinon, on est cuits, et le reste de la planète avec nous…

Il prit son propre CL-20.

— D'abord, finissons ce que nous avons commencé. On fait tout sauter.

La Mercedes s'arrêta sous l'une des ailes gigantesques de l'Airbus A380. L'appareil attendait devant son hangar, ses moteurs au ralenti. Accompagnée de ses deux gardes, Kari poussa Nina en haut des marches de la passerelle d'embarquement.

L'A380 disposait de trois ponts destinés au transport de marchandises. Ils pénétrèrent dans la cabine d'équipage. Au fond, une porte ouvrait sur la soute. Nina jeta un coup d'œil à l'intérieur : pas de hublots, bon nombre de conteneurs… et le virus, prêt à être dispersé dans les airs…

Un escalier très raide montait vers le pont supérieur. Nina fut étonnée d'y découvrir une cabine grand luxe.

— Mon père a fait installer un bureau privé, expliqua Kari en retirant ses menottes à Nina. Asseyez-vous, je vous en prie.

Nina obtempéra et regarda autour d'elle. La cabine était bordée de hublots. Au fond, une porte devait donner sur la soute supérieure. Un bureau en forme de L, équipé d'un ordinateur et de deux téléphones intégrés, meublait la pièce.

Kari prit place sur un canapé en cuir. Les deux gardes étaient restés dans le salon du bas. Nina songea qu'elle pourrait peut-être maîtriser Kari et s'enfuir avant que l'avion ne décolle. Elle y renonça avant même que l'idée ait fini son chemin : elle n'avait aucune chance d'avoir le dessus.

— J'ignore ce que vous prévoyez, dit-elle. Mais si vous pensez que je vais rejoindre vos rangs…

— Je ne m'attends pas à ce que vous vous ralliiez à nous en un claquement de doigts. Je comprends que vous ayez du mal à accepter tout cela. Pourtant, il le faut, car cela va arriver.

— Vous faites complètement faute route, Kari. Pire, vous êtes totalement cinglée ! Comment pouvez-vous y croire un instant ?!

Kari eut l'air blessée.

— Je vous en prie, ne réagissez pas ainsi, Nina. Vous ne comprenez donc pas ? Nous sommes entre nous, vous êtes une des nôtres, une descendante du peuple de l'Atlantide, ce que l'humanité compte de meilleur. Vous méritez de figurer parmi ceux qui dirigeront le monde !

Elle se leva et traversa la cabine. Un instant, Nina crut qu'elle allait la frapper, mais, à sa grande surprise, elle la vit s'agenouiller devant elle.

— Je ne veux pas vous tuer, Nina ! Il vous suffit de dire que vous avez changé d'avis. Vous n'êtes même pas obligée de dire la vérité ! Une fois que tout sera advenu, je sais que vous reviendrez sur votre décision et que vous vous rendrez compte du bien-fondé de nos convictions. Vous devez me dire que vous avez changé d'avis !

— Vous seriez prête à me tuer tout en sachant que je fais partie des meilleurs parmi les meilleurs ?

— Je ne peux pas désobéir à mon père. Je ne le veux pas, répondit-elle en prenant les mains de Nina, qui les retira aussitôt. Juste un mot, je n'ai besoin de rien d'autre ! Mentez, je vous en prie !

— C'est hors de question ! répliqua Nina.

Le bruit sourd des moteurs monta soudain en puissance. Les lumières clignotèrent et l'A380 s'ébranla.

— Le premier lot sera libéré quinze minutes environ après le décollage, dit Kari en rejoignant le canapé. C'est le temps qui vous reste pour changer d'avis. Je vous en supplie, Nina. Ne me forcez pas à vous tuer…

Nina se tourna vers le hublot pour contempler le fjord. Elle se sentait tout à fait perdue.

Chase percevait par intermittence des coups de feu à l'extérieur, tandis qu'il fonçait vers la sortie avec Starkman et plusieurs hommes. La seule chose qui comptait pour le moment était de quitter au plus vite ce laboratoire de bactériologie.

Ils sortirent en courant et tombèrent nez à nez avec deux Jeep blanches qui leur barraient le passage. Plusieurs corps gisaient à terre : les hommes de Starkman.

C'est alors qu'ils entendirent les moteurs d'un avion, de l'autre côté du fjord. Un avion de fret A380 flambant neuf se préparait à décoller.

Le virus se trouvait à bord. Avec Nina ! Il restait peut-être une chance de déjouer le projet de Frost.

Les gardes planqués derrière les Jeep ne laissèrent pas à Chase le loisir d'élaborer le moindre plan. Il répliqua, pour les distraire le temps de trouver un abri sûr.

Lime eut moins de chance et s'écroula au sol, touché à la hanche.

Impossible de rebrousser chemin pour lui porter secours. Cela serait suicidaire, car le CL-20 allait sauter d'un instant à l'autre…

Nina regardait, ahurie, les bâtiments du laboratoire au loin, lorsque plusieurs explosions pulvérisèrent d'un coup l'ensemble du complexe en projetant des tonnes de gravats à plusieurs dizaines de mètres. Elle sursauta violemment alors qu'un nuage de poussière semblable à un champignon nucléaire s'élevait dans le ciel.

— Mon Dieu ! s'exclama Kari en se précipitant vers un hublot.

— Comme dernier coup, c'est plutôt réussi ! triompha Nina.

Mais elle déchanta aussitôt : le virus était à bord, avec elles. Plus rien d'autre n'avait d'importance. Dans quinze minutes, il serait propagé dans les airs. La Confrérie s'était trompée de cible.

Chase se redressa en titubant. Ses oreilles sifflaient atrocement. Il leva la main pour se protéger les yeux d'une grêle de débris et scruta l'horizon.

Il n'y avait plus personne pour lui tirer dessus. Les deux Jeep avaient été renversées par le souffle de la bombe et les hommes de Frost gisaient écrasés sous leurs carcasses calcinées.

Il ne restait pour ainsi dire plus rien du laboratoire de bactériologie, à part un amas de pierres et d'acier broyé.

Chase tenta d'estimer les dégâts causés dans la zone pressurisée. L'entrée en était recouverte de gravats. Il ne faudrait pas bien longtemps pour la dégager... Il constata également, consterné, que le bureau de Frost, un peu plus haut sur la colline, était intact. Même les vitres avaient résisté à la déflagration. Elles devaient être blindées avec de l'aluminium transparent, comme les portes du sas.

Ce qui signifiait que Frost avait survécu. Ainsi que le virus !

Chase se retourna brusquement. Le virus ! Il était aussi à bord de l'avion ! Et l'avion s'apprêtait à décoller !

Il entendit Starkman gémir non loin. Aristide se trouvait à quelques mètres derrière lui, les yeux fermés, mort. Chase se précipita vers l'Américain, l'attrapa et le remit sur pieds.

— Vite ! Le virus est dans l'avion ! On peut encore l'arrêter !

D'un geste de la main, Starkman enleva la poussière qu'il avait sur le visage.

— Il va bientôt décoller, Eddie !

Il désigna le pont qui traversait le fjord.

— On n'y arrivera jamais à temps !

— Je sais où nous trouver une voiture très rapide, répliqua Chase en pointant la maison du doigt.

Un interphone posé sur le bureau s'illumina.

— Mademoiselle Frost, dit une voix. J'ai votre père en communication vidéo.

— Dieu soit loué ! s'exclama Kari. Tu es en vie !

— Je vais bien, répondit Frost dans les haut-parleurs. La zone pressurisée est quasiment intacte.

— J'ai vu des hommes sauter en parachute.

— C'était Starkman. Et Edward Chase.

Kari eut l'air abasourdie.

— Quoi ? Mais tu avais dit que Qobras…

— Eddie ! coupa Nina en se levant d'un bond pour se précipiter vers le bureau. Que s'est-il passé ? Il va bien ?

— Tu devrais rappeler à Mademoiselle Wilde qu'elle n'arrange pas ses affaires en se réjouissant d'une telle nouvelle, coupa Frost d'une voix acide. Chase travaille contre nous.

— Vous m'avez menti ! Si vous saviez qu'il était vivant…

— Cela n'a plus aucune importance. La seule chose qui compte est qu'ils ont échoué. Le virus est opérationnel, en sécurité dans la zone pressurisée. Schenk déplace en ce moment même nos équipes vers le pont. Vos amis, docteur Wilde, ne pourront donc pas attaquer l'avion. Je pensais que Starkman et Chase étaient déjà morts. Ils le seront bientôt.

— La vache ! siffla Starkman, impressionné.

Ils admiraient la collection de voitures de sport et de motos de Kari, dans le garage de la maison.

— Quelle est la plus rapide ? Lamborghini ou McLaren ?

Chase ouvrit la vitrine contenant toutes les clés de contact.

— Il nous faut une décapotable. On prend la Ferrari, décida-t-il en désignant la Spider 488 rouge vif.

— Une décapotable ?

— Je vais devoir tirer. Les sbires de Frost vont bientôt rappliquer. Et c'est toi qui conduis !

— Tu pourrais m'expliquer ton plan ? demanda Starkman en attrapant les clés au vol et en sautant à bord.

— On improvisera. Pour le moment, direction le tarmac !

La Ferrari démarra dans un grondement quasi animal.

— Toujours plus malin que les autres ! Tu crois pouvoir abattre l'avion avec ta mitrailleuse ?

— Je te rappelle que Nina est encore à bord ! Allez, c'est parti !

La porte du garage s'ouvrit automatiquement devant eux.

— Tu vas faire quoi ? Sauter sur l'avion pendant qu'il décolle ?

— S'il le faut, oui ! Tiens, donne-moi ton fusil à grappin.

— Tu es vraiment plus fêlé que je ne croyais ! commenta Starkman en écrasant l'accélérateur. Wouh ! quelle puissance !

— J'en ai toujours voulu une comme ça ! dit Chase en vérifiant ses munitions.

L'allée redescendait la colline en zigzag jusqu'à la route du pont. Deux nouvelles Jeep leur barraient le passage. Au milieu de la passerelle, une berline allemande les attendait, tous feux allumés.

— Je ne voudrais pas te faire de peine, Eddie, mais les Ferrari ne sont pas à l'épreuve des balles.

— Les Jeep non plus ! Prêt ?

Le bolide amorça en souplesse le dernier virage.

— Comme jamais ! répondit Starkman en brandissant sa mitrailleuse de la main gauche. Feu !

Chase tira dans la Jeep qui se trouvait à droite. Sortant son bras du véhicule, Starkman s'occupa de l'autre. Les douilles rebondissaient sur le pare-brise.

Les vitres des Jeep volèrent en éclats, leurs carrosseries se trouant d'impacts de balles. Chase vit un homme tomber. Il ne comptait pas descendre tous les gardes, mais il voulait passer. Coûte que coûte.

— Le trottoir ! hurla-t-il. Le trottoir !

— Mais c'est trop serré !

— Fais-moi confiance, ça va passer !

Ils n'avaient, de toute façon, pas d'autre choix.

Starkman fit une vive embardée à droite tout en continuant à tirer. Un cliquetis indiqua que la mitrailleuse de Chase était vide. Les hommes de Frost ripostaient ; la Ferrari ne résisterait pas longtemps à cette douche de balles.

— Merde ! cria Starkman. On ne va jamais y arriver !

— Vas-y ! Fonce ! rétorqua Chase en s'agrippant à la porte au moment où la voiture grimpait sur le trottoir.

Le becquet avant vola en éclats et le choc des roues contre le béton résonna dans sa poitrine comme un coup de marteau. La voiture passa *in extremis* contre le garde-fou du pont dans un crissement d'enfer. L'aile avant du côté de Starkman s'accrocha à l'arrière de la Jeep et se détacha comme une vulgaire feuille d'aluminium froissée. Les deux rétroviseurs furent instantanément arrachés, éclaboussant les deux hommes de bris de verre.

— Baisse-toi ! hurla Starkman.

La Ferrari était de nouveau engagée sur la chaussée, mais, derrière, les tirs ne s'étaient pas interrompus. Une balle se ficha à quelques centimètres de la tête de Chase, dans le dossier de son siège.

Starkman appuya à fond sur l'accélérateur. La Ferrari bondit en avant, plaquant Chase au fond de son siège. La sensation fut telle qu'il en poussa un énorme cri de joie.

— On a bien choisi notre bagnole ! lança Starkman.

Mais le pare-brise vola en éclats.

Starkman eut un spasme. Du sang jaillissait de sa poitrine. Son gilet pare-balles avait été transpercé. Le moteur ralentit soudain.

— Nom de Dieu ! jura Chase en saisissant le volant pour éviter la collision avec la BMW stationnée un peu plus loin.

Chase reconnut aussitôt la silhouette qui se tenait à côté, une arme luisante à la main.

Schenk.

Il reconnut également l'arme qu'il agitait : son Wildey.

Le sien.

Il mit en joue sa mitrailleuse en se rappelant d'un coup qu'il devait recharger. Mais Schenk avait déjà braqué sur lui le long canon du pistolet…

Il lâcha le volant et s'éjecta d'un bond de la voiture. Il perçut la détonation, reconnaissable entre toutes, du Wildey ; une balle de type Magnum se planta dans le dossier de son siège, y creusant un trou de la taille d'un poing.

Il toucha brutalement le sol et roula sur lui-même.

Chase entendit une deuxième déflagration. Un morceau d'asphalte fut arraché de la route à deux doigts de sa jambe. Il roula de nouveau sur lui-même, son arme lui rentrant durement dans le dos.

La Ferrari roulait droit sur la BMW, mais s'arrêta net à quelques centimètres du véhicule.

En voyant Chase courir vers lui, Schenk se remit à lui tirer dessus. L'Anglais plongea à couvert derrière la Ferrari et chercha fébrilement un nouveau chargeur. Mais, rien qu'au toucher, il se rendit compte que quelque chose n'allait pas. En roulant dessus, il avait écrasé le chargeur…

Il saisit alors son arme par la crosse et attendit, armé de cette sorte de batte, que Schenk s'approchât de lui.

Quelques instants plus tard, ce dernier vacilla avec un grognement sourd. Un coup de feu se perdit dans le lointain.

Chase se jeta sur lui et le poussa jusqu'à la rambarde du pont pour le faire passer par-dessus.

Mais Schenk était trop costaud pour se laisser maîtriser. Se sachant en mauvaise posture, il plia les genoux, abaissant ainsi son centre de gravité, et tenta de frapper Chase au moyen de la crosse de son Wildey.

On entendit un bruit sec : l'Anglais tomba à terre avec un bon mal de tête, frappé en pleine nuque. Pour faire bonne mesure, le chef de la sécurité de Frost lui écrasa le crâne de sa botte.

Des étoiles plein les yeux, Chase vit le Wildey braqué sur lui, puis Schenk, qui lui souriait de toutes ses dents.

Le coup partit.

Mais il n'avait pas été tiré de là où il pensait.

Starkman, de sa toute dernière balle, avait touché l'Allemand à l'épaule.

Chase se saisit alors de son pistolet et le braqua contre lui.

— Je crois que ceci m'appartient ! dit-il avant de tirer.

La balle se logea dans l'œil gauche de Schenk, qu'elle fit éclater dans un immonde jet de sang, puis traversa le cerveau et ressortit par le haut du crâne. Sa tête projetée brusquement à l'arrière, l'Allemand bascula par-dessus la rambarde et tomba, des dizaines de mètres plus bas, dans les eaux glacées du fjord.

Chase retourna en titubant vers la Ferrari, sa tête endolorie entre les mains. Starkman était vautré sur le sol, du sang écumant de sa bouche. Un instant, Chase le crut mort, mais il battit des paupières et leva les yeux vers lui.

— Je parie que tu ne regrettes pas de ne pas m'avoir tué, hein ? murmura Starkman d'une voix faible en se redressant. Allez, faut pas traîner, tu as un avion à prendre…

Chase s'apprêtait à l'installer sur le siège du passager, quand Starkman secoua la tête.

— Laisse-moi… Je suis foutu, de toute manière, et tu vas bientôt avoir de la compagnie, dit-il avec un regard en direction de l'endroit d'où ils venaient.

L'une des Jeep qui avaient bloqué la route était en train de les rattraper. Derrière, un groupe de véhicules sortis du laboratoire leur fonçait dessus.

— Je vais les arrêter…

— Avec quoi ?

Starkman réussit à esquisser un demi-sourire et brandit un bloc de CL-20. Le minuteur était déjà en route.

— Débrouille-toi pour avoir foutu le camp de ce pont dans les vingt secondes, dit-il, le souffle court, dans un ultime effort pour s'extraire de la voiture. Vaincre ou périr, Eddie.

— Vaincre ou périr, répondit Chase en sautant dans la Ferrari et en remettant aussitôt le contact.

Il recula pour se dégager de la BMW, passa en première et appuya à fond sur l'accélérateur.

Passer de passager à conducteur d'un bolide de quatre cent quatre-vingt-trois chevaux était une expérience unique. L'accélération était telle qu'on avait l'impression d'être monté à bord d'un jet. Le temps que Chase songe à changer de vitesse, il roulait déjà à plus de cent kilomètres à l'heure.

Lorsqu'il passa en troisième, il était à cent trente.

Dans son rétroviseur, il vit que la Jeep était presque parvenue à la hauteur de Starkman.

Il se rapprochait de l'extrémité du pont, à près de cent soixante kilomètres à l'heure. Combien de temps restait-il avant que la charge de Starkman n'explose ? Quelques secondes à peine, sans doute.

L'image dans le rétroviseur disparut soudain dans un éclair de lumière. Un instant plus tard retentit un coup de tonnerre, suivi d'un grondement sourd franchement sinistre.

Le pont commençait à s'écrouler !

La bombe de Starkman l'avait touché en son centre, et la structure, coupée en deux, plongeait vers l'eau. Chase n'avait qu'une chose à faire : garder le pied sur l'accélérateur et prier pour que la Ferrari atteigne la rive avant que le bitume se soit totalement dérobé sous ses roues.

Mais il perdait énormément de vitesse maintenant qu'il devait remonter une pente de plus en plus raide. En plus, la chaussée craquelait en s'affaissant !

Elle finit par céder et par se désintégrer totalement.

La Ferrari fit un vol plané depuis l'extrémité du pont et atterrit avec une terrible secousse sur la terre ferme. La voiture racla le sol avec une telle violence que le système d'échappement fut arraché d'un coup. Le moteur produisait un bruit rauque.

Pour garder le contrôle du véhicule, Chase appuya sur les freins de toutes ses forces. Les commandes destinées à empêcher les roues de se bloquer se déclenchèrent automatiquement, mais la voiture continua néanmoins à déraper sur le côté. Mis à rude épreuve, les pneus menaçaient d'exploser.

Il tira alors sur le volant : la voiture zigzagua en arrière, droit contre un mur !

Retirant précipitamment son pied du frein, Chase écrasa l'accélérateur et, avec un crissement de caoutchouc malmené, la Ferrari s'immobilisa dans un nuage de fumée acide à un mètre à peine de l'impact.

En se retournant, il constata que les forces de sécurité avaient plongé dans les eaux glacées du fjord.

Starkman aussi avait fait le grand saut.

Chase prit une seconde pour lui adresser, en pensée, toute sa gratitude. Puis il pivota vers la piste. Au loin, la masse blanche de l'A380 se détachait sur le fond sombre des collines.

Il s'apprêtait à effectuer un dernier virage avant de décoller.

Chase fit alors redémarrer son bolide en piteux état et repartit dans un crissement de pneus.

29

L'A380 ralentit en arrivant au bout du chemin de roulement, prêt à se positionner face à la piste de deux kilomètres de long.

Chase accélérait, les yeux rivés sur lui. Le vent puissant le faisait pleurer et l'obligeait à fermer presque complètement les yeux. De toute façon, il lui suffisait de foncer droit devant lui.

Il n'était jamais monté dans un A380 et ne connaissait rien de son agencement intérieur. L'appareil étant un cargo, il était encore moins avancé. Il devrait improviser une fois à bord.

Mais, avant toute chose, il faudrait monter à bord ! Et comment empêcher un avion de décoller avec une Ferrari ? C'était comme vouloir barrer la route à un tank avec une boîte en carton ! L'énorme monstre n'en ferait qu'une bouchée.

Rien ne servirait non plus de lui tirer dessus. Il risquait de tuer Nina si l'appareil prenait feu ou s'écrasait… Quoique, pour détruire le virus, ce sacrifice fût une éventualité… Dût-il d'ailleurs périr lui aussi par la même occasion.

À travers ses larmes, il vit que la voiture était lancée à plus de deux cents kilomètres à l'heure. L'A380 n'était qu'une masse blanche et floue sur la piste devant lui.

Il n'avait plus un instant à perdre…

— Mademoiselle Frost ! dit le pilote dans le haut-parleur. Il y a une voiture sur la piste !

— Quoi ? s'écria Kari en se précipitant à bâbord pour regarder à travers le hublot.

Nina jeta un œil par-dessus son épaule. Une Ferrari décapotable rouge fonçait sur la piste.

La voiture arrivait sur eux à une vitesse phénoménale. Elle pouvait distinguer son unique passager.

Nina reconnut la calvitie naissante de l'homme qui était au volant.

— Oh, mon Dieu ! C'est Eddie !

Kari se pencha violemment vers l'interphone pour donner ses instructions.

— L'avion ne doit interrompre son décollage sous aucun prétexte ! Quoi qu'il fasse, vous me faites décoller cet appareil. C'est un ordre !

Elle retourna au hublot.

— Mais qu'est-ce qu'il fout ?

— Il essaie de vous empêcher de décoller, répondit Nina.

Kari serra les dents avec une expression de dureté absolue.

— Il n'y arrivera pas ! dit-elle en se précipitant vers l'escalier. Gardes ! cria-t-elle aux hommes armés qui se trouvaient en bas. Quelqu'un essaie de nous empêcher de décoller !

Nina se rendit compte que Kari lui tournait le dos et ne se tenait qu'à la rampe.

Sans y réfléchir à deux fois, elle suivit son instinct et se rua sur elle, les bras tendus en avant pour la pousser dans l'escalier.

Prise au dépourvu, Kari n'avait pas la moindre chance d'éviter la chute et elle dégringola les marches métalliques en hurlant, avant de s'écraser au sol, étourdie et en sang.

Frappée de stupeur devant ce qu'elle venait de faire, Nina la contempla une seconde avant que son instinct reprenne le dessus. Il fallait fuir ou se battre…

La fuite lui sembla la meilleure solution.

Elle fila vers la porte située au fond de la cabine, en priant pour qu'elle ne soit pas fermée. Par chance, elle put pénétrer dans la soute supérieure, sorte de tunnel plein de conteneurs. Les spots du plafond éclairaient l'endroit d'une lumière sinistre. Elle referma aussitôt la porte et chercha un moyen de la bloquer.

Le conteneur le plus proche, à moins d'un mètre, était retenu par d'épaisses sangles reliées à des crochets. Nina tira sur un levier en espérant que c'était le bon. La sangle se détendit avec un claquement vif. Elle l'accrocha à la poignée de la porte, la fit passer derrière une barre fixée à la paroi et la noua solidement. Cela n'empêcherait pas l'ouverture de la porte, mais ses assaillants auraient beaucoup de mal à se glisser à l'intérieur.

Puis elle jeta un œil autour d'elle.

Le virus…

Pour pouvoir être libéré pendant le vol, il devait se trouver dans un conteneur relié à la carlingue de l'Airbus. Si elle réussissait à l'identifier, elle pourrait peut-être le saboter.

Des pas lourds se firent entendre. Quelqu'un montait l'escalier.

Nina se précipita au fond de la soute.

L'A380 achevait son virage et Chase l'avait presque rattrapé. L'avion disposait de cinq roues : une sous son nez et quatre sous son ventre.

Voilà, c'était ça : il allait grimper sur une roue ! Au moment où le train d'atterrissage remonterait, il trouverait sans doute un accès vers l'intérieur. Enfin, il l'espérait.

Il devait saisir sa chance. Maintenant ou jamais. Les quatre moteurs de l'A380 montaient en puissance.

Dans un nouveau crissement de pneus, la Ferrari fit une brusque embardée. Chase cherchait à se positionner le plus près possible de l'avion, sans perdre de vitesse.

Le fusil à grappin était posé sur le siège à côté de lui. Il ne pourrait tirer qu'une fois. S'il ratait son coup, il ne résisterait sans doute pas au souffle qui emporterait la Ferrari. Et, quand bien même, les hommes de Frost ou le virus auraient tôt fait de lui régler son compte. De toute façon, il risquait sa peau, dans cette histoire…

La chaleur lui brûla le visage lorsqu'il passa derrière les moteurs de l'aile gauche. La Ferrari menaça de partir en vrille et il réduisit légèrement la pression sur l'accélérateur. La moindre erreur serait fatale.

Une porte d'accès sur le nez de l'appareil s'ouvrit. Quelqu'un se pencha à l'extérieur, arme au poing. Un des hommes de Frost !

Chase se trouvait à présent juste derrière le fuselage. Les pneus en surchauffe de la voiture avaient de plus en plus de mal à adhérer au sol. Il bloqua le volant et fila en ligne droite en fixant des yeux un point entre les deux roues arrière de l'appareil.

Le bruit du moteur se transforma soudain en un rugissement et l'avion prit de la vitesse. Malgré sa taille impressionnante, l'A380 démarrait avec une rapidité effrayante. Un souffle d'air semblable à un ouragan enveloppa Chase tandis qu'il fonçait sous sa queue.

Au moment où il atteignait les roues de l'appareil, il saisit son pistolet à grappin. Le pied toujours sur l'accélérateur, il tourna légèrement le volant et se rapprocha dangereusement des roues.

Il n'avait droit qu'à un tir…

Les roues ne se trouvaient plus qu'à une trentaine de centimètres. Chase visa le train d'atterrissage et appuya sur la détente.

Le grappin s'expulsa et le câble, tel un fouet, se déroula à toute vitesse derrière lui. S'il glissait sur la carlingue ou ne trouvait pas de prise solide, tout était fichu…

Mais il transperça la cloison métallique et se planta solidement à l'intérieur.

Chase n'avait besoin que de quelques secondes. Glissant l'arme dans le volant, il fit se rétracter le câble et s'y agrippa de toutes ses forces.

C'est alors que la Ferrari, perdant de la vitesse, fit une embardée. Chase sauta et se hissa vers l'avion, une main après l'autre, dans un nuage de poussière et de gravillons.

Il n'avait que quelques mètres à parcourir, mais le câble donnait déjà ses premiers signes de faiblesse. Ses pieds traînaient sur la piste et du sang perla entre ses doigts.

Encore trente centimètres jusqu'au train d'atterrissage.

Le câble commençait à tanguer. La Ferrari dérapa, ballottée par l'avion comme un jouet. Chase sentit que le grappin menaçait de céder.

C'est alors qu'il se jeta désespérément sur la roue, qu'il embrassa aussi vigoureusement que possible au moment même où le câble cédait.

La Ferrari partit en vrille derrière lui. Il devait trouver un appui avant de subir le même sort.

Quelques secondes plus tard, il se redressait péniblement. S'il s'était trompé, s'il n'y avait pas de porte d'accès, il serait écrasé par les roues lorsque le pilote ferait remonter le train d'atterrissage.

Il leva les yeux et ne vit rien d'autre au-dessus de lui que la carlingue métallique et un enchevêtrement de câbles et de fils hydrauliques.

Merde!

L'avion venait de décoller dans un rugissement assourdissant. Les roues remontèrent doucement. Écrasé à l'intérieur du train d'atterrissage, Chase se tortillait comme il pouvait pour éviter les endroits où devaient se loger les tiges métalliques.

C'est alors qu'il aperçut une trappe d'une soixantaine de centimètres. Il attrapa rageusement la poignée et tenta de la faire jouer.

Elle ne bougea pas.

Il n'y avait pas trente-six solutions : soit il avait une chance en insistant, soit elle était verrouillée… Il paria sur la première hypothèse et poussa plus fort encore. La trappe s'ouvrit comme par miracle et Chase se jeta à l'intérieur de l'étroit passage au moment où le train d'atterrissage se refermait derrière lui avec un claquement sec.

Il regarda autour de lui. Il se trouvait confiné dans un espace de moins d'un mètre cube, vivement éclairé. Toutes sortes de câbles couraient sur les parois. Au-dessus de lui devaient se situer les soutes.

Il devait trouver un moyen d'y accéder.

Nina entendit cogner contre la porte et accéléra le pas en s'agrippant aux sangles de sécurité pour ne pas perdre l'équilibre tandis que l'avion s'élevait dans le ciel.

Elle n'avait aucune idée de ce qui pouvait se trouver dans les conteneurs. Elle avait seulement remarqué qu'aucun d'eux n'était directement relié à la carlingue.

On cognait de plus en plus fort sur la porte. Elle n'avait plus beaucoup de temps et il lui restait encore deux ponts à fouiller…

Chase poussa une nouvelle porte et se glissa dans la soute, au niveau du pont inférieur. Il choisit de se diriger vers l'avant, dans l'idée de rejoindre le cockpit et de menacer les pilotes.

Si le virus se trouvait dans la soute arrière, il était foutu.

L'avion était plein comme un œuf. Impossible de se faufiler entre les conteneurs. Le seul moyen de progresser consistait à ramper au-dessus, dans l'espace resté libre, d'une trentaine de centimètres.

Sans hésiter, il escalada le mur qui se dressait devant lui.

Kari se glissa par l'entrebâillement de la porte et passa sous la sangle qui la retenait à la barre où l'avait nouée Nina. Elle prit quelques secondes pour inspecter la soute et crut voir quelque chose bouger au fond.

Elle essuya un peu de sang qui coulait de sa lèvre.

— Oh, Nina ! Vous allez regretter d'avoir fait une chose pareille…

Puis elle leva son arme et se lança à sa poursuite.

Chase ouvrit une porte devant lui et découvrit un monte-charge et une échelle.

Il grimpa aux barreaux et déboucha dans une pièce de service tapissée de casiers. D'après leurs étiquettes, ils contenaient du matériel d'urgence. Il sortit son Wildey et entrebâilla une nouvelle porte.

Personne en vue. Il approchait du nez de l'avion et était parvenu dans une pièce manifestement réservée aux membres d'équipage. Au fond, une nouvelle porte. Donnant sur le cockpit, de toute évidence.

Il avança, l'arme au poing. Sur sa gauche, un escalier montait au pont supérieur. Il jeta un coup d'œil. Personne.

Il devait trouver Nina de toute urgence. Mais Frost avait dit que le virus serait dispersé lorsque l'avion aurait atteint sa vitesse de croisière. L'A380 gagnait encore de l'altitude, mais il volerait bientôt à l'horizontale.

Quelques secondes lui suffirent à prendre une décision.

Il se dirigea vers le cockpit et ouvrit violemment la porte. Surpris de ne pas trouver derrière lui un membre de l'équipage, le pilote aboya en norvégien et se contorsionna sur son siège pour attraper quelque chose.

Chase avisa aussitôt l'arme. La détonation de son Wildey fit un bruit de canon. La balle traversa le dossier du pilote, le pilote, et se logea dans l'un des écrans de contrôle. Du sang jaillit sur tout le tableau de bord.

L'homme bascula en avant et sa main lâcha les commandes. Il était mort. L'avion tangua, projetant Chase contre une des parois du cockpit.

Après avoir retrouvé l'équilibre, il constata que le copilote, loin de redresser l'appareil, s'était saisi de son arme…

Le Wildey détona de nouveau.

Les deux hommes de la sécurité qui se dirigeaient vers la soute principale pour intercepter Nina avaient entendu le premier coup de feu. Ils comprirent qu'il se passait quelque chose de grave lorsque l'avion se mit à tanguer. Au deuxième coup de feu, ils rebroussèrent chemin vers le cockpit.

Nina cria lorsque les mouvements de l'avion la projetèrent contre un conteneur. Un peu sonnée, elle agrippa une sangle et se redressa.

Elle était certaine d'avoir entendu un coup de feu. Un coup de feu reconnaissable entre tous.

« Eddie… », murmura-t-elle, osant à peine y croire. Avait-il vraiment réussi à monter à bord ?

L'avion se remit à tanguer.

Si c'était le cas, il faisait plus de bazar encore que d'habitude.

Chase se glissa tant bien que mal entre les deux corps. Dans un A380, le pilote ne manœuvre plus qu'à l'aide d'un simple joystick. L'homme s'étant écrasé de tout son poids vers l'avant, Chase eut du mal à l'atteindre.

— Mais qu'est-ce que tu avais besoin de faire ça, espèce de connard ? lança-t-il au pilote de façon purement rhétorique.

Il réussit à se saisir du manche et parvint, à son extrême soulagement, à redresser l'appareil.

Que faire, maintenant ? Il ne savait pas piloter un avion, encore moins un monstre de cinq cents tonnes.

Où se trouvait donc le pilote automatique ?

Là ! Au-dessus de lui !

Il l'enclencha. Une voix féminine synthétique annonça que le programme était activé, et l'avion se redressa en douceur.

Chase chercha ensuite l'altimètre. Ils étaient à un peu plus de douze mille pieds et auraient bientôt atteint leur régime de croisière.

Pourvu que le système de propagation du virus n'ait pas été conçu pour se déclencher automatiquement…

Kari se redressa en même temps que l'avion. Les deux coups de feu en provenance du cockpit l'avaient convaincue que les pilotes étaient morts et que Chase n'y était pas étranger.

Comment ce fichu Anglais avait-il pu monter à bord ?

Aucune importance. Seule sa présence comptait désormais. Et le fait qu'il représentait une sérieuse menace.

Plus que celle de Nina ?

Elle réfléchit quelques instants. Les boîtes contenant le virus se trouvaient au fond du pont central, reliées à la queue de l'avion par les tuyaux. Si Nina réussissait à ouvrir le bon conteneur, elle risquait de modifier le programme d'épandage. Encore fallait-il le trouver et l'ouvrir… Dans le cockpit, Chase constituait en revanche le principal danger.

Kari jeta un dernier regard dans la direction qu'avait prise Nina et fit demi-tour.

Nina était parvenue au fond de la soute supérieure sans avoir décelé aucun conteneur susceptible d'avoir été programmé pour épandre le virus.

Celui-ci devait donc être ailleurs, sur l'un des autres ponts. Or, elle n'avait aucune envie de rebrousser chemin pour se retrouver nez à nez avec ses poursuivants.

C'est alors qu'elle aperçut une porte devant elle, donnant sur un compartiment minuscule et très bas de plafond dont les murs étaient recouverts d'une multitude de fils reliés à des boîtes à fusibles.

Au sol se trouvait une trappe, qu'elle ouvrit sans mal. Un autre conteneur y était remisé, et à une palette était attachée la grosse moto bleu et argent dont Kari était si fière.

Elle descendit dans cette soute intermédiaire.

Maintenant que l'avion était sur pilote automatique, Chase pouvait quitter le cockpit. Restait seulement la question de l'atterrissage : comment feraient-ils avec deux pilotes morts ?

Des bruits de pas derrière lui le ramenèrent aux vraies priorités. Il se plaqua contre la paroi, à bâbord. Des balles lui sifflèrent sous le nez avant d'aller se ficher dans le pupitre de commandes. Il aperçut par le hublot de la cloison un homme tapi derrière un siège. Il devait attendre du renfort pour sortir de sa cachette et se remettre à tirer.

Chase ne lui en laissa pas l'occasion et tira une balle Magnum, une seule, qui transperça la porte, puis le siège derrière lequel il était caché. Du sang gicla et l'homme tomba, tête la première.

Un de moins. Au suivant.

Une nouvelle volée de balles envahit le cockpit. Chase se jeta au sol.

D'où il était, il vit, à travers la porte éclatée, le pistolet de l'homme qu'il venait d'abattre : un SIG-Sauer P226. Celui qui lui tirait dessus devait avoir le même. Soit quinze balles dans le chargeur. Treize avaient été tirées. Quatorze.

Quinze !

S'il avait mal compté, il allait y passer.

Les bras en avant, Chase roula au sol jusqu'à l'entrée du cockpit. Le garde rechargeait comme un fou.

Le Wildey fit son œuvre. L'homme chancela et s'écroula au fond du compartiment.

Chase se releva d'un bond et fonça vers l'arrière de l'appareil en éloignant d'un coup de pied les armes des deux hommes.

À moins que d'autres gardes ne se soient pas encore manifestés, il était seul, désormais, avec Kari et Nina.

En entendant les coups de feu, Nina s'était accroupie contre la moto.

Le dernier tir provenait du Wildey de Chase, ce qui laissait espérer qu'il était encore en vie.

— Eddie ? appela-t-elle. Eddie !

Chase perçut une voix féminine en provenance de la soute.

Nina ou Kari ? Difficile à dire, avec le bruit du moteur. Il se dirigea vers la porte, mais n'aperçut rien d'autre que des conteneurs éclairés par une lumière glaciale.

— Nina ? Est-ce que c'est vous, Nina ? cria-t-il à son tour en se précipitant dans la soute.

Kari entendit Chase appeler Nina depuis la soute inférieure. Elle retourna dans la cabine de maître, s'arrêta un instant sur le palier de l'escalier pour vérifier qu'on ne lui avait tendu aucun piège et descendit à pas de loup.

L'arme au poing, elle pénétra dans la salle d'équipage. Aucun signe de Chase. Rien que deux hommes à terre. Mais la porte du cockpit était ouverte. Elle comprit au premier coup d'œil que les deux pilotes étaient morts, eux aussi.

Elle pouvait s'enfermer dans le cockpit et reprendre le contrôle de l'appareil. Mais l'état de la porte, qui avait explosé sous les tirs, l'en dissuada. Sans compter que, en s'enfermant dans le cockpit, elle laissait à Chase et à Nina tout le loisir de saboter le système de propagation du virus...

Elle inspecta rapidement les lieux. Plusieurs panneaux avaient été endommagés par les balles, mais sans trop de gravité. L'A380, sur pilote automatique, volait à douze mille pieds, à une vitesse de trois cent vingt nœuds. La tour de contrôle avait dû s'inquiéter de le voir dévier de sa trajectoire. En outre, l'avion n'avait pas répondu aux appels qu'elle avait dû lui lancer. Ils risquaient donc d'être pris en chasse par l'armée. Impossible !

Il fallait par conséquent ramener l'avion à terre avant que l'armée ne s'en mêle. En retournant à l'aéroport privé de Ravnsfjord, on trouverait un moyen d'étouffer ce qui s'était passé à bord. On l'attribuerait à une erreur humaine. Et une deuxième tentative pour propager le virus pourrait être effectuée.

Grâce aux équipements dernier cri de l'appareil et de la piste de Ravnsfjord, l'Airbus pouvait atterrir sans intervention humaine. Ce qui était une chance inouïe, dans la mesure où plus personne, à bord, n'avait la formation requise.

Se mettant soudain à transpirer, Kari engagea le processus d'atterrissage forcé.

Chase réussit à rejoindre Nina en se faufilant entre les conteneurs. Elle attendait toujours, tapie contre la moto de Kari.

— Je croyais que vous étiez mort ! s'écria-t-elle.

— Moi ? Vous plaisantez. Je suis indestructible !

Elle se jeta dans ses bras.

— Qu'est-ce qui vous prend ?

— Je suis si contente de vous voir… Eddie, écoutez-moi. Quelque part, dans cet avion…

— …il y a un virus. Je suis au courant. Une idée de l'endroit où il pourrait être ?

— Aucune, si ce n'est que le conteneur doit être relié à l'extérieur. Mais j'ai inspecté la soute supérieure en vain.

— Et je n'ai rien trouvé en venant jusqu'ici. Ni dans la soute inférieure.

— Il ne reste donc qu'un seul endroit possible ! dit Nina en l'entraînant au fond de la soute. Vérifiez les conteneurs de gauche, je m'occupe de ceux de droite.

Il y avait peu de conteneurs du côté de Chase, et aucun sortant de l'ordinaire.

— Eddie ! cria soudain Nina en faisant de grands signes. Par ici ! Je l'ai trouvé !

Elle avait en effet déniché deux tuyaux en acier reliant le conteneur à l'extrémité de la carlingue.

— Vous savez comment on peut empêcher ça ?

— Nous devrions tout faire sauter. Mais, vu les circonstances…

Le cadenas sur la boîte ne résista pas à quelques bons coups de crosse de son Wildey.

— Incroyable ! s'exclama Nina en regardant à l'intérieur.

Après ce que lui avait montré Frost dans le laboratoire, elle s'attendait à trouver une série de flacons. Or, ce qu'elle avait sous les yeux ressemblait davantage à des barils de pétrole.

— Et maintenant, qu'est-ce qu'on fait ?

— On met ça hors d'usage, dit Chase en désignant une pompe électrique à la base d'un des barils.

Une des touches du panneau de commande situé sur le côté permettait probablement d'ouvrir les valves.

— Attention, c'est peut-être piégé !

— Quel intérêt ? Ils ne comptaient pas avoir de visiteurs à bord ! répliqua-t-il en visant les commandes avec son arme.

— Attendez ! On ne peut pas tirer dessus comme ça ! Et si on provoque un court-circuit et qu'on déclenche le mécanisme ?

— Je veux bien tout démonter, mais on n'a plus beaucoup de temps…

L'A380 tangua de nouveau, leur faisant perdre à tous deux l'équilibre.

— Merde ! fit Chase. Qu'est-ce qui se passe ?

— C'est Kari. Elle doit être dans le cockpit !

— Elle nous fait faire demi-tour, dit Chase d'une voix grave. On retourne à Ravnsfjord avec un comité d'accueil de cinquante gars…

— Mais elle est incapable de piloter ce truc !

— Elle n'y est sans doute pas obligée. L'ordinateur s'en charge pour elle. Tenez, prenez ça, dit-il en lui tendant un petit couteau suisse.

— Sortez le tournevis et les ciseaux, retirez le panneau et coupez tous les fils que vous trouverez.

— Je suis archéologue, pas électricienne ! Et vous, qu'est-ce que vous allez faire ?

— Je vais aller m'occuper de Kari, dit-il en s'éloignant d'un pas décidé.

Nina tenta péniblement de sortir les petites lames du couteau suisse, mais ne réussit qu'à se casser un ongle.

— Merde ! s'écria-t-elle en s'acharnant sur l'objet. Eddie ! Attendez !

Elle n'obtint aucune réponse et courut derrière lui.

Chase avait atteint la cabine réservée à l'équipage. Il y jeta un coup d'œil prudent. Aucun signe de Kari.

Il mit son arme en joue et entra. Les deux corps étaient toujours au même endroit.

Où avait-elle bien pu passer ? Elle ne pouvait pourtant être qu'à l'avant ! Elle devait être remontée sur le pont supérieur ou se cacher dans le cockpit.

Il avança de quelques pas et lança un violent coup de pied dans ce qui restait de la porte du cockpit.

Personne.

Ses yeux s'attardèrent alors sur les escaliers. Mais bien sûr !

C'est alors que Kari, qui s'était cachée juste au-dessus de lui, jaillit en balançant ses deux jambes en avant et les lui flanqua en plein visage.

30

Chase tituba en arrière, le nez éclaté et des larmes plein les yeux. L'A380 s'était remis à tanguer et il avait du mal à garder l'équilibre.

Pivotant sur elle-même, Kari lui décocha un nouveau coup de pied. Son talon s'écrasa sur sa poitrine comme un pic à glace en plein cœur. Il en eut le souffle coupé.

Nouveau coup de pied. Dans sa main droite, armée du Wildey. Chase lâcha son arme, qui voltigea contre la paroi de l'avion. Kari lui avait brisé le petit doigt – il souffrit terriblement.

Il lui balança un coup de poing de sa main valide. Kari poussa un cri de surprise et recula de quelques pas, les yeux brillants de haine.

Chase se souvint qu'elle avait une arme cachée dans sa ceinture. Au moment où elle s'en saisissait, il se jeta sur elle et l'écrasa de tout son poids contre la porte de service.

Un coup partit…

Une douleur atroce envahit sa cuisse gauche. Chase chancela aussitôt en serrant sa blessure. La balle avait traversé la cuisse sans toucher l'os, mais ses vêtements commençaient à se couvrir de sang.

L'A380 se redressa. Il repartait vers Ravnsfjord en pilote automatique.

Kari tentait de reprendre sa respiration.

— Allez en enfer, Eddie ! dit-elle d'une voix étouffée en levant son arme sur lui.

Une seconde, deux secondes. Son doigt était sur la détente.

— Kari !

Dans l'embrasure de la porte de la soute, Nina tenait le Wildey de Chase à deux mains et le braquait sur elle.

— Laissez tomber votre arme !

— Nina ? s'écria Kari, hébétée, sans détourner celle qu'elle pointait sur Chase.

— Posez votre arme à terre !

— Nina, il est encore temps de changer d'avis, lança-t-elle comme une supplique. Vous pouvez encore nous rejoindre !

Nina serra les dents.

— Je ne vous laisserai pas tuer Eddie !

— Et moi, je ne le laisserai pas nuire à nos proches ! répliqua Kari.

Les mains serrées sur sa blessure, l'Anglais aurait aimé dire à Nina que la parlote, c'était bon pour les amateurs ! Mais aucun mot ne sortit de sa bouche et il ne put que l'inciter, du regard, à tirer.

— Votre projet est cinglé, Kari ! Votre père est un fou furieux !

— Je vous défends... ! cria-t-elle avec colère.

— Vous le savez ! Vous savez que tout cela est ignoble ! Je ne comprends pas, Kari : vous vous battez depuis des années pour sauver des vies dans le monde entier ! Pensez à tous ces gens que vous avez aidés. Tout cela n'a donc plus aucune valeur à vos yeux ?

— Je dois accomplir ma mission, dit-elle alors que sa voix trahissait une pointe de doute. Je ne peux pas désobéir à mon père !

— Mais vous l'avez déjà fait ! Vous l'avez déjà empêché de me tuer. Tout à l'heure aussi, vous auriez pu tuer Eddie, mais vous ne l'avez pas fait. Parce que c'est quelqu'un que vous estimez, comme moi. Il vous a sauvé la vie !

— Peut-être, mais il est différent de nous !

— Mais enfin, Kari, nous sommes tous des êtres humains ! Quant aux problèmes sur cette terre, ils sont vieux comme le monde !

— Nous pouvons justement les résoudre…

— En tuant des milliards de personnes ? C'est ça, votre solution ?

Nina s'approcha, son arme toujours braquée sur Kari.

— Je vous connais. Vous n'êtes ni Hitler, ni Staline. Et vous pouvez empêcher votre père de devenir comme eux. Baissez votre arme.

— Je ne peux pas, répondit-elle sans bouger.

— Je ne vous laisserai pas le tuer. Ni vous, ni personne d'autre.

— Ne me forcez pas à vous tuer d'abord ! siffla Kari en pointant son arme sur la jeune archéologue.

— Mais tirez, bon Dieu, Nina ! cria Chase.

Les deux femmes étaient absorbées par leur duel.

— Je ne veux pas vous tuer non plus, ma chère, mais je le ferai si vous ne m'en laissez pas le choix, répondit Nina en resserrant les mains autour de son arme.

— Je vais compter jusqu'à trois. Je vous en prie, baissez votre arme ! Un…

— Mais tirez, bon sang ! répéta Chase, agacé.

— Deux…

— Kari, posez votre arme !

— Trois…

Kari tira.

À une telle distance, il était difficile de manquer sa cible. C'est pourtant ce qu'elle fit. Son poignet fut au dernier instant dévié par le remords. La balle frôla Nina et alla se ficher dans la cloison derrière elle.

Par réflexe, Nina avait elle aussi appuyé sur la détente. Le coup de feu était parti avec une telle force qu'elle avait failli lâcher l'arme.

Kari s'effondra contre la porte. La balle de calibre 45 lui avait transpercé le corps et une rose de sang rouge vif s'épanouissait sur sa poitrine. Elle glissa contre la porte et tomba à côté de Chase.

Nina posa sur elle un regard horrifié et lâcha l'arme, dégoûtée par ce qu'elle venait de faire.

— Nina…, murmura Kari, une larme roulant sur sa joue.

— Mon Dieu ! Kari, je ne voulais pas…

Mais elle avait rendu l'âme.

— Je vous rappelle que cette folle vient d'essayer de nous tuer ! lança Chase, excédé. Tenez, aidez-moi plutôt.

Nina eut besoin de quelques instants pour reprendre ses esprits, puis aida Chase à s'appuyer contre la cloison.

— Je dois trouver de quoi vous faire un bandage ! Votre pantalon est couvert de sang !

— Nous n'avons pas le temps. Aidez-moi à me relever, je dois empêcher l'avion d'atterrir à Ravnsfjord. Nous devons empêcher la propagation du virus et prévenir les autorités.

Il étouffa un cri de douleur et Nina le soutint jusqu'au cockpit.

— Et que faites-vous des souches que Frost conserve au laboratoire ? Le temps que vous réussissiez à convaincre quelqu'un, il pourrait bien avoir affrété un autre avion.

Chase marqua un temps d'arrêt.

— Vous voulez parler du labo de bactériologie ?

— Oui, et alors ?

— J'ai fait sauter tous les bâtiments, mais la zone est intacte. Il faut tout détruire.

Chase jeta un regard éloquent tout autour de lui.

— Vous plaisantez, j'espère…

Le souvenir de Ground Zero était très présent dans son esprit.

— Un avion de plusieurs centaines de tonnes bourré de carburant, ça doit…, poursuivit Chase gravement.

— Sauf que nous allons y passer nous aussi ! Nous n'avons aucun moyen de sortir d'ici !

Chase semblait ne pas l'avoir entendue.

— À moins que… Vite, Nina ! Oublions le cockpit. La soute, vite !

À travers la baie vitrée de son bureau, Frost contemplait les ruines encore fumantes du laboratoire. Au fond, le fjord se détachait, avec ce qui restait du pont. Chase et ses acolytes avaient fait pas mal de dégâts. Les autorités locales avaient appelé pour comprendre la situation.

Peu importait. La zone d'air pressurisée était intacte. Malgré tous ses efforts, Chase avait échoué à la détruire.

— Patron, la tour de contrôle nous signale que l'avion fait demi-tour en pilotage automatique, annonça une voix d'homme dans le haut-parleur.

— Vous avez des nouvelles de ma fille ?

— Pas encore, patron. La police de l'air demande des explications.

— Dites-leur que nous avons eu un petit problème technique. Quand l'atterrissage est-il prévu ?

— Dans six minutes environ.

— Tenez-moi au courant.

Il coupa la communication et guetta au loin le retour de l'A380. Il commençait à s'inquiéter. Il n'était pas normal que Kari ne lui ait donné aucune nouvelle, surtout maintenant que le système d'urgence avait été enclenché. Au moins, puisque l'appareil était de retour, ses hommes dominaient la situation. Car Chase n'aurait pas manqué l'occasion de le détourner et de prévenir les autorités.

Une fois à terre, tout rentrerait dans l'ordre.

Son plan pouvait encore être exécuté.

— Défaites les sangles de ces trois conteneurs, là, au fond de la soute, ordonna Chase.

— Mais, au moindre mouvement de l'avion, ils vont valdinguer dans tous les sens ! s'exclama Nina.

— Ils vont faire mieux que ça ! Allez, vite !

Tandis que Nina s'exécutait, Chase rejoignit en boitant les manettes qui commandaient l'ouverture de la soute.

— Qu'est-ce que vous faites ?

— Je fais faire sauter la porte.

— Quoi ?

— Nous devons dégager tous ces conteneurs. Vous voyez cette moto ?

— Et alors ? Non ! Eddie ! Ne me dites pas que… Vous êtes complètement cinglé !

— Ah oui ? Et qu'est-ce que vous proposez ? Sauter ? À cette vitesse, on n'a aucune chance.

— Mais si on sort à moto, tout ira bien, c'est ça ?

— OK, c'est pas le plan du siècle, mais ça vaut mieux que de se faire canarder à peine débarqués…

— À mon avis, tout ce sang que vous avez perdu venait droit de votre cerveau, maugréa Nina en continuant de détacher les conteneurs.

— C'est bon ! cria-t-il après qu'elle eut défait la dernière sangle. Retournez à la moto et accrochez-vous !

Elle courut vers l'avant tandis que Chase, lâchant sa jambe blessée, se retenait d'une main à la paroi et, de l'autre, abaissait le premier des deux leviers rouges qui déclenchaient les boulons explosifs. Puis le second...

Le craquement de la charge n'était rien en comparaison du rugissement du vent et des moteurs qui envahit l'habitacle quand la porte explosa. Une bourrasque infernale s'engouffra en sifflant dans la soute, l'A380 étant en pleine descente. Mais l'appareil ne subit aucune dépressurisation.

Il vira sur l'aile. Les ordinateurs corrigeaient cette embardée, lorsque le premier conteneur glissa sur le sol avec un crissement de métal sinistre. Il heurta le conteneur où se trouvait le virus avant de plonger par la porte ouverte et d'être emporté dans le sillage de l'avion.

Chase le regarda tomber. Ils étaient encore au-dessus de la mer, mais l'atterrissage était imminent.

Déséquilibré par la perte d'un des conteneurs, l'avion recommença à tanguer. Le pilote automatique rectifia aussitôt la situation. Emporté par son poids, un autre caisson se mit à glisser vers le vide.

Chase n'avait aucun moyen de l'éviter.

Il plongea en arrière et le vent le précipita au sol. Il se trouvait entre le conteneur du virus et le trou béant, prometteur d'une mort certaine.

C'est alors que le vent le projeta vers la gauche. Chase s'accrocha à une sangle et vit le deuxième conteneur tomber dans le vide.

L'appareil, qui venait de lâcher du lest, se redressa. Le troisième conteneur s'écrasa à moins de quelques centimètres du visage de l'Anglais et fut irrésistiblement attiré dans le vide. Chase aperçut la ligne d'horizon. La côte norvégienne.

Il jeta un coup d'œil vers l'avant de la soute. Nina s'était sanglée au conteneur, à côté de la moto. Il se releva alors, au prix d'un immense effort, ignorant la douleur presque insoutenable qui le lançait dans la jambe, et progressa vers elle.

— Détachez la moto et allumez-la ! hurla-t-il à la jeune femme en parvenant à sa hauteur.

— Et s'il n'y a pas d'essence dedans ?

— Ben, on est baisés ! Attendez-moi, je dois retourner dans le cockpit !

— Pour quoi faire ?

— Annuler le pilote automatique !

Chase remonta péniblement la soute jusqu'à la zone réservée à l'équipage. Les corps des deux gardes avaient été projetés d'un côté de la cabine et Kari était à présent allongée, la tête contre le sol, au pied de l'escalier. Apercevant son Wildey, il eut la tentation de le ramasser, mais une violente douleur dans la jambe l'en dissuada. Il le prendrait au retour.

Comme il l'avait supposé, Kari avait enclenché tous les systèmes automatiques d'urgence, et l'A380 poursuivait sa course en direction de la piste principale de Ravnsfjord.

Il commençait à en distinguer les lumières. L'Airbus survolait encore la mer du Nord, mais la côte n'était plus loin. Il vérifia les autres commandes. L'avion perdait de la vitesse, les ordinateurs réduisant la puissance des moteurs pour assurer un atterrissage en douceur.

Chase jeta un coup d'œil par le hublot. Il apercevait maintenant le fjord et une traînée de fumée noire signalant l'emplacement du laboratoire…

Sa cible.

Il fallait d'abord dévier l'appareil vers la droite.

Il vérifia l'altimètre. En se penchant par-dessus le corps du pilote, il saisit le joystick d'une main et désactiva le pilote automatique de l'autre.

Une sonnette d'alarme retentit. Il n'y prêta aucune attention et fit lentement pivoter l'avion. Il maintint cette position jusqu'à ce que la colonne de fumée se trouve devant lui. Puis il revint en position verticale. L'A380 vacilla avant de se stabiliser.

Jusque-là, tout se passait pour le mieux. Le plus délicat restait à venir.

Il baissa le joystick. L'avion piqua du nez et l'altimètre s'affola. Il ne pourrait compter que sur lui-même pour ne pas rater sa cible – pour éviter, surtout, d'aller s'écraser contre le flanc rocheux du fjord…

La côte se profilait maintenant à l'horizon. Ils n'avaient plus beaucoup de temps.

Il accentua la descente de l'appareil. Une nouvelle alarme retentit.

—Je sais, je sais, dit-il, agacé.

Trois mille pieds. Il vérifia la vitesse du vent : un peu moins de cent nœuds.

Ils allaient trop vite, mais il n'y pouvait rien.

Deux mille pieds. La côte se rapprochait à toute allure. L'avion se dirigeait tout droit sur les ruines fumantes du laboratoire. Chase appuya plusieurs fois sur la commande « annuler » du pilote automatique, en priant pour que l'avion renonce à son atterrissage programmé.

Mille pieds. Un bruit de klaxon emplit le cockpit et une voix féminine synthétique parla.

—Attention, piste à l'approche.

—Pas la peine de me le dire ! ragea Chase.

Six cents pieds, cinq cents…

L'appareil amorça un vol en paliers. Sur le tableau de bord, l'horizon artificiel retourna mollement à sa position initiale. Quatre cents pieds. Trois cent soixante-dix…

Trois cent cinquante. Si l'A380 maintenait son cap et son altitude, il survolerait le fjord, les restes du laboratoire, et irait s'écraser sur la montagne juste derrière. Dans le cas inverse, ils s'écraseraient avant même de survoler le fjord…

Chase remit en route le pilote automatique en croisant les doigts pour que l'ordinateur ait effacé les instructions de Kari et conduise l'avion vers le laboratoire, et non vers la piste.

Il poussa un soupir de soulagement : l'appareil maintenait sa trajectoire à une vitesse égale.

Il se releva avec difficulté : il avait perdu beaucoup de sang et se sentait proche de l'évanouissement. Mais il n'avait plus beaucoup de temps et devait à tout prix rejoindre Nina.

En pénétrant dans la cabine d'équipage, il se figea.

Kari n'était plus là.

Des traces de sang, au sol, indiquaient qu'elle s'était dirigée vers la soute où se trouvait Nina !

À présent détachée, la Suzuki tenait sur sa béquille. Nina détacha un sachet scotché sur le réservoir contenant les clés et les papiers du véhicule, qui furent aussitôt emportés par le vent.

La jeune femme n'y connaissait pas grand-chose, mais elle parvint à faire démarrer le moteur. Seulement, l'aiguille du réservoir restait bloquée sur zéro.

Elle se retourna pour voir si Chase en avait terminé dans le cockpit et tomba nez à nez avec Kari, prête à se jeter sur elle. Elle ne lui avait jamais vu une telle expression de rage, ses cheveux blonds battant dans le vent.

Les deux femmes tombèrent lourdement. Alors qu'elle tentait d'échapper à l'emprise de son assaillante, Nina reçut son coude en pleine figure.

Kari se mit à l'étrangler de toutes ses forces.

— Salope ! hurla-t-elle, les dents maculées de sang. Je vous ai tout donné, et voilà comment vous me remerciez ! En me trahissant !

Nina n'arrivait plus à respirer. Elle se débattait en vain contre l'étreinte d'acier de Kari, qui continuait de serrer, ses pouces enfoncés dans la carotide de sa victime.

Nina tourna de l'œil et un sifflement plus fort que celui du vent monta dans ses oreilles.

Du fond de la soute, Chase aperçut les deux femmes en train de lutter, mais elles étaient trop proches pour qu'il prenne le risque de tirer.

À demi consciente, Nina essayait une dernière fois de se libérer quand, soudain, ses dents rencontrèrent un objet dur et froid.

Son pendentif.

Usant de ses ultimes forces, elle saisit le morceau d'orichalque et entailla l'intérieur du poignet droit de Kari.

Cette dernière poussa un cri, lâcha Nina et fit un bond en arrière, du sang jaillissant de sa blessure. Puis elle baissa les yeux, incrédule.

Nina en profita pour lui lancer un coup de poing en pleine figure. Kari bascula à la renverse et s'écroula, sonnée, sur le pont.

— Joli coup ! la félicita Chase en s'approchant d'un pas mal assuré.

— J'ai décidé d'adopter vos méthodes…

— Vite, montez sur la moto !

Par la porte ouverte, il vit la côte s'éloigner derrière eux. À présent, l'avion était à moins de trois kilomètres du laboratoire. L'A380 couvrirait cette distance en à peine une minute.

Il enfourcha la moto en grimaçant de douleur. Nina monta derrière lui. C'est alors qu'ils prirent pleinement conscience de la folie de ce qu'ils s'apprêtaient à faire. Ils n'avaient qu'une chance infime de s'en sortir…

Mais une chance, si mince fût-elle, valait mieux que rien. Elle mit ses bras autour de lui.

Kari comprit instantanément ce qu'ils avaient l'intention de faire.

Chase mit les gaz. La moto décolla de la palette et fonça vers la porte ouverte.

Kari fit un geste pour attraper Nina… Trop tard.

En pleine accélération, la moto sortit de l'appareil en vol plané. Quoique freinée par les airs, la Suzuki se rapprochait de la terre à toute vitesse !

Chase avait mal calculé son coup. Ils allaient se tuer.

— Fermez les yeux ! hurla-t-il à Nina.

Le sommet de la falaise, au nord de Ravnsfjord, défila sous leurs roues. Ils allaient tomber droit dans le fjord !

La surface de l'eau se rapprochait à une vitesse phénoménale.

— Sautez !

Kari retourna en titubant dans le cockpit, ruisselante de sang. Si elle parvenait à remettre le pilote automatique en marche, les ordinateurs forceraient l'A380 à atterrir.

Elle était à peine arrivée devant le tableau de bord qu'elle comprit qu'il était trop tard.

Sa maison défila à sa droite. Puis les ruines du laboratoire et, droit devant, le flanc de la montagne et les grandes baies vitrées du bureau de son père…

Elle poussa un hurlement de terreur.

Frost resta tétanisé à la vue de l'avion qui survolait le fjord et fonçait droit sur lui. Retrouvant d'un coup ses moyens, il chercha à fuir. Mais où ? Il était trop tard…

Chase se dégagea de la moto et plongea à la suite de Nina.

L'Airbus percuta la montagne à près de deux cents kilomètres à l'heure.

Même le béton armé ne peut résister à l'assaut de cinq tonnes de métal et de carburant. Les quatre énormes moteurs de l'appareil se détachèrent sous le choc et percutèrent les murs comme autant de bombes. Le carburant s'enflamma lorsque les ailes se désintégrèrent, et une marée de feu liquide envahit l'ensemble du complexe, réduisant tout à néant sur son passage.

Une brèche s'ouvrit dans la chambre où le virus avait été stocké. Le feu, en consumant tout à l'intérieur, mit un terme à l'agonie de Jonathan Philby. Puis la montagne s'écroula à son tour, enterrant à jamais le virus sous des millions de tonnes de roches.

Chase savait que, à une certaine hauteur et à une certaine vitesse, le choc avec l'eau équivalait à un choc contre un mur de béton. À moins, bien sûr, que quelque chose ne brise la surface avant eux…

La moto heurta l'eau la première, provoquant un énorme panache d'écume. Une fraction de seconde plus tard, ce fut leur tour.

Chase eut l'impression de s'être jeté du haut d'un immeuble. Une douleur terrible lui traversa le corps au moment où sa jambe blessée rencontra l'eau glacée. Une autre, plus forte encore, manqua de le faire s'évanouir lorsqu'il percuta la moto. Rassemblant son courage, il se concentra sur sa priorité : survivre à tout prix !

Il était sous l'eau, maintenant. Il devait se mettre sans tarder à nager pour remonter à la surface. Mais son pantalon s'était pris dans la machine. Il se débattit en vain pour se dégager de l'engin qui sombrait, l'entraînant irrésistiblement vers le fond.

Pour la première fois depuis longtemps, il paniqua. Après toutes ces épreuves, il allait se noyer !

C'est alors qu'il sentit une main l'attraper.

Nina !

Elle tira très fort, et son jean céda. La moto coula à pic. Nina battit des jambes de toutes ses forces pour regagner la surface.

— J'ai bien cru que j'allais y passer, dit Chase lorsqu'ils purent enfin prendre une immense goulée d'air.

— Je vous devais bien ça, répondit la jeune femme en l'aidant à nager jusqu'à la berge. Nous sommes vivants ! C'est insensé !

— Comment vous sentez-vous ?

— J'ai mal partout, mais rien de cassé, à mon avis. Et l'avion ?

Chase voulut lever le bras pour désigner une direction, mais, trop épuisé, il préféra incliner la tête vers l'est du fjord. Une épaisse colonne de fumée s'élevait dans le ciel.

— Il a eu un atterrissage un peu mouvementé.

— Et le virus ?

— Désintégré, comme le reste.

— Kari…, murmura Nina en regardant le nuage noir.

Une fois sur la berge, elle tira Chase hors de l'eau.

— Mon Dieu ! Il faut qu'on vous trouve un médecin au plus vite, dit-elle en comprimant la blessure.

— Ben, il y a une clinique en haut de la falaise, dans le quartier général de la société. Dommage qu'elle appartienne au type qu'on vient de faire sauter. Je ne suis pas sûr qu'ils nous accueilleront à bras ouverts…

Comme pour confirmer ses dires, un rocher vola en éclats à côté de lui et l'on entendit résonner la détonation d'une carabine.

Nina aperçut soudain les silhouettes de plusieurs hommes, à contre-jour. Ils braquaient leurs armes sur eux. Une autre balle toucha le sol.

— Mettez-vous à l'abri, ordonna Chase.

— Je reste avec vous ! protesta Nina en le prenant sous les bras.

— Non, ne vous occupez pas de moi !

— Hors de question que je vous abandonne ! répéta-t-elle en le traînant sur les rochers.

Elle sentit quelque chose frôler ses cheveux ; une autre pierre éclata derrière elle.

— Ils nous tiennent, ragea Chase en levant les yeux vers les hommes postés en haut de la falaise.

Nina se serra contre lui.

— Eddie…

De nouveaux coups de feu retentirent. Mais ils provenaient d'ailleurs, de quelque part au-dessus de leurs têtes. Des rafales de mitrailleuse !

De la terre mêlée à de la poussière dégringola du sommet de la falaise. Un des hommes tomba du bord et alla s'écraser en hurlant contre les rochers en contrebas.

— Mais qu'est-ce que c'est que ce bordel ? s'écria Chase.

La réponse ne se fit pas attendre. Trois hélicoptères aux couleurs de l'armée norvégienne apparurent au-dessus de la falaise. Les deux premiers encerclèrent les tireurs au sol, le troisième se dirigea vers Chase et Nina.

— Mais d'où est-ce qu'ils débarquent ? se demanda Nina.

— Quelqu'un a dû appeler les pompiers.

Une voix se fit entendre depuis l'hélicoptère.

— Vous parlez norvégien ?

— Pas un mot.

— Moi non plus, dit Chase en levant les bras le plus haut possible. Vous devriez faire comme moi, Nina. Ce serait dommage d'avoir survécu à tout ça pour finir dégommé par un Norvégien un peu trop zélé…

— Vous avez raison, acquiesça-t-elle en levant un bras, l'autre soutenant son compagnon. Ah, au fait, Eddie…

— Quoi ?

Elle posa ses lèvres contre les siennes.

— Merci de m'avoir sauvé la vie. Une fois de plus.

Il lui rendit son baiser.

— Merci d'avoir sauvé la mienne. Même si on n'est pas tout à fait à égalité dans ce domaine, dit-il avec un grand sourire.

Ils tombèrent dans les bras l'un de l'autre tandis que l'hélicoptère s'immobilisait au-dessus d'eux et que plusieurs hommes en descendaient en rappel.

Épilogue

New York

Nina ouvrit la porte de son appartement et y pénétra prudemment. Tout était resté dans l'état où elle l'avait laissé, plusieurs semaines auparavant.

Elle posa un paquet de courrier sur le comptoir de la cuisine et remplit la bouilloire. Elle devrait prendre son café sans lait. Elle osait à peine imaginer à quoi pouvait ressembler l'intérieur de son réfrigérateur après une telle absence. Il serait peut-être aussi sage de le jeter sans même l'ouvrir et d'en acheter un autre.

Pendant que l'eau bouillait, elle s'avachit sur son canapé et jeta un coup d'œil autour d'elle. L'appartement lui parut à la fois étrange et familier, comme un souvenir oublié qui refaisait soudain surface.

Elle avait du mal à se dire qu'elle était de retour chez elle, à New York, après tout ce qu'elle avait vécu, comme s'il ne s'était rien passé.

Or, elle avait découvert l'Atlantide. Et l'avait perdue. Elle avait récrit l'histoire de l'humanité, sans pouvoir en conserver une seule preuve.

Elle porta la main à son pendentif. Certes, elle revenait sans rien, mais elle avait acquis à jamais la certitude et la satisfaction que l'histoire humaine suivrait son cours.

Les projets insensés de Frost avaient été déjoués. Ses recherches n'étaient plus qu'un mauvais souvenir.

Elle tourna la tête vers la fenêtre et contempla les lumières de Manhattan. Les millions, les milliards plutôt, d'individus qui avaient échappé à une mort programmée auraient-ils jamais conscience d'avoir entre les mains tous les moyens de construire l'avenir ?

En tout cas, ils ignoreraient toujours quels affreux projets avait conçus Frost. Quand l'OTAN et le gouvernement norvégien s'étaient emparés de l'affaire, il lui avait semblé évident que le but véritable de la fondation Frost devait rester un secret bien gardé.

Elle s'étendit sur le canapé le temps que le sifflement de la bouilloire lui indique que l'eau était prête, puis retourna à la cuisine. Elle sortit un mug et fouilla les placards à la recherche du pot de café. Où avait-elle bien pu le ranger ?

Soudain, elle entendit quelque chose atterrir à côté de son mug et se retourna en sursautant.

Chase se tenait dans l'embrasure de la porte. Il n'avait pas l'air plus frais que son blouson de cuir, mais il était beau, à sa façon. Il souriait.

— Essaie plutôt ça, dit-il en désignant les sachets de thé sur le comptoir. C'est meilleur que le café.

— Eddie ! s'écria Nina. Comment es-tu entré ?

— J'ai mes petites combines… Venez ici, Doc… Nina, corrigea-t-il en la voyant lever les yeux au ciel.

Ils échangèrent un baiser amoureux.

— Que fais-tu ici ? demanda Nina. Je croyais que tu devais rentrer en Angleterre.

— On m'a proposé un nouveau boulot.

— Ah oui ? dit-elle, un peu froissée. Tu n'es venu à New York que pour ça !

Il la serra plus fort dans ses bras.

— Ce nouveau boulot, il ne dépend que de toi que je l'accepte ou non…

— Comment ça ?

— Eh bien, maintenant que tous les grands pontes sont convaincus que l'Atlantide a bel et bien existé, ils se demandent si d'autres grands mythes ne sont pas eux aussi fondés. Ils ont l'intention de les trouver et de les protéger avant que d'autres cinglés comme Frost ne mettent le grappin dessus. Les Nations Unies vont créer une sorte d'agence de protection archéologique internationale. Et c'est à toi qu'ils veulent en confier la direction…

— Moi ? Pourquoi moi ?

— Parce que tu es la personne au monde qui connaît le plus de choses sur l'Atlantide, parce que tu as traversé toutes ces épreuves… Alors, partante ?

— Et toi ?

— Eh bien, j'espère qu'on va me demander de m'occuper d'une très jolie Américaine sexy qui m'a déjà sauvé la vie…

— Tu veux être son garde du corps, en somme.

— À vrai dire, je comptais faire autre chose avec son corps que le garder…

— Je crois que ça peut s'arranger…

Le visage de Chase s'épanouit en un large sourire.

— Alors, tu acceptes le boulot ?

Nina sourit, lui prit la main et l'entraîna dans la chambre.

— La nuit porte conseil. L'Atlantide a attendu onze mille ans, le reste peut bien attendre un jour de plus !

Prologue

Golfe de Cadix

À cent milles de la côte sud du Portugal se cachait un des plus grands secrets de l'histoire de l'humanité.

Pour l'heure, il en demeurerait ainsi. Car ce secret était gardé par un autre, bien plus récent.

Officiellement, la gigantesque plateforme flottante à six pieds répertoriée SBX-2 était une station radar en bande X installée sur la mer. Surnommé « le Taj Mahal » en raison de l'imposant dôme blanc qui couronnait son pont supérieur, ce monstre de high-tech de la Marine américaine observait le ciel à l'est sur des milliers de kilomètres. Il était censé surveiller l'Afrique du Nord et le Moyen-Orient pour prévenir les tirs de missiles balistiques. Telles étaient la fonction et l'application qu'on lui avait attribuées.

Mais la véritable raison de sa présence en ces lieux était tout autre. La vérité se trouvait à huit cents pieds en dessous.

Quinze mois plus tôt, la citadelle sise au cœur de la civilisation perdue de l'Atlantide, dont on avait longtemps cru qu'elle n'était rien de plus qu'une simple légende, avait été découverte à l'endroit même où le SBX avait jeté l'ancre. Bien que l'unique structure visible, à savoir le grand temple de Poséidon, ait été détruite, des sondages radar avaient fait état de structures similaires, ensevelies sous le limon qui couvrait les fonds marins.

La découverte de l'Atlantide ayant été favorisée par une conspiration visant à exterminer les trois-quarts de l'humanité au moyen d'une arme biologique, les gouvernements occidentaux avaient décidé, après que le complot eut été démantelé, que les circonstances de cette découverte et jusqu'à l'existence même de l'ancienne cité de l'Atlantide seraient tenues secrètes. Tout du moins, tant qu'on n'aurait pas trouvé la bonne histoire à raconter et que tout autre projet de génocide ne serait pas totalement écarté.

Ainsi, tandis que le SBX était occupé à scruter les cieux, des scientifiques accompagnés d'archéologues menaient à bien leur exploration du site, dans le plus grand secret et sous les auspices de l'Agence internationale du patrimoine, une organisation dépendant des Nations Unies mise en place un an plus tôt, dans le but de localiser et de sécuriser les sites antiques, tels que celui de l'Atlantide.

À tribord de l'immense plateforme radar, le pied central avait été reconverti en abri submersible, une partie du ponton à sa base étant ouvert sur la mer. Protégés par des murs de béton d'un mètre quatre-vingts d'épaisseur, les scientifiques pouvaient y conduire leurs travaux sans la moindre interférence venue du monde extérieur.

Mais pas ce soir.

— Juste ciel, marmonna Bill Raynes, le directeur de l'expédition de l'AIP, en s'accrochant à la rampe.

La plateforme venait de subir une nouvelle secousse. Très fermement ancré, le SBX était pourtant de taille massive. Un orage, fût-il de l'Atlantique, parvenait à peine à le faire tanguer.

Il s'agissait visiblement d'un orage fort peu ordinaire.

Maintenu par des chaînes, l'un des deux submersibles biplaces jaunes se mit à brinquebaler dangereusement alors qu'on tentait de l'extraire de l'eau. Raynes suivit la scène avec inquiétude. Le submersible jumeau était à l'abri au-dessus du dock mais, si la situation météorologique devait empirer, devenu un pendule incontrôlable, il risquait alors de s'écraser contre l'autre.

— Putain, faites quelque chose ! ordonna-t-il.

Deux de ses hommes s'exécutèrent avec empressement, en titubant au bord du puits central, le sol se dérobant sous leurs pieds. Ils attendirent que le submersible revienne, telle une balançoire, dans leur direction, puis ils stabilisèrent l'une des chaînes à l'aide d'un crochet pour ralentir son mouvement. Une fois le tangage amorti, le treuilliste fit remonter le submersible en bonne position au-dessus du dock, où on le sécurisa prestement à grand renfort de chaînes supplémentaires.

— OK ! Bon boulot, les gars ! s'écria Raynes, en poussant un soupir de soulagement.

Les deux submersibles étaient désormais à l'abri. Les opérations du jour avaient été menées à bien. Tout autre soir, le moment serait venu pour lui de remonter sur le pont principal et de se détendre en fumant un cigare.

Mais pas ce soir. Ce soir, il ne remettrait pas les pieds dehors, à moins d'une impérieuse nécessité. Raynes ressentit une pointe de compassion pour les marines tenus de rester en faction sur la plateforme, quelles que soient les conditions météo. Les pauvres gars !

Hormis ce problème inattendu, la journée avait été bonne. Ils avaient pris de l'avance sur la cartographie de la citadelle grâce au sonar haute résolution, et les fouilles du premier site avaient déjà porté leurs fruits, à savoir un joli butin d'objets fabriqués par les Atlantes, d'une valeur aussi pécuniaire qu'historique. Raynes n'avait peut-être pas *découvert* l'Atlantide personnellement, mais il était déterminé à rester célèbre pour en avoir mené l'*exploration.*

La personne qui avait découvert l'Atlantide était le docteur Nina Wilde, de quinze ans sa cadette et, sur le papier en tout cas, sa supérieure à l'AIP. Il se demanda si cette rousse new-yorkaise s'était doutée que, en acceptant un poste à haute responsabilité au sein de l'AIP, elle mettrait, de fait, un terme à sa carrière d'archéologue avant même ses trente ans. Probablement pas. Cette Nina était mignonne à regarder, mais elle était frappante de naïveté, et Raynes n'aurait pas été étonné qu'on lui ait confié ce poste de directrice des opérations dans le seul but qu'elle se tienne tranquille pendant que d'autres mains plus expertes s'occupaient du *vrai* boulot. Elle et Eddie Chase, son garde du corps devenu son petit copain – guère plus, aux yeux de Raynes, qu'un voyou anglais qui se donnait des airs.

Il se dirigea vers la cage d'ascenseur qui parcourait tout l'intérieur du pied de soutien et plongea les yeux dans l'obscurité abyssale qui s'ouvrait sous ses pieds. Large comme deux terrains de football, le pont principal du SBX comportait douze étages au-dessus du niveau de la mer. Une valise remplie d'objets à la main, Raynes referma la grille d'un geste sec et appuya sur le bouton pour descendre.

La surface de l'océan était agitée de vagues fulgurantes qui venaient s'écraser de façon tonitruante contre le pied avant, à bâbord de la plateforme. L'escalier métallique qui menait du ponton submergé vers le sommet de l'imposante structure grinçait et gémissait sous l'assaut des vagues. Il aurait fallu être un parfait imbécile pour traîner dans les parages.

Or, il y avait quelqu'un.

L'homme était un géant de près de deux mètres, dont chaque muscle du corps d'athlète saillissait sous sa combinaison noire de plongée. Il sortit de l'eau et grimpa l'escalier, ses mains cramponnant la rampe avec la force d'un étau. L'impact des vagues le faisait à peine vaciller.

Une fois sorti de cet océan déchaîné, il retira son régulateur de plongée, dévoilant une peau couleur d'ébène et des dents d'un blanc immaculé dont l'une était incrustée d'un diamant. Puis il continua sa progression.

Achevé d'imprimer en décembre 2018
Par CPI Brodard & Taupin à La Flèche
N° d'impression : 3031249
Dépôt légal : janvier 2019
Imprimé en France
2810260-1